悬崖之上

谍海沉浮

悬崖上的舞蹈

郑九蝉◎著

台海出版社

图书在版编目（C1P）数据

悬崖上的舞蹈 / 郑九蝉著 . -- 北京 ： 台海出版社，
2020.1

ISBN 978-7-5168-2518-1

Ⅰ．①悬… Ⅱ．①郑… Ⅲ．①长篇小说－中国－当代

Ⅳ．① I247.5

中国版本图书馆 CIP 数据核字（2019）第 278469 号

悬崖上的舞蹈
XUANYA SHANG DE WUDAO

著　　者 : 郑九蝉

责任编辑 : 员晓博　　　　　　　装帧设计 : 王晓君
版式设计 : 唐三彩　　　　　　　责任印制 : 蔡　旭

出版发行 : 台海出版社
地　　址 : 北京市东城区景山东街 20 号　邮政编码 : 100009
电　　话 : 010-64041652（发行，邮购）
传　　真 : 010-84045799（总编室）
网　　址 : www.taimeng.org.cn/thcbs/default.htm
E - m a i l : thcbs@126.com
经　　销 : 全国各地新华书店
印　　刷 : 北京市通州兴龙印刷厂
本书如有破损、缺页、装订错误，请与本社联系调换

开　　本 : 710mm × 1000mm　　　1/16
字　　数 : 293 千字　　　　　　印　　张 : 18
版　　次 : 2020 年 1 月第 1 版　　印　　次 : 2020 年 1 月第 1 次印刷
书　　号 : 1SBN 978-7-5168-2518-1

定　　价 : 52.00 元

目录

第一章

童时让透过铁栅窗子，眺望着天戟峰。天戟峰是天戟山上连接方山将军台的一座约有一百三十米高的山峰，是名副其实的金刚七煞之地：险，危，峻，凶。整座矗立着的山峰，全由坚硬的金刚岩组成，那样子活似一把插在那儿的古兵器——戟。

相传天戟峰是一座神山、怪山。一个想从军的男儿，能不能在九死一生中杀出一条血路来当上将军，就看他能不能不依凭任何东西，穿越过天戟峰，直达方山顶上那处巍峨的将军台。若是你命中注定从军必当将军，你定能徒手越过天戟峰；若是你命中注定当不上将军，你不敢穿越不说，即使你穿越，也会因一时的胆怯与犹豫，或失手、失脚、失力、失神、失心，最后活活摔死在天戟峰下。

说起来也多少有那么一点儿诡秘，从明至清，黄岩县曾出过三十三位将军。这三十三位将军，全在从军前来过天戟峰一试身手。结果这三十三位，全凭着他们那超强的意志、胆魄、臂力、腿劲、心智，抱着刀刃样的天戟峰尖岩，猴子舞蹈般地越过那一百三十米距离，最后到达横眉怒目的将军台；若干年后，那三十三人果然当上将军。还有一些吓得魂飞魄散、手脚绵软而不敢攀登者，结果不是名落孙山，就是战死疆场，或是匿迹于市井，与人生的精彩和辉煌绝缘。尤其是1909年，保定开办了新式的陆军军官学校。从保定陆军军官学校出来的军官，有模有样，可谓人中龙凤。从岩石缝中钻出来小花小草，尚且竭尽全力地开一次花呢，何况是人？哪个不渴望自己一举中上龙虎榜，十年身到凤凰池？

黄岩有十三名十七岁的男儿，想去保定读军校。临去读军校前，他们集体来至天戟峰。那十三人中，就有六人没过去，有七人猴子似的攀过天戟峰直达将军台；结果，过天戟峰直达将军台的七人，全当上了将军。

1924 年，比保定军官学校更为诱人的黄埔军校成立。黄岩有一百三十三位健壮后生和三位女青年想去考黄埔军校。临报考黄埔军校前，他们集体来至天戟山，试着一攀天戟峰。结果一百三十三位男性中，只有三十六人越过天戟峰，后这三十六位健壮后生，一股脑儿全考上黄埔军校。

第一次北伐时，他们只不过是连长、连副；中原大战时，他们全成了营长、营副；第二次国内革命战争时期，他们全成了副师长、团长；抗战军兴时，他们全一步一个台阶地升任为统领队伍的将军。

三位女性中，有一位一至天戟峰，所做第一件事，即是探头探脑地往那山脚下望。这一望不要紧啊，她看到了什么？她看到了涧深水急、寒气逼人、雄鹰翔谷、铁子松摇头摆尾，瞬时间吓得头昏目眩，手脚抽搐。人的生命可是一次性消费品啊，岂可如此铤而走险，浪掷于此山峰中。只有童时让表姐童晓兰与路桥徐德馨二人越过天戟峰，直达方山将军台。后三位女性同时至武汉考女子军官学校，一面试，胆怯而不敢过者，当时即淘汰出局，而独童晓兰与徐德馨二人一举考上黄埔军校武汉女子分校。毕业后，童晓兰与徐德馨二人即成国民党军队中的女军官。

正因如是，黄岩乡风中凡当上父亲的男子，若是想自己儿子今后能出息成一位光宗耀祖的将军，无不是带着儿子至天戟峰，或是一试高下，或是炼心铸胆。

童时让至死都忘不了，他儿子出生那天，他恰好从外面执行任务归来。他不知他妻子今天会分娩，只是顺便拐个弯来至家中，看一眼身怀六甲的妻子方伯琴是否平安。哪知，他的两条腿刚一迈进那座立于半山腰独立的小院子，即看到任氏的女眷们，全在他家的院子里穿梭忙碌。小小院子里，弥漫着浓烈的姜汤、红糖组合后散发出来的芬芳。快乐的笑声金铃子般地掷地乱滚。

他大婶——这是一位头上梳了头髻，一脸核桃纹的老女人，一见他进门，锐声亮嗓高叫："子昭，子昭，你当爸了，你终于当爸了！"

"终于当爸了"别看这五个字，对于久久渴望做父亲的童时让来说，似有石破天惊的感觉。尤其他当上军统特务后，执行的任务不是窃取军事、政治情报，即是将头掖在裤腰带上搞暗杀，每天无不是在刀尖上跳舞。不是他杀别人，即是别人杀他。说他不怕死，那是假的，天下哪有不怕死之人？只因他职业如是，他不能怕死罢了。

他不怕自己送命，但他怕童家绝后。尤其哥哥让他父亲一枪毙命后，传承任家后代的任务全系在他一人身上。如今，有了，他终于做爸爸了。面对着将赋予他的伟大且神圣的头衔，他身上的血，瞬时如开了锅的水一般热烈地鼎沸起来。

他不管天地地冲进密不透风的产房，一股他从不曾有过的温馨气息，淤泥浆般地从地层深处泛将上来，淹埋得他无法透过那口气。他看到他妻子方伯琴，头上包着一块红布帕，浑身醉软地瘫倒在产床上，靓丽的圆脸上露出女人为母后特有的甜醉酥软与幸福的微笑；他看到那个绰号叫"蕻嫩姐"的徐德珍——他搞不清为什么要叫徐德珍为"蕻嫩姐"，是不是她长得与"菜蕻"一样又白又嫩？——正小心翼翼地给新生儿打襁褓。童时让看了妻子一眼。两人用眼睛说话：是儿子吗？妻子眼神坚定地回答：儿子，儿子，是儿子！

童时让的职业习惯与本能，决定他事事须眼见为实。"蕻嫩姐"似乎一眼洞穿童时让心思。"蕻嫩姐"搓搓手，重新解开封闭了的襁褓，将半透明的小肉体取出，递给童时让验证。童时让第一次看到从他妻子肚子里分离出来的儿子。粉嫩一团。像什么？蚕？蜥蜴？面团？粉皮？不是，不是，全不是。婴儿就是婴儿，一个刚步出母门的婴儿。童时让接过婴儿，太轻了，太轻了，太轻了啊，轻得几乎与羽毛一样没分量。童时让的目光终于锁定两腿中间的标志物。是的，是的，他日夜渴望的一把玉色的小酒壶，明明白白地焊接在两条粉嫩的大腿中间。童时让无法控制自己情绪，居然将嘴伏下去，在那软软的小酒壶上吻了一下。一股香浓的肉香，令他心醉，令他心醉啊！童时让刹那间觉得自己如煮熟了的一根粉条，那样的绵软，那样的黏糊，似乎要胶着在锅底上。

童时让至死都忘不了，他儿子任童心七岁那年，他与他父亲一样带着他的头生了来至天戟山。想当年，他父亲是如何让他攀过天戟峰，现在他也如何让他儿子任童心攀过天戟峰去将军台。这没有办法，龙生龙、凤生凤，丫鬟生儿却做了朝奉，人生本就是一本不知结局与故事情节的连台大戏，他不知他儿子长大成人做什么，莫不如打小时，就让他将他那一手本事学到手，让他今后遇着难事一解燃眉之急。他儿子与他小时候一样害怕，一瞅那壁垒森森

的悬崖，吓得脸肉走相，五官收缩，惊战着不敢过。童时让与他父亲一个样，抡起他手中的皮带要揍他儿子。他儿子在他的威逼之下，不得不与他七岁时一样，一边哭着一边攀着天戟峰去那座高巍的将军台。当他儿子终于攀过天戟峰到达将军台后，童时让伸过两臂，一把紧紧抱住儿子任童心，拼命伸嘴吻着柔柔的软发说："宝贝，我的小宝贝，我们任家出人了，我们任家出人了。你知道吗？儿子，我的好儿子，你今天才七岁，比你爸爸将近小两岁就过得了天戟峰。儿子，儿子，你听说过天戟峰的传说吗？谁能过天戟峰，谁就能当将军。你爸爸过了，你爸爸成将军了。林曦祥舅舅过了，林曦祥舅舅当将军了。陈庭槐伯伯过了，陈庭槐伯伯也当上将军了。"面对着只有七岁的儿子竟过了天戟峰，他那心如放在油锅里炸透了的花生，又酥又松又脆。

童时让至死都忘不了，他一归家，他妻子方伯琴发了狂似的与他大吵一架，妻子方伯琴厉害得如山里的狗头虎（狼）："浑蛋！浑蛋！当初我嫁给你算是我瞎了眼！"

"我怎么浑蛋了？"

"你知道天戟村有多少小孩死在那里了？"

童时让原本是想说，有我在他身边做保镖，你怕什么？我做爸爸的只不过试一试我儿子的胆量。可他自己也不知道出口的那句话，居然与他当年的父亲有着惊人相似："你知道当下世界是什么世界？丛林法则世界！弱肉强食世界！要不是你吃别人，就是别人吃你，与其今后瞪着两眼被别人吃得不剩骨头渣子，莫不如现在就让天老爷将他收走。"

说也怪，打从这次后，他儿子攀天戟峰攀得上了瘾，读完书，只要风和日丽，他一有时间，即去攀天戟峰。

两次平安归来后，任童心兴高采烈地对他说："爸爸，爸爸，你知道吗？你儿子现在走天戟峰就与走平道一样，闭着两眼也可过去。"

"真的？"

"真的。爸爸，你说的那个传说，是真的吗？"

"真的，真的，我的好儿子，你怎么不看看你爸爸是少将，林曦祥舅舅是少将。"

"那陈庭槐伯伯呢？"

"新四军苏浙皖游击纵队第一支队司令。上峰给你爸爸下令暗杀时，名单里有你的堂娘舅周振国。你陈庭槐伯伯排名第九。你说，他还不是个将军？"

"爸爸，你杀了他吗？"

"没有，没有，是亲三分向。别看他与我入的党不一样，可他是我们家亲戚哪。"

"爸爸，我是不是真的可以当上将军了？"

童时让心里有着说不出的高兴啊。尽管如是，他不得不拿出当父亲的架子来，不动声色地说了一句："人只知道当下，不知明天。人算不如天算，是祸躲不过，是福不可求，你就走一步算一步吧。"

童时让至死都忘不了，他八岁那年，他父亲又一次带着他和十岁的哥哥任时平来到天戟峰，那时天戟峰与方山将军台每边各有一棵遒劲的古松。天戟峰的那棵古松钢筋铁骨，曲径接天台；方山将军台那棵古松，风姿绰约，亭亭如将军头上顶戴着的那顶铁头盔。他父亲指着那对面头盔形的古松，命令他哥哥任时平为弟弟做个示范越过天戟峰达将军台。他哥哥任时平胆大如虎，身捷如猴，从这座山尖跳至那座山尖，如履平地，一身轻松地攀至对面的将军台，立在占松下骄傲万分地将手拢成喇叭状，对他大喊："弟弟，胆大有官做，什么也别怕！过来，过来，我们兄弟两个一起当将军！"

童时让一直不明白，他爸爸为什么脸一沉，一身不爽地对童时让说："你别学你哥那种志满意得的狗样子。大鹏之功，非一羽之轻，骐骥之速，非一足之力。积善之人必有余庆，多藏之人必以厚亡。博学、笃志、切问、近思是收放之功夫；神闲、气静、智深、勇沉是干大事之本领。敦厚之人始可托大事，故安刘氏者必绛侯；谨慎之人方可尽大功，故兴汉室者必武侯。"

尽管那时，童时让年少，根本不懂父亲一口古文言，蕴含着什么真实内涵，但童时让深知父亲要他处处小心，不可粗心大意。于是在父亲目光劈波斩浪的鞭策下，童时让不得不小心翼翼地下去攀登。

初时，童时让说不出有着何等之恐惧与揪心。他生怕自己看错一眼，踩错一脚，抱错一块石头，一失足，掉下那万劫不复的深渊，于是畏畏葸葸地不敢上前。

他父亲将他的两只手叉在腰间，铁塔般在他面前一站，厉声对他喝道：儿子，你给我听着，只要你是我任武基的儿子，你今天就给我过，如果你不是我任武基的儿子，你今天就别过，但从此你不是我任家人，今天你也就别进家门。

我怎么能不进家门？我怎么能不姓任呢？走，走，大不了掉下山去摔成肉饼，他当父亲的不心疼我，我做他儿子还心疼自己那条小狗命做什么？在父亲森严壁垒的摧铩下，童时让只得拿着他的小命赌输赢：竭尽全力去攀天戟峰那处尖刀似的悬崖峭壁。童时让看准一块，往前移一块，看准一步，往前移一步，尤其是攀至正中间时，山风强悍得若海潮席卷，他那身子轻盈如在高空摇摆着的纸鸢。他潜意识地往山底下一瞅，展现在他面前的则是壁立千仞，那条银蛇似的山溪，在他脚下蜿蜒咆哮，湍急的水流，抱着头冲撞着石壁，发出雷鸣般的隆隆声响，震得整座山峰似打摆子般瑟瑟发抖。童时让恍惚觉得自己不是人，而是一片轻得失去分量的羽毛，只要他略将胆一怯，略将手一松，略将脚一踩滑，他即会被那令人恐怖的山风，裹挟至犬牙交错的山脚下。童时让用尽吃奶力气，将身子紧紧地黏住崚嶒的岩尖，一步接一步地前移，足足黏着山尖有两个多小时，终算撅着他的小屁股攀至将军台。

他哥哥任时平兴高采烈地伸过手来，一把将他拉进怀里，大着嗓门对立于天戟峰那边的父亲喊：“爸爸，爸爸，我们家要出两个将军啦！爸爸，爸爸，我们家要出两个将军啦！”

童时让至死都忘不了，他爸爸立在天戟峰的那边，对他们兄弟二人喊：你们两个好好地看一看大东海吧。将军台，黄岩县九峰山方山顶最高点，海拔约九百九十九米。别看这个台，只是一形状如坐在中军大帐的将军，他可是黄岩县唯一可看到大东海的山顶。立在台顶往南看，展现在他面前的，则是一马平川的温黄平原；抬起头来往东望，则是浩瀚得一眼望不到边的大东海。

有一首诗云：

方山翠嵂撑奇峰，峰头紫云堆重重。

品题当年将军梦，千秋灵秀应谁钟。

这首诗说的就是黄岩第一名山天戟峰与将军台。此时的童时让与他哥哥任时平一起立于将军台上，任凭那带有腥味的海风，拂着他的衣裾，放眼远眺。那天，童时让第一次看到大海的真容：那海实在是太大、太旷、太远了，大得几乎看不到边，旷得几乎让他看到星球的圆拱，远得不知何处是海岸。童时让第一次看到在海上航行着的一艘艘船只，如一条条小鱼在清冽透明的空气里游弋；童时让第一次看到起伏着的群山，若一朵朵跳动着的浪花；童时让第一次看到一望无垠的温黄平原，各种色彩的农田，将温黄平原切割成一张可推演的军棋盘；童时让第一次看到山脚下往来的人群，如此的渺小，渺小得若他脚下忙碌爬行的蚂蚁；那一艘艘在南官河上行驶的小火轮（机械动力船）全变成了一只只小蟋蟀。说也奇怪，打从童时让第一次攀登天戟峰成功后，他一下子觉得自己长大成人了，他不再恐惧，不再自我卑弃，不再事事依赖父兄，他觉得自己的内心瞬时充满了不可战胜的力量。

童时让至死都忘不了，自打他第二次攀登天戟峰成功后，他父亲居然将它当成训练他胆魄、意志、技能的必然科目，只要阳光明媚，山水清冽，他父亲一准带他去天戟峰攀山。

有一次，他从将军台往回走时，因急着归天戟峰那边，误以为自己一纵身即可至平安地，哪知一不小心踩空了，他的身体刹那间打了个踉跄，掉下悬崖，多亏天戟峰的石壁横长有一棵铁子松，枝丫八爷的树枝钩住他的衣服，让他瞬时变为一只豆腐包子，高高地孤悬于晴空中。他哥哥任时平伸手要拽他上来。

他父亲黑着脸训他哥哥："天下雨来路下滑，自己卡倒自己爬；亲戚邻居扶一把，酒还酒来，茶还茶。兄弟姐妹各人自来，你能帮他一辈子？人只有自己救自己，让他自己上来！"

童时让差点吓得哭出声来，但他没有哭。他知道在这种时候，眼泪什么忙也帮不了。是的，是的，天下雨来路下滑，自己卡倒自己爬；亲戚邻居扶一把，酒还酒来，茶还茶。做人只有自己靠自己。他咬着牙，死死地抓住那根蟒蛇样的雷公藤，一只手捱挓着一只手地往上攀缘，这才强将自己从阎王爷手中挣挫出来。

天戟峰训练归来后，任时平将童时让遇险一事与他母亲童秀清一说，他母亲童秀清气得直着脖子与他爸爸再一次大吵大闹，说她嫁给任武基算是瞎了眼了，天下哪有任家这么对待儿子的，见死不救，万一摔死了怎么办？

他父亲任武基崚嶒着脸说："你生得了他的身，保不了他的世。自己救不了自己，让别人怎么救他？"她母亲说："万一他失手了怎么办？"他父亲答："那好啊，天老爷将他淘汰出局了，省得他长大了在社会上活受罪，让别人看着怜悯。"

童时让想他儿子了，他不知儿子任童心是否跟着他舅舅林曦祥、李卫顺利地到达台湾，他不知他儿子是否在台湾这一次大封中当上上校，他不知他儿子是否在台湾有了对象。

儿子啊儿子，你可得记住，爸爸可是为了你死的啊。

儿子啊儿子，你知道吗，如果爸爸不死，如果他们得知爸爸心向共产党，他们会如何折磨你啊。爸爸宁可自己死，也不愿意他们折磨你。

儿子啊儿子，国民党反攻大陆是不可能的，台湾迟早要统一，爸爸是看不到这个时候了。等到那一天，你能从台湾归来，你到爸爸坟前，给爸爸烧点阡张，爸爸就心满意足了。

儿子啊儿子，你知道爸爸为什么要给你起这样的名吗？

儿子啊儿了，你现在是不是真的当上上校了啊？

儿子啊儿子，你与於怀仁伯伯女儿订婚了吗？你与她可是同一天生日啊。

儿子啊儿子，你可得给我记住，童吉林比你大一岁，按辈分论，你得叫他表哥，你不能叫他名字；林世德是你表哥，你们三个人在台湾得抱团取暖，别让外人欺侮你们。

儿子啊儿子，你妈心刚人烈，我一死，我只怕你妈妈会跟着我去死。如果今后，祖国统一了，如果你妈妈还活着，你告诉你妈妈，爸爸曾在男女的问题上背叛过她，但不是爸爸主动的，是爸爸工作上需要。

儿子啊儿子，你妈妈为爸爸担惊受怕一辈子，忠贞如一地跟着爸爸，尽管你妈妈是赫赫有名的美人。如果你今后你待你妈妈不好，爸爸在坟墓里撑起白骨，也要打你一个大嘴巴子。

儿子啊儿子，你给我记住，莫信直中直，须防仁不仁。虎生犹可近，人毒不堪亲。你必须自己强大，必须自己救自己。

儿子啊儿子，爸爸要走了，爸爸与童平海叔叔、林蕤叔叔为了保你们三人，只有选择走了。爸爸聪明一世，糊涂一时，居然不知当初瑞肇时看似一片好心地带你走，其实是要把你当作人质。

童时让，字子昭，1903 年生，军统局浙江站少将站长，台州天戟村人。天戟村，是台州山区一个微不足道的小山村。打开台州行政版图好好看一看，你根本找不着天戟村的村名。天戟村太小了，实在是太小了，小得如一粒虱子深藏在大山褶皱中。

天戟村后矗立有两座大山，一座叫方山，一座叫天戟山。方山下住着童家、林家；天戟山下住着任家、方家。那天戟山，真是一座怪山。那山形活似放大上千万倍的方天戟，何处是戟锋，何处是戟柄，分得清清楚楚。尤其每每太阳上山或每每太阳落山，那金色的阳光往山峰上一镀，整座山峰刹那间变成一座金戟，杀气腾腾地直指苍穹。

天戟村并不大，从山脚往下延伸铺展，分上街头与下街头。直穿而下的是一条用鹅卵石铺成的不足百米的一条小街，将村子一分为二，所有人家全沿着这条鹅卵石小街盖起一间间房子。直至现在，任、方两氏子孙都无法说清这种格局是哪年哪月形成的，任、方两氏子们觉得生活实在太不方便了，于是集两姓子孙的全部力量，将村子所依凭的那条天戟溪两畔滩地上的乱石，彻底搬掉，挖出一条水渠，将哗啦啦唱着歌的天戟溪引入村子。

天下起铺天盖地的大雨，天戟溪水一片汹涌澎湃。天戟村管水人，即身穿蓑衣来了，将闸门用力闸死，以免洪水入侵村子。天放晴了，村民们要用水了，天戟村管水人又来了，他佝身将闸门打开，那清冽冽的山溪水，又一路唱着小曲儿快快活活地往村里走了。天戟村女人，或洗衣，或提水，或洗菜，全在这条渠水中进行。偶尔间有几只鸭子得意扬扬地在水流中游动，抻长脖子嘎嘎地叫，给寂静山村增加了几分生趣。

别看天戟村那条鹅卵石铺成的小街小，却是村子甲行政中心、文化中心、购物中心。凡有家族红白事举宴、祭祖、祭天地，一股脑儿地全摆在这里。小街尽头，则是一处长方形大操场。这处长方形大操场，是天戟村人唯一的运动场所。每天清早，学生们在此做早操，男子人们在此舞枪弄棒习武。操场前端有一条大道出口，正对村口处建有一座任、方两氏共有的大祠堂。

正对着任、方两氏大祠堂，栽有一棵树龄有七百多年的樟树。那樟树，

大，老。说大，两人合抱，抱不过；说老，树根虬龙般一头扎入地下。秋日来临，那三人合抱粗的大樟树上结满了果实，果熟时，说不出名的一种黑鸟，在树枝上蹦来跳去地吃果子。那横逸的大树杈子上，悬有一口小小铜钟。任、方两氏宗族有事，执事即抡起一把大铁锤去敲钟。说不清是哪年哪月祖上留下这么一个规矩，只要钟声一响，水波纹似的一圈接一圈荡漾开去，全村三百多户人家，必须一家出一人来开会听事。

天戟村地理位置特殊，坐落在方山与天戟山两山环抱的山坳中。那条跨越有上千年历史的天戟溪，源出九峰山，过方山、过天戟山、过卧虎山、过白龙山、过风水山、过白石山后，再一分为二，一条入南官河，一条入永宁江。天戟溪是天戟村的母亲溪，长约二十里，最开阔地段约有半里，近半里阔的水道上，全是圆滚滚的鹅卵石。

不起洪水时，溪水绿得令人心醉，一天到晚不知疲倦地唱着它们唱了不知道多少年的小曲儿。天戟溪在村子入口处，有着人工挖掘的两个大湖，一个叫鸣凤湖，一个叫金刚湖。鸣凤湖中有一块巨石，每有顺溪山风刮过，不知出于何种物理作用，即会发出动人的呜呜声，如若天神在吹着洞箫。金刚湖周边矗立着有如佛殿门前守护金刚般的九座巨岩。民间传言此风水宝地，必有文武两将为此地的守护金刚，那锐不可当的天戟峰，即是他们手中握着的武器。

天戟村盆地上有两口不大的山水湖，清澈得如姑娘眸子。黑白分明，光彩灼人，美得令人不敢亵渎。在平常日子里，天戟溪永不停息、哗哗作响地往下淌，样子活似一条绿蛇在嶙峋巨石中蜿蜒穿行。天戟村人所住的房子，全部沿天戟溪畔而建。为防洪水对天戟村实施毁灭性打击，天戟村任、方两氏子孙，合力修有一条全用鹅卵石铺成的大坝。尤其天下大暴雨时，那溪水刹那间从可爱的绿蛇翻身成狰狞的黄色蛟龙。溪水叫着，吼着，抖擞着坚硬鳞甲，杀气腾腾地冲往村庄、冲向下游。哪个敢阻挡它前行的脚步，它立刻与之实行生死对决。发出来的声音，如若雷霆，似乎让静默的群山为之颤抖。

天戟村地理位置处于群山之间。因浙东沿海多台风暴雨，台风暴雨一多，必多山洪，山洪一起，必挟带泥沙。大量泥沙至此处骤然滞缓，必然淤积成延绵数里的山谷平原。天戟村即坐落于盆地北端。山区就是山区，绝没有平原地带一马平川的肥田沃土。天戟村所有农田，全经任、方两氏子孙们顽强拼搏，一点点地用他们肩膀与双手建造出来。两姓祖辈造田时，先用肩膀将溪滩上的乱石一块块担走，再将可用之土一簸箕一簸箕地挑来覆上，最后就着地势修成一块块不同形状的农田。

天戟村最大特色是梯田。梯田所呈现出来的样子，活似一架直登云霄的梯子。所有农田全一级叠一级沿着山体向上、向上，最后与围巾似的山岚弥合一起。那梯田所呈现出来的样子，巍峨壮观。任、方两氏子孙生存地是山区。山区最大的特点，即是多沙石。这种地理结构最大特点，即由沙泥组合而成，渗透力极强，留不住水。正因如是，可种水稻的水田很少，基本上旱地当家。

天戟村物产有六多。

番薯多。每至秋天，梯田里的番薯全部成熟。天戟村男女老少，必须全村总动员，上山挖番薯。他们将番薯挖出来后，装入脚笼，然后"吭唷吭唷"地挑下山来。挑下山后，部分留种的，放入挖好的番薯窖里储存。所有在家的女人们即撸起袖子开始颠了狂似的忙碌。她们将所有的番薯放在溪水里洗净。洗净后，女人们全部上场，或是将番薯切成丝摊在竹帘子上，让毒辣辣的大太阳不断地亲吻它；或是轻轻地揉搓那番薯丝，阳光一旦将储存于番薯丝内的浆水全部收尽，再手脚干练地将晒干的番薯丝拢成一袋，放在谷仓里储存，作为山区人一整年的口粮；或是将番薯洗净后，打磨成粉，做成粉条，晒干，当成一年必不可少的菜。全村任、方两姓氏子孙加异姓子孙有七百多人，平均每人只有一分水田，大米在天戟村属稀珍粮食。天戟村民们一年到头吃的差不全是麦类与薯类，所产的那点大米，家家无不是精心地将它储藏起来，或是客人来临，或是过年过节，村民们才将米扺出，煮成米饭，供客人们享用。

天戟村树多毛竹多。正因有此两多，树与竹渐成天戟村民主要经济来源。天戟村竹与树，均分大年、小年。什么时候砍树，什么时候砍毛竹，全有定数。每至砍树时节到了，全村经验最多、年龄最大的老人，即成村民心中的大宝贝。老人们脚穿麻鞋，腰别蓟刀，手执驱蛇棒，肩背烟袋，翻了一山又一山。他们一边走，一边看，一边吸烟，一边在树林、竹林里转圈子，在该砍伐的树与毛竹身上做下个记号。老人将此事做完，天戟村大部队即哗啦啦地开上山来。他们先是找到老人们在树上做下的那个记号，找到了，领头的遂下令砍伐。砍伐时，只可往倒向那边砍，以免大树倒下时，伤着下面小树。快至伐

倒时，主刀人还必须对着起伏着的群山大喊一声："顺山倒喽！"这才将树放倒。树放倒后，先将那枝杈什么的砍净，晾在原处，什么时候干了，什么时候再上山来挑。砍下的毛竹，同样如此。若是没有做记号的毛竹，你给砍了，下山点验时，老山把式不发现则已，一发现，打不死你才叫怪，往往打得你跪在那儿对着山讨饶，这才拉倒。毛竹砍伐下来后，天戟村民们搬运的方法与树完全不一样。树放倒后，一棵接一棵地用短柱撬着"吭唷吭唷"扛下山来。竹子放倒后，村民们不是一根接一根地往山下扛，而是背至某一特定的山折处。这个山折，有个特定名称，叫"竹道"。竹子背至竹道后，由一老把式将竹子编成簰。临放竹子前，老山把式必须先放上一声爆竹，告诉山下行人他们所在的上位置，让山下人辨明方向后好走开。老把式再将手捧成个喇叭状，对着对面的大山，喊上一声："放竹子了！"直至群山回声一波接一波地返回来，这才开始放竹。那箍制竹子的篾索一旦被刀子砍断，所呈现出来的景象即蔚为大观，那竹子活似条条青蛇，争先恐后地往山下逃窜，发出来的声响惊心动魄，让整座山浑身嗡嗡响，似乎在打着哆嗦。所有竹子，顺竹道放完后，老山把式再放一支"二踢脚"，山下人即可着手将所有放下来的竹子，扛至溪边那块开阔地，堆成一堆。待雨季到来时，再编成簰，顺着天戟溪放至城关，然后顺永宁江或南官河向台州各县集镇发放。

天戟村猪、牛、羊、鸡、狗、兔、鸭多。天戟村差不多家家都有牛栏、羊栏、猪栏、兔笼、鸡窝、狗窝、鸭巢。除了猪之外，所有六畜统统野放。每至夜间，天戟村那才叫好玩呢。这一边，家家的炊烟袅袅升起，那一边，那牛那羊叫着从山上下来。它们下得山来后的第一件事，即是至山溪边饮水。每每此时，天戟村天戟溪的水边，景致极为动人。牛在哞，羊在叫，人在清清的溪水里洗涮，成群结队的鸭子们呢，在溪水里悠闲游荡。偶尔间它们高兴了，遂起身扇着翅膀，那嘎嘎的叫声，让整个村子变成一幅滋味极浓的世俗画，一股无法言表的芬芳让人流连忘返。尤为好玩的是那些鸡。别看那鸡是动物，它可认得自己家。白天里，这家的鸡与那家的鸡，相互混在一起，争着交配，争着刨食；每至夜间，它们遂往自家归，绝不会走错门。先进家门的总是那经验丰富、循规蹈矩的老母鸡。老母鸡进家门时，第一个动作即是在门槛上停顿很快，回眸一下随她的小鸡崽们是不是跟着她归来；第二个动作即是带着一点母爱性质的"咯咯"叫几声，然后一纵身子走进鸡窝。最后一个进门的，总是那只披金带紫、骄傲得一塌糊涂的大雄鸡。那大雄鸡可不是如此了，它总爱在门口那块大石头上抻长脖子，"喔喔"的一声长啼。于是，整个天戟村所有的公鸡，此起彼伏地全跟着它叫将起来。它侧耳聆听一会儿，全村的雄鸡皆响应如往昔了，这才得意扬扬地往巢中走。

天戟村毒蛇多。盘踞于天戟村周边方山、卧虎山、白龙山、天戟山的毒蛇约分有两种：一种叫"竹叶青"，一种叫"五步蛇"。竹叶青是那种一身是青、盈不满尺的小蛇，它好生活在树上。五步蛇一身灰不溜秋，样子一点也不好玩，倒是有几分恶毒与狰狞。这两种蛇极毒，竹叶青，不被咬着千好万好，一旦被咬，即倒了大霉，一两分钟一过，蛇毒液攻心，你不想死，也做不到。五步蛇稍好一点，但让被咬者走不出五步，一过五步，毒汁攻心，你不想倒地也办不到。天戟村人每每上山，第一件事必须全副武装：脚穿厚布袜，手持长竹竿，一边前行，一边挥打，仿佛在向它们正式宣告：三山五岳你开道，我来了。然而天下事物均有它的两面性，五步蛇虽毒，药用价值极高。天戟村的乡亲们捕捉五步蛇，可以称得上天下第一。他们发明出一种捕捉五步蛇的特有工具，前端有个铁夹子，中间连接着一个小机关，无论那五步蛇潜藏在何处，不被看见则罢，一旦被他们看见，这条五步蛇的死期遂宣告来临。它们将那机关往五步蛇那三角形的蛇头上用力一摁，任凭这条五步蛇如何扭曲挣扎，再也别想跑掉。捕蛇人将他所捕到的五步蛇，先是捏定尾巴，大头朝下地用力抖动，那五步蛇身上的威风，即在人类那可怕抖动中丧失殆尽。最后的结局，只可任人宰割。于是，天戟村的捕蛇人，第一步是取蛇胆，取出蛇胆后，装入一只小瓶子内，注上白酒泡了，再将那蛇身用竹片支开，将它晒成鲞，然后将此两样东西卖给当地药店。

天戟村药材多。天戟村大山深处的药材多得不得了，那药材也是天戟村乡亲们重要收入之一，其价值与丌春时的茶叶差不多。无论是何种药材，天戟村周边山中差不多全有。最多的药材有四样：一是黄精，因其形若猢狲，山区人又将黄精起名"猢狲姜"。秋天里"猢狲姜"熟时，人们成群结队地去山里挖"猢狲姜"，一挖一大盆。挖回来后，家中女人即将挖来的"猢狲姜"放在溪水里洗净，再放入一口大锅煮熟，让家里的孩子们吃。天戟村出的

"猢狲姜"，实在是太好吃了，甜，吃了一个，还惦记着下一个，但这东西，性热，吃多了，鼻子易出血。二是茯苓，那茯苓长在松树底下，树龄越高的大松树底下越有茯苓。一旦发现大松树根部缠绕有一根丝藤子，你就顺着这根藤子往下挖吧，下面准有大茯苓。三是藤梨，所谓的藤梨，即是现在人们常吃的猕猴桃。但天戟村人不叫猕猴桃，叫藤梨。那个藤梨，不发现则罢，一发现，则是一大摊子，全盘缠在一起长着，一颗接一颗。刚摘下来时，无法入口，酸倒牙，需放在砻糠里焐熟。一旦焐熟，黄金金的一颗，甜得要命，不想吃多也难。四是何首乌，那东西很怪，长得完全像个人，还分公母。公的那上面，居然有男性标志物，那母的，身上居然有突出来的一双乳。何首乌是名贵药材，值钱，挖着一个，换上咸制品可吃上大半年。

天戟村野兽多。天戟村野兽主要有四种：一是野麂，二是黄羊。这两种动物全是食草动物，只有人类吃它，它不吃人类，构不成威胁。真正对天戟村人构成威胁的，则是另外两种野兽：一是狼（本地有称"狗头虎"），每每夜间，那些狼时常从起起伏伏的山中下来，至天戟溪溪边喝水。其中一只狼，高高站在岩石上放哨，以防不测，其他狼，全叉开腿立于溪边喝水。它们喝水的时候，与狗一样，伸出舌头来舔，一舔即"呱呱"直响。二是野猪，野猪是食草动物，但野猪繁殖力极强。每对野猪，一年可下好几窝崽，一窝崽子往多里说有七八个，往少里说，也得有三四个。那时，天戟村的土地全在山腰上，乡亲们种什么，它们就吃什么。种番薯它们吃番薯，种马铃薯它们吃马铃薯。它们吃的时候可狠啦，不是吃饱拉倒，而是一溜接一溜地拱。某年，天戟村野猪泛滥成灾，天戟村人正打算上山收番薯呢，至山地一看，好好的番薯田，全让那野猪给拱得片甲不留，气得大家跺着脚，直骂野猪不是个东西。你骂又有什么用呢？野猪就是野猪，它有它的生存规则，它不懂人语，还是拱。地就这么一点地，人口一天天增长，这帮野猪将人吃的东西吃了，人吃什么？天戟村人决定动武捍卫。他们集体持武器上山打野猪，枪声漫山遍野"砰砰"响。有一天，居然打死了十三头野猪，全村任、方两姓人家，一家分上一大块野猪肉。

天戟村人生存方式与台州平原地带的百姓们的生存方式有着很大的差异。由是台州东西两端人，有两个完全不同的叫法，平原一带富庶之地的人们，称西部山区人为"山头未佬"，台州西部山区人称平原一带人为"下洋头人"。美丽的风景与生存条件从来不同步。风景越原始、景致越秀丽的台州西部山区，生存环境越残酷。天戟村的生存环境极为艰辛。

　　台州西部山区所有的粮食，一年只种得一季。大部分收入全靠山林、茶叶、橘子、枇杷、杨梅、桃。天戟村人们为解决全年生活问题，不得不用腌制的方法来解决他们一年一次的食物储存问题。菜头下来了，他们晒菜头；白菜下来了，他们腌白菜、晒干菜；竹笋下来了，他们腌竹笋，晒笋干；番薯下来了，他们晒番薯干。腌菜的时候，并不是一坛子一坛子腌，且是一整桶一整桶腌；那霉干菜晒的时候，不是一簸箕一簸箕晒，且是一帘接一帘晒。

　　外地人每至天戟村，第一眼看到的是家家中堂摆满各种各样腌菜坛子。尤其是过春节前后，天戟村人几乎家家杀年猪。年猪杀倒后的第一件事，即是先将猪头与下水之类的东西，全部放入大锅里煮熟，请全村人来吃。吃的时候，家家大摆宴席。那大酒席沿着村路排，一排即有上百桌，场面非常闹旺且温馨。男人们喝得个昏天黑地，女人们忙得个昏天黑地。族亲们呜呼呐喊地吃了个酒足饭饱后，即一甩手扬长而去。剩下来的那两片肥肥身肉，男人们即抢起一把利斧，将它砍成一条条，砍好后，男人们即将白肉条交给家中的女人们来处理。家中的女人们所做的第一件事，先将白肉条子放在太阳底下晾晒它三四天。直至白肉条全部拧紧，再拿过一只大木桶，将晒好的干菜铺底，然后一层猪肉、一层干菜、一层盐地铺好；一大木桶全铺满后，再在上面压上三四块大石头。一直压有差不多大半年，一直压得肉里的油全挤将出来为止。当那块压着的石板揭开后，一股无法说清的香气，争先恐后地蹿上来，令人闻后浑身都有软醉感。那满满一桶霉干菜，全透着一种无法说清的光亮。由于霉干菜与腌肉一层接一层地压在一起。力、菌、食盐与猪肉条上渗出来的油，四大元素相克相生演变成的最后结果，那腌肉红红的，浸透了油的霉干菜一片油黑。

　　每有客人来，天戟村人招待客人的就是霉干菜与腌腊肉。主人会一脸绽笑地问客人：香不香？客人答：香。天戟村的女人们，即会豪情万丈地对前来旅游客人们说：只要你喜欢吃，今天晚上我们就让你吃个够。

　　天戟村生存条件与城里人的生存条件差距非常大。

　　天戟村苍蝇多。天戟村的房子差不多全与猪圈建在一起，所有的茅坑全部敞口，这两样东西共存，遂成苍蝇蚊子们幸福的生存基地。每至夏天，苍蝇繁殖季节来临,那绿头大苍蝇嗡嗡振着翅膀满天飞。人们吃饭时候,它们如同敢死队一样,一批接着一批地拼着老命直接往你碗里锅里撞。每每这个时候,天戟村人们不得不用杀伤力极强的敌敌畏对付它们。尽管化学武装锐不可当,但真正的效果并不理想。那些绿头大苍蝇,多不说,且是生死不怕。死一批,前仆后继地来一批,怎么打也打不尽。这种令人恶心的持久战一直交锋至腊月,它们如同一下子接到老天爷的命令,全部消失得不见踪影。第二年初夏,它们又神出鬼没地再次复活,神气活现地出现在人们面前。

天戟村蚊子与蜢子多。那蚊子多少可以防备,不可防的是那些小看不易察觉的是蚊蜢子。蚊蜢子个头只有米星子一点大,无孔不入,侵略成性。无论是人的头发与身上的衣褶,只要它们钻得进去的,它们即会不要命地往里钻。一旦钻进去后,即如孙悟空拱进了铁扇公主的肚子,那股折腾可真是腾挪随意。天戟村人从小即在那个地方长大,皮实,抵抗性强,不在乎。而那些细皮白肉的城里人,在不恰当的时间进入这不恰当的空间,那麻烦就大了。1958年,黄岩县人民政府搞了个巡回医疗队。天戟村来了一位长得细皮白肉的女医生,她身穿那时极为时髦的服装:布拉吉、短袜子、方口黑布鞋。她一进村,天戟村人即警告她说,姑娘,你可别穿那么露,你那肉那么嫩,当心它们将你当成盘中餐。那姑娘不相信,还是一如既往,什么防护措施也不做,一进村子,那麻烦可就大了去了。那蚊蜢子立刻向这位长相秀丽的白衣天使下达驱逐令了,咬得这位白衣天使两条腿上全是红疙瘩。这位白衣天使,因痒,不断地扒搔,结果越扒搔越痒,越痒越扒搔,三扒搔两扒搔,流脓出水。这位白衣天使,最后不得不落荒而逃。

天戟村夜间点灯全是"火篾照"。所谓"火篾照",即是先将山里的毛竹砍下来,劈成片,去青(青皮部分用来做篮子与竹席)留下的那白肉捆成捆,放在溪水中任那山溪水将它浸泡有半个多月,捞出、晒干。夜间一到,抽出一根,点着,往那柱子上一插,它即以付出生命的代价放出一丝黄黄光彩,让它的生命现出最后一点精华。

天戟村人擦屁股不用纸而是用篾片。那篾片的制作方式与制作"火篾照"差不多。乡亲们将那篾片折成约两寸长,放在茅房那只篮子中。大便一结束,随手从悬着的篮中,取出一根,往屁股眼上一刮,就算擦过屁股了。他们居然给这种如此落后的方法，叫作"剃便"。

天戟乡大学者童文甫曾写下一首诗，说的即是天戟村人的生活。

> 辛苦惟期我稼同，移间绝不执宫工。
> 随方室尽朝两日，生就人皆耐北风。
> 履是管芒犹贵著，衣非绸缎亦单蒙。
> 只缘持有驱寒计，极贱松柴满突红。
> 家常便利是山陬，半出天然不用谋。
> 劈竹引泉来灶脚，拉枝生火隔篱头。
> 蔗秆作果同崖蜜，麻梗为灯省菜油。
> 字纸方包如有物，逢三逢八市中游。
> 群然别有一般肠，道理浑难与较量。
> 说鬼野僧弥勒佛，识丁村汉夜郎王。
> 豕生难饲频占卜，鸡病思医每问方。
> 独怪赤赤愚未尽，也知丰屡别炎凉。
> 叉手当胸脚步宽，比邻乘暇每相着。
> 乱离无象多忧患，饮食闻邀易喜欢。
> 好只寻常云靠佛，争因些少说鸣官。
> 山脚即带尘寰气，到底天真未断残。

建文元年七月，燕王朱棣清君侧，重兵南下。建文四年，南京失守。时与建文帝相伴者有六位忠臣：帝师方孝孺，贴身带刀警卫任元培、方正清，太监宫保正，宫女徐梅子。为救建文帝一命，帝师方孝孺，曾精心策划有一套方案：由太监宫保正扮成建文帝，由宫女徐梅子扮成皇后，由任元培、方正清二贴身警卫率建文帝从宫殿内一条秘密水道潜出金陵，逃往贵州，方孝孺留金陵以应付朱棣。初时建文帝不肯，定要方孝孺与他同去，方孝孺坚不相从。方孝孺说："国家靖难如是，为臣子者不尽忠，但等何时？我若一走，事必泄，陛下命必危。我方正学岂可卖主苟且以求荣？"建文帝一走，太监宫保正与宫女徐梅子穿上皇帝皇后服装，遂举火焚烧宫殿，制造建文帝自杀假象。任元培、方正清即率二十一名旧臣，历尽艰难，护送建文帝至云南某处落发为僧。直至一切安排妥帖，任元培、方正清二人即相继潜归宁海老家。朱棣即位

为成祖，定年号为"永乐"。因朱棣心存疑惑，逼帝师方孝孺为他写诏书，方孝孺坚拒，朱棣一怒且不可遏，令灭方孝孺九族。时任元培、方正清刚归宁海老家，即接时任台州知府江恕送来的一小密件，任元培、方正清打开那个小密件一看，内容只有一条：令宁海任、方两氏速率子孙离开宁海，不然将灭门。任元培、方正清二人，何以不知朱棣为人残暴与强悍，何以不知在权力争权面前的血腥与惨烈。人不可与势争，为保子孙繁衍，连夜收拾细软，率任、方子孙三百余人，举族自宁海起身，过天台、过仙居、过临海，达永嘉与黄岩的交界地决要村。正当他们潜入大裂谷，茫然不知所措去往何处的那天夜里，任元培、方正清同时梦见一白胡子的老人翩翩然至他二人面前，说："忠厚之人，天必祐之，任、方两氏两门忠良，特赐天戟峰一风水宝地于尔等子孙。"

"天戟峰在何处？"

白胡子老人说："前走，前走，见有山若戟者却是。此地圆若天宇，中溪曲折，若分黑白两轮；两湖如目，地之形若八卦则是尔等子孙落脚之地。"

"你是何人？"

"吾乃台州土地爷也。"

言毕，即化作一缕青烟，随着一缕清冽的山风而不见其踪影。别看二人做的是梦，却纤毫毕现，真真切切。有道是仰观于天文，俯察于地理，是故知幽明。人心岂能不与天心通？任元培与方正清二人不能不信。于是，任元培、方正清二人，即从大裂谷起身，引族人来至人迹罕至的天戟山。

永乐二年，任元培与方正清二人同立于天戟山山口。展现在他们二人面前的风景是：山如城，树如潮，竹如海，地如盆，草如浪，沙如坦，湖如镜，溪如龙，石如蛋。他们二人攀至天戟山顶时，放眼四巡，一览群山小，所见景色极其迷人：

> 路转标霞外，云开绶带前。
>
> 几层山底屋，一线竹间泉。
>
> 洞口石孤笋，岩头峰倒悬。
>
> 山上青天山下溪，白云流水两相宜。
>
> 上尽峥嵘万仞巅，四山围绕洞中天。
>
> 秋风吹过琼台晓，试问人间过几年？

任元培问："是不是土地爷叫我们安身立命的地方就在这里？"

方正清答："是，与我梦中所见一样。"

"在此安家？"

"当然，当然，此乃上天奖掖民族忠良，特将此地赐我任、方两家，我们岂有不在此处安家之理？"

"是啊，是啊，天予之则受之。万物皆有主，天地皆有数，天地之主令你我兄弟在此安家，你我二人当然得让你我子孙在此共建家园。"

于是，任、方两族子孙，言听计从，举族行动，挥刀斩草，开蚕道、辟蛇路，逶迤至天戟山山麓。

任、方两族子孙的辟荒先遣队终于辟路至那块天然台地。那台地，恰如一座戏台子坐落于天戟山脚下。台地坐北朝南，两侧有溪水环护。正台地对面则是一块平坦盆地。放眼一看，一切全与梦中那位白胡子土地爷说的一个样：山若天戟，地若寰宇，中溪曲折，黑白分轮，两湖如目，形若八卦。任元培喃喃道："一样吗？""一样，一样，你看那山是否如戟？你看那地方是否如八卦？"方正清回答道。任元培边点头边说："是，是。一切全是。"方正清令下，任、方子孙即一齐动手：斩木架屋，割草成房。

永乐三年二月，任方兄弟二人终于第一次登上天戟山那块平台。那天，阳光潋滟、气象万千。兄弟二人长跪于山顶，向天地拜谢，感激天地对任、方两氏子孙的厚爱，并作诗一首以明志：

> 万里黑风迷鬼国，一杯弱水隔蓬莱。
>
> 诗人吊古应多思，落日高丘重回首。
>
> 子胥不作忠臣死，勾践终非霸主才。
>
> 岁月消磨人自老，江山壮丽我重来。

永乐三年三月，第一场春雨细密如粉地绵绵筛过。仟元愔、方正清各率长子，即在村前村后，种下两棵树。一棵叫香樟，一棵叫沙朴。樟者，彰也，立早也，以有德者可弘扬也。朴者，实也，生命力顽强而多子也。意在任、方两氏子孙，无论在什么样的荒山瘠地均可生存。亲兄弟明算账，这是台州人在此地安家立命时留下的规矩。自此，任、方两姓子孙分划地界：当归任家的，归任家，当归方家的，归方家，除头上顶着的那一片蓝天、口中所吸的空气与

终日不停息流淌的山溪水外,所有山林、农田皆二一添作五。于是,一年一度繁忙春耕始在天戟山盆地拉开帷幕。自此天戟山脚下有了四下弥漫着的一缕缕乳白色的柴烟。

永乐三年四月,春耕初定。任、方两氏家族开会,商议五事:定村名,定村规,定辈分,定村魂,定共建任、方两氏祠堂。村名三言两语即敲定:以山为名,纪念土地爷的托梦引荐,令任、方两氏有个落脚之地,叫天戟村。

村规从宁海原村带归,计开八条:忠诚、种德、勤学、行善、睦邻、孝悌、包容、仁爱。任、方后代子孙辈分,另起炉灶,以六十代为轮回。因任元培与方正清是生死与共、患难与共的铁杆兄弟,曾对天盟誓,不背主、不悖逆,有福同享、有难同当,决定行异姓同辈:即姓各自的姓,行同一字辈。这个决定有两大好处:一是证明任、方两家世世代代以兄弟相亲,时时不忘抱团取暖;二是日后两家男女通婚,省得乱了辈分。六十字为任、方两氏后世子孙辈分:孝友振家业,种德培祖恩,和睦致瑞祥,忠义永吉庆,五伦周有序,尊亲常省心,修身齐治国,顺天和至诚,立志育民本,根实道茂盛,自强天行健,厚朴载物成。(至二十代后,因新学冲击着中国传统文化,任、方两氏子孙没有完全按辈分起名。)

村魂从宁海原村带归,计开二十四个字:鞠躬尽瘁,忠诚勇敢,担当清正,廉洁为民,刚正不阿,诚实守信。眼看所有事情全敲定,身为任、方两氏族长的任元培,准备宣布散会。

就在这当口,有个稚嫩的孩子突然喊:"伯伯,有个庙,你为什么不造?"

"什么庙?"

"天地庙。"

"天地庙?"

"对啊。"

任元培先是吃惊后是关注,掉头一看,说此话的不是别人,且是方正清那个长得虎头虎脑的儿子方孝义。任元培上前一步,俯身轻抚一下方孝义的头问:"孝义,你说说,为什么要造天地庙啊?"

孝义答:"正学哥教我读书时,就让我们长大后做人得'天行健,自强不息；地势坤，厚德载物'，正学哥曾对我说，我们台州府老家，什么庙都有。管火的就火神庙，管水的有龙王庙，管上天言好事的有灶司菩萨，就没人造天地庙。正学哥说，太阳在我们头上照着，空气在我们身边流着，土地在我们脚下承载者。没有太阳，我们永远沉入暗夜；没有空气，世界不会有一草一木；没有土地默默无私奉献，天下不会有生灵。正学哥说，十人有九人忘恩负义，越是给我们东西越多的土地，我们越不拿它当回事。我们生气了，拿土地出气；我们想利用了，肆意残害与践踏；我们不高兴了，任性地在它身上胡作非为。天地曾几何时，有过抱怨？伯伯，你说说，我们如此对待生我养我的天地公平吗？"

此言一出，瞬时让任、方两姓子孙鸦雀无声。

任元培问："孝义说得对不对？"

众人答："对。"

是的，是的，方孝孺活在人世时，对他同族子弟说得没一点错。一个人的人品好坏，即可从他对待天地的态度上分出高下。太阳、空气、土地、水，是人类生存不可或缺的四大元素。太阳、空气、水，谁也不敢虐待，人们唯一敢粗暴对待的即是脚下踩着的那块土地。我们真正要敬的，不是这种那种闲神野鬼，而是天与地。你想想，夫大人者，与天地合其德，与日月合其明，与四时合其序，与鬼神合其吉凶。先天而天不违，后天而奉天时。坤厚载物，德合无疆，含弘光大，品物咸亨。我们不敬天地，我们还有没有对天地的感恩之心？况且任、方两氏子孙是土地爷托梦至此，我们岂可忘怀？人在做，天在看，我们做人岂可不敬天地？任元培是什么人，官至三品的将军，是任、方两家公认的领导人，况且所有建村之费，皆为任元培所出。任元培在任、方两氏子孙中，不说是一言九鼎也差不哪去，任元培一点头同意，一切全迎刃而解。任、方两氏子孙一致表态：全村人共同努力，再增一个大项目，即在天戟山脚下建它一座天地庙。

任元培亲自动手，画有两幅草图：一幅是立于村口的任、方两家祠堂；一幅是位于天戟山的天地庙。

黄岩县名列第一的大木匠丁臣夫来天戟村。

黄岩县名列第一的大石匠管宗泽来天戟村。

整个天戟村人全动起来。男人们上山伐树的伐树，挑岩的挑岩，做苦力的做苦力，杀猪的杀猪；女人们洗菜的洗菜，做饭的做饭。整个天戟山脚下现出从不曾出现过的热烈与张狂。

天地庙在天戟山上正式落成。他们将天公地母完全设计成人形，天公是一位高大健硕、威风凛凛、风流倜傥的中年男子，地母是一位慈眉善目、体态丰腴的中年女性。他们在天公与地母的坐像前，筑有一块装有五色土的祭坛，祭坛边界完全按大明国版图设计。祭坛现西高东低，堆有山川、丘陵、平原。他们居然从天戟山引来两条小溪水，从院子中间穿过，代表黄河与长江。在四周树木的掩映下，将天地庙面前的那个院子完全雕塑成中国地图的缩小版。无论大人与孩子，只要你一进天地庙，即可给你上一堂中华民族地理课。若你是一位地理教师，你完全可以指点出哪座山是五岳之首泰山，哪座山是华山，哪座山是嵩山，哪一处是开封，哪一处是洛阳……任元培亲笔撰有一副对联，铭于天地庙大门口：

> 大有国，小有家，治国齐家当学天地精神
> 乾为天，坤为地，顶天立地当有乾坤品德

天戟村任、方两氏共有祠堂正式落成。祠堂正门口有大台门，四周修有八尺高墙，柱木全是合抱粗大柏木，两扇大台门上包有黑色铁皮奶头钉，大门左右坐有一对威风凛凛的石狮子，门两边有任元培亲撰的石刻楹联：

> 黄岩生，黄岩长，为人当有山精石骨
> 台州出，台州入，做人当有和合心智

正中间悬有长方形的一个黑底鎏金的大匾额，上有任元培亲笔题的大字："忠义堂"。每进立有七柱，柱下均是雕花圆柱石，院内有走马廊，每进正中间有影堂，每明堂两柱，刻有方正清书写的楹联。

第一进楹联：

> 世事如棋，让一着不为亏我
> 心田如海，纳百川方见容人

第二进楹联：

> 事以利人皆德业
> 言能益世即文章

第三进楹联：

门迎天戟三山宿

窗引溪琴一曲风

屋顶上均雕有灰雕。灰雕有虎、龟、鹤、雀。每屋檐均置有斗板，每梁柱正面描有"渔樵耕读""加官晋爵"等壁画。尤其是那斗拱啊，别看它小，制作极为精良，斗榫互相叠加，活似一座座小宝塔。每一进院子正中间通道左侧，均有一口八角形大水井。忠义堂后分三进，每进之间均有正方形的大道地，道地四角种有四株桂花，每进道地里分正房有厢房。第一进正房，是天戟村私塾。所有任、方两氏子孙每过七岁者，必来此地读书。第二进道地，定为武坛。所有学武的任、方子孙，均在此学武。第三进才是任、方两氏祭祀祖宗坛。第三进内建有大中堂，中堂修有放牌位的祭台，并规定今后凡死去的任、方两氏子孙，所有牌位均放于此。牌位将分金、红、黑、白四色：金色，立功、立言、立德者；红色，善终者；黑色，犯法处死者；白色，不至天年的夭折者。

太阳落了，又升起，月亮圆了，又出缺，日子一天又一天，时间一年又一年，旧的必然要死去，新的必然要来临。天戟村与周边上山童村、林家村，渐成亲套亲、圈套圈。一乡之人，相互娶讨，最后的结果自然是逃不出天规地律：一乡之人若山间竹根样，我中有你，你中有我地紧密纠葛在一起。

永乐八年，任氏第一任高祖任元培去世，入葬于天戟山麓。任元培留下遗言：在家忠家，在族忠族，在国忠国，不忠者，重笞，不准入忠义堂，不得有误。

永乐十年，方氏第一任高祖方正清去世，入葬于天戟山麓。方正清留下遗言：在家忠家，在国忠国，在君忠君，不忠者，杀，不得有误。

自明至清，时间不动声色地流过七百余年，天戟村出过忠义人物七人。

任振昕，字子布。为人沈毅有谋力，学工文，尤精法律，明正统元年进士。原在吏部任侍郎，因在选拔官员上得罪朝中权贵，被贬为大同镇守总兵。时定襄伯郭登闻王友昕能，招与计事。任振昕无不是事事中肯，郭登即以师礼之。明正统十四年，明英宗御驾亲征，被掳；任振昕遂将自己扮成乞丐，尾随侦察，四下散发传单说，若是杀了英宗，必立新君。蒙古军看后，深觉有理，

不敢擅杀，并以好食供之候之。越明年秋，蒙古军攻打大同，郭登问计，任振昕说：寇只是凭着强劲骑兵，深入腹地，必求速战速决，我当敛兵坚守，彼食尽必自遁，我们选轻骑尾袭其后，即可传首也。已而，寇果遁。任振昕亲率骑兵追至沙窝，大破寇军，获人马无算。因功而升鸿胪寺，以序班列。时蒙古军屡犯大同，任振昕督众修筑战壕，在大同城外与蒙古军对决时中毒箭，当日死于战场，年五十六。

方祖奎，字卿强，万历四十年举人。署淳安县教谕，后擢盐城知县。上任后所做的第一件事，即深入调查研究民间疾苦。时淳安县存有三大害：射阳湖泛滥成灾；地方多强盗；塾学倾圮，民风不开。方祖奎走马上任后，即大刀阔斧给予整顿。时盐城有一豪强名腾蛟者，犯国法一直埋名隐姓潜逃在外。历任知县皆不敢撄其锋，不是对他开只眼闭只眼，即是装聋作哑，任其胡为。方祖奎上任后，即亲率县衙役捕其妻、子。庭审时，腾蛟妻性烈，掷子于地说，我身为贼妻，与生此贼子，有何用？腾蛟子吓得呱呱号哭。方祖奎为人心善，妻是妻，夫是夫，子是子，一人有罪一人当，足矣，何可连累家人？令当庭释之。消息一人传十，十人传百，终传入腾蛟耳朵。腾蛟由是心生感激，自缚至县衙门请罪。方祖奎对腾蛟说："善恶止在一念，你若能改过为善，当倡修射阳湖，为一地百姓除去水害，我即报请朝廷予以赦免。"腾蛟答："知恩不报非君子，知善还恶乃禽兽。我腾蛟若不踊跃效力，何为人？"有道是强龙压不住地头蛇，腾蛟毕竟是腾蛟，有人恨之入骨，有人爱之入心。腾蛟登高振臂三呼，响应者如云。半年一过，工成。方祖奎决不食言，申请朝廷予以赦免。时盐城有一僧为图虚名，积薪燃火自己将自己烧死，说是菩萨导引他成佛。里中百姓闻之，即集资为此僧建佛骨塔。方祖奎知后，勃然大怒：为佛者，当以身饲虎有善心，岂可以死而沽名钓誉？尽取所集之资用以办学。时城内有背幼主跳海的南宋最后一位承相陆秀夫祠，因年久失修而倾圮。方祖奎看后，大叹，如此一忠臣，其祠岂可倾圮？即出本人全年官俸以修缮。方祖奎为人清峻强颈，从不肯阿附于权贵，后因面忤朝廷大员，自知难在官场立足，遂辞职归乡。但不曾步入天载村，即于路上病死。年五十有八。

任五杰，字良桢。年七岁，能属文，十二岁即应童子试，县令童大翩深爱之，即补于诸生。康熙十二年，耿精忠起兵犯黄岩，响应者如云。任五杰起乡兵守县城，令黄岩县城得平安。越明年，岁贡，中举，授东阳训导。因母去世，丁忧三年，后补上虞任知县。至上虞任知县后，任五杰因劝农桑、因决狱平，深得上虞民心。时上虞有土豪强夺范氏未婚妻，任五杰即判归范家。又有一豪强，侵占邻家土地，以金贿任五杰，任五杰笑拒说，因贪尔金，让我心中愧对天地，岂可自安？即将此地判还人家。因处事公平，上虞人皆称任五杰为"民秤"。越一年，任五杰因病死于上虞任上。

方五正，字维国，雍正十一年进士，任吴江知县。为人清廉，非正道之财，一文不取。时属下一武弁，以放米出洋遭遇弹劾。是夜，这位武弁密怀三百金至方五正寓所，求解脱。方五正严叱说："法者，天下之准绳也，我身为执法者，岂可败坏国家纲纪？"劝武弁自首。因方五正平日略有时间，常至吴江书院授课，吴江书院山长特送修脯数百金，方五正一文不取。山长说："此乃授学之费，则是常例，有何不妥？"方五正答："我身为一县之主，教化于人，则是本分；我自有国家俸禄，岂可得此修脯？"雍正十二年，方五正迁四川安岳县任知县。安岳县一地苦于干旱，苦于无女工赚钱以助生活。方五正察遍安岳县后，即实施三件实事：因地制宜修筑水塘以对旱，劝以蚕桑丝织以富民，建义塾行儒学之教以化民。深得民爱。乾隆元年，因病死于任上。

任庆光，字三省，国子监生。大性爽朗，有侠气，尤其重信义。咸丰六年，任庆光任黄岩清献书院山长。咸丰十一年，李世贤率兵入黄岩，众皆避之，独任庆光不去。不久，黄岩城陷。李世贤率太平天国军入清献书院，持刀索钱财，任庆光不答；问城关富室所在地，任庆光不答；李世贤命手下大将鹂鲸，出刀威逼任庆光做向导，任庆光手指李世贤鼻子破口大骂："我清白男子，岂可从你等做贼？"返身入室，出刀与李世贤部将鹂鲸格斗，即被鹂鲸所杀，年三十六。

方庆凤，字清正，道光六年由武生补本标中营外委。道光二十九年，卩把总，调左营。咸丰三年，升中营千总，调右营。咸丰八年任游击。同治元年十一月，调署中营守备。同治四年六月，兼护游击。十二月，协千总江腾蛟、把总牟仁彪、外委林鹰扬等将领，随署总兵安泰出兵巡剿。十一日，抵舟山；十四日，遇海匪梁彩。两军交战，因安泰指挥失当，又突遇旋风，安泰军大败。方恩凤、江腾蛟、牟仁彪、林鹰扬及营兵五十六人，皆战死于舟山。

　　太阳升起又落下，冬天过去又春天。时间一年又一年。天戟村出有兄弟二人，老大名任文础，老二名任武基。

　　任文础，年轻时，为台州贡生；任武基，年轻时，为台州武生。尽管任文础与任武基两人长得个子瘦小，但机灵如猴。初时，任文础与任武基兄弟二人，只渴望考上文举与武举，借此以光宗耀祖。二十出头那年，任文础与任武基兄弟二人偶然去往路桥十里长街落市。那时，从天戟村去往路桥十里长街，须横渡南官河。那时南官河不是现在的南官河，现在南官河公路横穿如经纬，桥梁一座接一座。那时南官河上没有桥，只有用船只组合而成的一座浮桥。人们来往时，船合，板铺，人可从桥上走过；人不走船走时，管浮桥者，只需撑开船只，河船与竹木簰即在浮桥中间那条水流中通过。任文础与任武基刚打算过浮桥，忽见桥埠那一片密簇的芦苇丛中，歪倒一人。先上去看的是兄长任文础，任文础俯身细为察看，就地倒卧者，虽是俗家打扮，却在他那光光的头皮上，明炙有九个大戒疤，即知倒卧者系某庙剃度和尚。任文础审其容状，恰如刚出生不久的婴孩，知其非常人。再一细勘，这位卧地婴僧病得不轻：身发高烧，烫可烙饼，口中冒有白沫。任文础即命弟弟任武基，速抱婴僧归至家中。那时不是现在，现在天戟村一带，人口稠密，高档的别墅一座接一座，光出口的大企业即有三十多家，行人与轿车川流不息。那时此处行人绝少，周边全是比人高的芦苇与野草，不往家中抱，无处可去。任武基臂长力大，一路风火，将婴僧抱至家中。任文础与任武基兄弟二人，急公好义，一边延请当地医生为之诊病，一边让家里人给他做好吃的，得以调养身体、恢复元气。那位不知名不知姓的婴僧，在天戟村任家整整待了一个月，身体渐渐康复。任文础、任武基兄弟二人为人大度，慨然有容人之德，管吃管住不说，从不曾对婴僧有过一丝异言。

　　一年过去，任氏兄弟不改初心。

　　两年过去，任氏兄弟不改初心。

　　人与人之间的关系就这种样子，给予德者必还予德，给予恶者必还予恶。至第三年初冬天腊月，忽有横山头土匪约三十人来到上山童村。此三十多位山匪，风风火火地冲进上山童村，即列队立于村口，指名索要娶童天阁女儿童美英（童晓兰英姑姑）为压寨夫人。为首的匪首名叫"癞头五梅"，黄岩院桥太湖山人，因土地全部让有钱人盘剥，实在活不下去，不得不学宋江，搞了个鸡笼山结义，拢了三十多位失土农民，啸众为匪。

上山童氏是什么人家？童文阁是当地有名的读书人，其子其女皆是正经人家出身，岂可做强盗压寨夫人？正当上山童村民们慌得乱成一团麻时，童文阁即命女儿童秀清速去请任武基。

任武基一得知消息，即全身肌肉偾张，狂怒，大骂："大虫头搔痒，谁敢？"正打算执三节鞭前往与土匪们对决。

这位一直懒洋洋卧在床上的婴僧忽从床上欠身，嘤声嘤气地说，你且别去。就你这两下，非他对手，莫不如携我前往。

任武基几乎不敢相信自己的耳朵答："你？弱不禁风不说，且是寺中和尚。岂可与这帮横草乱做、生死不怕的土匪对抗？"

婴僧答："我让你们带我去，就带我去好了。"

任文础与任武基一听，真人不露相，露相非真人。没有渔父引，怎可见波涛？

对方既然口出一言平稳如山，非有真本事，何敢大虫头搔痒？即携那位不知名不知姓的婴僧前往。任文础与任武基携婴僧刚至上山童村童天阁家大门口，恰逢这群面目狰狞、生性剽悍的山匪，抢得童秀清的亲姐姐童美英，往南官河边走去。他们粗蛮无理地将温香软玉的童美英绑成一根炸油条，嘴里塞上一块烂"毛桃"（即棉布之类的东西）推着揉着。土匪早在南官河河岸泊有一条木船，只要将童美英揉上木船，即可顺着南官河湍急的水流逃走。

任文础与任武基还蒙头夹死脑的不知怎么回事呢，只听得耳旁一阵呼呼一阵风响，那"婴僧"不再是婴僧，且成一位善于七十二变化的"孙悟空"，身子一纵，迅若一道闪电，飞至船中。两脚一落船，即以脚支船舱甲板，左蹬一腿，右蹬一腿，瞬时将船摇得如簸箕簸米。守于船上五个土匪，刹那间变成不倒翁，左支右绌，因重心失移，很快坠入南官河中。

婴僧对匪首大喝："放下女子即可走人。"

匪首问："你是何人？敢管老爷之事？"

婴僧纵身至岸，威不可犯地说："不要问我是谁，我只想问你，你的头硬，还是这棵柳树硬？"

匪首问："此话怎讲？"

婴僧答："就此讲。"说完飞起一腿，只听得一声脆响，这棵长于河边约有三拱粗的柳树，拦腰被一脚踢断。

天外有天，山外有山，强中自有强中手。是不是撑船高手，只要你提一下篙竿即知你有没有。众匪们吓得面色全变，没人敢如此不识相，拿着鸡蛋碰石头。土匪不得不弃下童美英，抱头鼠窜地逃离上山童村。

任文础与任武基兄弟二人终于知道，人不可貌相，海水不可斗量，表面上看这位婴僧懒洋洋的不起眼，却是一位不显山不露水的高人。任文础与任武基兄弟二人终于知道，他们所救的那位婴僧非常人，乃少林寺武、医僧，名叫释恕武。

一年前，这位释恕武因寺中事走出少林寺，路上遇官宦人家强抢民间女子，出于义愤，前往解救。对方十人围打他一人，因一时性起，失手打死两个纨绔子弟。他怕连累少林寺，遂潜逃于外。因患病、因饥饿，几死，幸逢任文础与任武基出手相救，才有此活命。人与人之间的关系往往如此微妙，或因一人的出现，走入穷途末路；也因一人的出现，从而改变他的命运路线图。任文础与任武基就因这位来自少林寺的婴僧的到来，从而让他们兄弟二人的命运改变了方向。

任文础与任武基匍匐在地，欲拜婴僧为师。

释恕武问："你们兄弟二人想跟我学什么？"

任文础答："学医。"

任武基答："学武。"

释恕武同意任文础跟他学医，却不同意任武基跟他学武。

任武基问："因何如是？"

释恕武答："人不同，性不同，术业专攻必不同。任文础脸有善气，且是贡生，知《周易》与阴阳五行相替，可学。而你任武基却一脸杀气漫漶，争胜好强，枪打出头鸟，不可学此，学之，必有大咎。"

任文础与任武基朝着那位婴僧连拜有三拜说："我任氏兄弟二人遇你此等高僧，乃我任氏一门之福，只望你赐教。"

恕武上前一步，将任武基上下一打量，发现任武基身上有三大他人不可有的特点：手臂如猿猴，善攀缘；脚无旋踵，走起路来，猫行鼠步；两眼如蝙蝠，暗处荧然有绿光。释恕武可不是一位平平常常的僧人，他可是精研过中国文化的大和尚。他突然觉得自己完全可以将任武基打造成另一种人。释恕武将他心中想的主意一说，第一个表示反对的，且是兄长任文础。

任文础说："我祖上是明建文帝三品带刀侍卫，我们任氏一门，岂可从此业？"

释恕武答："当下国之乱世，凡精英者必为国家所用，人所从行业无忌讳，所忌讳的只是你为恶或是为善。为恶，哪怕是读书千车，不过是恶臣，于国于民为害最大；若是为民，哪怕你身为国中第一贼王，也必为国之功臣。释恕武即将他精心掐算的中国今后走向说了一遍。你想想，你弟弟天赋如是，若是将此门学精学透，今后岂有不为国家解倒悬之理？"

任文础听后，深觉有理，终于点头同意。

释恕武当即问任武基："若是我将此学教你，你是否做得到三条？"

任武基问："哪三条？"

释恕武答："不可取人急难，不可贫富有别，不可以此为恶。"

任武基即出门，冲着天地庙一头跪倒，拜有三拜，即对着天地明誓说："我天戟村任氏第二十二代孙任武基，若是做不到此三条，甘愿遭天谴。"

兄弟二人先是焚香沐浴，后是大行拜师礼。释恕武教任文础从医道，教任武基学轻功。兄弟二人，一个往死里读书，一个往死里学轻功。十年时间，若天戟溪水，悄然流过。

1911年是中国历史上极为不平常的一年。那年，一划开天，二划立地，三划立人。行有两千多年的封建君主专制制度，因辛亥革命的一声枪响而改变。中国这只沉睡了两千多年的雄狮子，终于从绵绵沉睡中苏醒过来，睁开精光四射的两眼，抖动着鬃毛，低低发出第一声沉闷的怒吼。

1912年1月1日，中华民国临时政府终于在南京成立。那年，从秦始皇起始的皇帝称号，终于步履蹒跚地退出中国政治舞台。那年，任文础二十有六，任武基二十有四。任文础娶了林家李卫堂姐林佩英，将家安在黄岩天长街，且开起有一间药店，赫然成为一位大医家。任武基娶了上山童村童义阁四女儿童秀清，生下长子，起名任时平。

　　释恕武返少林。释恕武之所以返少林，目的只有一个，他是少林寺名正言顺的和尚，少林寺是他人生的最后归宿地，少林寺是他人生安放灵魂的最后港湾。任氏一门出白银一百两为盘缠，释恕武摇摇手，分文不取。

　　兄弟二人送释恕武至南官河上船，释恕武指着那孤傲直指蓝天的天戟峰与将军台说："此地风水属七杀庚金，原本不属你任、方、林、童四氏，因祖上曾积德无数，上天才将此风水宝地赐予你们。我走后数十年，必有成大业者出，一人得道鸡升天，童、方、林、任四大姓必有子孙步入嫒碟高层者。人生如过天戟峰至将军台，成败历来唇齿相依，祸福历来共生共存，成者王侯败者贼，世道必以成败论英雄，变动以利言，吉凶以情迁，爱恶相攻而吉凶生，远近相取而悔吝来，情伪相感而利害出。天有天心，地有地德，人算天一世，天算人一记，天人合一。数理统率天下，数到则人事至，数尽则人事尽。我只知，天一，地二，人三，是故人穷不出三代，富不出三代，是故三百年必有王者出。天、地、人，三数相加则为六，你们兄弟二人与其子只能在天戟峰悬崖上成功舞蹈六十年，至于六十年后，林、童、任、方子孙将如何，我只不过是肉胎凡夫，非刘伯温再世，也非张良重生，无法解透天机天心。你们兄弟二人分别学得我绝世之功，即如在天戟峰上行走，可活人无数，亦可取钱财无数；可善行无数，也可积德无数。人是有欲望的，树是有欲望的，欲望催化万物生长。万望你们兄弟二人，能'谦、恭、敬、恕、和、让'节制自己，当行则行，当止则止，当进则进，当退则退，切不可自己将自己打倒，切不可德薄而位尊，知小而心大，力小而任重，被永不满足的欲望蒙住你们的双眼。有道是离地三尺有神明，人在做、天在看，因因果果，果果因因，撒什么种子必开什么花，自古因果报应从来不爽。你们二人，得我人生终传，切不可做出什么缺德事来，有损于我释恕武德性，也将自己送上天戟峰上将军台变成的断头台。"

　　兄弟二人跪地对天起誓，决不做任何缺德事，有负师德。

　　释恕武走了，在天戟山足足待有十整年的释恕武就这样绝尘而去了。打从释恕武走后，他再也不曾来过天戟村。但释恕武给天戟村留下两个王：一个是"医王"，一个是"贼王"。

　　先说"医王"任文础。

有妇人将产，偶尔欠身，腹中小儿跳跃不已。举家吓得手脚无措，以为怀有妖孽，即找任文础诊治。任文础细察后微笑着说：没什么了不起的，别害怕。任文础抓把豆子撒于地上，让那位孕妇哈腰一粒一粒捡。半个时辰过后，孕妇腹部即安宁如常。孕妇家人十分奇怪，问任文础：先生，这是怎么一回事？任文础淡然一笑答：儿在母腹中，脐连母血管，因母亲偶尔欠身，令母连婴儿脐中血管出现扭结，停止供血，婴儿才在她腹中跳跃不止。我之所以让她不断俯身捡豆，只是让她通过运动令血管扭结之处得以舒展，正常恢复供血，胎儿自然平安。

任文础去往泽国镇给人治病，时逢道边新停有一具大棺材。任文础俯身察看，发现棺下沥有一摊鲜血，任文础上前细细一看，即知是棺材里躺着的女人因难产而出现窒息。那时可不是现在啊，现在女人生孩子，能顺产即顺产，不能顺产即可剖腹取婴。那时女人生孩子，是过一道鬼门关，有多少靓丽女子，就因过不了难产一关，从而丢掉性命。

由是在台州一带，女人临产前忌讳极多。女人自肚子高挺待产那天起，一是不能织毛衣，怕的是孩子生下来后，脐带缠孩子脖子导致新生儿窒息而死；二是家中所有抽屉不能关，怕的是女人到生的时候，肚子里的孩子生不下来；三是女人怀孕期间，不能动剪子铰任何东西，也不能破肚杀鱼，怕孩子生下来即缺唇。什么叫禁忌？有恐惧才有禁忌，平平安安、无灾无难，人为设置禁忌做什么？

任文础大踏步走至这户人家，让这家人打开棺材，说棺材里的女人尚且活着，你们做事怎可如此草率？初时，这家人压根儿不相信：这怎么可能呢？因难产现血崩，多少天不见人气了。

任文础一脸严峻地说："我叫你打开，你就打开，人活着，没死。"

那家人不敢怠慢，不得不将早已钉死的棺材盖重新扪开。棺材盖一打开，任文础所做的第一件事，即是伸手略探女尸，果然有些许体温；任文础所做的第二件事，即当着她家人的面，出银针六枚，扎女人胸腹六大穴位，行子午流注。行家一出手就知有没有，这家人瞪着两眼看着任文础，又是拧，又是震，又是提，又是颤，很快一过，忽现九曲回廊，柳暗花明又一村，女人"哎呀"一声地呻吟起来。家人大喜过望，立刻动手，将产妇搬归家中，一入家门，那孕妇即产门大开，产下白白胖胖的一个儿子。

路桥杨氏子孙杨三省，长得魁梧高大，力可肩磨。因吃有一整只竹鸡，全身上下突然出现大麻木。尤其是他的那张嘴，往一边倾斜不说，口水若银链条似的蜿蜒而出，根本说不出完整的一句话来，只能期期艾艾，吐出几个含混不清的音节。家人们一看，不找任文础不行了，只得请任文础前往诊治。

任文础至后，细一察看，即问："他吃了什么东西了？"

杨三省家人答："一只竹鸡。"

"是他一人吃光？"

"是。"

"好。病根找着了。"任文础接着说，"竹鸡喜食生半夏，毒性尚未散开，不要紧；只要他吃三帖药一解那竹鸡毒性，即可无恙。"路桥杨氏一门全将信将疑。任文础即亲自动手炮制一大碗姜汁，让杨三省一口气喝完。那中药真灵，只过了短暂的半个时辰，杨三省即言行统一，步履协调，康复如初。

任文础至螺洋坐堂看病。螺洋一后生为人天性偏激，喜无洞取蟹。他绝不相信天戟村出的这么一个土医生，却能翻身成华佗再世。他一见任文础螺洋行医，下决心找任文础一个碴子，叫一叫阵，出一出丑。那小子心想，你想在我这个地方嘚瑟？没门儿，我今儿得叫你好好露露馅。

那天，任文础一身长衫，手提药箱刚一入余家大院，那人即眉飞色舞地扬言："都说此人是路桥大名医，我可得好好试他一试，他是不是有那种真本事。"因任文础看病规矩极大，不准病员围观，不准病员吵闹，不管对方是平民还是权贵，必须一个接一个来，没人他的传唤，任何人不得涌至他面前，怕的是影响望、闻、切、诊。时螺洋病员，不得不一个接一个地挤在余家门口等着任文础传唤。

病员耐烦得了，那小子耐烦不了，身子一纵，却翻过余家高高的大院墙，跳掷至任文础面前。至任文础面前后，那后生装成重病在身的样子，请任文础诊脉。任文础号有大半天脉象后，遂对那后生说："你的病业已深入腠理矣，宜急治，稍缓，我可就救不得你了。"即想对他行针。

那后生不听则已，一听则朗然大笑，伸手将银针一拦，起身当众恶任文础说："什么名医，狗屁！我根本就没什么病，我只不过试一试你，到底有没有这个'真本事'！"任文础不争又不恼，只是伸出尖长的手指，捻着他下巴上的那缕胡子淡淡地一笑。哪知天有不测之风云，人有旦夕之祸福，人是生是死，只是瞬间之事。

就在他挑衅后的当夜，这位好事螺洋后生，果然恶病突发，痛得如一根沙地里的蚯蚓直打蜷。他父母一看，急得冷汗四逼，不得不向任文础发出求救。任文础并不说三道四，即背起药箱来到那位寻衅滋事的后生家。当着他家人的面，又是下针又是使灸，很快一过，此人即恢复以往平静。对方父母问任文础："他究竟得的是什么病？"任文础一脸风轻云淡地回答："他争强好胜，冲至我面前假意看病时，一时行动过激，扭伤男根，他本人不知道。"

任文础被杭州胡庆余堂聘为医生，任文础即用针灸与中药为杭州百姓治病。中国的针与灸，是中国医学的鼻祖，先有针，后有灸，三有汤药。人身上那经，若大地上之河流；人身上那络，若长江大河附着的支流。人身上的每一处穴位，若附在大河、支流上的大湖小泊，那一根小小的银针，它最大的本事、最大特点，即是调动人体内潜藏着的自我拯救。尤其是那传有千年、天人合一的"子午流注"，以不同的时间段，使用不同针法。或深、或浅、或拧、或震、或定，借助那一枚小小的银针，即可调动自身的正能量，驱逐邪能量，解除人身体上的疾病与痛苦。

某日，有一患者，全身软瘫，不会走路，他是让他的家人用一把竹椅子做成一个临时担架抬至胡庆余堂。病员家属将他放在任文础面前时，带着挑衅的目光，看任文础能不能将偏瘫者治得在他们面前巍巍然站起来。任文础俯身细细察看，即知他患的是什么病。任文础一声不吭地从他的医疗箱子中掏出银针与酒精，即给患者下针。

家属发疑："大夫，扎针管用吗？"

任文础答："你放心好了，我是医生。如果我医不了生的，叫什么医生呢？"

任文础开始下针，围观的数十人全大眼瞪小眼地瞅着，看这位来自黄岩的乡下医生，是吹牛呢，还是有真有两下子。很快一过，银针收起，任文础让他起来走，患者不信。

"我能走了？"

"能走，不信，你站一站看看。"

患者一用力，果然立起。围观者无不是一片惊讶。

初时，当地百姓们根本不知什么是针，什么是灸。眼见为实，耳闻为虚。他们怎么也没有想到这位来自黄岩乡下人手中那枚闪闪发亮的银针如此神奇，误认为任文础是扁鹊再生。就此一下，一人传十，十人传百。全杭州皆知道胡庆余堂从台州乡下来的那个坐堂医生，是位医界高手。杭州周边患者纷至沓来，人头集结成黑簇一片，几将任文础那瘦瘦的身影淹没。自此任文础名扬全杭州。

再说"贼王"任武基。

任武基跟婴僧学有一身好本事，身轻如燕，能越屋翻墙，脚踩房瓦且不闻其声，行动迅如闪电。明明是站在你面前与你说话，只听得一声呼唤，却发现任武基立于你后，明明是立在你背后与你说话，再听一风响，他又立于你前。凡任武基想偷之物，无有不获者。任武基手中有婴僧秘传的焖香，每行窃前，只要将焖香点燃，顺窗隙往屋内一吹，很快一过，受者即会荒腔走板地沉入梦乡，任凭你将他家中金银财宝搬尽却浑然不觉。

时台州一府凡为盗贼者，皆奉任武基为祖师爷。别看任武基为盗，却是名扬全台州的一义盗、仁盗。任氏盗门，施行规矩极大，有六偷、六不偷。六偷者：贪官可偷，强盗可偷，地主可偷，有钱老板可偷，政府公财可偷，盐商可偷。六不偷者：贫家不可偷，清官不可偷，书生不可偷，寡妇不可偷，士兵不可偷，教书先生不可偷。凡有犯此六者，即对犯规徒弟大行严惩，或剁指，或鞭刑，或绑缚竹笼沉海。别看任武基是贼，所作所行讲的是仁与信，由是，任武基在台州八县威望极高，凡贼皆出其宗。

路桥十里长街有一姚姓老寡妇，将临街店面，出租给大盐商王某。姚老太婆凭租资，抚孤子至长。辛亥革命打响第一枪那年，姚老太婆凭房租省吃俭用，积下白银一百五十两为子娶亲。男女双方定亲后，姚老太婆即倾其所有，为将至家门的新妇备下不少金银首饰。姚老太婆亲将她所购来的金银首饰与新妇生辰八字同放入一木匣中，恭而有敬地置于灶司菩萨前拜祭。台州人有一习俗，每定下一门亲事，男方须将新妇生辰八字置于灶司菩萨前供奉。其目的是看当夜所做一梦是吉是凶。若是吉梦，来的即是好媳妇；若是凶梦，来的即不是当家媳妇。只要不曾行大定小定，双方即可解聘。

姚老太婆将放有新媳妇生辰八字、婚资、珠宝的木匣子，置于灶司菩萨前，老太婆遂解衣卧床睡下。无论是那老太婆还是她那儿子，一夜均平安无事。尽管噩梦不曾有，但不等于现实无恶事。第二天，天刚蒙蒙地泛出一线白亮来，老太婆觉轻即起床。是时，路桥十里长街一片安谧；经一夜露水滋润后的青石板路，滑腻腻如漾开来的肥皂水。开阔的南官河上，薄岚浮水，航船船桨击水哗哗直响。偶有几条不安分的大鲤鱼，扭着身子跃出水面，种出一朵朵水花。姚老太婆起床后，第一件事即去看那只放在灶司菩萨前的木匣子。她若是不看，似乎好一点；一看，老太太骇了一大跳：放于灶司菩萨前的木匣子不翼而飞了。

这一下，可就不得了了。老太太见金银首饰、儿媳生辰八字，全长上翅膀，飞得不见其踪了。这可不是闹着玩儿的啊，老太太那钱可是箍里柴头，抽一根少一根。终生所蓄被偷，她还有什么钱可给她的儿子举婚呢？不由得一时心碎，顿足捶胸号啕大哭。老太太一边哭，一边痛诉：老天爷啊，都说你日月无偏照，甘霖润物无私心。我这个孤老太太，前世今生究竟造的是什么孽啊，遭此如此报应？姚老太太这一哭，可不是一般的哭，是号啕大哭。白天哭有一整天，夜间哭至三更方歇。三天过后的一大早，姚老太太因伤心过度瘫于床上。

忽听得屋顶上有人轻呼说：老阿姆啊，老阿姆，我对不起你喽。我手下之人，误以为你是盐商，前夜冒昧偷你银子，差点误你儿子婚事。现我将他们所偷之钱全归还于你，请你老人家速开门至房檐下取回。老太太一闻此言，惊，披衣急起，趿鞋，启门，瞪大两眼四下寻索，果不然见房檐下放有一口袋，口袋上书有"任武基"三个大黑毛笔字。打开系有绳子的袋口，往里一看：诚然装的是她一手亲置的金银首饰与生辰八字的木匣子。老太婆哆嗦着鸡爪似的两只手，打开木匣子，细细检索，匣内金银首饰连同其子妇的生辰八字一样不少。

1913年，任武基长子任时平两岁。

1913年7月15日，黄岩江口镇张协，即在海门密谋起义反袁。张协，张连胜（黄岩人）亲侄，原本随张连胜参加南京之役。因其武功高强，深得黄兴将军喜爱，曾一度任黄兴先生贴身警卫。攻打南京时中弹负伤，倒卧在一处乱石岗中，恰被临海洪宇清发觉。洪宇清一看负伤是同乡张协，即护送张协返杭。张协返杭后经任文础细加调养，终算活下一条小命。因时任浙江省都督者，不是别人，且是袁世凯亲信朱瑞。任文础怕出意外，即亲自雇有一艘小船将张协送至黄岩江口镇张家。张协伤愈后，即在朱文劭（黄岩大才子）和张连胜共同开办的越东轮船公司任茶房（即是当下的服务员）。

张协归黄岩江口镇老家，即组织黄岩、海门、路桥三地张氏后生一百三十三人，集结于张家大祠堂，悄然成立"讨袁救国军"，自任黄岩"讨袁救国军"司令。张协初时打算分头联络人马达一个团以上，即亮明旗帜，随后率兵去上海与陈其美会合。那时候人在互相残杀且吞噬的暗夜里，不光有一面、两面，甚者还有三面、四面、八面。面对着那片灰色地带，谁也无法认清他们戴的究竟是什么样的面具。

尽管时任台州都督袁人杰一直对时任浙江清乡司令的徐时用心存怀疑，但徐时用手握重兵，袁人杰不得不贴上面具装笑嘻嘻的大头娃娃。时张连胜领导的越东公司航线受阻，张协亲弟张琪任越东海运公司跑办。张连胜命张琪去往海门与清乡司令徐时用通融一下，是否开放海门去往温州的海关，让客轮得以顺利放行。张琪从江口至海门徐时用所在的清乡司令部找徐时用。因张琪是张连胜特使，张连胜又与朱葆三（上海大资本家）有生意上的往来，徐时用不敢怠慢，不仅一口答应海关放行，并在海门海龙饭店设宴请张琪吃饭喝酒。

时陪饭陪酒者，即有刚走马上任的黄岩县知事陶元铺。陶元铺，浙江嘉禾人，袁人杰心腹。张琪为人最大特点是嘴上从不会安装开关，尤其酒一喝滥，即会变得口若悬河，夸夸其谈。张琪一时被酒，情绪激昂，破口大骂袁世凯不是一块好饼，无意中将张协正在背地里组织"讨袁救国军"一事水银般地滑出嘴唇。

徐时用一见他越说越是荒腔走板，骇得脸色全成一堆阡张灰，几次想岔开话头，不准张琪胡言乱语。偏偏这个小子没眼力见，现出火山喷发后的滚滚浓烟。徐时用有意搪他一脚，令他别再高标自持、高蹈轻飏；但犯傻了的张琪反倒指责徐时用说："你搪我一脚干什么？"西洋镜被戳穿，折腾得徐时用灰头土脸，一时竟不知如何应对。

陶元镛闻之心惊肉跳，但陶元镛为人阴狡，佯装成反袁样子，步步紧逼，问："你叔叔知此事吗？"

"知。"

"你叔叔不反对？"

"反对什么呀。我叔叔说袁世凯要人品没人品，是中国最大的乱臣贼子。"

宴会解散，张琪走人，陶元镛身子一转，即向袁人杰报告。初时，袁人杰怒发冲冠，打算出兵清剿，陶元镛急摇手说："不可，不可。"袁人杰歪着那对金黄色狼眼问："因何？"陶元镛遂将徐时用与张协的关系说了一遍。袁人杰大为愕然，徐时用手握重兵，一旦开罪，如何是好？陶元镛随献上一计。

袁人杰问："可行？"

"可行，此人好赌。"

"能确保万无一失？"

"确保。"

袁人杰说："徐时用为人神勇。若是将他惹毛，他率台州兵造反，远比周永广（天台人，辛亥革命英雄）杀伤力大十倍、百倍。"

陶元镛答："你放心好了。此计，天知、地知、你知，我知。只要你袁将军守口如瓶，无人可知。"

"那好。我就照着你的计划办。"

三天过去，陶元镛亲请张协至临海桃渚一赌舫上行赌。

有诗云：

江岸桃花带雨浓，同城鸡犬间村春。

野桥流水渔郎远，一缕山云抹半峰。

这首诗写的即是临海桃渚。时临海桃渚正是繁花似锦、河清水秀的时节。两岸花色如彩霞，所吸之气均甜中带爽。陶元镛引张协上赌舫后，先是摆下一龙门阵，又碰、又吃、又和，将长城拆了又垒起，垒起又卸下。正当张协赌得入神时，陶元镛暗令开船，船驶至海上，舱内袁人杰伏兵涌出，即以一细麻绳将张协活活勒死。

张协一死，陶元镛骇得面色如灰，上前遂对张协下跪说："兄弟，不是

我想整死你，整死你的是袁人杰。债有头，冤有主，若是兄弟至阴间地府后要算账，请你找袁人杰。"言毕，陶元铺即将张协的尸体推入海中。陶元铺回船归海门。

袁、陶二人密谋将张协杀死一事，不仅徐时用一无所知，就连素称消息灵通的地头蛇张连胜，也一无所知。初时，张连胜以为这小子不知上何处赌钱去了。三天过后，即有两具尸体同时在前所镇的滔滔海面随浪一沉一浮。出海渔民将尸体同时从跃动的海面上捞起，仔细一看，死的两人是张协与陶元铺，即通知时在海门赈市街越东轮船公司办公的张连胜。张连胜得消息后，步至前所出海码头验尸。一验，张连胜发现真的是张协与陶元铺，全让人用一根小麻绳活活勒死。张连胜四出暗访何人所为，只是海中捞月。

张连胜家在江口镇唐家岙。别看张连胜曾做过大清国将军，但为人节俭。他那个家，他父亲在世时什么样，现在一往故我的什么样。只是为防土匪，临时修有一个用以自卫的炮楼子。老屋前，有一处约半亩见方的菜园子，开有七八畦菜地，菜地上种有白菜、萝卜、白扁豆。门后有一口圆形河塘，河塘中长有菱角与一朵朵盛开着的粉色荷花。围塘边种有一排篁竹，小风轻轻一吹，随风摇曳显得错落有致。

张连胜刚一进门，只听得篁竹丛中有一声喝："看镖！"即冲他飞来一镖。张连胜武功高强，别看他年近六旬，但身手敏捷，身子一转，伸手即将镖接住。接住后，睁眼细看，非真镖，且是木镖，木镖上拴有一信，信面上书一行小字："张连胜大人收。"

张连胜打开信看，只见信中将他亲眼见到陶元铺如何杀害张协一事，说了个小葱拌豆腐——清二白。他说他名叫任武基，台州贼王，一次酒宴上，他一徒弟名叫何江者偷听得是你亲侄张琪如何因被酒而失言，将张协一事告知陶元铺，陶元铺如何将此事报告时任台州知府、温台宁督军袁人杰，袁人杰如何惧徐时用，陶元铺如何出诡计将张协骗上海船，如何行贿，如何将船开至海上，如何出伏兵，如何将张协活活勒死，袁仁杰又如何设法勒死陶元铺一事，说了个完头完尾。

最后，任武基在信中说：因知兄弟是孙中山先生忠实子弟，因知先生为人慷慨有仁义，因知将军爱兵如子，清廉如水。为人者，才高德厚者才可望重。特将此事告知将军，特将袁世凯曾奖与黄岩知事陶元镛两千块大洋全数偷出悬于竹林中，望将此银圆给张协家小。张连胜大惊，即入他家后门的竹林中四下寻觅。诚然如是啊，他家后门竹林中悬有一袋，张连胜很是小心地拿下这只袋子，打开看，里面装有两千块大洋。

张连胜连喊三声，任老弟，且现身与我见一面，沙沙发响的竹林中毫无声息。张连胜知他遇着这位名扬全台州的义贼，遂深作三个大圆揖为大谢。

1915 年 11 月，任武基次子出生，任武基将次子起名为任时襄。

黄岩县大旱三月，温黄平原颗粒无收。黄岩、路桥两地百姓所留的稻种，皆因饥荒而吃光。草根百姓为图生存，不得不食树皮草根。面对着当地农民命悬一线，任武基心焦炎炎若一山燃烧着的一片野火。

别看任武基是台州贼王，但他是仁贼、义贼，不是烂贼、恶贼。尤其任武基亲定下的那些条清戒规律，势必导致任武基一时无钱可筹，以解民困。即在此节骨眼上，任武基手下一小徒弟名叫何江的，出馊主意说："当下北京袁世凯想登基做皇帝，各省所献珍宝必多，何不去北京搞他一票，让一县百姓明年有稻种可落田？"任武基一听，有理，遂率七位高手徒弟乘车北上。

1915 年 12 月 8 日，任武基一行八人至北京，他们随机找了个小店下榻。

1915 年 12 月 9 日，任武基率徒弟们开始踩点。

1915 年 12 月 11 日，袁世凯御用参政会，正式推袁世凯为"中华帝国大皇帝"。任武基一从报纸上看到这条消息，即对他手下徒弟们说："袁世凯将于明天正式发布接受帝位申令。人啊，往往得意时好忘形，我们今夜动手。"

天一落黑，任武基即率众离开下榻小饭店，暗潜于袁府四周。子时来临。警卫敲着大梆子，一路点头，一路高喊"平安无事"，慢慢地走近，又慢慢地走远。就在这夜阑人静时，任武基亲率着七个徒弟，摇身一变皆成壁虎，无声地潜入袁府。任武基入袁府时，恰逢袁氏妻妾在争封皇后，将袁府闹得乱成一锅粥。

一直悬吊于檐梁上的任武基，通过窗上缝隙间袁府大堂上，随意堆满各种黄金宝物，他一眼看中的即是那颗置于桌上并放置于檀香木盒中硕大的夜明珠。任武基遂在一处不为人知的暗角中潜下，天日渐渐放亮，袁氏一府大小七十二口，皆沉入软醉且温柔的梦乡。

　　任武基一看时机成熟，头一拱即钻出袁府花木丛，状如蝙蝠，轻轻一纵身，跃至屋顶。任武基至楼阁窗下后，即施放焖香。这焖香，可不是一般焖香，且是婴僧传有八百多年的好焖香，效果极佳。无论何人，只要轻吸上一口，即如当下医院动大刀时上的麻药，只消瞬间即会进入昏睡状态；即便是朦胧者，也会手脚发软，口不能言。

　　妻妾争吵闹得袁世凯浑身散架，一上床，即睡死过去。随着袁氏一门之人鼾声海浪般地起伏不停，任武基决定下手。入袁府前，任武基曾悄悄给诸位徒弟下话："此地不是乡下，袁氏为人狡诈，手下能者极多；我们只需偷出此珠，去安南、福建换得稻种粮食即可。"哪知，人眼珠子白的，眼瞳仁却是黑的。任武基手下的那些十七八岁的小徒弟，曾几何时见过如此皇家排场？尤其那位年龄最小的何江，面对着如此多的宝贝，早已眼花缭乱，一时心贪，出手狂拿，拿了这个，又想拿那个，明明手上捧不下了，还想再添一件，真是人心不足蛇吞象啊。

　　世界上多少人都死在了"贪"字上，任武基一看不好，暗令撤退，但终因何江怀揣珍宝太多，撤退时一不小心碰着一只精致的大青花薄瓷瓶，那大青花薄瓷瓶，声如磬，薄如纸，远看玲珑剔透，近看如脂如玉半透明。瓶身一歪，失去重身，摔地，砰的一声脆响，摔成一地碎片。

　　正在巡府的袁世凯警卫队，一听有异，警觉，一声令下，袁氏五十多名警卫活似渔民撒开来的一张渔网，将任武基他们罩了个水泄不通，手下七弟子无一幸免，全被擒获，独任武基怀揣那颗夜明珠纵身跳至袁府内一棵高树上。时任袁世凯警卫队长者，名罗布，大漠刀客，此人聪明绝顶，深通贼道伎俩，早知此七人中还有一位领衔高手，喝令任武基现身。任武基稍一迟疑，罗布出手如风，手刃一人。罗布再次狂喊："你现不现身？若再不现身，我必将所有人杀光。"任武基一看，罗布业已将利刀架在小何江脖子上，若是不舍身救出徒弟，任武基还称得上贼王吗？无奈之下，任武基只能从树上飞身跃下。

　　袁世凯惊醒、狂怒。初时，袁世凯得知有盗贼居然胆大包天敢上他府上来偷东西，惊且愕，急令罗布带上任武基、何江他们上来与他见面。

　　袁世凯问："谁是头？"

　　任武基答："我。"

“何地人？”

“浙江黄岩。”

“为何入我府行窃？”

“家乡百姓因灾无稻种，想偷袁大皇帝身边一物以救民。”

“何如此大胆？”

“若非我徒弟们贪图，我早已遁矣。”

“何又现身？”

“好汉做事一人当。此事起因是我，我不能因我的缘故而令我徒弟们受杀戮。”

袁世凯想杀，他的儿子袁克定不同意。袁克定为人心地善良，劝父亲莫如是。袁克定说：“明天正是黄道吉日，不可因盗贼一事而失天下大和。”袁世凯为人极迷信，一听有理，遂命罗布先将任武基与他的徒弟们下监。

1915年12月12日，袁世凯正式发布他的第一号申令：接受“国会”所谓登帝位的请求书，定于民国五年元旦加冕登极，从1916年元旦起，改国号为洪宪元年，全国各地首次发行印有袁世凯头像的大银圆，改总统府为新华宫。正式发表五项大申令后，袁世凯归府。

直至此时，袁世凯这才想起仟武基那七人。当时，浙江都督朱瑞在北京为袁世凯的元旦登基做筹备工作，袁世凯与朱瑞一见面，遂将此事告知朱瑞。朱瑞一听，即对袁世凯说：“这个名叫任武基的人，确是台州黄岩人，两浙名盗义贼。”朱瑞遂将他巡台州时所听到的关于任武基种种故事与袁世凯说，袁世凯侧耳细听。朱瑞见袁世凯兴致颇浓，随说出两点处理意见，莫不如趁机给台州拨款赈灾，示陛下爱民如子；莫不如收此七人在麾下，以示陛下胸怀大度，可集天下英才。袁世凯听后，深觉有理，遂下令罗布放任武基七人，令他们当众表演技艺来看。

初时仟武基不肯，朱瑞用黄岩土话暗示，不要做“呆大”。任武基一看，出此言者，不是别人，且是徐时用顶头上司浙江都督朱瑞，慨然明白朱瑞良苦用心。于是遂下令诸徒弟当众拿出看家本事：或纵身跃至屋顶，或现轻功以飞檐走壁，或缘树攀附若猿猴，或甩飞镖直取香火。

袁世凯怎么也想不到仟武基会有如此本事，喜问：“愿为我所用吗？”

任武基初有迟疑，朱瑞再使眼色，任武基遂亲率众子弟下拜，愿帐下效劳。袁世凯一时兴起，封任武基为警卫副队长，令随任武基而来的几人全在罗布手下听命。

1916年6月，袁世凯呕血死，原警卫部队遭遇彻底遣散。时北平乱象四起，所有原警卫队成员皆是武林高手，纷而受聘于他人，时有三大实力派首脑均想请任武基。

六位大徒弟拱手问任武基："师傅，我们将何去何从？"

任武基答："道不行乘桴泛于海，人之患束带立于朝。当初是因事败，怕遭袁世凯惨杀，故从之；现袁世凯死，何可再自投罗网听命于他们？不若趁早打道回府。""是啊，是啊，'六月桥洞下，宰相不如我'。我们好不容易活下来的师徒七人，可苦如茅坑蛆虫一般，在这个人不是人、鬼不是鬼的龌龊政界'夹紧争'呢？"

任武基等七人，顺藤摸瓜偷走袁世凯家好多珍宝（包括这颗价值连城的夜明珠），然后，背了那个被袁世凯警卫长罗布所杀这位兄弟的骨殖离开北平，直奔台州府黄岩。

第二章

　　童时让透过铁窗望着家乡的天戟山。他不得不想起小时候，他与他父亲任武基在一起时那快乐与惬意的日子。

　　童时让想起，他母亲生他的时候，别人的孩子是头朝下，从母亲的命门中走出，而他的出生却来了一个小反倒，两只脚先出来。这一出来，不要紧，他母亲出现大出血，几死，好在那时他伯伯任文础，刚从杭州归家省亲。别看他是男人，却会接生。他伯伯一边用手将他一点点地扯出母门，一边用烧好的草木灰敷住他母亲的出血点，用古法将他母亲的血止住；直至他落地后，他大伯再行针灸，双管齐下，将他母亲的大血崩止住。他母亲为生他一直昏迷有三个多小时，最后是经大伯全力疗救，他母亲才缓缓苏醒过来。

　　童时让想起，他从母亲肚子里出来时，几乎是死的。他父亲曾亲口对他说过，他出生时，身上无有一点血色，青得如一块"乌饭麻糍"。当时他父亲以为他是死的，村里所有任氏女人们全以为他是死的，独有他大伯任文础说他没有死。那天，他大伯先是将他平放在一块褥子上，用细长的手指轻轻地将缠在他脖子上的脐带，一点点地解开，然后将他口里噙着的那点醒醒东西全部抠尽，最后他大伯将他倒着提起来，用力拍了他的屁股三下，他居然"哇"的一声哭将起来。

　　童时让想起他满月那天，他父亲因有第二子，一时高兴，办有八桌酒席，请林、任、方、童四家族长来吃满月酒。那时，他长的样子俏趣好看。两只眼睛乌油雪亮。当他母亲童秀清将他从内室抱出来正式向林、童、任、方四家族长亮相时，李卫父亲林丙修将他放在酒桌子上让他玩，当时桌子上放着一大盆刚出锅的猪蹄子。那时，他刚刚来到这个新崭崭的世界，对芸芸万物充满着不可阻挡的好奇，什么东西均想探个究竟。他根本不知那一大盆刚出锅的猪

蹄非常烫，结果他伸出他的那只肉嘟嘟的小手，伸向熟猪蹄。那盆猪蹄是放在一只砂锅用炭火里慢慢熬有一整天才熬出现在这种样子的啊，不用说用手直接碰了，就是用汤勺盛上一口，送进嘴里，也会烫得你嘬起嘴直呼哧。那结果可想而知，手上烫出一个大水泡，痛得他声嘶力竭地尖嚎起来。

此事一出，搅场了，他的满月酒不欢而散。尤其是李卫父亲林丙修，刹那间觉自己犯下大罪孽，只是作揖抱歉不已。好在他伯伯是个医家，在救人生死上有一套，不知用了一种什么中草药，将他治好，但也让他的手如蚕儿蜕壳似的，蜕去一层皮。

童时让想起他小时候生了场大病，什么病他记不得了，只记得有两个非常吓人的大症状：吃下去的是奶，屙出来的是奶；全身长出来一个个大脓疮，痛得如刀剜，日夜啼哭得地动山摇，尤其不能放在床上，一旦着床，那脓包上出来的脓瞬时即将他穿的衣服黏在一起，你想揭都揭不下来。

那时，他伯伯任文础一直在杭州，他父亲与他母亲根本不可能抱着他翻山越岭至杭州胡庆余堂找他伯伯治病，没得法子，他父亲只得请当地医生。请了一个又一个，花的钱不少，可怎么治也治不好，他父亲母亲不得不轮流抱着他睡觉。他父亲走投无路，不得不亲手写出无数条子：天皇皇，地皇皇，我家有个夜哭郎，过路客人读一遍，一夜睡觉至天光。由于他母亲生他时的年龄过晚，生了他后，他母亲又没有奶，不得不为他雇了奶妈。结果，因他病成这种猫儿样，没一个奶妈愿意接受。小时候，他母亲曾亲口对他说过，前后换有十几个奶妈，全不干。最后逼得他母亲没一点法子，不得不用一种米糊糊喂他。那时候，他的样子十分可怜，瘦得如一只小猫咪，哭时连声音都听不见，只有张着嘴的份儿。那时他母亲与他父亲的内心世界非常绝望，误以为他的那条小命，只是购了一张短程车票。儿子毕竟是儿子，儿子是父母的心头肉，可怜天下父母心，哪有做父母的不疼他们的子女？他母亲终日以泪洗面，他父亲只是对天唉声叹气，以为他非死不可。就在他父亲母亲不知所措时，恰逢一个名叫王怀诚的教会医生从上海归黄岩路桥。那王怀诚与路桥徐时用是亲戚，徐时用与他们任家又有亲，他父亲听说那个王怀诚虽然是个基督教徒，在外国学医得有一身好本事。那时路桥只有中医，没有西医，路桥对西医压根儿不相信。也许是病急乱投医，他父亲下决心请个西医来试一试，立刻去路桥十里长街请王怀诚。王怀诚跟着他父亲来了，那位胸头挂有十字架的王怀诚，至他家后，只是伸头细细地将他上下一打量，即对他父亲说："没有事，没有事的，小病一桩，我来治。"那王怀诚与他大伯医病的路数完全不一样，什么切啦、问啦全没有，更是别说吃苦药了。王怀诚先是将他脱得全身赤条条的一丝不挂，放在一个大热水木盆子里，小心翼翼地将他身上的每一处旮旯，洗得干干净净，再从他那只印有红十字的医箱里，翻啊翻的，拿出一瓶紫色的药水来，将他的全身涂成只有眼睛与嘴唇露在外面的紫猴子。涂好后，那王怀诚非常小心地用纱布将他全身一圈接一圈地缠起来，缠定后，王怀诚将他交给他母亲说："秀清哪，明天下午我再来涂一次。"说也奇怪，这个神奇的紫药水一上，他当夜就安之若素。那位王怀诚叔叔来有三次，涂了他三次，待王怀诚从上海归来，打算在黄岩城送办第一家西医医院时，他那病居然好了，那结成的痂片，一片片鱼鳞似的从他身上往下掉。

童时让想起他第一次至外婆家。外婆家即在上山童村，上山童村是一处靠着方山的大村子，住有两大姓，一姓童，一姓方。上山童村方氏与天载村方氏同为一宗，上山童方氏是方孝孺唯一活下来的儿子名叫方中德在此定居后，一点点发展起来的。他外婆家住在一处童氏四合院的第一台东头，那时的台州与现在的台州完全不一样，现在的台州家庭早已实行碎片化，一个小区里面对面住的邻居都不知对方姓什么、叫什么。那时的台州可不是如此，所有同姓子孙抱团取暖，皆入住一个大院子，只分房头，不分彼此。

他外婆家是属童氏三房，共有三间房子与一口鱼可计数的清水塘。河塘前面有一棵足有三四人可合抱的、斑驳嶙峋的大樟树。那大樟树很大，样子活似撑开来的一把大伞。他有个小娘舅名叫童葆昭，长得矮、胖、圆，口吃得厉害，一开口说话，同一个字得期期艾艾地大半天说不出来。他娘舅的年龄与其母亲差距很大，与他相比，也只不过大他四五岁的样子，他与伸娘舅第一次见面，即发现他与小娘舅童葆昭非常合得来，小娘舅教他如何玩风筝，如何玩象棋与飞花纸。

某天，同在一个村里有位长得洋娃娃似的小女孩名叫方伯琴的，不知为什么，对他特好，非要骑他脖子让他驮她跑。这种玩法，有个名称叫作骑"马当当"。那时，他打心眼的不愿意，我是男孩子，怎么能让一个女孩子骑我的

"马当当"呢？他不同意，他小娘舅童葆昭让他同意她骑。

小娘舅说："骑一下怕什么？很好玩的。"

"她是女的。"

"女的又怎么样？说不上长大之后，她做你的老婆呢。"

那时的他，对"老婆"两个字没概念。他有意无意地瞟了方伯琴一眼，他发现方伯琴长得跟上海来的洋娃娃一样俏趣，他同意了。他让那名叫方伯琴的小女孩子骑了"马当当"，不料方伯琴刚一骑上他的脖子，就让他外婆看见了。那时候的台州与现在的台州完全不一样啊，现在的台州是姜太公在此，百无禁忌，一切按着科学来，所有愚昧与落后，皆退避三舍。那时可不是如此，禁忌多多，譬如人"死"了，不能说"死"，只能说"老"了、"走"了，仿佛人并没有死，只是到另一个世界旅游一次；上馆店吃饭，要大蒜不能说"蒜"，说要"一合菜"，算账，不能叫算账，而是叫"合账"，因为"蒜"者"算"也，一说"算了"则何以能行？粪不说粪，而是说"骸"，怕的是"粪"者"分"也，叫所有财产流失而去；女人晒裤子的竹竿底下，男人不钻，因为女人属太阴，阴太多了，男人出门办事遇不着"三羊（阳）开泰"，要倒霉；沿街住的市民呢，也有一个不明文的规定，不论是残茶、剩水，绝不能随便在街面上倾倒，万一溅着了人家，把人家身上的好运气冲走，就会引起打架；看见头上有鸟飞过，侧着头必须想尽一切法躲，万一有一堆鸟屎，"啪嗒"一声，从天上掉下来，不偏不斜地正好掉在你头上，你就会遇着厄运。

他外婆不看到则已，一看到方家的小伯琴居然骑在他外孙子的脖子上搞什么"马当当"，那脾气刹那间引爆了。他外婆狠歹歹地说："一男孩子让一个女孩子骑了脖子？不吉利！要倒霉！"他外婆问他："谁叫你这么做的？"他答："是小娘舅让我做的。"他外婆一听急了，拿起一根竹竿子，要打他小娘舅，吓他小娘舅童葆昭掉过头即跑得没了影。若干年后，方伯琴一身着红的，在噼里啪啦的鞭炮声中走进他家门时，他心里就想，人的婚姻是不是命中注定的呢？他怎么会与她走在一起做夫妻呢？人的一生，是不是偶然之中有必然，必然之中又有偶然呢？

童时让想起他外公是个很和蔼的老头子。在他记忆中，让童时让最难忘的是外公下巴上长的那一口大胡子，与戏台子上演关公的大胡子一个样，美观、神气，软软地垂至他胸部。别看他外公是读书人，后因生活所迫，不得不开了一间五金铺。五金铺名副其实做的是五金生意，凡家庭所用的箱角、门环、锁具，凡铜制品全出于他家。他外公家中开有一间家庭大作坊，作坊的案桌子上，摆满锤子、钳子和这样那样的小工具，叮叮当当地一敲，非常好玩。小时候，他淘，常将外公家的作坊搞了个乱七八糟。也正因此，让他从小即知所有锁具的全部内在结构，比他父亲更棋高一着，知道如何开锁。每每他将那锁具拆了又组合，组合了又拆开，他外公也不生气，只是带着点欣赏眼光看着他，并对他母亲说，算命人将你的命算准了，你生了个好儿子，聪明着呢。

童时让想起他老外婆那一脸的老皱纹，活似一枚秋天从树上摘下来蜕去皮后的大核桃，一脸的沟沟壑壑活似黄土高坡。但他外婆非常慈祥，他到外婆家的那天，外婆说："小二来了，我得给小二搞点好吃的。"于是外婆提着个小菜篮子，上横山头小街了。不大一会儿，外婆拧着那双走不快的小脚，沿着一条长长的青石板路，从横山头小街回来了。当日，他外婆即给他做了一道横山头名菜，叫作"银丝鱼炒蛋"，且明确规定，不准童葆昭吃一口，气得童葆昭拿起一双筷子将碗沿敲得叮当直响。

童时让想起了他父亲带着他去大娘舅家。他大娘舅是个瘦老头子，走起路来佝着腰如虾米。他一见他，高兴得伸过粗粝的双手一把将他抱起，噘起嘴往他脸上亲来没够。当天夜里，童时让那位长得胖乎乎的娘妗，即给他做了当时山头人最好的食品——尖嘴芝麻糖团。煮好后，他表兄童平山一边拿起筷子敲着桌子，一边张开大嘴唱："有客望客边，吭客冷粥番薯干。"唱完了，童平山与童时让闹着玩，指着那糖圆的尖嘴外说："襄子（童时让原名任时襄），我娘在那尖嘴里放有竹签子，你吃不得，吃了要扎死你。"童时让信以为真。他娘妗端上糖团子后，他说什么也不吃。他娘妗问童时让："襄啊，为什么不吃？"他奶声奶气地答："我阿哥说，这糖团子里头有竹签子。"他娘妗拿起一双筷子狠敲了一下他表兄童平山的头说："你这只馋猫，自己想吃，才起鬼花头，让襄子别吃。"她夹了一个，让表兄当着童时让的面吃一个。表兄果真当着童时让的面狼吞虎咽地吃一个糖圆子，吃得他直咂嘴，显得心满意足的样子。初时，他不知表哥为什么骗他，直至后来，他这才知道，山区人穷，根本吃不起这种糖圆。正因他第一次来，他娘妗借了好几家，才借到这些

粉与佐料，特意做上十六只糖圆款待他。

童时让想起了他哥哥任时平带他去钓虾。别看哥哥年龄只比他大一两岁，却很会做事，他用竹梢头做了两根小钓竿，从他母亲的针线管里拿了两枚针，用灯火头将针头烧红，再回了个弯，拴在钓竿梢头上。一做好，哥哥即带着他去天戟溪溪滩，溪滩上，他哥哥光着脚下水去翻岩，从圆滚滚的溪岩中挖了好多岩虫，在钓钩上扎好后，那岩虫还直扭着身子，这就带着他去溪沌里钓虾。那虾真是水中的大呆子啊，他手中的钓钩一放下，透过清泚的山溪水，即看到那些藏在岩石洞中的虾儿缓缓地游出来，伸出钳子钳那岩虫往嘴里送。他哥哥对他叫："它吃了，你还不快提！"他提了，一只活蹦乱跳的虾就让他钓上来了。他们亲哥俩只钓有一小会，即钓有满满的一大盆。拿回家后，他母亲全倒入锅里一烹炒，红红的，漂亮极了；用酱醋这么一蘸，那个好吃就别提了。

童时让想起他与三四个同年的孩子一起比赛谁的尿尿得远。他们三个男孩子一起站在他们家那高高的台阶上尿尿。是哪个孩子先提出来的呢，童时让记不清了，反正中心议题只有一个，我们站着小便的，而那些女人们，为什么要坐着小便呢？恰在此时，来他家找他爸有事的童晓兰往他家的茅房里走。童平海出主意说："我们去看我姐是怎么尿的好不好？"林蕤说："好。"于是，童时让、童平海、林蕤三个同年男孩子，一下子将自己变成一只猫，蹑着手脚偷偷潜至他家茅房背后，将遮挡着的茅草地，轻轻地扒开，趴在那里，看童晓兰尿尿。童时让想不起他们三个淘小子中的哪一个，突然笑了一声，他表姐一下子震动了，突然一声怒喝，童时让、童平海、林蕤吓得全小雀子样飞逃得无影无踪。至一处安全地带后，他们三个孩子还坐在那里讨论一个"重大"问题："为什么男人与女人小便的东西不一样？"那时，童时让很想问一下他母亲，可他们不知为什么潜意识中，这个事情不可问。结果那天，童时让面对他母亲想将这个疑问问个明白，最终还是不曾说出口。

童时让想起他父亲带他第一次去路桥，那时候，可不是现在。现在，去路桥那路非常好走，如果你有私家车，只一小会儿即可至路桥。那时必须一步接一步地丈量，童时让实在走不动了，父亲让他叉开两条腿，骑在他的肩膀上继续上路。结果快至路桥时，童时让来尿了，童时让喊，可父亲不知想什么事去了，根本没回应；童时让想招手，可他的两只小手被父亲的那双大手捏得很牢；童时让实在憋不住了，那尿一下顺着父亲后背泄下来了。这股热流顺着父亲脖子梗泛萍飘，父亲警觉了。父亲将他放下来，带着点亲昵地说："贼个儿，要屙水怎么不喊一声？"童时让说："我喊了，你没听见。"他父亲立刻脱下衣服就着路边的一个清水沌子里洗，洗净后，即在白白的沙滩上晒，一直等晒干了，再穿上，才重新上路。

童时让想起他五岁那年，任氏宗族执事即至他家，那时，他就在父亲身边，父亲正伸手将他搂在怀里。那执事对他父亲说："老二，任时襄是不是可以认宗了？"父亲猛然醒悟，答："是啊，是啊，时襄业已五岁，是到了该认宗的年龄了。"父亲一点头，任、方忠义祠堂执事一下令，整个天戟村立刻付诸行动了。那天，他父亲领着他来至忠义堂，忠义堂那门是圆拱形的大门，门上安放老祖宗牌位的两边柱子上，刻有祖上任元培亲笔写的一副对联：

文韬武略，一族协心承祖德

诚心坚志，一门子孙图华昌

上有一横批：

忠心沥胆

祭祖台背后是一面大墙，大墙上画的是任、方两氏祖宗两人：一个是任元培，全身披甲按剑而坐，执卷秉烛夜读；一个是方正清，正全身穿着闪闪发亮的盔甲，护着建文帝披荆斩棘往崇山峻岭走。正对着祖宗大祭台，即是长方形的大道地，大道地四周种有四棵大桂花。祭祖堂贴着墙建有一座长方形的摆放列祖列宗牌位的高台子，那二十八级的高台子上牙齿般整齐地排列着难以数清的牌位，那牌位上全写有某公名字，但所呈的颜色却完全不一样。颜色有烫金者，有着红者，有着白者，有着黑者。那时，他懵懂初开，只知睁着两眼探究世界万物，却不知列在那里的牌位，因何原因呈现的颜色完全不一样。

他完全出于某种好奇，询问他父亲："爸爸，他们全是我们村死去的老人吗？"

"是。"

"爸爸，那牌位的颜色为什么不一样啊？"

他父亲立刻俯身呢喃着告诉他："儿子，你给我好好听着，那金色的牌

位,是为任、方两氏子孙赢得荣誉的;那红色牌位,是我们任、方两氏祖上得以善终的;那白色牌位,是任、方两氏子孙中夭折的;至于那黑色牌位,那是给任、方两氏子孙丢脸的。"最后他父亲语重心长地对他说:"襄啊,如果你今后能在此地上一个金色牌位,你阿爸受什么样的苦与难全心甘情愿了。"

所谓的告祖认宗仪式,是台州山区所有各姓宗族祠堂约定俗成的规矩,每年三月清明节时必须郑重地举行一次。那天,凡年满五岁男孩,不管你是庶出还是嫡出,是野生还是家生,只要他是任、方两氏子孙亲生男丁,必须在此月此日,带归家里归宗。那天任、方两氏的"忠义堂"里挤挤蹭蹭的全是人。归宗仪式十分简单且隆重,一是做父亲的,须担上一担子黄酒至祠堂中,执事(即是负责日常事务的)当场开出那坛子酒,倒出满满九碗,摆在祭案(那祭案的样子很怪,就与戏台上县官审案时的桌子一样,两头翘翘的)上,祭案正中间放有一只铜香炉,酒碗一摆定,第一个上前的是他父亲任武基,他父亲须中规中矩地点上九炷香,跪地先行三拜九叩,立起,秉香告任、方两氏老祖宗:任氏第几代孙任某某生有一子,是几派几房,是嫡出还是庶出。他父亲告后退下。二是他须上前跪倒在那块铺了方毯的地上,毕恭毕敬地向任、方两位以忠烈铭世的老祖宗磕上三个大响头。

据说,在那块方毯下面放着四样东西:官印,刀,笔,算盘。他那天跪的恰是那刀的刀头上,当时那执事遂兴高采烈地对他父亲说:"你大儿子认宗时,什么也没跪着,而时襄正好跪在刀尖上,看样子,我们任家真的出武将军了。"此言一出,他父亲任武基笑得两只眼全没缝了。接下来是他父子二人向祖上焚香宣誓,他父亲说一句他跟一句,他父亲说:"鞠躬尽瘁。"他跟一句:"鞠躬尽瘁。"他父亲说:"忠诚勇敢。"他跟一句:"忠诚勇敢。"他父亲说:"担当清正。"他跟一句:"担当清正。"他父亲说一句:"廉洁为民、刚正不阿、诚实守信。"他跟一句:"廉洁为民、刚正不阿、诚实守信。"至于内容究竟是什么意思,他一点也不知道。宣誓一毕,那执事遂上前先拿起他手中蘸满墨汁的毛笔在他额头正中处点有一下,再拿过一把毛竹做成的宝剑象征性地左砍三下,右砍三下,其意是任氏子孙必与祖上任元培一样,文武双全。然后他放开略带嘶哑的嗓子高唱:"天地玄黄,宇宙洪荒,日月盈昃,辰宿列张……"

唱完后，执事者遂赠他三样东西：竹宝剑一把，文房四墨一盒，《千字文》《弟子规》《论语》《孟子》各一本。他父亲一边与他向老祖宗磕头一边还得替他说："谢谢老祖宗。"这两件事一做完，接下来入任氏子孙名册录：父何名，母何名，出生年月与地址，生辰八字，是嫡出还是庶出，名字叫什么，列第几代，名行什么，字行什么。再接下他即在一张宣誓书上按下他的小手印。

童时让望着天戟山的山峰，他心想，我应当感谢我小时候对着任氏祖宗起的那个誓，以及我按下的那个小手印；感谢父亲的教育，让我知道无论在什么时候，必须保持做人的骨气与尊严；感谢面对祖宗起的那血誓，让我知道在急难时如何坚守我人生"忠与义"的两道道德底线与人格底线。

1921 年，中国共产党成立。1924 年，国共第一次合作，黄埔军校正式开办。1925 年，孙中山先生病逝，国民党新的领导人登上历史舞台。

路桥辛亥革命后的第一位将军徐时用受不了权贵龙骧、英雄虎战，受不了军阀们的如蝇竞血、如蚁聚膻，受不了社会整体性的慢藏诲盗、冶容诲淫、蜗牛头角争短长，决定不再出任浙江清乡司令，归家办实业。

1927 年，是血雨腥风的一年。

徐时用在路桥十里长街花三百块大洋购下一处临河木屋为新家。他将新购的那几间房子略一修整，遂与他一生最爱的小妾夏芸正式举行婚礼。那时的徐时用，可是路桥徐山村徐氏家族中出的第一位将军。

想当年徐时用任浙江清乡司令，每次归黄岩，所呈现的场面是何等之威风啊，怎不令人刮目相看？你看，随徐时用而来的全副武装的亲兵即有两百一十三人。这两百一十三人，清一色骑着高头大马，清一色杀气腾腾、威风凛凛、不可一世。徐时用每次率大队人马至黄岩县界时，黄岩县长的宾凤阳必亲率黄岩县国民政府全体官员至界口迎接。而今，徐时用与夏芸举行婚礼，那隆重度远超出他与正妻周明珠（临海白水洋周氏源村周仁吉长女，台州名列第一的辛亥革命女英雄）在徐山村老家举行的那次婚礼。成婚那天，光鱼翅宴即办有一百三十三桌，全黄岩名绅巨头几全来参加徐时用婚礼，徐时用光接收为贺仪的银圆达一千三百块大洋。整个路桥十里长街一片莺歌燕舞、通宵达旦不说，绍兴花雕酒就喝掉整整三十二坛。

不料，徐时用新家出现了大麻烦，时台州八县各地权贵送的一千三百块银圆全部被窃。被窃时，徐时用正抱着他的新妻夏芸颠鸾倒凤。忽听得一声脆响，似有花瓶坠地。徐时用毕竟是军人出身，天性警觉，一把搡开他的爱妾夏芸，翻身着衣出枪。至大厅一看，大为愕然，他家原本紧闭着的房门统统洞开，放在客厅里的一千三百块大洋不翼而飞。徐时用细为一看，见桌上留有一纸，徐时用拿起那张纸看，纸上面清楚地写道：徐将军，我知你今日新婚而得外财，因院桥一地遭灾，六百余家村民无钱购稻种，特借徐将军大洋一千三百块，令路桥鉴湖乡每户摊得两块大洋以解燃眉之急。如若不信，徐将军可自去院桥鉴湖调查。下留有一名：任武基。怎么窃去的？无从想象，为何如此明白告知？无从想象。天一亮，徐时用骑上马急驰至同济医院问王怀诚："娘舅，你是个医生。天天在外行医，这个偷我一千多块大洋的任武基，是何许人？"基督徒王怀诚一直对他的外甥娶妾没好感，绷着个脸没声好气地回答："义贼。"

"家在何处？"

"只知他是天戟山一带人，却不知其实所。"

徐时用想率他手下几位铁杆兄弟前往天戟山。王怀诚一听，即上前规谏："此乃白得之食，何不拉倒？"徐时用说："我正在办企业以解我手下弟兄们的家困，急需用钱，一千三百块贺银，总不能在我的眼皮子底下，让他就这样轻轻松松地盗走吧。"王怀诚说："如果你真想要知真相，你去找县知事宾凤阳，他即将真相告诉你。"徐时用听后，深觉内中有猫腻，掉头驱马至黄岩县衙门找县知事宾凤阳。徐时用与宾凤阳见面后，一说此事，哪知县知事宾凤阳的意见与王怀诚如出一辙。宾凤阳同样劝徐时用别再计较这一千三百块银圆。徐时用眨着他的那双环眼问："为何？"宾凤阳回答出来的理由如下：任武基是台州江洋大盗，是个有名的义盗；任武基手下约三四十人，全是神出鬼没高手，你徐时用一旦开罪于他们，你的家将永不得安宁，除非你在这块土地上消失；任武基一直为全黄岩穷人所深爱，别看他是盗，却长有颗仁爱之心，虽不见其影，但在台州八县威信极高，任武基手下这些人个个抱团取暖不说，全是一个唾沫一个钉的江湖好汉，定会以你的名义将钱发放给穷人。徐时用不信，说："若是如此，我再出一千三百块大洋以救民。"宾凤阳笑说："那好，我愿与徐将军一起前往院桥一看真实。"

徐时用与宾凤阳二人骑着马刚至鉴湖村口，遂有上百位村民围上来争向徐时用罗拜。徐时用大惊，下马问："我徐某并不曾为你们做什么啊，你们因何如此拜我？"凡罗拜徐时用的数十位村民全从他的口袋里拿出一纸递与徐时用看。徐时用接过那纸一看，上书有十四个大字，尽管那字写得不是读书人写的笔墨，但内容却一目了然：此钱乃路桥徐时用将军所赠，以购稻种度荒。徐时用读后大为感慨："我徐时用纵横省内这么多年，其人品不及一盗。"遂令夏芸出本人所蓄准备办企业的一千五百块贺银，全部赠予鉴湖乡百姓以救民急。

喻长霖（清进士）曾明确言："台风俗近乎刚劲其实为粗犷，但抱团取暖为时尚，义结金兰一事成风。"人与人之间的关系，实在难以用三言两语得以说清。有的人因一言而反目成仇，一事处理不当即成为敌人，人与人之间的关系，脆弱得竹膜一样，经不起轻轻一击；而有些人却因互相作对，反倒成为生死不渝的好朋友。任武基偷了徐时用的钱，却赢得徐时用强烈好感，徐时用心想，这种来去明白的大贼王，怎可让他从我的眼皮子底下溜走？任武基呢，见徐时用视钱财如粪土，一身侠义心肠，分明是个生可寄命、死可托孤的男子汉。那时徐时用渴望结交路桥的三教九流，让他在路桥有个安身立命之地，很想将此结交任武基；任武基呢，也因知自己所干的这种行业是在刀尖上跳舞，生与死只隔着一层纸，同样渴望结交一个有着官场势力的侠义之人，以防万一。人与人就是这样，因需要而结盟，因欲望而分崩离析，两人就在互相渴望中如一块磁铁对着另一块磁铁，相互吸引，从而出现大焊接。

徐时用与任武基正式见面，一个长得熊腰虎背，威风凛凛，活似黑旋风李逵；一个长得如树上可攀可援的猴子，活似鼓上蚤时迁，瞅那两个的模样，分明来自完全不同的两个世界。二人相视中无言一笑，徐时用说："你真是名不虚传的'鼓上蚤时迁'！"任武基答："你真是名不虚传的'垂头老虎'！"也许是惺惺相惜，也许是人与人的关系一切全是命中注定，提起结义话头的不是别人，正是县知事宾凤阳。宾凤阳说："你们二人既然如此互相欣赏，莫不如结成义兄义弟，今后你们相互间有个照应？"二人欣然同意。

徐时用与任武基一起去往天戟村天地庙，然后对天公地母拜了三拜，歃

血为盟，互相帮衬，永不背叛。

1927 年 8 月 1 日，南昌起义爆发。是年的台州人，一往故我地过着自己的庸常日子，仿佛中国社会上发生的这一切，与他们吃喝拉撒睡根本无关。

任武基四处为他长子任时平说媳妇，但没有人家愿意将女儿嫁给任时平，原因只有一条，任武基是个江洋大盗，做的是绝下代事，怎么可将自己的女儿嫁给任武基的长子做儿媳呢。前后三次替长子任时平求婚，对方皆不许，这件事对台州贼王任武基刺激很大，看来做人做任何事必须在阳光下经得起公开展览，若是做不到这一点，你本事最大，自我感觉最认可，也不被社会所公认。

任武基刹那间现出他人生第一次顿悟：金盆洗手，他必须金盆洗手，不再从盗。就从这天起，任武基开始过起了平凡且庸常的日子。他或是上山种菜，或是下田割稻，或是入山挖药，或是与妻子童秀清一起打草席，或是亲送小儿子任时襄去学堂读书，或是搞了十几箱蜜蜂，哪个山头百花争艳了，即将那十几箱蜜蜂往那山花盛开处送。真可谓：

> 天载溪水日无烟，时时乘风上云天。
>
> 且就山边看月色，自斟老酒与云伴。

1928 年 5 月，台州三门亭旁区苏维埃人民政府正式成立。

那天，任文础从杭州归来看家，任武基请哥哥吃饭。任武基问任文础："你在外面，见多识广，那'苏维埃'是什么意思？"

任文础呷了一口糯米老酒，说："我也不知道是什么意思，我只听杭州人说，这名字是苏联过来的，是列宁发明的。"

"百家姓中有姓列的吗？"

"外国人的名字，奇古怪，怪古奇，我与你一样是个糊涂人，说不准。"

路桥十里长街突然起火，这次大火烧得十分可怕，从路桥的河西头烧起，一直烧至话月巷。一百三十间民房，均在熊熊的烈火中烧作一片焦土。时黄岩县县长孙崇夏正夜宿于路桥，闻报，惊，光着个膀子穿着个大裤衩，率路桥民团百余人全力救火。人们手提木桶提水，但终因杯水车薪、无济于事，水越泼，火越猛，最后一街之人束手瞪眼，看着那一百三十间民房在轰隆巨响中变成一堆黑色废墟。好在中间有一条从海门流来的一支河将中间隔开一段。若非如此，整条十里长街非变成一条翻滚着的饕餮大火龙不可。从明面上看，此火不知是何种原因引起，其真正原因不是别人，而出在任武基的长子任时平身上。

那天夜里，睡在天戟村的童时让第一次做了一个怪梦，他梦见一个大得不能再大的肉色大眼睛，不断地向他眨动。童时让被这只从不曾见过的可怕肉色大眼睛骇醒，伸出手来，潜意识地摸一下身边，发现与他睡在一起的哥哥任时平不在他身边了。

他走出家门，来至家门口的大平台，往四周环视。天戟村的山山水水是多么的宁静啊！瞧，群山若屏障，轮廓分明；瞧，山溪水如蛇，在明明的月光下闪闪发亮地沿着山脚逶迤前行；瞧，那连绵不断的竹林、树木安详如处子，没有一丝丝喧哗；瞧，那圆圆的大月亮，活似一只大银盘子，高高地悬在湛蓝湛蓝的夜空中；瞧，那天戟峰越看越如一把铁戟，发有钢蓝的戟峰直指湛蓝的夜空；听，不知什么夜鸟从他头顶上越过，发出来的怪叫声，不得不令他浑身毛骨悚然。是不是兄弟之间，自有灵犀一点通？

那天夜里，一种莫名其妙的恐惧，突然若一条滑溜溜的乌梢蛇一样，从童时让脚底蜒至心头。童时让想喊他爸爸与妈妈，可他发现自己的喉咙，仿佛被一双巨手扼住，他怎么喊也喊不出来。

童时让寻他哥哥。

童时让哥哥任时平业已来至路桥十里长街。路桥十里长街有一处闻名于世的秦楼楚馆，名叫太姬里，那里妓女如云。那时，路桥妓女有三种。

一种叫坐楼女。要求特高，不光会吟诗作画，还要吹拉弹唱无所不能，不是有钱的风流才子，你想挨边也挨不上。

一种叫船女。船上妓女一般以家庭状态出现在世人面前，他们集体包下一座画舫，有钱人可花上一笔钱包下整座画舫，吃喝住玩全在画舫里，你想听唱，即可让妓女弹琵琶唱小曲，若是高兴了，只要将帘子往下放，即可关门撒野。撒野得了，将钱一付，走人，互不相欠。

另一种，却是路桥十里长街最低等的一种，叫路边女。这些女人，全是那些穷人家出身的女人，她们或是生活过不去，或是家中遇着过不去的坎了。

　　她们来的目的，只是一个：挣钱。她们似电线杆子一般在路边一站，凡上市落市的男性，不管他年龄大小，只要你朝她觑上一眼，她即会搔首弄姿地向你招手，如果你看得中意了，只要上前，即有另外几个女人从门后扑将出来，一把将你拥进门里；一旦你进了她的门，对不起了，那些暗藏着的女人们，即会如狼似虎地扑将上来，她们这一扑，你的麻烦可就大了去了，你身上所带的钱财，非被她们绞成药渣倾倒于街头决不收手。人最难抗拒的并不是灾难，且是酒、色、财、气四大本能诱惑。时年十六的任时平，恰处于对异性有着强烈渴望与探求的年龄，但一直娶亲不成，令他对异性的渴望变得越来越强烈。

　　真正引起任时平想去太姬里那花花世界一开腥荤的不是别人，且是他的师兄弟何江。何江是任武基收养的孤儿，因他年龄比任时平大，十八岁后即离开任武基家，独自立门户。虎生三子，必有一彪，任武基规矩最严，也有"带毛得犴"的孬种。就任氏盗门来说，何江是一位无底线、蔑视规矩的小人。没钱时即做三只手，能捞他一票，即捞他一票，一有钱过手，即"纱丝麦磨担乌岩——胡吃海花"。有一次，他居然去了太姬里，花钱如流水，钱甩得片甲不留，他也变成一罐子药渣被人倾倒于路上任人踩踏。但他也被第一次经历过的那种新鲜事，蒸得浑身上下无一处不是软醉。他归来后的第一件事，即将他所有第一次品尝到的新鲜感受与任时平讲。人都是有欲望的，天下哪有没有欲望之人？一言不发的小草，还争阳光、争地盘，争繁殖后代呢。

　　十六岁的任时平，此时此刻的内心深处一直潜藏的那匹烈马正渴望挣脱缰绳。初时，他试着冲他母亲童秀清要钱，童秀清不给，他又冲他父亲任武基要钱，任武基问他要多少，他说要八块银圆，任武基说："我管你吃，管你喝的，你要八块银圆做什么？你是不是也想跟着你那个何江哥哥学，去路桥十里长街太姬里？不行，何江这小杂种，我几次想废了他。你怎么可以跟着一个巫婆去学跳大神？"饱汉不知饿汉饥，你做父亲的身上所有本能，有峡谷可容纳你暴涨的大洪水，你儿子没有一个大峡谷可容纳，你想想一个小小的堰塞湖，能挡得住青春期铺天盖地而来的大洪水？别看任时平生得矮小、精瘦，尖嘴塌腮其状如鼠，绰号"老鼠钻"。因从小随父入室偷盗，潜移默化地学得一手好本事。好，你不给我大峡谷，我自己打造一个大峡谷；你不给我弹一床人肉棉絮，我自己弹。我现放着一身好本事，不为自己好好服务一下，我熬筋苦肋地学这些本事做什么，现在，一切的一切均事过境迁，无有更准确材料说明，任时平是如何看中那家在路桥二十五间开的林氏"林富洋"大布店。

二十五间，十里长街第一商业中心。所谓的二十五间，共有二十五间街面屋，故称"二十五间"。二十五间原本是路桥小商品大王王蒙升家的产业。人若自然，自然若人，时空有四季，春萌、夏长、秋实、冬藏；海有大浪，高低不平成峰巅低谷；树有欲望，草有欲望，没有欲望，何来的繁花似锦，绿竹生米？天下没有开不败的花，也没有永不落的太阳；成有时，败有时，得有时，失有时，则是千古不变的定律。当时的路桥最为可怕的是三大害：土匪，花会，烟毒。

土匪，不必多说，全路桥即有大小土匪三十多股，大的上百人，小的几十人。

押花会，形式极为可怕，黄岩、路桥两地，在那个军伐纷争的时代里，不知有多少人参与押花会活动，几乎每一处山头，只要有庙宇的地方，即会存在赌博的大集会。现在我们路桥人，很少有人知道这种海潮汹涌式的全民参赌行为。尽管形式单一，但诱惑力极难抗拒，做花会时必有一会头，那会头通常将七十二种花画于一白布上，下面留有空格，供人押钱。做会的另有一帮手，为示公平，先躲在离开会地较远的某处山洞或竹林里，将何种花名写于一纸卷中，再将所定的花名绑在鸽子腿上，那边一发出信号，说这一边花名全部押好了，山那边鸽子一放，会头为示公平当众收下鸽子，当众宣读所押花名。押花会的人一旦压中，遂以一翻十，由是有人因押花会而一夜暴富，有人因押花会而很快倾家荡产。人什么最可怕？诱惑最可怕，有多少人死于难以抵挡的诱惑中。螺洋一余姓大户，因挡不住财富对他的巨大诱惑，孤注一掷，败得一塌糊涂，最后不得不离乡背井出去讨饭。

烟毒，几成路桥十里长街割之不去的恶习。《黄岩志》中记载：清道光二年（1822 年）黄岩乡村遍种罂粟，民间吸鸦片者多得不可胜数。凡吸食鸦片者，人人无不是精神萎靡，身体瘦赢，放个屁即会将自己砸倒。吸食鸦片成瘾后，不得不出卖田宅、妻子、子女以购烟土。鸦片战争后，浙江巡抚刘韵珂上书直隶总督："黄岩一县，城乡吸烟，呆呆日出，阒无其人，月白灯红，乃成鬼市。"光绪年初，台州年产罂粟十万担，黄岩占多数。路桥一戴姓人家，其丈夫吸毒，为付毒资，先是出卖田地，后出卖妻子与两个儿子。家中女人实在恨不过，为救她两个儿子，盛怒下举刀杀死丈夫，然后纵身跳入南官河自尽，几成当时妻杀夫第一大案。

土匪、花会、烟毒遂成黄岩、路桥、海门无法割掉的三大恶瘤。尽管县知事一次次下令，但没用。王家打从王蒙升去世后，因竞争激烈，且管理不善，因子孙染上花会与烟毒两大病，不得不将他苦心经营的二十五间，切蛋糕般地一块块切割于别人。

十里长街历时一千七百年，一直施行三八大市。所谓的三八大市，即是每逢农历初三、初八，全台州八县即从四面八方往十里长街集结。他们为了卖自己做出来的小手工产品，或是摇船，或是肩挑，百溪归渊般往路桥湍淌。路桥人临街居民最大感受是，前来落市的人们，脚步声一直从半夜三更响起，踢踢踏踏至天明。凡在路桥土生土长的孩子们，无论他们日后走往何处，在他记忆岩层深处，最难忘的则是坐在自家门口，看着那无数不同的脚杆与不同的鞋，"嚓嚓"地从他家门口走过。那股川流不息的热闹劲儿，即可用"鼎沸"二字来形容。每每三八大市来临，所有招揽客人的商口，全摆在门口的街沿上。

二十五间有两家大布店，一家是王源丰，一家是林富祥。那时，首冠一指的林富祥布店，远远超过老店王源丰，土布、洋布、丝绸生意做得风生水起。也许林富祥布店铺面过于闹旺，也许因林氏并非土著，令路桥人十分眼红。林富洋布店，是家族式企业，所有员工全是来自泽国的上林村，他们一边种田，一边做生意。农忙一至，凡林富洋布店员工即归家种田；农忙一过，再重归布店当员工。这种人流间隙，遂引起为盗者的小桥以通若耶之溪。就在林氏员工们归家收晚稻时，任时平将他两手插在口袋里，晃着荡着来至林富祥布店，老鼠似的一滑身子潜入后院，暗将林富洋布店的房屋布置来一次彻底的侦察。任时平闪电般地看出门道，林富洋布店结构极为简约，计有四间临十里长街街面，一楼是店面，店面里摆满五花八门的布匹；二楼是全体员工们的大通铺；后一大地道，地道里堆满各种各样布料与丝绸；账房间即设在二楼左侧第一间。童平将一切通道复印于心后，再装成顾客的样子，若无其事地退出林氏布店。

就在童时让做肉色大眼睛不断眨动的噩梦，并发现他哥不在身边那夜交子时，留守于店的布店员工酣然入睡。时路桥这条古老的十里长街活似一条大鲸鱼潜入海底，白天成不了现实梦，晚上却全让虚幻成全了，任时平开始动手。初时，任时平的动机，极为单纯，只想偷些银圆，够去太姬里玩女人的费用即可。长年走夜路，哪有不碰着鬼？正当这个任时平如一只黑蜘蛛般地潜至林氏布店二楼，打开门锁与放钱的那一只木箱子，偷得八十块大洋，蹑着手脚下楼打算逸走时，恰好被从外面看戏归来林氏宗亲——时任账房的林康荣逮了个正着。别看林康荣是个读书人，身着长袍一派文质彬彬的样子，为人却是心狠手辣。林康荣一见这个小偷居然敢偷林氏所开的富祥布店，勃然大怒，一声撕裂性狂喊，将在二楼打地铺睡觉的林氏宗亲，全喊得一骨碌跃起。六七人四面一围定，可怜的小任时平即插翅难飞了。别看林氏宗亲均在做棉布生意，他们手中的布，一块接一块没有一块不绵软，但他们的心，一颗颗全坚硬得若带有毛刺的生铸铁，他们四下一围定任时平，即露出穷凶极恶的真面目。他们找出一根小麻绳，将任时平两只手的中指一并拴死，吊在院内一棵树上毒打。

就在童时让重新倒在床上入睡，再次梦见那只肉色大眼睛不住向他眨动时，正是任时平受活罪的最为切骨入膝理时。人与人之间，最缺的是什么？是仁慈，是宽容。人与人最为阴霾密布的是什么？是强者的邪恶，是悍者的残忍与虐待同类时所出现的快意人生。路桥林氏打任时平所施的手段极不人道，居然用鞋锥将任时平手心戳穿，不管任时平如何哀求只是不饶。尽管如是，林氏宗人们，还用竹梢头将任时平打了个皮开肉绽。正当他们决定脱下任时平裤子，行无耻大刑时，恰好徐时用至林氏布店有事。徐时用一入店，只见得后院火光烛天，闻得人声喧嚣，不知发生何事，忙来至后院。徐时用一看他们如此虐待一小偷，不由得火上心头。

徐时用当时即恶骂了林氏人一顿说：凡人，谁愿意做盗做贼？皆因天下不公，生活无着所逼，何可如此对人？你看他是个多大孩子啊？徐时用是什么人？他可是路桥赫赫有名的垂头老虎，又是少将，当过清乡司令不说，且称雄于台州八县。大鹏鸟坐云头，那些乌龟王八谁敢抖一抖？徐时用一声霹雳大吼，林氏宗亲们不得不将任时平放下来。徐时用一不问他是何家子弟，二不问他是何处人，即送一块银圆，让他快快走人。若是此事发生在任武基身上，也

许一切均平安无事，偏偏发生在他这个只有十六岁的儿子身上。初时，任时平只是潜伏于石棋盘山脚下那片橘树林中抚疗伤口，因他们下手狠，伤口折腾得钻心疼痛，汗水四逼。任时平年少气盛，受不得此种委屈，越想越感仇恨，越想越想报复。

任时平若一只受伤的野兽，伏在路桥石棋盘山下的那片郁郁葱葱的橘树林子，舔着伤口。这一潜，足足有一整天，潜至小鸡头遍一叫，任时平的心，几在刹那间发横。人就是如此，从善如登，从恶如崩，任时平第二次潜入路桥十里长街林福洋布店后院，那心那态全往另一个方向走了。那夜交子时，任时平潜入林氏布店后，一言不发，即往林福洋布店后院的柴草垛中凑上一把火。这把火一凑，可就不得了了，路桥二十五间一条街一片怨声载道了，因林福洋布店的楼房是木楼，林福洋布店进的全是布与丝绸，那火还有不铺天盖地之理？好好的一处二十五间啊，几在瞬时让那熊熊烈火吞噬得一干二净，最后吐出一堆嚼碎了的黑色残渣。任时平所点的这把火，就他个人来说，确实出了一口大恶气，痛快淋漓，赏心悦目，快意人生。对于别人来说，即是一场生死劫难。任时平的祸闯大了，水火无情啊，那火烧的不光有富人也有穷人啊，沿街一百多间房子被毁不说，还活活烧死三个老人与八个娃娃。

事情终于传至天戟村，是时的任武基已不再是过去的任武基了。因他年事已高，因他不愿再做此等事，不再从此业。任武基一从他徒弟何江口中得知此场大火是由他长子任时平引起，怒冲霄汉，遂将他所统领的一百一十三名徒弟集结至黄岩方山顶。现在，方山早已成为黄岩、路桥两地最为惬意的休闲场舍，村民们沿着那座水库周边，开有数十农家乐饭店与三家大宾馆，游人可乘索道直达山顶，至方山将军台，迎风矗立，黄岩全县风景，如诗如画，尽收眼底。那时可不是如是啊，环湖只有一条羊肠小道与一口深得不能再深的大山涧，涧内水深呈黑，不可见底。任武基至后，屁股往一块突兀出来的石头上一坐，令他手下一百一十三徒弟集结于前。

任武基当着那么多人面，质问他儿子任时平："此火是不是你点的？"

"是。"

"因何？"

任时平即将前后经过说了一遍。

"这么说，徐伯伯曾给你一块大洋，要你走人？"

"是。"

"他知不知道你是我的儿子？"

"不知。"

"他没问你？"

"没有。"

"既然如是，你为何还要下死手？"

"他们太恶。"

"你知你这把火烧了多少间房子吗？"

"知道，一百三十间。"

"你知道你让多少人家流离失所吗？"

"知道。"

"你知道烧死了几个娃娃与老人吗？"

"知道。"

"你知道我们做贼定下来的规矩吗？"

"知道。"

"你给我背一遍！"

任时平背有一遍："在家忠家，在国忠国，在君忠君，不忠者，杀。"

任武基说："你们说说看，怎么办？"大家一看任武基脸色如长有苔藓的岩石，知道大事不妙，遂在地上跪黑一片。众徒弟们争着缓颊说："小阿弟初犯，师傅姑且饶他一次。"任武基说："饶他一次？下次出事，比此次出事更凶怎么办？天下没有不透风的墙，让官府捉住后会怎么办？这叫罪责难逃！"所有人全沉默了。就在所有人沉默间，那任武基忽出手枪，朝着他的亲生儿子任时平头上开有一枪。就此一枪，令他亲生儿子任时平一头栽入深涧中，血水瞬在墨绿色水面上勾画出一条红色条带。

第三章

童时让透过那铁栅窗子，眺望着他老家那天戟山山顶，此时，一轮从东海升起的太阳，刚悬挂在天戟山峰峰顶，给绿得青翠的天戟峰镀上一层厚厚的金。锋刃处金光闪闪，越看越如中军大帐面前插着的一把金戟。童时让想起他父亲枪杀他哥哥任时平后的第二天，父亲脸色青得如茅楼里的一块石头。

父亲一攀至山顶，即浑身酥软地瘫坐在那棵古松树底下岩石上。他父亲垂手对童时让说："儿子，你给我听着，你爸爸活不久了。今儿，你爸爸不给你做保镖，你独个儿过一次天戟峰去将军台吧。你爸只告诉你一句话，人生与过天戟峰没什么两样。天戟峰险境遍布，人生陷阱四设，你要想顺利到达将军台，你只有心诚如一，将活着当死看，一步步往前走，别回头，别下看，抬头向前、向前，你才可平安到达。"

那时，他母亲童秀清哭丧着脸说："儿他爸啊，我与你就剩下这么一个儿子了，你为什么还要这样啊？"

他父亲一脸酸楚地回答："秀清啊，我知道你心疼你儿子，可你知道吗？普天之下，哪一处不是丛林世界？哪一处不是危机四伏？哪一处不是弱肉强食？你不被别人吃，别人即吃你。你知道吗？原先这棵松树下底有多少棵小树，就因这棵松树野心勃勃长得猛与快，将阳光、营养全归为已有，别的树不得不死去，原本我以为这棵树根本活不长，可后来这棵树的树根一直从山顶活生生地往下延一百多米，直达山脚，才让它长成今天这般模样。原本，对面将军台上有两棵松树，左边那棵松树活活让一条藤缠死。我斫倒那棵树一看，那藤的根，居然缠满松树的内皮。富而多诈奸邪辈，压善欺良酒色徒。我与你生的儿子，只有成为强者，才可在人世间的夹缝中求得生存机会。"

他母亲童秀清流着眼泪说："儿子他爸啊，你可知道，我不能再生孩子啦。"

他父亲说:"秀清啊,若是你我的儿子成不了强者,只有被他人所食。当一个做父亲的瞪着两眼看着自己的儿子让他人吃得不吐骨头渣,莫不如让他在这天戟峰上摔死啊。"

童时让忘不了父亲有气无力地向他挥了挥手,让他当面再攀一次天戟峰。他必须攀,必须安全攀到将军台,这样才能让他即将离世的父亲放心、安心。人的直觉有时相当精准,在他父亲亲手枪杀了他哥那天起,父亲必死的直觉,即如噩梦般地在他心头萦绕。童时让前后两次曾同做一梦,梦见一只不可思议的肉色大眼睛,在不断向他眨动。童时让几乎每次均被那只无声、可怕眨动着的肉色大眼睛吓醒。童时让每每一做此梦,即出了一身黏稠的冷汗。

那时,童时让不敢将这个重复做了两次的怪梦告诉母亲与父亲,他却去了金谷寺找他忘年交郎叔杰爷爷。尽管郎叔杰是个大和尚,可他比他爸爸精明,他知道的事儿远比他爸爸多,听了童时让的陈述后,只是伸出手来轻轻地抚了一下童时让的头说:"你还年少,别想太多了啊,是福不可求,是祸不可躲,该来的,就让它来,该去的,就让它去。你我根本左右不了这个世界,你我唯一左右得了的只是你自己。你就静下你的心来,点亮你心头的那根蜡烛,做你想做的事吧。"那时,童时让小,根本不懂什么叫"点亮心中的那根蜡烛",根本不知什么"是祸躲不过,是福不可求",根本不知"该来的,就让它来,该去的,就让它去"。

直至现在,童时让终于明白了,你童时让再能,再强,你只不过是浩瀚大海中一滴可有可无的水,是茫茫草原上一根见风必偃的小草,是巍峨大山上一块微不足道的小石子,这世界有你不多,没你不少。你只不过是茫茫宇宙中的一颗微尘,根本改变不了世界什么,你唯一可做的,只有管好自己。童时让深知父亲活不长了,深知父亲在临死前作这个安排,其目的只有一个,让他死后放心。

童时让攀了,完全遵着他父亲的嘱咐,心诚如一,不回头,不下看,只是将目光盯着那天戟峰的那一处高巍俯瞰群山的将军台。他如一只灵活的猴子,从这块岩石跳到另一块岩石,眼看他快要跳至将军台了,他脚下那块金刚岩,因风化突然脱落,他那轻盈的小身子刹那间滑落下来,好在他眼疾手快,闪电似的一把抓住另一块石头尖棱处。他因两脚失去支点，身子立刻变成一只凌空悬着的豆腐包，在天戟峰最后一座峰尖上摇晃。只要那山风再凶猛、再强悍一点，他一旦力竭，十只手指一松，这条小命也就玩完了。

那时，呈现在他面前的险情相当可怖，一股不知从何处而来的力量如虹吸般紧紧箍着他的腰往下拽。不能，不能，我不能，我必须活着，好好活着，我哥哥死了，我是家中唯一的男孩了，我不能死，我不能死。

就在这时候，他听到他母亲嘤嘤的低哭，他父亲用尽最后一点力气对他喊："儿子，不要怕，人都欠天老爷一条命，早死晚死一个样。别人谁也救不了你，只有自己救自己。意志决定一切。你给我听着，意志决定一切，意志决定一切！"是的，是的，意志决定一切。你看那大松树的根，一直从山顶伸至山脚，它凭什么？不就是凭着它屡败屡战的意志吗？不会说话的松树都做得到，你为什么做不到？是的，是的，天下什么人能靠得住？什么人也靠不住！能靠得住的，只有自己，只有自己啊。

童时让咬紧牙根，努力抓住那块突兀出来的岩石不放。他竭尽吃奶的力气，让自己摇晃着的身子平稳下来，他伸出一只脚，探到一块结实的岩棱，用脚趾死死钉往，再将飘摇着的身子贴大饼子似的贴在石壁上。身子略一稳定，他即腾出一只手抱住另一块石头，几经努力，终于将自己送归正道。童时让攀到将军台了，他一脸自豪且骄傲地站在将军台上向他父亲摇手示意。隔着那天戟峰，他亲眼看到父亲抽搐着耷拉的老肩膀哭了，哭了，从来不曾流过一滴眼泪的父亲，第一次对着天戟峰哭了。

童时让清楚地听到他父亲哽咽着对他说："儿子，我的儿子，你让我放心，你让我放心了。"头上弥漫着的乌云移来了，乌云中穿出来的一缕阳光，若一束金箭落在他身上，那耀目的阳光给童时让的全身涂上一层金，让童时让瞬时成为金谷寺门那尊金刚罗汉，一种从不曾有过的自豪感油然从童时让的心渊里漾出一汪清水。一个声音在冥空中对他发出召唤，弟弟，你努力吧，你努力吧，别学我！你会当上将军的，你会当上将军的！

牢房大门打开。

一位短发女军人出现在童时让面前面。真是人要衣服马要鞍，人屁股坐的位置变了，一切全跟着变了。想当初，他第一次与她见面时，她穿的是土蓝花粗布衣，脚上蹬着的是一双六耳麻鞋，那头发落满灰尘，乱得如一只树杈子上架着的鸟窝；而现在，角色转换了，人的精神面貌也焕然一新了，昔日的狼狈，横扫得一干二净了，取而代之的，则是靓丽。想当初，她那皮肤糙得如树皮；看现在，她那皮肤光滑得如油脂。想当初，他送她去四明山，她依赖他又防着他，腰头别着的那支小手枪机头从不曾关闭过，随时准备朝自己太阳穴上开上一枪；看现在，她一脸坦荡，清泚昳丽，活似灌满浆水的水蜜桃。想当初，她的目光弯曲如钩，四处扫描；看现在，她的目光有若射出去的箭镞支支直中靶标。想当初，她胆怯得如鹰隼下一只逃跑的野兔，时时四顾怕有不测来临；看现在，她一身豪迈指点江山，挥斥方遒，充满着胜利者的自信与骄傲。想当初，她那面色如一块刚从腌菜缸里捞出来的腌菜；看现在，她留着齐耳短发，一身军装熠熠生辉，头上戴着的那顶军帽，八一帽徽锐利鲜艳，铸得她全身如三月初春天台华顶山的云锦杜鹃。此人不是别人，即是他姑表妹、现任台州专区宣传部部长的周时兰。

周时兰手里提着一只大食盒子，步履轻松地走进关押童时让的牢房。周时兰与童时让面对面坐下来。

周时兰噘着樱桃小嘴，亲昵地说："吃饭吧。"

"怎么这么好？"

"我们可不虐待俘虏。"

"你是不是要送我上路？"

"不，不，我是来给你送吃的。"

"是不是你们组织上要你来做我工作？"

"你先吃饭吧，我有话与你谈谈。"

"好。"

周时兰微翘兰花手，打开食盒，周时兰送来的饭菜很好很漂亮。两菜一汤，分别是红烧肉、葱煎带鱼、虾皮咸菜汤，饭是他一直爱吃的家乡粳米饭。

童时让吃得很文静，且是慢嚼慢咽，牙齿轻轻地磨动，将食物中的每一层滋味细细品透，再将精华部分全部吸入味蕾中。周时兰静静地与他面对面坐着，一直看到他慢慢将饭吃完。

面谈开始。

周时兰那双美丽的大眼睛盯着他好长时间，仿佛要将童时让的心穿透，盯得童时让有点难为情。

"妹子我代表组织来的。"

"长官。"

"我们不兴叫长官。"

"那我怎么叫你？"

"你叫我名字时兰好了。"

"好吧，时兰。有什么话，你就直说吧。"

"组织让我转告你，只要你坦白，交代出华东地区的特务网，共产党与人民政府是通情达理的，立刻免你不死不说，还有可能释放你，让你归天戟村与你妻子方伯琴团圆。"

"你与我是亲属。我们任、方两家的堂叫忠义堂。我家老祖宗留下的话，就一句：在家忠家，在国忠国，在君忠君，不忠者，杀。"

童时让抬起头透过窗门，看了一眼刚锋凛冽的天戟峰。童时让深觉与周时兰的谈话如过天戟峰那样的艰难。

周时兰说："你不能与人民政府作对。"

童时让说："你我只是立场不同，有对错之分吗？"

周时兰说："你那话说得不对。"

童时让不动声色地反问："我怎么不对了？想当年，我劝你丈夫，让他假意写个脱党声明，你丈夫许清说什么也不干，就是死，也不做共产党的背叛者。我说，你这不是背叛，而是识时务者为俊杰。你知道他如何回答我？他说，我们共产党有个誓言叫永不叛党！我想用他这句话回复你。"

周时兰说："时代变了，老皇历不能用了。"

童时让答："即使老皇历不能用了，二十四节气也不准用了？"

周时兰说："你当了这几年军统特务，怎么变得如此油嘴滑舌？"

童时让说："时兰妹子。"

周时兰不高兴："别这么叫，我是代表组织来的。"

童时让答："对不起，我从小叫你叫惯了。想当年，你丈夫被金文杨逮捕入狱时，我的上峰也让我去做你丈夫许清的思想工作。你丈夫只反问我一句，你们国民党最恨的是什么人？我答，叛徒。你丈夫说，那不就得了，国民党恨叛徒，我们共产党也恨叛徒。"

周时兰说："你什么时候变得巧舌如簧？"

童时让反问："你又什么时候，变得如此不理解人？你若是我的真表妹，请你向你的组织报告一下，让组织成全我，别让我担上叛徒之名。"

周时兰气急败坏地说："你这个死脑瓜骨！你这个死脑瓜骨！我直至现在，我这才明白，童晓兰与李卫二人，为什么要让你入军统，让你潜伏于大陆，做垂死挣扎。"

童时让答："是的，是的，我的好表妹，尽管我与你加入的不是一个党，尽管我现在是败军之将，不可言勇，你丈夫就是我的榜样。"

周时兰终于不耐烦地站起，说："我丈夫是为天下人而死，你却是为了忠于自己愚昧狭隘的信仰，岂能跟他比？"

童时让说："嗨，嗨，你可别忘了，你妈是我姑，我妈是为你死的。"

"好了，好了，我说不过你，让能说服的人与你说。"

周时兰气呼呼地走了。

卫兵邵泽青走上来，拿起一把大铁锁，"咔嚓"一声大响，将大铁门给锁上了。童时让一指那锁说："小战士，我是不想跑。我若是想跑，就你这锁……"

邵泽青也懒得搭理说："我知道你本事高强，我们知道若是你想跑，我们的牢房是牛栏关猫，你跑吧，你跑吧，我用子弹跟你……"

1929 年 9 月，台州贼王任武基终于因年老多病走至他生命的尽头。任武基此次得有重病，与他亲手杀死长子任时平有着极大关系，可怜天下父母心。世界上所有的付出均须还报，独有父母对子女的付出不须还报，世界所有人均恐惧别人超过自己，独父母亲渴望自己的子女超过自己。何人不盼子女贤？奈何老天给的不是这等题目，自肉自痛，别人肉冷冻冻。任时平毕竟是他的亲生儿啊，尽管他自己亲自动手将儿子送上一颗子弹，莫不如往自己心头插上一把刀。这种痛，不是一般的痛，且是剜心、割肉、敲骨、拔甲、吸髓、四肢被车裂与分解的痛，非是亲历者，无法忍受。

正因这痛没完没了地折磨着他，任武基每日无精打采、郁郁寡欢，时常对着头顶那蓝瓦瓦的青天长叹，那两道泪水时常从有如高高的沟沟壑壑的皱纹中瀑布般湍泻下来。他时不时喃喃自语地念叨着："这是报应，这是报应啊。"任武基这种绝地心碎的样子只过了个把月，他的肝区即现出一种无法说清的钝痛感，不久，口中牙龈不断现出鲜血。

世界上任何事物均存有两面性，人的身上，同样存有两面性，一面是神性，一面是兽性。人性的神性以直觉方式告知任武基，他的生命历程将已走至尽头，遂唤来他的次子任时襄与一直随他出生入死的一百一十三名徒弟，一脸郑重若铸铁地告知他的一百一十三名徒弟他人生的最后一个决定：从今天起，我们这个民间偷盗团体正式解体。

任武基强支起日见沉重的躯体说："想当初，我任武基因生活所逼，十几岁即拜婴僧学轻功，一直不曾出过事，若非老天所保，何可逃得出种种生死劫？如今回头细审，此事切不可再举。从今天起，凡我子孙同道师门，一律金盆洗手，今后众人若有背我此言者，我随化成厉鬼，令你们不得好死。"

一百一十三名徒弟当场低头承诺，他们绝不会再干此事。尽管如是，任武基嫌不够，要他一百一十三位徒弟焚香对天盟誓。任武基一手调教出来的一百一十三名徒弟，当日即在任氏家那处长方形大平台上对天下跪，焚香明誓：从今天起，若不是为国所用，我们将全部金盆洗手。众徒弟们起誓完毕后，任武基遂令老妻童秀清当众打开一道伪装的砖墙，取出所有他与他徒弟们平日于大财主家偷来，并分至他名下的全部金银财宝。当着他们的面，将所有珍宝平均分成一百一十三份，一人拿走一份。

任武基再次嘱咐他的子弟，以此钱为本，或种田、或做小生意，不得再行窃事。

任武基请任氏长老速骑马去路桥十里长街请徐时用。任氏长老至徐家时，徐时用正在家中与刘剑郎（路桥商会会长）他们策划如何成立台州第一家公路运输公司一事。听得任武基临死有事嘱托，徐时用十分骇然，当时即与他的爱妻夏芸，骑上两匹快马，前往天戟村。

徐时用夫妻二人一至天戟村，将马系在树上，即沿着石阶快步行至建在半山腰的任家大院，推开虚掩的院子大门直至任武基内室，是时的任武基早已进入了他生命的弥留期。

徐时用大步冲进卧室后，一声询问："我的好兄长啊，不知你叫阿弟前来有何事呀？"

任武基一闻徐时用声音，努力睁开他那沉重如闸门的那对大眼皮。正当徐时用形象渐在他眼瞳中变得清晰时，任武基说："行健（徐时用字）兄弟啊，你是我一生中最信得过的好朋友，我死后，此子若是无人调教管束，必与我大儿子一样不是江洋大盗，即是无恶不作的歹徒。我妻不过是一寻常女子，天性懦弱，无法管教此子，现在，我将此子拜托于你，让他光明正大地走上正道吧。芝兰生于深林，不以无人而不芳，君子修其道德，不为穷困而改节。我不求他得多少荣华富贵，只求他死后上不愧于天，下不愧于地，中不愧于人，令我死后也心安。"任武基言毕，即令妻子童秀清唤出他的次子至徐时用面前，令其跪地。

当时，任时襄年方十五，还不曾成年，任武基令任时襄叫徐时用为父，并要将任时襄改姓为徐，徐时用说："生不改名，死不更姓，姓何可改？"

任武基答："行健弟，你有所不知啊，我一生偷大户高官人家财物太多啦，会水者必死于水，日后一旦有人知道他是我任武基之子，非出手将他打成肉酱不可，若是此子丢命，我任氏一脉三房至我处即被拦腰一刀斩断，若是此子日后有出息，遂可复姓，若是无出息，你们徐氏一门，皆为人心地良善，又是当地头面人物，暂袭兄弟之姓，只求日后保他一命。"

徐时用说："不知此子长大成人后，当从何业？"

任武基答："你们徐氏一门皆出军校，你就此子随你们徐氏子孙去读军校吧。此子初生起名时，我曾请郑子清为此子起名时曾算过一命，说此子命中有将星，但需易他姓为螟蛉之子方可成才，我初时不信，八九岁时，我带着他与我大儿子过天戟峰，三过三成。现在我任武基命之将尽，不得不拜托丁兄弟你了。"

言讫，任武基口中连喷三口鲜血，死。

任武基择地安葬。

天戟村民及任武基一百一十三名徒弟全披麻戴孝前来送葬。

徐时用偕任时襄与母亲童秀清至路桥。徐时用给他们母子二人安排好住房，随后让童秀清在他开办的台州第一家公路运输公司公司管理后勤，又送任时襄至路桥中学读书。

1931年9月18日，日本驻在东北境内关东军，以武力袭取沈阳。史称九一八事变。

黄岩中学校长王念劬，在愤怒中写下《孤愤》一诗：

谋国高琳早白头，防秋明效未全收。

甫遗经略三边恨，又种齐襄九世仇。

十万大军濡北向，五云仙阙付东流。

庙堂筹海多新论，敢把杭州作汴州。

1932年，国民党对中国工农红军的第三次大"围剿"又以失败而告终。

任时襄路桥中学毕业。徐时用与夏芸二人率童时让至南京。那时中国社会可不是现在，现在去南京如同去往邻家串个门，说到即到，从陆路有高铁，从空路有飞机，从公路有快客。那时可不行，从陆路只有步步丈量，从海路你得先至上海，至上海后，才可坐火车至南京。徐时用一行三人至南京总统府。徐时用即找到时在李卫手下任秘书的童晓兰。

童晓兰，黄岩上山童村人，与任时襄论，当为姨姐弟，与任武基论，当为姨侄女。童晓兰时为黄岩县一大名媛，长得艳若云锦杜鹃不说，且是才女，尤其写得一手好诗，画得一手好画。任时襄八岁那年曾跟着他母亲至上山童村童晓兰家，当时，童晓兰正爱着李卫，给李卫作有一画，画有一个古典式美女对着皓月长叹，一株梅树上停有两只黄鹂，似在窃窃私语，边上题有一诗：

梦醒香帘月影低，黄鹂趁晓一双啼。

起来不敢轻开户，只恐惊他两处飞。

童晓兰武汉黄埔军校分校一毕业，即被李卫调至身边任秘书。

童时让至死都记得他跟着徐时用叔叔与童晓兰见面时，童晓兰在他面前所现的风姿绰约的样子。那天，童晓兰头戴着国民党军帽，腰挎小手枪，风韵十足，一举一动全保持着军人特有的修养。行如风，坐如钟，打扮得棱角分明、线条清晰。时童晓兰任李卫办公室主任，上校军衔，主要工作即是协助李卫管理与培养国民党分布于全国各地的特工。

徐时用先与童晓兰商量童时让改姓问题。童晓兰说："他母亲是我堂姐，姓就别改你那个徐啦，改姓他母亲的姓，谐其音，叫童时让好了。至于我堂姐夫死前留有这个念想，我说了也不算。你们三人，先在我办公室坐一下，我得向蔚文（李卫字）请示一下。"徐时用毕竟是官场过来的人，他知道官场规矩，于是老老实实地坐在会客室里。童晓兰扭着水蛇似的腰身，推开另一扇大门，滑进李卫办公室。三五分钟过去，童晓兰重新水蛇似的游出，做了个动作，示意他们可以进李卫办公室，于是他们三人跟着童晓兰蹑进李卫办公室。

李卫，字蔚文，1889 年生，三友堂人。三友堂原不是地名，只是一处紧靠西江相对独立的六间房子。那条人工开起来的西江，即从这房前无声地流过。西江并不大，弯曲如蚯蚓，江内除长有荷花老菱外，还自动地长了好些水瓢子和水荷莲，夏天一到，荷花粉得噜儿地开出来了，水荷莲花紫盈盈地开出了，河面一片五彩缤纷，煞是好看。跨着河还架有许多竹棚，种上连片的丝瓜和白扁豆。金黄色丝瓜花一朵朵怒绽，白扁豆花一嘟噜一串垂直而悬，从五月开起，一直开至九月。门前屋后种有两样植物：水杉、篁竹。所有的古老的屋脊全都沉在凤尾森森的竹林中。六间房子，一字儿排开，呈长方形，坐南朝北，偏六度，东西走向。因护林河对这六间房子犹抱琵琶半遮面，使三友堂几成"独立王国"。为能走出这独立王国，这二家人，即在东、西、南、北，四个方向，造有四座小小的独木桥，供住这里的人出去，也供别人进来。这个地方之所以成地名为三友堂，是与三个男人间牢不可破的友谊有关系。

第一个男人，名叫蒲明华。所有的财产，只有一间破得不能再破的老屋，那屋的样子，由于多年失修，所有的柱子、窗户、木板全都随势倾斜。别人家的屋前屋后都开成地，种上青菜、葱、蒜、姜等日常生活必须用的菜蔬，一畦接一畦，齐楚可目；而独有他家的院子，却杂草丛生，老鼠和黄鼠狼，在他家菜地里做窝生长。别看他穷困潦倒，一无是处，但他却是全台州赫赫有名的"狂颠"大画家。蒲明华是个纯粹彻底的大画痴。除了画画写字外，他什么也不会。一天到晚，就见他拿起一本唐诗在那里放大喉咙歌吟：

> 云想衣裳（兮）花想容，春风拂槛（兮）露华浓。
>
> 若非群玉山头见（兮），会向瑶台月下逢。

每每一歌吟，他那两眼即会小电珠般熠熠发亮。他会一边吟，一边将头慢慢地拗过去、拗过去，样子若被酒后的软醉。或是见他刹那间想到什么，一纵身即从破眠床上跃起，撮起一张白宣纸，铺在一张缺有一条腿的八仙桌上，醮墨挥毫，信手随意，毫无理性，任性走马，甩笔狂画。有时他画山、画水、画渔翁、画波涛跳掷的大海；有时他画老头，画村落，画柳腰黑髻、绵肤素手、红唇美目的仕女。他画的方法，确实与众不同，他或是将磨好的墨，成盂地倾进水里，趁着那墨汁在水里润开的瞬间，即将成方的宣纸扔进去，略一浸泡即提起，晾干，然后捉起狼毫笔左钩右抹；或是细线密布，泼墨纵云，眨眨眼间，那汹涌澎湃的海啸图立马画成；或是将整张的宣纸揉成一团，铺开，摩平，鹰爪似的左手，捉起开岔的毛笔，醮上焦墨，即任性纵横、大胆阔斧地竖研横砍，不一会儿工夫，那挺拔雄峻的高峰奇岭，即在他的乱笔下"砍"成。他经常想起什么，突然发了疯似的将房门一关，拄着一根拐棍，赤着脚走了。这一走，往往有十天半个月在外面东西南北中地闲逛。他的闲逛与别人的闲逛不一样，别人的闲逛往往有个目标，他的闲逛是信马由缰，走到哪，睡到哪，吃到哪。来到庙里，他即向管庙的庙祝或和尚、尼姑，讨吃讨住；来到人家，他即向素不相识的平民讨吃讨住。人家给了，他就大碗大碗吃，人家不给，他即瞪着两只眼饿。夜里，他也有着与众不同的宿夜方法：或在路廊，或在人家狗窝边这么一猫，便是一夜。又过有半个月一个月，他又不知从哪里拄着拐棍，赤着脚儿，踢踢踏踏地回来。每每从人边走过，身上散发出来的臭气，不得不令闻者一紧鼻子，那五脏六腑都会翻出来。

蒲明华好喝酒，什么酒都喝，白酒、红酒、黄酒，只要是酒，斑驳陆离全不拒。不喝则罢，一喝即是脸红脖子粗，煮熟如虾蛄。只要他身上有几个钱了，他即购两样东西：纸与酒。每次他口袋里有两个铜板了，即抢命儿似的上气不接下气地颠到小酒店。三友堂一出去，即有一处小酒店。专门卖花生、茴香豆、糕饼货、荔枝、桂圆、千张、福寿纸、酱油、老酒、醋。他哆哆嗦嗦地用他那双鹰爪样的手，抓起几个铜板，大喊："来一小碟子茴香豆，一壶老酒！"店家们太知道蒲明华这个人了，没啥说的，赶紧把他要的东西拿上来。酒啦，菜啦一到手，他即旁若无人地滋天哑地大喝起来。什么时候喝得个昏头夹死脑，头重脚轻，这才拉倒。他早上起来离不开酒，若没有两口酒儿"骨碌骨碌"地灌到他的肚子里去，他一整天蔫儿巴登的提不起精神；中午晚上吃饭时，离不开酒，一旦没酒，最好的饭菜，他也如嚼墨喷纸；他画画时，同样离不开酒，画着画着，端起锡酒壶，嘴对着嘴"咕咚咕咚"地喝起来，喝上几口，便往自己嘴里扔上一颗花生米，嚼得"嘎嘣"直响，再提起笔来，"刷、刷"画上几笔。那酒和画，几乎左右他生命的全部历程，只要有酒喝，有画画，叫他干什么都行。

有一次，他没钱了，可那酒瘾偏偏犯了，喉咙里有小虫儿爬似的，令他浑身浮尘四起，坐卧不安，他忍受不了，只有跑到小店里赊酒。小店店主虽然是同村同姓人，虽然出有五服，毕竟是打断骨头连着筋。但黄岩人自古以来金钱为上，"碗对碗，篮对篮""亲戚邻居扶一把，酒还酒来，茶还茶""好朋友勤算账"，几乎成为每个家庭的共同底色。你这个蒲明华，可以赊一赊二，不可赊三，老是这么一个劲地赊下去，我们这些做小本生意的人，何以承受得了？于是，小店的店主们毫不客气地吼开了："蒲明华（他们对他是直呼其名的）你看看，你欠我多少钱了，你还好意思赊？"蒲明华说："你冲我哥要去。"人们只得将账记在他那个"哥"身上。

有一次，蒲家有人结婚，他知信儿了，三脚两跳跑去喝酒。办酒的人，一见他一身鹑衣百结，在宾客面前摇来晃去，这成什么景致？不是将好好的欢庆场面给搅黄了吗？张开手拦着他，说什么也不让进。

"我要喝酒！"

"人家又没请你，你喝什么酒？"

"酒是老天赐与人之物，你们喝得，我为什么不能喝？"

"酒席是主人家办的，不是我办的，人家没发给你请帖，你咋能胡来呢？"

"胡来不胡来我不知道，我要喝酒！"

办事张罗的人，都知道这个人痴，也知道这个人赖，怕扫了全场的兴，只有前去请示主人。主人一听，忙说：咳呀呀，大喜日子，他要来喝酒，就让他喝吧，给他另立一桌就是了。办事人一听，有理，好歹为他在一个小角落里立有一方桌。菜是一样的菜，酒是一样的酒，主桌上有什么，他桌上有什么，一切都安排得妥妥帖帖，这就把他放进来了。哪知，这家伙根本不识趣，早已摆好的小桌偏不坐，而是虎头狼脑地放直线直奔主桌。至主桌后，也不分个大小尊卑,一屁股在第一把交椅上坐下来,伸出黑乎乎全是污垢的两只手,一只手拿住大酒壶,一只手抓住大盆里的那只鸡,旁若无人,"呱唧呱唧"地大吃大喝起来。这主座上坐的并不是旁人,且是女方父亲和他们家特意请来的高朋贵宾,这些人十有八九全是当地有名望的乡绅,哪里容得了倒霉透顶的蒲明华从中瞎搅和?只听得"轰"的一声响,仿佛是赶起一群乱苍蝇,全作鸟兽散了。主人家一看,这家伙不是一盏省油的灯,这还得了,只有叫本族几个有力道的男子汉,七手八脚地把他架出去了。

蒲明华原先有一个很圆满的家庭,家中虽然没有过多的钱,却有房子三间,田地八亩,河塘一口。一个父亲,一个母亲,加上一个他,简简单单、马马虎虎,日子说难但多少也过得去。他父亲名叫蒲作棣,是个老实巴交的农民,虽然识得几个字,但只知道老牛儿似的在那里"吭嚓吭嚓"地干活。他母亲名叫范桂芝,原本是王林乡范家的大家闺秀,画得一手好画,写得一手好小楷,也做得一手好刺绣。三十年河东,三十年河西,风水轮流转,谁的背脊后也不长眼。她那个好端端的家三四年不到,就败了下来。她是无奈之下,才下嫁至蒲家。一过即是七八年,教子读书,学画,小日子虽然不是大红大紫,轰轰烈烈,却也低吟浅唱,自有风味。然而,至蒲明华七岁那年,他母亲突然发疯,又哭又闹,又打又跳,脱光衣服四处跑,折腾得老蒲头死去活来。某年三月初春,桃花浓得化不开,他母亲独自一人跑至九峰山,对着那如血的夕阳,对着那馒头样起起伏伏的群山,又叫又跳又笑,说:"哈哈,终于有人要接我回去了,你看,他来了,来了,他把又平又光又亮的道路铺到我这儿来了。"喊完,即纵身往下一跳,刹那间从九峰山百丈高的山崖跳下去,活活摔成一块又黏又烂的柿饼。他母亲一死,他父亲跟着生病,到处找大夫,看病、吃药。那些医生们开出来的药方又奇又怪,用的药引,必须是三月里的梧桐叶,用的水必须是清明日那天的"无根水"。用的药越是怪,其病也越难治,为了治好病,他父亲不得不变卖了一半土地和那口大河塘,卖得来的钱,一五一十地全转换成苦汤喝光了,他也终于是卧床不起了,血吐个不住,先是成块,后是成碗,最后竹筒倒豆子,连倒三天,终于把一切都倒空了,两腿一蹬走了。父亲的棺材一送上山,这蒲明华虽说是没有疯,也痴了,他将所有的土地一卖,上天长街,不知购了多少酒和宣纸,笔和墨,干脆把门儿一罗,躲在家里有天没日头地画画了。

上天对什么人都一碗水端平。蒲明华是黄岩七百多年的历史长河中，冒出来的第一个天才。2000 年后，他的画每一幅能拍卖到上百万元，即是一天才大画家的价值明证。然而，上天并不是把所有的美和贵都集中给一个人，他给予你成功的同时，也给你重大灾难。那时，蒲明华几乎没有一个人能理解他，他们开口闭口都叫他"癫"，连他自己的直系亲属都退避三舍，躲之不及，何况是朋友？蒲明华在黄岩城关似乎没朋友，但也不尽然，他有一个唇齿相依的朋友，那人即是李卫的爷爷林承弼。

林承弼父亲原是农民，一直种田为生，后当过路桥丁岙山牛场的中介人。林承弼本人初时是黄岩有名的髑骨诗人。时黄岩县官四处敛财以纳官贡，林承弼即写了一诗悬于县衙门骂官府：

> 犒贼弦高强结欢，东南民命待新安。
>
> 帝王升降传天父，山海公私属乌官。
>
> 巡察有期人走窜，诛求无名泪泛澜。
>
> 市中最说王敦恶，断脰常将芰草看。

这一骂不要紧，让清政府给革去贡生的名头，永远不准参加考举。林承弼一看仕途归零，不得不紧随父亲做生意场上的中介人。做了几年，积下第一桶金，即以此金做生意。要想富，就得将生意做，林承弼在黄岩、路桥一带算得上是个知书识礼的商人。家中有田三十多亩，讨有一个管家姓钱，管理他的全家账目和往来的钱财，也讨有几个长工，专门做他们家的农田生活，种稻，割稻，上山采杨梅、摘枇杷，喂糠养猪、养鸡。他本人在城关东禅巷开有三间南北货商店，专门做荔枝、桂圆、大枣、白果、柿饼等买卖。他自己每年总有三个月，在外搞贩运、带采购。在路桥收购下梁出的土布与方林村出的蔗糖，到金清讨海船，运到福建杭州一带，卖了，又收购回来大批大批的桂圆干、荔枝干，顺着海路回来，一直到永宁江船埠下货到店，再由总店，一五 一十批发给各乡各村的小店。生意做得十分红火，小日子也过得十分瓷实。林承弼与蒲明华是娃娃时结成的好朋友。从小两人即在一起办家家、捉蜻蜓、藏猫猫、打刮刮（将簧竹中间截下一段，做一个能挤能捅的杆子，再爬上把沙朴树去把沙朴果子摘下来，塞上，用力一捅，凭着空气压缩的力量，只听得"砰"的一

声响，小小的沙朴树籽便会射得很远很远），更不用说掏麻雀窝、滚铁圈、打铜板。尽管他在十八岁那年，与任家一位长得天姿国色的女人结了婚，也有了儿子；他们之间的来往，也没有小时候那么稠了，但蒲明华家一应大小的事，他几乎没一样不插手。是他帮他料理的母亲、父亲的后事，也是他用钱财不断地打点周边邻里，救济蒲明华生活。蒲明华每次来了疯劲儿了，不知要画多少画，画满意了，他高高地挂起来，一边手舞足蹈地欣赏，一面独无旁人地哈哈大笑；只要有一点儿不满意，不管是成还是不成，他将画揉成一团，往地上一扔，有时扔得满地都是。林承弼每次去，总是小心翼翼地将那些画捡起来，摩平，叠在一角。他没纸了，他就给钱让他去买纸；他没酒喝了，他就把钱存在小店里，什么时候他高兴喝了，就让什么时候喝（有时候因为他好出门，接济不上，倒是事实）；他没米了，就叫家里的长工们给他送米；他没衣裳了，他就叫家里的人给他送衣服（有时候他把衣服从身上脱下来换酒喝了，那另当别论）。有一次，蒲明华喝多了酒，发起大酒疯，披头散发地跑到他家去了。林承弼妻子正歪在床上午休，他一不问，二不看，连着鞋上床，又是吐又是尿，吐得一地都是乱七八糟的东西，尿得他家被子上全是臭不可闻的尿臊味。吐也吐光了，尿也尿完了，一歪头即在那绣花床上睡下来，吓得林承弼妻子任氏吱吱哇哇地乱叫。林承弼妻挣扎起来一看，好端端的家，让这个又疯又癫的家伙，踢登成这种样子，柳眉高剔，栋折榱崩，喷溅着唾沫星子叫来家人，把他五花大绑地捆将起来，要告官。说这个家伙，私闯民宅，图谋不轨，调戏她。正赶巧，林承弼从东禅巷归家拿衣服，一见这种情况，根本不是那么回事儿，忙一口喝住妻子说：快给我松开！你不睁开你的狗眼看看，就他这样的人，能对你图谋不轨？他是我的好兄弟，你若是如此绝情无义，那你走人好了。他说着便磨墨写休书，吓得他这个妻子这才把头缩回去。

　　林承弼的确待这个蒲明华无微不至。蒲明华想女人了，林承弼出钱，就叫他上秦楼楚馆。蒲明华生病了，他费尽周遭地给他找医生瞧病。蒲明华想游山玩水走遍大千世界了，他又挖空心思藏着、掖着给他准备出门的盘资。蒲明华与他一块儿出门，往往走到岔道上，一见到那一堆堆笼屉馒头儿一般的长满青草的坟，他就会心碎地坐那里号啕大哭，林承弼呢，也会莫名其妙地跟着哭半天。

林承弼的女人，虽是任家人，但任家也并非全出好人。天戟村任氏，虽然长得貌美天仙，但心胸却窄得难落针脚，常常指手画脚把林承弼骂得个狗血喷头，她不止一次地伸手戳着林承弼额头说："你是不是钱太多咬你手了？花那么多钱在这个人身上，到底对我们家有什么好处？"林承弼也只是一声不吭，你想怎么说去，你就怎么说去吧，我林承弼该怎么做，还是个怎么做。

　　说起来叫人深为诧异的是，这蒲明华什么人也信不着，就信林承弼。就拿他画画的时候来说吧，什么人也不准看，但独允许林承弼看，城里的人呢，有一个算一个，都眨着眼睛面面相觑，一个是画家，弄文舞墨的，一个是专门做买卖数钱的；一个是癫是狂，一个是茅厕里的石头头脑既硬又冷；一个是穷得锅里抢马勺叮当直响，一个家中虽然不是豪富，却也有满鼓膏黄，他们这两个人，可以说是冰炭不同炉，风马牛不相及，何以能如此相洽地黏在一块儿？到底是他们心中哪根线，把完全属于两极的东西联袂在一起？

　　林承弼太了解这蒲明华了。他知道他视利、视权、视各种各样五彩缤纷的生活为粪土。他内心唯一冀求的只有一点，渴望在他活着的时候，能看到他画的画能被画界所承认。林承弼几乎每一次出门，都带着他的画。生意做到广州，他去广州推销他的画；生意做到上海，他就到上海推销他的画。但不论现在和昨天，昨天和明天，只要是人，只要他自私的基因在延续，他的动物本能就不能有更多的改变：天下的乌鸦一般黑，天下的锅全朝着天空烧。人性中的弱点无法逾越。作家有作家阶层，美术有美术阶层，声乐有声乐阶层，摄影有摄影阶层。这些文学艺术界的新型贵族阶层一旦形成，那些从平头百姓阶层里冒出来的艺术尖子，是很难拱出地面的。他们就像几百条几千条纤细的红蚯蚓被装进了大罐子里一样，靠的是互相的黏液来滋润自己的生命。人类生存史在地球上百万年，人性根本没有改变过什么，尽管林承弼带着他的画，八方奔走，但铜壁铁墙，固若金汤，他四处碰钉子。那些高高垄断的国画市场的所谓的权威人氏们，对这个从乡下农村冒出来的乡巴佬画家，不仅是嗤之以鼻，且是不屑一顾。不是说他看不懂他的画风，就是说他的画太怪、太变异。林承弼费有九牛二虎之力，也只能推销出一两张作品，而且那价格（过去叫润笔）便宜到几乎是不能再便宜的程度。每一次林承弼总是兴高采烈地出去，七八天后，不得不垂头丧气地铩羽而归。

    时间就这么一天天白白耗走了，一年又一年，到了第三年，短命而又疯狂的蒲明华终于死了。用现在的话来说，他患的是肝腹水，那肚子鼓得仿佛是一只牛皮鼓，一敲便铮铮作响，那张原本黑黢黢的脸，这会儿还现出少有的一块跟着一块的沙漠绿洲。林承弼到处给他寻医找药，又过了半年，吃了整整一大麻袋的中草药后，上天终于把为他铺开的那张羊皮纸收起来，卷好，一本正经地带回去了。临死的那天夜里，小鸡叫头遍，他那矮矮的小屋里萦绕着一种异常难受的死亡气氛。床头的那盏遍身油腻的菜油灯，发出荧荧的一线昏光。蒲明华很是费力地睁开眼，瞅了一下一直守在他身边的林承弼，他伸出尖长的手指，戳了一戳那一大堆画，只说了一句："兄——弟——兄——弟，这——这些东西，我都交给你了。"他举起的手，慢慢地落了下去，终于，他如此痛痛苦苦、尴尴尬尬、磕磕碰碰地走完了人生旅程。

    林承弼竭尽所能埋葬了蒲明华。他把蒲明华留下来的画，一股脑儿地捆扎起来，用黄油牛皮纸极其精密地包装好，一声不吭地带走了。

    林承弼同样是做生意，同样是到处推销他的画，能卖出一张，就卖出去一张，能叫他出一回名就叫他出一回名。一晃，又有五六年时间过去。林承弼实在太累了，终于有那么一天，他胸中出现一块"大碉堡"。这个"碉堡"一修筑，迎之而来的则是不断地咳嗽与发烧。那烧发起来很怪，一旦上来了，他感到自己的手脚仿佛是化开了的蜡烛儿一般上下发软。再接下来，即是大口大口地往外呕血。别看他读的书并不多，但人间世事差不多全经历过了，他知道自己得的是什么毛病了。当天，他立刻把要带的两样东西，全起将出来，来到他一生中另一位好朋友邻居家。

    这位好友兼邻居姓蔡名吉士。蔡吉士是个本事并不高强的郎中，专治跌打损伤。他的家临西江，是相对独立的两间茅草小屋，门口有两棵长得很大很大的柳树，门口挂有一个木招牌，上书六个大字："专治跌打损伤。"他家门口有个小菜园子，菜园子里种有几畦青菜，几畦黄瓜架子，还有两苗很大很大的南瓜秧子，纠缠着的藤儿，顺着棚架爬到他小小的屋顶上，还在上面结出两个很大很大的大南瓜。离正门五十米，则是用石条砌成的水步，船儿一在河里摇过，那水波浪便会伸出它极其软柔的舌头，舔着水步，发出汩汩声响。有病人来了，蔡吉士便给病人看病。你骨头打劈了，他会很准确地给你对上茬，用石膏布把你的腿或手，密密匝匝地包起来，再用成片精致的杉树皮给你捆上；你的下巴壳合不拢了，他会很内行地将你的下巴用力一碰，只听得"卟"的一声响，即合二为一了；你背上长出个酒盅那么大的一个大脓疮了，他会用明刀小心翼翼地把红彤彤的疮面，慢慢挑开，挤出黄脓，为你打上晶晶发亮的一贴拔毒膏。有些人有钱的，就送钱；有些人没钱的，就给他送来海鱼、湖鱼、鸡、鸭、鹅，不管你是送什么，他照单全收。有些人就连这些东西也没有，只是趴在地上给他磕个头，他也就好好地接了这个头说："嘿，别这样，别这样，这是小事一桩。"闲了呢，他也自有打发他日子的办法，要么，他就伺候一下门口的小菜园子，把雄南瓜花的花蕊摘下来，插在那些雌花的花蕾中，让雌花接受雄花粉，让南瓜有一个成一个；要么，他就俯下身去，伸出两只尖长的手指头，把菜园子里的草尖儿一一薅尽。若是这些活儿都没有了，也有他自己的办法，他便拿起一根钓竿，往西江河角处打一些米，过了一两分钟后，便往钩里扎上一粒白米饭，聚精会神地坐在那儿钓鱼，钓着长号他要长号，钓着鲫鱼他就要鲫鱼。

林承弼连他自己也搞不清楚，他是如何和这位单打独挑的蔡吉士好起来的。尽管他们干的行业和志向，完全是两道岔，但好得却和一个人一样。

林承弼一直有心病，这心病不是别的，而是他那个如花似玉的妻子和他的管家的关系上。起先，他只是凭着他一个当男人的直觉感觉自己的妻子和管家关系有点不寻常。有那么一天，他从宁波购货回来，原打算直接去东禅巷南北货店的，不知怎么的了，心中忽地一动，叫船老大拐了一个弯，先到自己的家里湾一下。到家后，正是小鸡叫二遍的时候，全三友堂人都静了，他家里的人呢，也全都呼呼地睡着了。他们家管门的，是个七十多岁的老头子，那张脸爬满了横七竖八的皱纹。一见是老爷，一没不多言，二没大咋小呼，轻轻地开了门，让他进来了。林承弼来到正房，正想伸手推房门，发现窗上灯亮着，里头传来女人和男人相腻时的胡言浪语。他偷偷地顺着窗户上的小缝儿往里一看，不由得叫他浑身毛骨悚然，当时那手那脚全都如风吹的树叶子儿一样，哆哆嗦嗦地颤抖起来了。中国的男人也好，外国的男子也好，他自己可以在外面拈花惹草，但决不允许家里的女人有外人，叫他头上戴上一顶绿帽子。当时，他真想学一下武松，来个血溅鸳鸯楼。刀也拔出来了，冷下心一想，又悄悄把

刀推回鞘里去了。林承弼为人天大特点，即是他头脑一直处于冰镇中。林承弼想："为男人女人那么一点事儿，连丧两条人命，也实在是太缺德了。自己长年累月在外面跑，叫一个如花似玉、如狼似虎的女子在家守空房，未免也太残酷。天下哪有猫儿不贪腥？天下又那有男人不好色？得啦，得饶人处且就饶人吧。"他转过身子，提着他的两只脚，悄悄走出来了。守门的老头儿睡眼惺忪地问："老爷，你不在家歇一夜，就走？"林承弼大着舌头含糊不清地回答说："我店中的货还没有卸完，我得赶回去。"他咬着牙齿，把这桩丑恶事，压下去，让它化作烟，化作岚气，化作云，让它在不了之中好好了之。

尽管不了了了，但面对自己死期来临，他不能不精心地做出考虑了，便找了蔡吉士。蔡吉士一看他带来这么两大捆东西，身子一后仰，什么都明白了。

"你怕你老婆在你死后要嫁人？"

"当然，我放不下心的是我那个儿子林丙修，我想来想去，没有人可拜托，只有你了。这是我朋友蒲明华的画，待我儿子长大后，你一定要告诉我儿子，把他推销出去，所得的钱，把他家那两间老屋好好修起来。这呢，是我做生意赚的银子，共有八百两，你也交给我的儿子，叫他自己离开家，成家立业出来单挑过。"

蔡吉士很是轻言细语地说了一声："你放心，只要我不死，我一定会给你办到。"

这两件事交代完，林承弼即起身归家。随之，林承弼那病便变得越来越重，七天之后，滴水不进，十天之后，林承弼的两条腿，变得僵硬且又笔直——死了。林承弼一句话也没有说，一个字也没有留下，那女人呢，从外表上看，非常过得去，为他做了七七四十九天的道场，披麻戴孝，哭哀哀地一片，叫外人看起来，像模像样的很有那么回事儿。七七一过，这个女人便名正言顺地嫁给了他们家的那个大管家。

一年半载过去，任氏和大管家生有一子。八年过去，林承弼的儿子林丙修，整打整算地过了十九岁的门槛。林丙修当然受不了后父的气，也看不惯母亲的种种放荡行为，他自己搬出来住了。他刚刚走进东禅巷他父亲开的那家老店，刚将自己的眠床安顿下来，蔡吉士即拄着一根拐棍，一路跟跟跄跄地来了。林丙修一看是他的邻居又是爸爸的好友，立刻将蔡吉士迎进店内。

"老伯伯，有事？"

"你独自过了？"

"是，是，老伯伯。"

"我有话和你说。"

"伯伯，什么话？"

"请跟我来。"

这林丙修知道他爸有个好朋友，是个专治跌打损伤的郎中，名叫蔡吉士。可他与这位老先生从来不曾深交过，他也不知这位瘦骨嶙峋老先生葫芦里卖的是什么药，叫他去，那就去吧，他跟着去了。一跟，来到蔡吉士的家，蔡吉士叫他爬上小阁楼去，把小阁楼上那两只落满了灰尘和鼠粪的樟木箱子拖下来。林丙修听话地顺着那小小的木梯子爬上阁楼去，凭着黑昏昏的光线中仔细一看，果不然有两只很大很大的箱子，那箱子顶上，落了好多好多的鼠粪和尘灰，人一走进，一种尘封和霉烂的气息，扭着它的腰身拼命地往你的鼻子里钻。他费了吃奶力气，才把这两只沉甸甸的箱子搬了下来。蔡吉士说："这两样东西，都是你爸寄存在我这儿的，看，这封条，也是你父亲贴的。你父亲临死的时候告诉我，他一死，你妈必定要嫁给管家，务必要我在你独立生活的时候把这些东西交给你。昨天，你们店里的小伙计告诉我，你已经独立主事了，我也老了，这任务也该完成了。今天，我们就面对面地交割清楚吧。"

"里头装的是什么？"

"你自己打开看吧。"

林丙修很是小心地把箱子打开一看，林丙修张开的嘴再也合不拢了，一只箱里全是蒲明华的画，一只箱里全是光灿灿的黄金白银，中间有他父亲写的一封遗书，把他所想所说的话全写在这里。林丙修激动得泪水直流，两手发抖，他务必要按他父亲遗书中所定黄白物中的一半，归蔡吉士。蔡吉士只是淡淡地一笑，说什么也不要，他摇摆着他的两只手说："别看我穷，心可不贪，要是贪，早没你这些东西了。我告诉你吧，什么叫生可托死、死可托孤的朋友，这就是！只可惜，天下像你爸、我、你蒲叔这样的人太少太少。"

林丙修后娶上山童村童氏之女，生有两子，长子起名李卫，次子起名林麓。

李卫，清宣统二年江南陆师学堂工程科毕业，任杭州新军工兵连长。二十四岁那年，任浙江陆军第六师十二旅二等参谋，不久入学深造。1916年，毕业于陆军大学第四期，任浙江工兵营长、团长、师参谋长。1927年，李卫任海陆空三军总司令部参谋处长兼第二厅厅长。1930年，中原大战拉开序幕，李卫跟着转战河南、山东、陕西。1931年，李卫任南昌行营参谋处长。1932年，李卫任军事委员会军令部次长兼办公厅副主任军委会铨叙厅中将厅长，军委办公厅中将主任。

台州秦时为荒僻地，晋时始有人，汉时才有村，唐时始立郡，但一直是政府官员、江洋大盗的流放地。温黄平原从湿地变成肥沃的农田后，中原地带的人们一批跟着一批候鸟般地迁入台州。北宋时因战乱始有徐、王、陈、谢、屈、周、毛、蒋、赵、林、刘十一大姓。南宋时，或因赵构在临安（杭州）建都，或因临海出有一个大皇后谢道清，或因台州天（台）、仙（居）、宁（海）、临（海）、黄（岩）、太（平），东面濒海，西面群山环抱，山路崎岖，是名副其实的自给自足的农耕社会，十个台州人有九个只知魏晋不知有汉。正出于此，台州八县少有战争，虽穷则安。也因如是，始有全国各地百姓成批抱团地入迁于台州。

李卫办公室比童晓兰的办公室更为气派与堂皇，一身国民党高级军官打扮的李卫，很是客气地迎将上来，让他们三位坐下，并亲自给徐时用与夏芸倒了一杯水，然后径直至童时让面前，刀锋样的目光上下劙了童时让全身一遍。

"你爸就是台州有名的贼王？"

任时襄点点头。

"你表姐将你名字改成童时让，你没意见？"

童时让脸一红说："名字只图叫得应，改什么我也不在乎。"

李卫掉头问徐时用："徐将军，他父亲是跟你说过，他让郑子清算过命，命中有将星？"

徐时用略带拘谨的回答："是。"

李卫说："我现在确实需要一个忠诚子弟，接受特别任务，但我想请个人给他看一下骨法如何？"

徐时用答："我与他父亲是铁杆哥们，我只是完成他父亲交给我的任务，中学一毕业即让我交给童晓兰，这是他父亲临死前的嘱托。"

李卫说："好，你们夫妻二人来南京不容易，好好在六朝古都玩一玩吧。童时让呢，也就交给我了。"

徐时用夫妻刚一离开李卫办公室。童晓兰即将童时让带出总统府，来至南京一处小巷。那小巷子非常小，两边高砌着砖墙，因岁月久长，那古砖长出一层苔藓，絮絮叨叨地向人诉说着历史的血腥与娇媚。正中间有个木质小门，推进门，里面又是一个令人眼亮的独立世界，九曲回廊，草木葳蕤，精致雕琢得活似巧夺天工的苏州盆景的小庭院。迎接童晓兰与童时让的，是一位来自台州的看相人。

看相人姓王名英，天台人，其高祖名王奇，初为诸生，聪明过人，治《尚书》、兼《易经》，凡数十万言皆能倒背如流，尤其精通的是天文卜卦与星相、数学。有人说王奇曾接受过异人的传授，某年，天台督学张和试其文，啧啧称奇，一次次地推荐他参加考举。王奇一次次参加考举，一次次不曾成功，一次次不得不一脸无奈且冥落于天台山区乡中五六年。二十一岁那年，有朋友蒙冤，他出于道义为他朋友呼冤，结果得罪当局，即被一刀革去生员籍。明成化八年，王奇有朋友名潘祯，因考上进士而被朝廷起用。潘祯即带王奇一起至南京。至南京后，王奇自办一教馆，从教书业得以糊口。时南京司寇董昱，见王奇才华过人，即延聘王奇为家庭教师，一教三年。董昱欲将自己亲侄女嫁王奇，王奇为人眼极其刁毒，一个人是好是坏，只要与他直面一次，即可品出。王奇略与此女过目，即婉言拒绝说："此女非吾妻。"因拒绝董昱介绍的这桩婚姻，王奇不能再在董昱家为家庭教师，遂背了个行囊，一边以算命测字为糊口营生，一边漫游金陵。时临海王恕在南京兵部任职，为权贵所厄，请王奇给他卜卦，王奇在了解他的处境后，算了一卦，对王恕提议："你可归老家二年，三年厄运一过可叫重新得以起用。"后果如是。某年，南京史部打算罢黜三位敢说敢言的御史，问王奇："此三御史是不是命中有此罢黜？"王奇慨然答："罢黜官员一事，在于朝廷，我在野之人岂可过问？"不对而出。时刑部有六位重犯逃狱，负责者请王奇卜卦，问什么时候能捕得？王奇在询问追捕细节后，大致推断了个时间，后获逃犯时间与他推断的时间竟也不差。黄

岩陈姓指挥妻因难产死，将葬。陈指挥不相信命卦之类的东西，故意问王奇："我妻是死还是活？"王奇卜卦，即对陈指挥说："你都尚未确认她的死活，岂可入土？"陈指挥说："她已经等待入棺材了，怎会不明生死呢？"王奇说："你且请医生再确诊一下，便知她有没有死，若是不死，未来或许还会给你生两个儿子。""那你说，我妻子什么时候能活回来？""王奇答："过午时。"陈指挥将信将疑，只待挨至午时，耐不住好奇心，请医生确诊，哪知将入殓于棺材的妻子竟真的复以生还。四年一过，果给陈指挥生有两子。时郎中王应奎将去台州任职，向王奇问自己至台州后，是好是坏？王奇答，台州这个时节风大而干燥，火气太盛，你至台州后，当小心火灾。王应奎不信。哪知他刚至台州临海，即遇弥天大火，十室九烬。

王佺，王奇后代嫡系孙，字玉田，与其祖一样喜习星学。他与其祖不一样的是什么话也不直说，好发隐语断人休咎。王佺善于从细节处推断，所得之术与其祖王奇一样有奇验。时推算某一权贵祸福，此人狂妄自大，性格张扬，王佺百般推辞不过，便提笔写了一段话："明年更得君王宠。临行又赠一车斤。"人以为误书"金"为"斤"。其人后因跋扈性格，得罪权势，被朝廷所斩。人们这才悟王佺所出之言的真正含义。

王佺与童家成为铁哥们的关键一事，即发生在童晓兰爷爷身上。童晓兰爷爷名童文甫，年十六，才华过人，人称神童。种田人望稻，读书人望考，十年寒窗苦读，若不是为图个出人头地，人们下如此大功夫做什么？那时的台州人面临的是天灾人祸，朝不保夕。太多的兵荒马乱，太多的不测之灾，太多生存艰辛，令人心中全有"恐惧"二字。也因恐惧太多，各种各样忌讳与求神护祐，自然而然在民间诞生。什么"声卜"，即是出门前潜心细听听家门外面传来的声音来卜凶险与吉祥；什么"梦卜"，即出门前一夜，摆上八珍，点上三烛清香，诚惶诚恐地对天地拜上九拜，然后，卧床安然入睡，看自己有没有梦，什么"问箕"，旧社会台州八县极盛，方法简约，你信谁，即向谁求，求时先点上香，摆上供品，再向业已成为仙道的某某诉求，传言若是仙道灵，那类似笔似的东西，就会在沙子铺成的平面上写出字来，但至今也未见有成字现象。倒是《黄岩新志》载有一则故事，说光绪庚子年春，黄岩秀才王若渊闻章茂才（字寿岗）能请仙，就至乩坛请仙明示。到求仙处后，他两手合十，默叩乩仙，乩仙得以感应，批出一个"弑"字，王若渊看一看此字心喜，"弑"字左边上是义，下是十八，右边式，那"式"是"中式"的"式"，"杀"字拆解开来是四十八。王若渊即叩问乩仙："本人是否是第四十八名中举？"乩仙听后，批："是，不过有少差，未尽是。君明早至大门外凑一机便知。"王若渊听后，即归家待明天。次日一早，天刚放亮，王若渊打开家门，走至门外，四下观望。大街上一片空空如也，偶见有一牛顺着街牵过，王若渊顿时傻眼，无法得知此牛身上蕴有何种天机。然而，事情之巧就巧在此处，就在此年夏天，北京义和拳起事，清朝廷吓手忙脚乱，不得不下圣旨，今年乡试停止。直至明年，义和拳起兵事得以平息，大清国重新做出决定，壬寅、辛丑两季并科开考。王若渊前去参考，考中第一百五十二名举人。除正科的一百零四名外，适附合四十八数。丑属牛，那天早上，从越他家门前而过的那头牛，正暗示他牛年得中。当然，这不过是乡野传闻，从未有人验证过其真假，想来不过是恐惧中的底层人的自我安慰罢了。

时黄岩有资格进入殿试的有六名，这六名考生一个个都紧张得要命。独有这童文甫，不拜佛、不烧香、不算卦、不看相、不求梦、不听声卜，是好是坏，什么都满不在乎。行将出门的第二天，他和一个来自石曲的考生林道义，一起到天长街购些出门必备的货物，偶尔间至王佺开在黄岩城关天长街的算命测字馆，林道义瞄着眼，一看那馆子里空荡荡的没一人，王佺正坐在那里百无聊赖地拿着小烟袋锅子抽烟。林道义说："文甫兄，我们去测一下字如何？"童文甫总是认为"生死有命，富贵在天"，测不测字，算不算命，也没多大意思，整个世界原本就是混混沌沌的，若是把自己的一生，什么事情都搞得清清楚楚了，做人还有什么劲头？童文甫说："不想测字。"林道义说："我可要测一下字，你陪我一下好不好？"尽管童文甫心中不喜此事，只是抹不开同窗面子，只有陪着他一起进去。王佺一见来了主顾，慌忙欠身询问："客官，你是算命，还是测字？"

林道义答："测字。"

"测什么？"

"测我这一次上京赶考能不能高中。"

王佺即出一笔与一纸，叫他随意写上一字，林道义歪着头想了一想，提笔即写了一"死"字，王佺一看，即伸出鹰爪般的尖手指要赏钱，王佺说："好，好，必定高中。"

"为何？说个道理与我听。"

王佺说："死字拆来，是一个'一'字，大一者是国家的第一人也，中间那个'夗字'，拆开来是'夕也'，一夕之事，你必定高中，而且合起来是'鸳鸯'的一半，必定有大婚之喜。"林道义高兴非常，付了钱后，当即手舞足蹈地撺掇童文甫也来测个字，童文甫当算命先生都是敷衍人，尽挑些好听的话来哄人开心，也不当真。林道义硬让他也测一次，就说："你看我这位仁兄是否能高中？"王佺说："只不知他用的是何字？"童文甫拗不过他，恰巧，他手中拿着的是一把折扇子，他随手把这把折扇往那"死"字前头一放："先生，你的拆字，既然是那样准，我也就用这个字，如何？"王佺说了一声"好哇"，即正襟危坐，小心翼翼地将这把木扇子拿过，细细研究一番，脸色顿时如天上的雷雨云一样，变得灰暗且沉重起来，他将他那蓇头似的脑袋，摇得有如货郎担手中的拨浪鼓一样。王佺看了一眼童文甫的衣着打扮，自然是比不上林道义的，便张口就说："这位先生，考是能考上，必压于林兄之下，而且是放官甚难。"他随之做出了两条无法叫童文甫辩驳的解释："你选这个字，是在林道义之后，你将木扇往死字中一放，形成了一个扇死，'扇'与'先'字谐音（黄岩土话），你必定先林道义而死，还考什么状元？"童文甫要给钱，王佺拒绝，王佺说："我不收生命垂危、灾难重重者的钱财，有林道义的一个就够了。"人是自私的，所谓的朋友也都是虚假的，天下有几人不好幸灾乐祸？林道义当然是高兴得不行，一路上手舞足蹈、欢天喜地、唾沫星子乱溅，那出口的话语，也不知比往昔多了许多。童文甫送走林道义后，往自己家中走，刚至王佺家门口，王佺喊住了他，王佺问："你是不是童学渊儿子？"

"是。"

"你来。"

童文甫走了过去。王佺将他手中扇子与死字一排说："你知道什么意思了吗？"

"不知。"

"他一死，你必上。"

"你先前当面不说，这会儿岂不是挑唆我去杀人？"

"我们算命人有算命人的规矩，我岂可坏了规矩？你这学识，原本是考不上举人的，但我看你父亲积德行善，想帮帮你。石曲林家放高利贷，有损阴德，我不过是给你个解局的法子。"

童文甫知道，王佺不过是怕得罪了他，故意把这话私底下哄着人宽心，也就不当真。该吃就吃，该睡就睡，该赶考还是去赶考。他有他的一个老主意，那就是生死有命，富贵在天，若是我命中该死的，我求天求地也没有用；我命中该有的，你想夺也夺不去。什么算命先生，怪力乱神，一概不信，一概不听。两个月之后，考试正式结束，放榜。那王佺说的，竟然刚巧对上了。林道义是第二十名举人，童文甫第二十一名举人，那时朝廷有个十分明确的规定，只有中举人者，才可入京考进士，只放前二十名。消息一经传来，童文甫呢，十分坦然地坐在家中，手执一卷诗经，嘴中念念有词，秉灯夜读。而林道义家呢，这一下可是好了，举家欢腾起来了。家中原本就做糖蔗和土布、草席、鱼鲜等买卖，颇有些钱财，这一次呢，他们便大把大把地花将起来，戏请有六场，让地方庙上的那座小戏台子，夜夜灯火通明；酒请有三十八桌，光猪就一口气宰了三口；贺客呢，更是用不着多说了，来了一批又一批，这一批客人，打躬作揖地刚刚坐定，那一拨客人，又手舞足蹈地来到了，门里门外，到处一片欢歌笑语。家中呢，院外院里全都挂灯结彩。与此同时，他们林家还叫了八个石匠，在他们家的门口，竖起了一个高高的大旗杆和石狮子。（因为当时朝廷中为了奖掖读书人，凡是中前二十名举人的，可以在他家门口立上一根旗杆和安放两只大型石狮子。）也就在这种时候，乐极生悲，叫他们林家无法忍受的事情出现了。那是在安放举人旗那天夜里，林家举大宴，专门宴请石匠，端上来了一大盆热气腾腾的硬擂圆。作为举人，马上要进北京考进士的林道义，当然要出来相陪。别看这硬擂圆，内中嵌有花生、豆沙糖，拌有桂花，外滚有炒熟的细黄豆粉，既杏又糯，既可口又好吃，但吃时得格外小心，在台州八县因吃硬擂圆不得法的人，不知死有多少。那林道义实在是太高兴了，高兴之余，未免有点张狂。他伸过筷子，一把夹过热气腾腾的硬擂圆，便往嘴里塞，一是他吃得实在太狠，二是那硬擂圆又黏又烫，一下子卡在喉咙上。他舞手舞脚，直着脖了，想把这只又黏又烫的硬擂圆，咽下肚子里去，然而，他怎么咽就是个咽不下去。不知是怎么的了，他没吞咽好，那只硬擂圆子，不偏不斜地塞死他的气管子。当时，林道义即一个跟头跌倒在地，气绝身亡。这一下子，他们林家可倒了大血霉了，林家由喜事变成丧事，由红事变成白事，举家哭成一团。他父亲将自己的头，在圆滚滚榔柱上撞得"砰砰"作响，他叫着喊起来：我们林家，怎么就这么没福哪！我们林家，怎么就这样没福的哪！黄岩县县府即将林道义的死讯报至省府，省府也正准备下达进京殿试举人的命令，巡抚一接到急报，呆了！提起的那杆笔，悬在空中，一动不动，他写不下去了。他眨眨眼睛说："怪事，天下还有这样没福命的人？"他问时任省主考官王咏霓（黄岩人）："怎么办？"

王咏霓答："按朝廷惯例，下一名上顶。"

"下一名顶者为谁？"

"童文甫。"

"这小子家中积了什么德，如此走运？"

王咏霓答："生死有命，富贵在天，命中有的，不用求也来，命中没有的，求也求不来。"

省巡抚什么也不去问了，拿起笔来在童文甫名字上头打了一个圈。就这么一个小小的红圈子，顷刻全盘改变了童文甫的命运。喜报噔噔地传来后，童文甫还躲在自己的书房里读书呢，家里人风驰电掣地跑过来，说他高中举人了，童文甫还眨着眼不相信，说："得了，你们可别拿我开涮了。"连个报喜钱都不给！就让这些报喜的人，在他家门外挺着。一直到了八百里快报，放开马蹄跑至上山童村童学渊家，宣读省告诏书，童文甫这才知道自己真的高中为举人，这可是上山童氏一门迁至黄岩后的第一位举人。这一巧合跟王佺当初的胡乱猜测竟然对上，倒是让人惊讶。

童文甫中进士后出任仙居令，别看县令，官只不过是七品。人们常带有一脸不屑地说"小小七品芝麻官"，别看是小小七品芝麻官，却决定着一县一域的成败与得失。职务虽小，却决定一地兴衰。童文甫至仙居时，仙居大洪水刚刚过，民困于重重赋役。童文甫欲仙居百姓得以安息，上任后即着手做了三件大事。一是理清狱讼，宽松科律，将大批因交不上税的犯人全释放归家，让他们在家想尽千方百计自己救自己；二是察民有租无产、积年空纳者，为之釐治分户，这一分户，不要紧，让仙居分出两千多户免于上税；三是政尚教化。童文甫是读书人，在他眼里，人与兽最大的分别，兽是凭本能生活，人是凭思想与精神生活，思想永远高于人的动物本能，人只有思想与精神登上高地了，才是名副其实真正的人，若不是如此，人只不过是会两条腿走路的畜生。童文甫是如何在仙居抓教育的？所有资料语焉不详，但有一点略可见童文甫的如何办学教化仙居百姓。那时的仙居人，可不是现在的仙居人。那时的仙居人不知读书，百分之八十的人不识字，只凭本能生活。做强盗者有之，行窃以存生者有之，弱肉强食者有之，宗族之间因蝇头微利而导致械斗者有之。喻长霖曾在撰写的《台州府志》中说：仙居人使气好斗，轻生，宗族之间抱团争地争水不断，各啬得过头，即成刻薄，因一利不得即反目。童文甫认为仙居人这种地域性格，只有教育才可使之就地化"文"。于是童文甫即从兴学着手。尽管学堂在仙居全县处处兴办，但仙居人居然不愿让其儿子上学，怕的是束脩太贵，他们付不起。童文甫一看不好，即以仙居衙门名义向全仙居人发有一篇大布告。题目即叫《劝民文》：

> 为吾民者，父义母慈、史友弟恭子孝。夫妇有恩，男女有别。子弟有学，乡间有礼，贫穷患难者亲戚相救。婚姻死病者，邻保相助。勿骤农业，勿作盗贼，勿学赌博，勿好争讼，勿以恶陵善，勿以富吞贫。行者逊路，耕者让畔，斑白者不负载于道路，则为礼仪之俗。夫人之为善，莫善于读书。为学然后知礼、义、孝、悌之教。故一子为学，则父母有养；一弟为学，兄姐有爱；一家为学，则宗族和睦；一乡为学，则间里康宁；一邑为学，则风俗美厚。其间虽有恶人，则为善矣。今天子三年一选士。虽是山野贫贱之家子弟，苟有文学者必赐科名。身享富贵，家门光宠，户无縣役、麻荫子孙，岂不为盛事哉？予自到任以来，居尝悯尔，一县百姓不识为学。父子兄弟不相孝友，乡党邻里不相存恤，其心汲汲，争财竞利。为事以至身冒刑宪、鞭捶流血而不知止；予甚哀焉。奈何奉行天子诏条，不可私恕。每刑一人，若伤肤发，而邑民不知予心。仍相扇炽构讼成狱，自以为能。使予日示得食，夜不得寝，与尔断案，略不能改，是诚何心？虽知百姓不乐于此，也盖不读书为善之故也。前年曾有文书告知乡民，遣子弟入学。于今有二年矣，何其无

人也？古有十室之邑尚有忠信者。况今百里之邑，良民子弟不少其间。岂无聪明环茂朴美之器可为公卿者？然不使之为学，真可惜也。今父老归告，令其速来。予择其明师而教诲之。庶几有成，如前所说。越明年十二月，官满即去。

是不是童文甫写的那篇通告感动了仙居人，人们不得而知。喻长霖在他的传记中，只用了六个字："父老皆从其言。"时仙居有问难者，趁着童文甫断案空间，即跑至衙门大堂，向他问这问那。童文甫根本没有当官的那种架子，一一作答。童文甫偶尔间出去巡察仙居各地，遇高山深谷中有小学，即下马与童子辈讲经。因童文甫的力行，仙居县从学者渐多。每一至过年，仙居父老乡亲，给童文甫送年礼，童文甫将所有送来的过年礼物一一复还，再当众宣读《劝学文》。喻长霖又用了十个字："自是弦诵相闻、人才蔚起。"童文甫为令，以德化民，无事鞭挞人心，以达神明内蕴，在位三年案无留牍。三年后，知河阳县，仙居民攀车遮道，几不得出境。

王英，王佺长孙。王英原是大清国举人出身，参加过辛亥革命，曾在民国第一任政府中做过小官。讨袁之役时，他是第一响应者，讨袁之役失败后，有钱的全逃往日本了，王英没钱去往日本，就在他打算潜居天台时，在路上即被北佬逮捕。他坐了三年监狱，直至袁世凯当了八十三天皇帝，呕血死了，他才恢复自由。打从遭遇此狱难后，他不再热衷于功名，汲汲于富贵。他专心致志地研究《易经》与《麻衣相法》。因他是举人出身，且他的算命学问是祖上嫡传，很快即成台州算命行中的第一高手，求他算命测字者，络绎不绝。时黄岩有四多：小商品多，小饭店多，婊子店多，算命摊多。尤其三八大市，算命摊一个接一个地排列在街沿上。样式也多种多样，有鸟衔牌定吉凶，有以测字打卦定吉凶，有以抽签定吉凶，也有以生辰八字推演定吉凶。

王英与童晓兰的交集是在1924年黄埔军校成立时，全国有三千多名学生申请报考黄埔军校。尽管表面上行的是公开选拔、优中取优，但暗中校长却是给所有考官下了一条都没有想到的取人标准——以骨相取人，时称四不要：气节不雄者不要，骨法不正者不要，言语猥琐者不要，胆气过壮、天不怕地不怕者不要。时任主考官之一的郑重，不知校长因何如此取人？校长答："成绩不好，可以变好；信仰不对，可以改变；唯人之骨法不可改变。"郑重听后遂不再言。时武汉开办女子黄埔军校分校，刚从台州女校毕业的童晓兰很想参加女军校，因童家与林家的姻亲，童晓兰一时拿不定主意去还是不去，时李卫刚归家探亲，童晓兰与李卫是表兄妹关系。李卫一时也拿不定主意，让童晓兰去好还是不去好。李卫说："王英不是你父亲老友吗，何不叫他替你算一算？"童晓兰一听有理，即去找王英，王英有意让童晓兰走出去，便装模作样算了一卦，王英说："官至少将，入中枢，只是婚姻不顺，怕是有名无实。"童晓兰一听，婚姻一事管它有名无实，还是有实无名，先将自己的前途定下来再说。有了梧桐树，还怕招不来凤凰？即与徐时用的亲妹子徐德馨一起动身去往武汉，报名考女子黄埔分校。考试过了后，二人皆与曼小林成为同班同学，但后来各人的命运却走向不同的轨道。曼小林成了共产党员，她与徐德馨成了国民党员；曼小林去了东北成了抗日英雄，童晓兰成了李卫的机要秘书，徐德馨成了国民党司令军事执法处科员。后徐德馨爱上洪陆东堂弟洪陆中，童晓兰爱上李卫。徐德馨与洪陆中成婚，童晓兰却因李卫早与朱嘉瑛成婚，她不愿将自己的幸福建筑在别的女人痛苦之上，只能将自己对李卫的那一份爱慕，深埋入地层，让它化煤块，化成石油。

也许受黄埔军校选人的直接影响，时分管军统与人事的李卫对看相与人的骨法十分相信。李卫为人谨小慎微，不怕一万，只怕万一，怕自己在用人问题有一着不慎，出现失误，即给党国带来无法挽回的损失。尤其当上层将如此秘密重要的一支队伍交至他手之后，他不能不如履薄冰、如临深渊。当李卫一得知天台有个名叫王英的人看人极精准，现在黄岩天长街开店，即让童晓兰专程去一次黄岩城关天长街，将王英请至南京。每每有干部起用，他总带让童晓兰带着对方，借着找谈话的名义，看对方骨法与面相。至于童时让，皆为亲属，用不着虚伪且遮遮掩掩那一套，直接由童晓兰带去与王英见面。

童时让与王英第一次见面，童时让对王英的感觉糟得一塌糊涂。那王英瘦得如一根晒干了的皮皮虾，两只眼睛构成的长三角阴险中带着点恶毒，尤其是他那一张嘴，尖且弯，活似鸡喙；颧骨更不必提起，活似天戟山高挂出来的两座悬崖；伸出来的手呢，既尖且长，只一动，活似一只老鹰爪。尤让童时让受不了的是他的说话声音，锐利、刺耳，活似一把锋刃直劈你的面皮。他那两只眼上卜狠歹歹地将童时让挖掘一遍不说，且伸手将童时让全身每一处骨头都

捏了一遍，捏得童时让浑身起皮子，差不点将吃进去的东西，全从肚子里呕将出来。他对童时让的评价如何，童时让不得知。但真实情况是，童晓兰咬着李卫耳朵低低地说了一两语，李卫即一脸严肃地点了点头。李卫当着童时让的面，提起毛笔，给时因腿伤任黄埔军校常务副校长的成岳去有一信，让童晓兰送他去广州黄埔军校。

童晓兰率童时让至黄埔军校。

童时让第一次见成岳将军。那时的成岳将军之英武，可以说是誉满天下，号称"老虎将军"。童时让心中想象的成岳将军，一定是身高八尺，魁梧伟岸，纶巾羽扇，风流倜傥，哪知现实与想象从来保持着一定距离。见面后，令童时让大失所望的是，老虎将军并不虎，成岳将军只不过是个小矮个子的军人，但他结实得如一颗擦得锃亮的炮弹。尽管他那条腿有点瘸，尽管个子小，但声宏，眉宇间散发着不可阻挡的阵阵杀气。成岳见信后，十分愕然，先是上下打量一下矮小精瘦、獐头鼠脑、狐目猫步的童时让。初时成岳脸上现出一脸的不屑，问童晓兰："他就是童时让？"

"是。"

"他就是台州第一义贼任武基儿子？"

"是。"

"蔚文是不是昏了头？一个时迁式的人物，岂可至军校读书？"

童晓兰轻轻地抿嘴一笑："物尽其用嘛，时迁有时迁的用处，你们何不学一下孟尝君？"

成岳略一想，恍然大悟："我明白了，让他读哪科？"

"还用说？"

成岳答："我明白。"

童晓兰说："你明白就好。"

成岳指着黄埔军校"升官发财请走别处，贪生怕死莫入此门"那副对联问童时让："你必须先向我做出第一个承诺，这副对子的内容，你做得到吗？"

童时让答："做得到。"

"做得到？"

"做得到。"

"那好，你是林次长特荐人物，不用考了，上学吧。"

1931年9月18日，日本政府张开獠牙密布的大嘴，恶狠狠地猛咬了东三省这块富得流油的大肥肉一口。日本驻在东北境内关东军，以武力袭取沈阳，国民党居然对部队下令不准抵抗，导致成千上万东北兵，死于非命。此即是后来令世界为之震惊的九一八事变。

童时让刚从黄埔军校毕业，分配至南京警察局做见习生。童时让亲眼看到上海、苏州、镇江、杭州、武汉约有一万两千名学生坐着火车轮船，至南京举行示威游行。他们至南京后，即如洪潮般涌向南京政府大楼门前的广场，并在广场上集结宿营。那天的夜，是什么样的夜啊！童时让从不曾见过如此高涨的爱国热情，所有的学生全部席地而坐，一边高举着标语牌，一边集体呼着口号要求面见国民党的领导人。那天的夜，是什么样的夜啊！南京上空的天气极为晦暝，蒙蒙细雨不断条地淅沥着，地上滑塌塌的一片，长江水重得如同黏稠的果冻缓缓地往东流。国民党的领导人说什么时候与日本正式开战，并非是我一人在这里当着你们表个态就可以了的，这要军队、要国家、要全国各阶层与全国民众同心同德一致对外，你们要相信，南京国民政府会对此事做出郑重全面考虑。尽管说得一脸委婉动容，情真意切，但愤怒的学生们无法控制他们大海般澎湃的情绪，他们高举着拳头，一致要求现在就下令出兵打日本。出兵打，说容易，做可难喽，是一句话的事情吗？这不是小说家写小说，可以信马由缰，信手拈来，理性岂可让位于激情？愤怒的学生们遂将他们编织的队伍演绎成一条巨龙，甩着尾巴冲击国民党党部、冲击外交部、冲击报社。

童晓兰带着一个名叫方伯琴的姑娘出现在童时让面前，童晓兰将方伯琴往童时让面前一搡说："子昭，这姑娘怎么样？如果你中意，你们二人就成婚，如果你不中意，另当别论。"童晓兰是什么人？她可是卜校女军官，又是李卫身边的红人，童时让又是什么人？无论是外貌，从才学，他与她根本不在一个档次上。想当年，他哥哥正因样子长得像老鼠，走起路来脚不旋踵，几次找对象均遭坚壁清野，才导致他火烧路桥十里长街的大悲剧。如今，立在童时让面前的方伯琴要容有容，要貌有貌，要才有才，"门当户对，郎才女貌"，那八个字压根儿谈不上，一个是三月西湖浓妆淡抹总相宜，一个若不是有那套

精致且考究的军装撑着，他完全演化成在山地里乱窜着的黄鼠狼。再加上方伯琴是明时方孝孺的嫡系子孙，黄岩女子学校的毕业生。这些姑且不论，就她那个堂哥方策，即是河南省第三区督察专员，兼保安司令，在黄岩不说是数一数二，也差不到哪去。别说是亲三分向，朝中有人好做官，就她那才那貌，童时让想求都求不来。况且他从小就驮过她，让骑过他的"马当当"，现在这粒香喷喷的麻糖糕送上门来了，童时让岂有不接受之理？

全国各地抗日浪潮如火如荼。尤其国民党著名抗日将领范先生，为呼吁抗日，亲至南京请愿，一怒之下跪南京中山陵前，咬破手指，就地写下他的绝命书：

> 赤膊条条任去留，丈夫于世何所求。
>
> 窃恐民气摧残尽，愿把身躯易自由。

写毕，范先生举刀切腹以自杀明志。恰在这个节骨眼上，童时让与郑念北二人，受命化装成平民负责监视范先生行动。他们二人深被范先生那种精忠报国精神所动容，急与三四位游人将范先生送至南京一家医院。那天，童时让的心如长江的长流水一样波澜起伏，尽管他只不过小兵，左右不了社会大趋势，但童时让总觉得，国共两党之争是兄弟之争，日本与中国之争是辱国侮权之争，为什么不与共产党联手打日本人，却要互相杀得个死去活来难分难解？那天，童时让偶与童晓兰见面，童时让即说起他心中的疑惑："外敌入侵，当抱团对外，我们怎么可以攘外必先安内？"童晓兰说："一个浑身是病的人，打得过外面的敌人吗？"童时让说："孙中山先生不是要联俄联共团结工农的吗？现在的做法，与孙中山先生治国理念不一样啊。"哪知童时让此言刚一出口，即遭他表姐一脸冰霜的严斥："子昭，你给我听好了，你是军人，服从命令为天职，若是你有三心二意，别说我当姐的心狠手辣，一枪崩了你脑壳。"

童时让与方伯琴正式成婚，童时让不快速结婚也不行啊，那时，童时让一是怕到了手的鸭子，扑簌着翅膀飞了；二是他母亲童秀清一直在徐时用的运输公司里管后勤，天戟村的家，因他哥哥与父亲之死，从而变得森严壁垒，他做儿子的怎么可以让自己的母亲在徐时用那儿寄人篱下呢。他现在黄埔军校毕业了，能在天戟村扬眉吐气了，他不马上解决这个问题，又等何时？那天，天戟村一片闹旺，天戟村任、方两族共同出手，给童时让与方伯琴举行了隆重的婚礼。那天，光猪即杀有三口，流水席办有一百多桌，凡童、林、任、方，天戟山周遍四大家族全来吃喜酒；那天，徐时用以长者身份接受他们夫妻二人礼拜；那天，童晓兰一身戎装地出现在任、方两家的祖宗台上，给他与方伯琴主持婚礼；那天，李卫亲给他送来一对喜幛，上面写有三个忠于——忠于领袖，忠于党国，忠于职守；那天，童时让完全出于好奇，问方伯琴："你是一盏大美人灯，怎么肯下嫁我这个老鼠精？"方伯琴伸出一只手指头戳了一下童时让的鼻子说："还不是那个名叫王英的算命先生给闹的，他对我爸说，天人合一，人与兽同，人有三十六正兽形，三十六正禽形，三十六正虫形，你是三十六正兽形中的金老鼠，你不仅会当上将军，我与你生的儿子也会当上将军。""王先生真的如此说？""当然，若不是他如此说，让我这朵好花插在臭牛骸里，你做梦？不过，今天，我与你丑话说在前头，晓兰姐告诉我，你今后将在李卫手下做特工，与你打交道的女特工多，她们哪，有一个算一个全是百里挑一，不说是个个沉鱼落雁，也是貌美如花。若是今后你吃着碗里的，瞅着锅里的，仔细你皮！"童时让涎着脸答："这山望着那山高，到了那山没柴烧，不敢，不敢。"童时让至死都没有想到，他所有的一切，全是李卫与童晓兰的精心安排；童时让至死都没有想到他小时候在天戟山上沿着那石壁走钢丝的危险样子，会出现在他今后的生命历程中。

南京国民政府再次与日本人在上海签订《淞沪停战协定》。

童时让任杭州警察局侦查处处长时，许多同僚羡慕得眼珠子都快要掉下来。他们在童时让背后议论说："如果没有童晓兰，他能提那么快？白日做梦！"

童时让头生子出生后，他几经考虑决定给头生子起名任童心。童时让之所以起这样的名字是因为他上军校与提拔，童晓兰确实出有一臂之力。船帮船，水帮水，撑船老大帮水鬼，是亲三分向，若是没有童晓兰背后给力，他根本进不了黄埔军校，也就没有今天的地位。什么叫路线？有人指向就是路，有人可挂靠就是线。他已经挂靠上童晓兰那条线，是死是活，是上是下，是成是败全与童晓兰、李卫绑在一架战车上了，他也用不着再藏着掖着了。他的名字叫响了，也用不着改了，儿子可得复任姓了。他一经提出，妻子方伯琴举双手表示百分之百赞成。方伯琴说："中国缺什么？就缺童心，晴空看鸟飞，流水观鱼跃，一天天尔虞我诈的，累不累？我可不想让我的儿子天天在猎场上你杀我，我杀你。"

1932 年 5 月 24 日，国民党策划第三次"围剿"中国工农红军。童时让又一次得到消息，以失败告终。

童晓兰来杭州看任童心，童时让在黄龙大饭店请客。吃饭时，方伯琴问童晓兰："外面全说你爱李卫，你们两人走不到一起，也不是个事啊。"童晓兰答："人各有命，我做人有我做人的边界，我的边界，只有一句话，宁可直中取，决不曲中求。让我将我的个人幸福，建筑在另一个女人身上，我做不出，也不想做。"童时让调省保安处任科员，他的顶头上司不是别人，即是洪陆中的妻子徐德馨。省保安处的主要工作是负责清查浙江省潜伏的共产党人。

1933 年 2 月，国民党在南昌集结五十多万兵力，对中央红军革命根据地举行第四次大"围剿"。国民党做梦也没想到，瑞金苏区红军居然绝地逢生，第四次将精心部署的大"围剿"肢解得一地鸡毛。

省保安处长接到电令，让童时让前往南京国民党军事统计局与李局长会面。童时让不知就里问："我与李局长风马牛不相及，他找我有什么事？"胡富鹤说："人家是大老板，我一个小兵，何以知道？我想大老板亲自找你，总不会不是件好事吧。"

童时让与李局长正式见面，童时让无论是在军校读书期间，还是在南京警察局做见习侦查期间，李局长之名早就如雷贯耳，无论军统还是警察局的同仁，皆说李局长是天山上鹰隼化身，他们说他是《西游记》中的大鹏精变身，他不仅长有一对可穿透铜墙铁壁的眼，那鼻子也弯得如鹰喙。别说他的鹰觑鹘望，让人心惊胆战，就他那杀人手段，也让人毛骨悚然。正当童时让走进李局长办公室，与李局长见面时，童时让吓了一跳，真是十里山荒，隔壁乱讲。坊间传闻的添油加醋，与真实的李局长，差距实在太大了，不说是十万八千里，起码也是牛头不对马嘴；与外面传闻的样子完全不合辙。他不仅长得浓眉大眼，高大魁梧，四方愣怔，且是个棱角分明、英俊潇洒的男子汉。尤其是他开口说的话，简直如磁铁石一样的动人。他在他面前一站，分明一个是丛林中悠悠前行的老虎，而他只不过是贴着地皮走的一只金色狐狸。

李局长与童时让面对面坐下来，李局长军人味十足，一见面即开门见山、单刀直入："你是台州贼王任武基的亲生儿子？"

"是。"

"想当初，就你父亲率徒弟将袁府搅了个鸡犬不宁？"

"是。"

"你父亲过去手下有多少高徒？"

"一百一十三人。"

"他们现在在哪？"

"我父亲去世那年就解散了。我与他们没有联系，现在说不清。"

"你有你父亲的那种本事吗？"

"有一点，只是多年不曾玩过了。"

李局长忽起身说，"你能否现场一试？"

"怎么试？"

李局长说："在我办公室隔壁那间房子里的桌上，放有一个大档案袋，前后均有卫兵看守，你能否进去，将我的这个档案袋拿出来？"

"给我多少时间？"

"半个小时如何？"

童时让答："好，我试试看。"

李局长说："我可将丑话说在前头，我对警卫下有一道命令，无论何人只要他一进此房间，即将他打死，你敢？"

童时让答："这不是敢不敢的问题，而是他能不能将我打着的问题，至于是否得手，我也说不准，只可听天由命。"

李局长说："好，我要的就是你这种自信，我们开始？"

"好，开始。"

童时让离开李局长办公室。

李局长忽听得楼下有人喊救命，李局长遂听到他办公室门口两名警卫步履若鼓点般地急促敲下楼去。正当李局长一动不动地坐在桌子前考虑着童时让是用何法偷他放在桌子上的那个文件袋时，只见他办公室那扇门轻轻让童时让搡开。童时让挺胸叠肚、心不跳、气不喘、不动声色地走到他面前，将李局长所要的档案袋，放在他的办公桌子上。李局长拿起文件袋看一下，封识荧

然，再看童时让一脸微波不兴。李局长大愕，问："你是如何入手的？"童时让答："我只不过是用了个调虎离山计，他们人一走，我即可出手。"李局长说："问题是我的办公室上着锁呀。"童时让答："这种锁只能防君子，不能防大盗，在我眼里，你上锁与没上锁没什么区别，小儿科，打开，容易。"李局长不信，童时让立正向李局长敬礼报告说："长官，你若不信，我可当场面试。"李局长即与童时让一起来至他的这间秘密档案室，那档案门口悬着挂一个拳头般大小的铁锁。李局长刚对大锁站定，童时让不慌不忙地从口袋里拿出一枚类似别针似的东西，当着李局长面对准锁孔，轻为一拨，只听得"咔嚓"一声响，大锁自动崩开，前后用不了一分钟。李局长大叹说："天哪，台州贼王，果然是名不虚传，怪不得蔚文与我说，北有段云鹏，西有叶翔之，南有王鲁樵，东缺一人，让你凑成四大男金刚。好啦，好啦，这一下，我手下四大男金刚配齐了，我李某人可大显身手了。"

李局长与童时让一起回办公室，李局长说："在你入军校那天，我一接到蔚文通知，就得知你是台州名贼王任武基的儿子。我为此专门派人去了你的老家台州做过全面调查，看来，你是我们党国一位忠实子弟。我早知道你父亲因何令你改名更姓，你父亲因何而不准你从此业，因何而将你交付徐时用，我之所以装成什么也不知道来问你，只想试一下你为人是否忠实且不撒谎。当下党国正处于危难时节，急需用你这种人才执行特别任务，不知你肯为党国效劳否？"童时让问："我不知党国要我做什么？"李局长说："这是党国重密。我不想在这里与你明说，我只想叫你去一趟台州老家将你父亲过去培养出来的那一百一十三名徒弟，全部搜来带至我处，其他你就不必再问。"童时让答："问题是，他们这些人无不是见利如蝇嗜血，今后若是起心危害党国，我童时让可负不起这个责任。"李局长说："这不是你的责任，我只要求你服从。"

"那好。"

"你同意？"

"同意。"

"好，从现在起，你直属于我管辖，一切皆听我单独调度，不准与其他人见面。无我手令，你不可轻举妄动。现在，你立刻去一趟台州，将你父亲培植起来的徒弟，只要他们还活着，全部招来。至于你今后工作，再听从安排。"

童时让率妻方伯琴回黄岩天戟村后，便走遍台州八县寻找他父亲的一手调教的徒弟。尽管童时让从玉环走至缙云，从缙云走至宁海，野哭几家闻战伐，夷歌数处起渔樵。卧龙跃马终黄土，人事音书漫寂寥。天下没有不变的人与事。他上黄埔军校读书期间，他父亲留下来的这支队伍业已出现撕裂性的大肢解：因年老生病死者五人，因家庭生活贫困重操旧业失手而被活活打死有六人，因偷得一笔巨款以此为本从事经商、金盆洗手有三人，因出去行窃不知去了何处的有三人。他父亲一手调教出来的徒弟是一百一十三人，早已若摔地之花瓶，只剩下一地碎片，童时让费有九牛二虎之力，这才找到何江、任春、骆金成、王克超、陈肖孟、郑文献、邬之江等二十余人。

童时让在海临县城市山临江饭店里举行一个特别宴会。临海巾山，是一处名山，江水连天白，人烟满地浮。巾子上山望，一览小东瓯。尤其是那座临海大饭店，楼阁亭台，建在巾山的半山腰，只要你凭着那雕花的窗口往外一俯瞰，那浩浩灵江如滞重的果冻缓缓且静默地往东海流淌，那一艘艘满载货物的航船，缓缓地向海口驶去。童时让一边与他们吃饭喝酒，一边将此行目的与二十余兄弟说。童时让说后，大弟兄任春、二兄弟何江（他们二人是本事最强的）问："待遇多少？"

童时让答："我什么也不知道，唯一知道的只有一条，李局长是个特殊的神秘人物，去无踪、来无影。他领导的特工部门，是国民党所有部门中经费最多的一个。"

"具体管事的，是什么人？"

"我听说名叫张冲。"

"你没有见过？"

"没有，没有。"

何江问："张冲是台州人吗？"

"不是，乐清人。"

"李局长算是什么呢？"

"直管我的长官。"

何江问："若是我们去那里，算不算是军人？"

"当然算军人。"

"是不是与军人一样有军衔？"

"我想会有，因你们这些人将由局长一人领导，我也不能与你们相互通气，我也管不了你们，如果愿意去，随我去，但有三点，我必须与你们当面说清。"

"阿弟尽管说。"

童时让说："入此道，即入生死门，终生不可叛变，一旦叛变，你必死。军统是国民党最高特务机构，所有人马均由张冲、李局长两人独自掌控，凡从事特工，身边不知有几只天眼、几张天网。你们想跳槽、想不听话、想独自为王，想三心二意、想暗度陈仓，天眼一发现，天网一罩，你必死，想逃也逃不了。军统最大任务是搞秘密情报，接受特别任务，各自独立成章，秘密执行任务，若是泄密必死。干特工危险性极大，绝不亚于做贼，刀尖上跳舞是常态。"

何江问："待遇好不好？"

"好。"

"能不能当上像你表姐那样的大官？"

"这你说了不算，我说了也不算，只有天算。"

童时让此言一出，有多人表示不愿去。这些人的观点是，人之患束带立于朝，与其在他们手下听命，莫不如自己天马行空独往独来。只有何江、任春、骆金成、王克超、陈肖孟、郑文献、邬之江等七人愿意去，他们去的原因也只有一条，这七人年龄与童时让年龄相仿，观点与其他人不同。何江、任春、骆金成、王克超、陈肖孟、郑文献、邬之江的想法是，做贼，本事最大，也有失手时，这叫长年走夜路，不能不遇着鬼。与其日日在刀尖上跳舞担惊受怕，莫不如趁机变形，走童时让阿弟的路。有吃有喝不说，还仗义，即使出个三长两短，也无后顾之忧。至于那条小命，谁也不敢保险，与偷东西而死，莫不如为党国光荣献身而死。

童时让率他父亲手下这七位高徒向李局长回复。李局长与他们见面，一一握手，李局长问童时让："我调查到你父亲学生有一百一十三位，为何只有这七位？"童时让随将他回家寻找他们的情况一丝不敢走板地说了一遍。李局长沉默半天过后，问："此七位全是高手？"

"是。"

"我可否面试？"

"可以。"

面试开始。

何江等人开始八仙过海各显其能，结果当然让李局长大开眼界，尤其是任春（童时让堂兄弟）、何江居然如蜘蛛一样，贴着墙爬至房顶，在房顶上走猫步，脚踩那屋瓦从这头蹑至那一头，居然悄然不出一声。李局长大喜，握着何江、任春与童时让手说，有你们这些高手，我何愁队伍不强大？从这天起，童时让与何江、任春、骆金成、王克超、陈肖孟、郑文献、邬之江难分难解地纠缠在一起，直至 1949 年全中国彻底解放，他们这才如天戟峰峡谷里冒出来的那缕柴烟，让强悍的山风刮得一干二净。

李局长唤童时让至他办公室商量要事，李局长问："你妻子归家带孩子了？"

"是。"

"你母亲能不能带你那个儿子？"

"能。"

"现在我想叫你回黄岩将你妻子带回来。"

"干什么？"

"去香港。"

"什么任务？"

"你与你妻子一到香港，来接你之人，即会告诉你。但我必须告诉你一个原则，至香港后，一切听从接你的人安排。"

童时让点了一下头，李局长即伏案提起毛笔（李局长的行书写得十分漂亮）写了一封信，要童时让去财务处领活动经费。童时让接过条子一看，吓了一跳，李局长批了一千块银圆，就那时来说，一千块银圆可不是一笔小钱。

童时让离开南京回到天戟村将任务与方伯琴一说，方伯琴又喜又愁。喜的是她长这么大，只听说过香港的名，却从不曾去过香港，她确实想去一下香港开开眼界；担忧的是婆婆年事已高，儿子尚小，交给婆婆带，有点不放心。

是啊，是啊，可怜天下父母心，跟着好人学好人，跟着巫婆跳大神，她可不想让她的儿子步他父亲的后尘做贼王。童时让说："你看我妈，打从有了孙子后，所有阴霾一扫而空，人都变了样。你就让她好好享受一下天伦之乐吧，有什么不放心的？"方伯琴说："他是从我肚子里出来的，不是从你肚子里出来的，我与你的感觉怎么能一样？"童时让说："我现在是党国之人，党国需要我尽忠，我不为，我怎么对得起党国给的俸禄？"方伯琴一想，占理，于是将儿子交给婆婆童秀清，穿起一套合身的农村女性斜对襟服装，离开天戟村去海门落船去往上海，再从上海取道去香港。

至香港后，童时让按规定携妻入住香港皇家饭店。方伯琴快活得如一只树林子里的小雀儿，她长这么大曾几何时坐过大轮船？曾几何时见过这等海上风光？别说那太阳从海面浮起，海天一色的美景，就那一艘艘外国大军舰与那些蓝眼睛大鼻子的外国人，足让她那两只眼不够用了。惹得她像小姑娘一样发出一惊一乍的尖叫。夫妻二人洗漱过后，刚并着排儿立在阳台上看风景呢，即有人敲门，童时让将门打开，徐为彬立于门外。

徐为彬，江苏人，因才干犹长，李局长遂收他为亲信，加入军事调查统计局。从1932年起，徐为彬一直出任总部训练股长。后徐为彬即成李局长手下一大红人，时任联络处主任，全国军统人员的具体分布情况，均归他掌控。徐为彬与童时让见面后，第一句话问："你妻子长得如此漂亮，识不识字？"

童时让答："识字。"

"你能不能让你妻子写几个看一看？"

童时让回房令妻子写了一首唐诗与他看。徐为彬看后，喜："你妻是大家闺秀？"

"是。"

"她亲堂兄弟，即是方策。"

徐为彬问："是不是那个北伐名将，现任河南省代理主席兼保安司令的那个？"

"是。"

"你妻知你为什么来香港吗？"

"'老大'临走前有交代，不可说，我不曾与她说。"

徐为彬点点头："干我们这行的人，脑袋全系在裤腰带上，万一有个三长两短，你妻子能不能挺住？"

"这事我还没有经历过，能不能挺住我不知道。我是不想带她来的，'老大'非要我将她带来。"

徐为彬随拿出两套他早就准备好的好衣服：一套是西装，一套是旗袍，交给童时让。徐为彬说："从明天起，你们夫妻二人必须穿这两套衣服。你的身份不再是军人，而是从南洋读书回来的学生；你的名字不再叫童时让，改叫李则，是浙江宁波某富商李均长子。"随后，他从公文包里拿出了一大沓关于这位宁波富商的材料，让他看熟看明，并叮嘱："从现在起，若是有人问及你家事时，不能有半点闪失，明天上午，我来考你。"

童时让答："没问题。"

方伯琴第一次穿上旗袍，对着镜子一看，惊呆了。真是人要衣装，佛要金装，方伯琴做梦也没有想到她穿上旗袍竟会如此漂亮，真是"天生丽质难自弃，回眸一笑生百媚"。时童时让正在背材料，方伯琴带着一点撒娇的样子在他面前一站，童时让惊呆了："天哪，你居然如此……"方伯琴还想在童时让面前展现一点什么，哪知童时让将手中的材料一丢，猛虎下山似的扑过去，刹那间将她碾成一张薄饼。方伯琴足足过了大半大，才将自己拼凑成整体。她一边穿衣，一边伸手点了点童时让的额头："你疯了，大白天的……"童时让答："我童时让做梦也没想到抱得如此美人归。"方伯琴说："今后，你敢染指别的女人，当心我要你的小狗命。"童时让答："不敢，不敢。"

两天过去，徐为彬才来。徐为彬随之对童时让行步步拷问，童时让毕竟是童时让，别看他的样子如老鼠，但这只老鼠是三十六兽形中正鼠形，有着超乎寻常的记忆力。说谎之人最怕的是反复问十遍八遍，总会有一遍在某处细节上露出破绽，童时让那脑袋就像电子计算机一样，哪怕是三年前说过的话，他也会重复出来，不差分毫。正出于此，军统更换密码，他只要看上一遍即会全部复印脑海中毫不荒腔走板。徐为彬提什么，童时让答什么，对答如流。

又三天过去，徐为彬再次出现在他的面前。徐为彬递给童时让夫妇两张船票，让他们从香港起程至广东。童时让问："你让我回至广东，到底给我的是什么任务呢？"徐为彬说："你一下船，只有一个名叫邢山举着牌子在船头接你，你随着他去好了，一切自有人告诉你。"是时的童时让实在被这种烟云四起、毒雾弥漫的方法折腾得一头雾水。他几成了变化无穷的孙大圣。童时让问徐为彬："你们这么绕来绕去的，到底是让我接受什么任务？"徐为彬冷冷一笑答："童子昭，你我现在是什么人，你心里清楚，吃哪碗干饭，你心里也清楚。我与你全是大老板手中一粒棋子与一张能变形的王牌，所有的心思只有大老板知道。不该现在问的事情，你就别问；不该知道的，你就别知道，况且知道得越少越好。"此言一出，童时让知道自己身上所负使命既可怕又凶险，那样子绝对不比他过天戟山时遭遇的危险有丝毫逊色。

童时让按规定偕妻坐着船至广州，一下船，果见码头出口处有一人高举一牌，上书十三个大字"李家大少爷，管家刑山在此接你"。童时让遂上前与刑山接头，刑山装成李家管家的样子，向童时让深深鞠了一躬，遂将童时让夫妇送至一处极其豪华的大别墅。刚至大别墅，打开房门，发现一名叫娄范蠡的人，早四平八稳地坐在大别墅客厅里等候童时让。娄范蠡，字复中，诸暨人，浙江警官学校毕业生，时任军事委员会调查统计局训练班少将副主任。

娄范蠡正式开会，时参加会议有四人：娄范蠡，童时让，李尹希，郑念北。李尹希，真名李进德，临海人，保定陆军官学校第八期步科毕业，时任福建保安司令部，少将副司令。郑念北，黄岩五部村郑氏子孙，具体职务从不对外公开。童时让只知他与林之江同时为国民党中央组织部调查局成员。李进德，童时让只知道他很"龙"，似与临海王文庆、王萼有亲。他一直受李局长之命在监视一人，何人？童时让不知。至于娄范蠡，童时让更是不知底细，只知道他初来这里时，只身一人，因工作特殊，与一临时女特工同居，也许因那位女特工长得天姿国色，也许因工作需要，两人时常以夫妻名义出席公共场所，娄范蠡对外正式身份是往来于南洋的军火商。

会议开始，内容正式公布。童时让这才知道，他的任务是打入棠济明司令部出任棠济明司令部文书，窃取棠济明往来的全部机密。童时让这才知道棠济明在1933年10月至1934年对红军实行第五次"围剿"中，任南路军部指挥，为保证自己的地盘与实力，曾与长征时的红军双方达成谅解，使中央红军通过最后了一道封锁线。他们之所以绕了如此大一个弯子，其目的就是不引起棠济明的怀疑。表面上，他被授予陆军一级上将，实质上国民党中央调查局正在搜集棠济明的军事情报。任务分工明确，散会。

方伯琴问童时让："你们这是干什么呀？"童时让沉着脸回答："猫捉老鼠。"方伯琴不敢再问。次日一早，童时让夫妇刚准备好，李尹希即带着童时让夫妇去广州棠济明司令部与棠济明见面。从表面上看，李尹希与棠济明关系好得不能再好，两个人一见面，不是握手，即是相互拥抱。棠济明说："尹希兄，我要的人，你给我物色好了吗？""好了，好了。"即将童时让介绍给棠济明说，"此人名李则，是我堂叔宁波富商李均的儿子。他一直与妻子一起在南洋读书，现在刚毕业从香港归来，一时工作无着落。李则对陈司令十分仰慕，想在陈司令麾下讨口饭吃。"

童时让第一次与棠济明见面，时棠济明年四十有三，正是经验与精力巅峰的年龄。他给童时让最大感受是，长得风流偶傥，鼻直如笋，见面不见其耳，两目精光四射。而自己与他一比对，即显得猥琐矮小。棠济明是一只色彩斑斓的华南虎，而他童时让只是华南虎身边的小刺猬，是时的童时让不得不将自己彰显出文弱书生模样。棠济明不曾对他们夫妻有一点抠根究蒂，即一口答应，令童时让为司令部办公室文书，令方伯琴去司令部内务部任办事员负责对外事务。

一件怪异事引起童时让高度警觉，童时让正在替棠济明抄写着文件，忽见有两个人手持一信来找棠济明。棠济明一见这两人来，脸色顿显异常，随后将房门关死，然后坐在那里与对方窃窃私语地密谈。童时让亲眼看到他们在房内足足谈有两个多小时，棠济明这才打开办公室房门，送他们二人走。棠济明出乎寻常的举动，引起童时让警惕与怀疑。有其父必有其子啊，别看童时让现在姓童，毕竟原名是任时襄，他身上流着任武基的血。动物如人，人如动物，人样如狐如鼠，其神其智必如狐如鼠。什么叫将叛者其辞惭，中心疑者其辞枝，吉人之辞寡，诬善之人其辞游，失其守者其辞屈。人心中发虚，总有迹象要表露。童时让的嗅觉往往比其他任何人都要灵敏，他深觉棠济明此举内中必有猫腻。

令童时让怀疑的情况是棠济明送客从不至大门，而今天，棠济明却将此二人送至大门口。更为关键的一点，棠济明与他人谈话时间，从来不超过三十分钟，而今天，他与此二人足足谈有整整两个多小时。就棠济明的习惯论，这

可是破天荒的，李局长之所以让童时让深入棠济明处的这个司令部，主要任务是监视棠济明一举一动，现在，棠济明事出鬼蜮，童时让岂有不探明之理？

棠济明离开司令部归家。童时让即放出他父亲所教的本事，潜入棠济明办公室。初为一看，棠济明桌上并无异常，细为搜寻，也无异迹。童时让怀疑棠济明有可能将这份重要信件携至家中。是夜，交子时，童时让摇身一变，变成一只蝙蝠，深潜至棠济明官邸。棠济明的官邸是一处独立的大院子。防范得极为严密，四周皆有警卫放哨，巡逻队约半个小时巡狩一次。童时让先猴着身子翻墙入院内，隐于一片影树丛中。他看着棠济明上床睡熟后，趁着警卫巡哨间隙，跃身上房。至棠济明二层小楼后，童时让贴着那窗棂，对准棠济明卧室，吹入婴僧一手发明传给他父亲的那种带有檀香气息的迷香。那缕淡淡的轻烟在棠济明卧室内带着那股淡淡的温馨四下弥漫开后，棠济明夫妇渐入佳境，鼾声如若海浪，彼起此伏。童时让窥测四周无有他异，遂从窗口潜入，偷着拿出棠济明所带的那只公文包。至外室，童时让打开小手电筒，细为一观，见皮包内有一信。童时让启开信细看，则是上级领导写给棠济明的一封亲笔信，内容计开两条：一是定于本年6月1日，发动两广军队脱离国民党领导；二是成立两广抗日救国及西南联军军事委员会，棠济明任委员长兼总司令，并立刻率军北上抗日。童时让看后，速将原信放至棠济明公文包内，蹑着手脚离开棠济明官邸。因童时让深得父亲之术，自始至终，巡夜警卫无一人发觉。童时让回至别墅中，第一次陷入痛苦且艰难的长考。时童时让为之深虑的是一个决定于良心与道德底线的大问题：他童时让身为军统特工人员，当下是否该将这件大事，通报于"老大"李局长。

童时让之所以如此，原因有二，一是童时让本人一直对不出兵东北三省与就山东事件与日本妥协一事不满，他深觉得棠济明此举是个百分之百的爱国行动；二是童时让总觉得国民党一而再、再而三地不与日本交战，且专门打共产党，实在是太叫人不可理喻。在他眼里，国共两党之间的问题是兄弟间的问题。当先是联合起来打败日本人，最后两党一决高下。

那一夜，是童时让抉择最为艰难的一夜，童时让的良知第一次与职责发生强对决，童时让第一次发现自己站在天戟山的悬崖峭壁上，做出何去何从的抉择是何等的艰难。童时让第一次一脸乌云弥漫地坐在寓舍中不断吸烟，折腾得整个房间如下了一场乳白色春雾。童时让妻方伯琴在丈夫的脸色中多少感觉到一点什么，遂披衣上前问童时让："出了何事，让你如此难心？"一因方伯琴与童时让极其相爱，二因方伯琴为人嘴严，事事如同贴上大封条，童时让不得不将他今天所行之事全部告知方伯琴。方伯琴一听，劝童时让当守土有责，速将此事告诉李局长。

童时让觉得妻子所言有理，便将他在所看到的档案全部内容写成密件，交给方伯琴，让方伯琴直接送往娄范蠡。娄范蠡不看则已，看后大惊，遂发报向李局长汇报。三天过去。童时让接到一份上峰打来的电报那份电报是用密语写的，明看只有六个字："父病重速归家。"童时让一看，心知肚明，即与妻子二人同时向棠济明司令部打报告提出辞职。

童时让偕方伯琴至公寓，刚一入门，娄范蠡随从一旁闪出对童时让说："你将妻交付于我家属，由我家属将她送归黄岩。你且速陪一人去南京面见李局长。"童时让问："陪谁？"答："李宗盛。"李宗盛，童时让早就听说过，祖籍安徽，保定陆军军官学校八期学生，时任棠济明少将高级参谋。娄范蠡是如何将他说服的，童时让无从得知，时娄范蠡给童时让的任务只是一个，让他速陪着李宗盛至南京将棠济明与李宗仁之举详细向上峰做汇报。娄范蠡说："此次任务繁重，涉及党国命运。为图安全，且不被棠济明察觉，由一刘姓中山大学教授同去。你此行的任务三条，一是保证他们二人一路安全，若是有人出现异常，你随可将他们就地解决；二是你们一定装出互不相识的样子，以免引起对方怀疑；三是你必须将他们二人亲自交给李局长，你的任务才算完成。至于你今后做什么工作，待你完成此任务后，再另行通知。"童时让听后，初时内心极不舒坦，一种被人劫持的感觉油然而生。但搞特工这一行，从来是天网地网四布，天眼人眼四处监察，他们对他如是，李局长对他们同样如是，此也是军统内部必行的一条潜规则。难怪时有人言：入了军统，你做不得人；出了军统，你就活不长。谁叫你当初一步错，步步错呢？

一个小时过去。李局长来密电，电文上明确下达命令，让童时让偕二人赴南京。

童时让潜押二人去往南京，火车一至南京站，童时让率他们二人刚一下车，林之江与郑念北开着一辆豪华轿车来接。他们二人将李宗盛与刘教授按上

级命令安排于南京中央大饭店。童时让却让郑念北带至军统招待处。第二天一大早，瑞肇时终于翩翩如一鹤地来至他的房间。瑞肇时，浙江诸暨人，时任军统局西北处少将区长。瑞肇时一至童时让面前，即让童时让去请李宗盛夫妇与李的随行副官一起到他家里吃饭。吃过饭后，瑞肇时说，李局长约李宗盛先生谈话，叫童时让陪着去。童时让再次坐上林之江开来的专车，初时，童时让误以为是面见李局长，然而，令童时让怎么也没有想到的是，林之江开的这辆专车，直接开至南京陆军监狱大门口。车停，监狱大门轰隆隆打开，两个荷枪实弹的宪兵一步上前，先是向李宗盛敬有一礼说："请李将军下车。"李宗盛误以为自己至李局长处，结果令他大为愕然的是，入的却是南京陆军监狱。

童时让回至瑞肇时家中，再遵嘱对李宗盛副官说："李宗盛已去南京中央饭店，要你们马上去南京中央饭店。"李宗盛副官信以为真，即跟着林之江车去往南京中央饭店。最后的结果是同样陷入南京陆军监狱。

童时让的任务终于完成。然而这次任务终让童时让愕得出了一身冷汗。是时的童时让怎么也没有想到，二人会有如此下场。他问林之江："他们二人会不会被枪毙？"林之江答："阿弟，不该问的事情，你就别问。别看你我是人，只不过是国家这架巨大机器运转中的一个小零件，叫你怎么运转，你就怎么运转好了。"他又问郑念北。郑念北说："李局长的心思，只是李局长的枕头才知道。"童时让只得问瑞肇时："人家可是有功之臣啊，我们怎可如此对付他们？"瑞肇时倒是笑着对童时让说："这种事情，对于军统特工人员来说，那是司空见惯，不要问的事情，你就不要问；不要管的事情，你就不要管。"直至最后，童时让终于知道李卫与周至柔同时出马，李卫负责陆军，周至柔负责空军。李卫凭着他的三寸不烂之舌，胡萝卜加大棒，终于说服棠济明手下的三位高级将领：李汉魂、余汉谋、黄光锐；周至柔呢，凭着他的好人缘与好关系与航校校长身份，他与高志航二人终于说服棠济明视为王牌的广东空军。就在李宗盛入南京陆军监狱的当夜，周至柔率棠济明部全部飞机北飞直至杭州机场。

棠济明被南京政府解除全部职务不说，还不得不卷起全部家当逃往香港。

李宗盛与其副官全部释放出狱。

娄范蠡亲送童时让妻子方伯琴与童时让见面，时童时让与妻方伯琴见面后，第一句话就问："他们欺侮你没有？"

"没有，待我挺好。"

"你知不知道，你做了人质？"

"什么人质？我怎么没感觉啊？"

童时让长叹一口气："我这一条小命，怕是要送在我这份职业手里。"

童时让将妻送至黄岩天戟村，只过了一夜，便必须回南京报到。临走前，童时让交给妻子一把手枪，定下五条防范原则："不与任何人接触，不是熟悉的男女，切不可开门；我去往何处，切不可告知他人；夜间别睡正房，睡家中那间不为人知的小阁楼；院子内必须养上一条大狗，平时出门带着狗走。"方伯琴说："我不过是一女人，你怕什么呀？"童时让答："有些情况我现在不想与你说，但我不得不告诉你，我业已入了鬼门关，我现在所做的一切工作，那脑袋全揿在裤腰带上。说不上哪天，从哪个暗处，飞来一颗子弹，将我这条小命收走。"方伯琴答："从我与你一入香港，我就知道你是怎么回事了。放心吧，我不是那种不长心眼的女人。"

童时让归南京。

胡小平（浙江人，时任军统第二处交通科科长）约童时让谈话。两人一见面，胡小平即直言："李局长说话了，说你此次立功不少，真正接受组织上对你的考验了。你呢，不必回杭州，若是你愿意的话，可留南京工作。"童时让知他们的决定不可违背，违背即死，遂一口答应。胡小平即打开他的那只大抽屉，从活页夹中很是小心地拿出一张表格让童时让填写。童时让拿过那张表格一看，上面写有六条誓词：绝对服从组织命令；保守一切秘密；只要党国需要，随时献出本人生命；为党国事业坚持至最后一息；不准打听任何人相关信息；取消姓名用代号。童时让填写完他必须填写全部后，胡小平这才拿过表格，在介绍人一栏里填下了他的名字，填完后，胡小平笑着对童时让说："从今天起，对你的考验正式结束，现在，你是我们军统中真正一员。我与你是生是死将永远连在一起，若是你叛变军统的话，我胡小平将追至天涯海角也得将你杀死。"童时让终于明白，过去所有的一切，全是考验他的，直至现在，他才是名副其实的军统特工。童时让的正式身份是华东股成员，代号是678，每

月工薪一百二十元，军衔是上尉，工薪呢，比少校略低，比上尉略高。

童时让任南京卫戍司令部所辖的南京邮件检查所副所长，他的办公地点在南京城南一座破庙里，下辖有邮检员二十人，主要任务是查信件与杂志两项。杂志书籍均按国民党中央制定的条款处理，分为"奉命检扣，注意"与"发现问题"两种。审查员有二人，中文一人，英文一人。在信件中扣原函者少，抄内容者多，若是有严重政治问题的信件一旦发现，即着手调查；若是老百姓一般性的发发牢骚，只是记下名字，暂可不管；若是发现写信人是在政府机关工作人员，遂送往南京卫戍司令部办理；其余可疑信件直接送中央党部。

1936 年 10 月，中国工农红军在新的党中央的领导下，历尽艰难险阻，终于到达甘肃会宁县。

童时让母亲与妻子方伯琴带着他的儿子任童心来南京。因母亲第一次来南京，童时让决定请童晓兰、童平山（时任军统局情报处长）、童平海（时任军统办公室文职人员），李卫亲弟弟林蕤（时任军统局报务员）吃饭。吃饭地点，即安排在金陵饭店。聚餐时，他们不知不觉地将话题转到了中国工农红军身上。

童时让终于成功破获南京地下中国共产党特委。童时让之所以能立功，源出共产党内部一个堕落分子名叫戚进谊身上。别看这个戚进谊是个工人出身，一旦当上中共南京市委组织部部长后，即变成了一个不可救药的堕落分子。他先是与原配工人妻子离婚，后即与一个名叫於妮的共产党女干部结婚。他们俩的夫妻生活只过有三个月，潜伏在他心灵深处的贪婪再次冒头。谁也无法搞清，戚进谊用的什么法子居然利用掌控活动经费的权力，在外面与几个相处不错的招待女郎胡来。党的工作更是不用提起，三日张鱼，四日晒网。长年走夜路，哪有不碰见鬼？戚进谊这种用党的活动经费吃喝与女人鬼缠之事，终于被他妻子於妮发觉，於妮实在受不了他这种放浪不羁的生活，一怒之下向特委书记张英报告。张英听后立刻下令查。一查，查出大问题。就他一人吃吃喝喝开销差不多有一千五百块法币。

正因戚进谊所做一事违纪，张英考虑江苏省委刚刚遭遇破坏，中共南京特委正在地下运转，左支右绌，十分艰危。戚进谊是个资深的老共产党员，以坚强、以天不怕地不怕著称，生怕一时处理不当，即会导致他叛变；一旦叛变，后果不堪设想，想待机处理，南京特委书记只是批评戚进谊一两句即拉倒。初时，童时让并不知道戚进谊是中共南京特委领导人，只怀疑一个南京长江码头出身的工人，哪来的钱，进金陵饭店娱乐场所挥霍？经童时让细心观察，进南京高档娱乐场所的只有三种人。一种是国民内部的高级官员，谁也不敢对他说个"不"字；二是有钱的生意人与实业家，这些人手中的钱一把接一把，他爱怎么花就怎么花，反正他自己挣的钱，谁也管不了；三是家有良田千顷的花花公子。戚进谊说到底，只不过是一码头搬运工人出身，居然也步履姗姗地走进金陵大饭店实施高消费。他的钱从哪来？童时让沉下心来细细一分析，只有两种可能：第一种可能，人无横财不富，马无夜草不肥，他发有一笔横财；第二种可能他是蓝线与黑线的潜藏人物，背后有组织力量支撑着他挥金如土。童时让是干什么的？他是华东股成员，他的主要任务就是破坏共产党的地下组织。童时让为人既有着他父亲的机敏与直觉，又有着他母亲的沉稳与果敢。童时让决心对那位时常进出金陵大饭店的黑脸大汉戚进谊进行调查。一调查，令童时让十分骇然，他原本只不过是码头工人，后来不知怎么的，在长江码头彻底消失；与他共事过的那些码头工人，没人知道他在干什么。只是有人曾看到他与一位长得很是好看的女人同居一段时间，后来不知他们二人因何而分手。此消息一传入童时让耳朵，童时让刹那间若天戟山里那只四处捕猎的狗头虎，闻到猎物的腥味，即耸起他浑身的毛羽开始极地追踪。童时让决心将这位敢进金陵大饭店实施高消费的黑脸大汉的身份彻底查个明白。初时，童时让在金陵饭店装成花花公子的模样，主动接近他，请他吃饭，请他喝酒，但戚进谊这个家伙警惕性极高，根本进入不了他的地壳深层。

　　一筹莫展时，一次偶然机会让童时让发现戚进谊是个好色之徒。那天，童时让将自己的两只手插在裤袋子里在夫子庙闲逛，他看到戚进谊与一位长得很是秀气的女人发生激烈争吵。童时让为人鬼精，即将自己的身子一扭，化成一条泥鳅，潜入他俩背后偷听。一听，不要紧，嗅觉灵敏的童时让听到那女人说了一句："你如此不检点，当心上头处理你。"戚进谊回答："他们敢。"就他们之间这一鳞半爪的对话，传入童时让耳膜时，一个设计精致且巧妙的反间计瞬时涌上他的心头。当夜，童时让来到童晓兰办公室，向她汇报自己的想法。那时，在南京共有四张特务网：一张军统，一张中统，一张共产党，一张日本特高课。既然那个女人说到"如此不检点，当心上头处理你"，戚进谊回答"他们敢"，即可肯定这个名叫戚进谊的码头工人定是线中人。问题他是属于那条线？红线？蓝线？黑线？红线，好办，立刻抓捕；若是蓝线（指中统）与黑线（日本特高课），抓不好，那麻烦就惹大了。童时让说："姐，西瓜生熟劈开看。我也不知道他是属红、属蓝、属黑。舍不得孩子套不住狼，莫不如用我的反间计试一试？"

"什么反间计？"

童时让将他构思良久的反间计一说，童晓兰听后，深觉有理。即决定派出她一手发展起来的两名女特工协助童时让从戚进谊身上打开缺口。

童晓兰亲自向李局长汇报，李局长表示同意。童晓兰召集任南春、应山红与童时让一起开会，商量实施童时让的方案。

任南春，路桥十里长街人，南京晓庄师范学校女生。容貌相当出挑，不说她长有柳之腰，也长有一张花之容。因她与童时让是同为一姓任氏子孙，若是从辈分论，任南春年长童时让一辈。

应山红，黄岩荔枝巷人，长得靓丽夺目，样子活似荷塘里长的那朵亭亭玉立的荷花。初时，因父母双亡，她孤身一人不得不四处讨生活。某天，陈少白经管的那艘内河轮船过头陀时，有一伙人在岸上高叫要坐船去黄岩。驾船老大，一看有十几个农民打扮的客人，挑着东西，提着行囊，误以为他们真的是上黄岩落市的山民，于是鸣了一声汽笛后，缓缓地将船靠岸。他们上了船后，等船开至江心，将他们头上戴着箬帽往后一翻，一船客人全惊呆了，这一伙人，根本不是什么落市山地农民，而是一伙在头陀北洋、茅畲一带活动的土匪。"城头变幻大王旗"，丛林法则是社会上人与人之间的唯一法则。弱肉强食，是那时社会公认的一种普世价值观。无助的老百姓，几成强者最后牺牲品。那时，在全黄岩居然有人竖有元末明初方国珍一旗：相公遍地跑，一日打三遍，不反何时了。那些强盗闯进人家，即用枪比着人，立刻翻箱倒桶，什么东西值钱拿什么，什么值钱的东西也没有，哪怕是他家唯一的一袋子米，他们也拿起背走。那时的黄岩乱成什么样子啊！那些辛亥革命崛起来的新贵，哪个不是家中妻妾成群？有不少民国政府的达官显贵，居然家有良田千亩。老百姓的日子实在过不下去了，他们不扯旗造反，又能怎么办？据《黄岩新志》载，时全黄岩山区入山为匪的农民，居然有一百三十多股。

这股土匪的头目叫卢国良，乌岩人。他们有三十余人，匪巢在划岩山顶上那所道士观中。他们一入船，其中一人，即用枪逼着船老大往黄岩方向开，不准他们靠岸。这拨人一进船舱，就要船内五十多位落市的山民交出他们身边所有东西，不料山民们带的全是本地出产的山货。要钱没有，要命一条。他们不由得恼羞成怒。就在这时，匪首卢国良，一眼发现这位秀色可餐的姑娘。卢国良走至姑娘面前，拿出一把匕首，用刀尖挑起姑娘的面颊。一看，是个长得水灵灵的小女子，大喜。遂让船就近停靠，想劫持这位长得如花如朵的女子上山，做他的压寨夫人。但这些山匪们的如意算盘彻底打错了，他们根本不知道当时路桥赫赫有名的垂头老虎徐时用就在船舱内，他们也不知徐时用会武功，他们更不知徐时用身边即藏有一支木壳。就在这时，徐时用悄悄地站起，走到匪首卢国良面前，掏出手枪，狠狠顶住卢国良的头。徐时用喝道："让你手下的人，全放下武器；不然，我一枪要你的命。"卢国良一下慌了，不得不下令，让他手下人全放下武器。船立刻靠岸，卢国良手下人统统下船。徐时用为人极为精明，一直拿手枪比着卢国良的头，直至船离岸后，才一脚将卢国良踹入江中，让他自己游到对岸去。一船人全救下了，这个长得鲜艳欲滴的姑娘也救下了。直到这时，徐时用才知这个姑娘名叫应山红，是黄岩城关人。父母双亡，孤身一人，徐时用即将她带在自己身边。徐时用的职务是浙江省清乡司令，应山红自己向徐时用提出：她要嫁给徐时用。徐时用说他家有妻室，她说她心甘情愿。徐时用答应了她。那年，徐时用没有与应山红办任何结婚手续，即在一起同居。这听起来是一个老之又老的英雄救美人的故事，但这是一个真实事件，徐时用与应山红二人感情美满。徐时用在外娶小妾一事一经传出，他的妻子周明珠受不了。周明珠是何许人？她可是临海白水洋周氏源村周仁吉的女儿，留学过日本，是台州第一批辛亥革命的女先锋。是人均有两面性，一面是神性，一面是魔性，当神性占上风时，为人必处处善良；当魔性处上峰时，则处处显狰狞。徐时用啊徐时用，你家中红旗不倒，外面彩旗飘飘，可你看错人了；应山红啊应山红，你想取代我的位置，可惜你嫩了点。

任何一个地方的地域性格均有其两重性，台州山区人的地域性格特点有五：　硬；二轻生死，不计后果；三拒绝中庸；四好感情代替一切；五痛恨贰

臣贼子。你如果入了共产党，你必须忠于共产党。凡脚踏两只船，风吹墙头草的决不被台州文化传统所认可。就拿喻长霖撰写的那本《台州府志》来说吧，譬如同为天台贾涉、贾似道父子。贾涉入志，贾似道不入志，譬如贵为皇太后的谢道清，只在台州大事记中记有一笔，个人即不立传。原因只有一条，她曾跪降元。譬如方国珍，贵至衢国公，府志上却白纸黑字地明说，因方国珍台人耻之，故不准方国珍入《台州府志》。在《台州史府》上，称之为血性英雄的人物，有宋时杜范、杜浒，元时牟大昌、牟天与，明时方孝孺、曾铣、李茞、王士琦，清时齐周华。这种与大山齐同的性格造就台州人的本性，令他们成为忠臣，为当政者所称许，但也往往造成了他们人生的终极性悲剧。尤其惨烈的是方孝孺，五代灭门人数，竟达八百多人。齐周华居然让乾隆帝下令剐了一百零八刀。这种地域性格，同样出现在周明珠身上。周明珠什么事情均可宽容，就容不得徐时用在外面养小妾。好啊，你这个一钱不值的山花野草，想取代我的位置，没门！黄蜂刺、竹叶青，世上最毒妇人心。尽管那话听起来有些偏激，但无论从历史、从现实，真正下得了死手的还是女人。周明珠为对付小妾，即对应山红下狠手。周明珠为人有心机，某天，周明珠趁着徐时用率兵出去剿匪的空当，潜入黄岩城关，装成对应山红非常友好的样子，骗她陪自己一起坐振东轮船公司的客轮，去上海十里洋场玩一玩。应山红信以为真，就跟着主母周明珠去往上海。周明珠将应山红骗至上海后，不动声色地将她卖至上海百乐门。应山红一被卖至百乐门，即被潜入上海百乐门做特工的任南春发现。任南春觉得这个叫应山红的姑娘是块搞特工的好料子，立刻向童晓兰报告。时国民党刚在南京成立政府，李卫负责组建国民党特工部门，童晓兰是主管打造女特工的主要负责人之一。童晓兰带着王英去上海百乐门与应山红见了一面。见过面后，童晓兰问王英："先生，我为党国组建的这支队伍，是在刀尖上跳舞的，用人这一关，你可得给我看准了。"王英答："你放心吧，这个女人身上有台州人典型的地域性格，骨头硬，只是报复心太强。我只怕她会恨徐时用夫妇一辈子，说不上那天，会捅徐时用夫妇一刀子。"于是童晓兰便将应山红收编于她的麾下。

童晓兰一心想让童时让打开局面，她请童时让将他的计划与任南春和应山红一说，两人即一口答应帮忙，利用戚进谊好色这根软肋，将戚进谊究竟是哪路神仙搞个水落石出。于是任南春化装成招待女郎利用戚进谊进金陵饭店高消费的时候接近他。戚进谊一见到任南春，即被她骨子里冒出来的那种独有的风骚吸引住。当夜，戚进谊即成任南春床上的大俘虏。不久，戚进谊与任南春便过上了同居生活。任南春企图从戚进谊嘴里了解他的真相，但戚进谊防范严密，任南春根本打不开缺口。于是，童时让立刻让应山红插入任南春与戚进谊中间，实施他精心策划的反间计。经任南春从中牵线，应山红即如花似朵地出现在戚进谊面前。戚进谊天生好得陇望蜀，好这山望着哪山高，用他自己话说，在女人的问题上，他是个美食家。美食家的特点是什么呢？什么新鲜，他就吃什么。在他眼里，应山红之美与任南春之美是完全不一样的，如果拿花来形容这两个女人，任南春是牡丹花，鲜了几天就凋零了，一凋零，比什么花都难看；而应山红却是一朵蜡梅花，素雅中有着一种他人无法替代的高贵、典雅。在他眼里，这两个女人是完全不可替代的版本。戚进谊误以为任南春说到底不过是个金陵大饭店的女招待，呼之即来，挥之即去，是弱者的代名词。此主意一定，他开始有一天到晚地向应山红靠拢。二三十天一过，戚进谊终于开口问应山红："你愿意不愿意嫁给我？"应山红带着点开玩笑的口吻说："你身边不是有个女人叫任南春吗？你想娶几个女人哪？"戚进谊说："我与她还没有正式结婚。"应山红说："哪好吧，你让那个姓任的女人离开你后，我才能嫁给你。"戚进谊哪知这一切全是童时让精心设计阴谋，让女色诱得昏了头的戚进谊，即决定与任南春分手。那天，任南春刚一走进家门，连衣服没脱，戚进谊即向她摊牌。

戚进谊说："南春，我与你反正没有正式结婚，以我之见，还是好说好散，我们分手吧。"

任南春故作吃惊，笑问："好端端的，你为什么呀？"

"我与你一起生活不合适。"

"想当初，你为什么不如是说？"

"当初，我没找到比你更好的。"

"现在，你找到了？"

"是。"

"她比我强？"

"当然。"

"她比我强在什么地方呢？"

"她比你有文化素养，脾气上比你温柔。"

"你能不能告诉我她是谁？"

"这就没有必要了。"

"你知不知道，我是冲破多少阻力才与你这个黑脸男人走在一起的？"

"过去是过去，现在是现在。一来我与你没有正式举行婚礼，二来我与你也没孩子，伤害不了你什么。"

任南春假意暴跳如雷地离开戚进谊。

任南春与应山红二人在暗中向童时让汇报。

童时让问："他是不是蓝线的？"

"肯定不是。"

"是不是黑线的？"

"不是，肯定不是。我在他的家中从来没有发现有一样日本小物件与文字。"

"照你们如此说，他笃定是红线的人了？"

应山红答："肯定，有一天夜，他喝多了酒，我居然听他说，你不就是张英吗？我就这个样，你能将我怎么样。"

"那张英是何许人？"

"中共南京特委书记。"

"我们下手捕他。"

"不，不，我了解到，此人虽然好色，但铁骨铮铮，不是什么重刑可以让他轻易开口的。"

任南春说："那怎么办？我们所下的心机不是全白费了吗？"

"不，不，他不是口中说出张英这个名字了吗？我们就在这个人身上做文章，让他自己爆门。"

童时让即将他精心设计的圈套和盘托出。于是一场大戏，就此上演。那天夜里，童时让以朋友身份请戚进谊吃喝。两人又吃又喝一直折腾到半夜零点，戚进谊往家中走时，一位大汉过来，一靠近，一支要命小机器，即顶住戚进谊的后脑门。大汉绿着眼压底嗓门说："老实一点。"

"你！你！你想要干什么？"

"我们不打算干什么，只是有件事想与你了断一下。"

别看戚进谊平日里一脸的张狂，面对着乌黑的枪口，他身上所有的横肉，全都切成薄片掉了下来。他们让他往东走，他就往东走；他们让他往西走，他不敢不往西。这一走，走到了凌晨三点，这才走到一片稠密的松树林，长江水擦着树林子往东流，水声擦着堤岸哗啦啦作响。戚进谊刚站定（是时，酒业已全醒）睁眼一看，只见任南春一脸杀气地站立在他面前。她两手叉在腰间，两腿立如圆规，一脸狠肉横飞。在她身后，紧跟着八个彪形大汉，活似《西游记》里的九大魔头。

任南春，那好看的小嘴往高里一翘讽刺说："你好啊，我的好丈夫。"

戚进谊一时全蒙了头："你，你，你，你是什么人？"

"你想知道真相吗？我是南京特委特工部长，你以为我真的是金陵大饭的招待女郎？"

"我怎么会不知道？"

"组织上早就对你失去信任，你知道不知道？你以为我是真的嫁给你？我是奉组织之命前来调查你的。"

"你想干什么？"

"我是代表组织来处理你。"

"你，你……"

"你什么你？戚进谊同志，你完了，你的一切全完了。"

任南春身子往后一退，假冒江苏省委执法队的八名男子人全扑将上来，就开始往死里打。左一拳，右一掌，前一蹬，后一腿，三下一过，即把戚进谊打得昏死过去。任南春挥一下手，所有特工全部撤退。一直躲在林子里的童时让闪了出来。童时让做出偶然发现的样子，立刻将戚进谊送进医院。就此一下，戚进谊上当了，主动向南京警察局自首。

所有一切，真正的中共南京特委一无所知。戚进谊这一自首，可就不得了了，从南京特委书记至宣传部部长、工人运动部部长，凡是与戚进谊有单线联系的十三人，全部被逮捕。整个南京市委让戚进谊一人炸得血肉横飞，十三位主要干部全部壮烈牺牲。直至童时让最后将他拉至长江边枪决时，戚进谊才知道这一切全是他所谓的"朋友"，军统特工童时让精心设计的圈套。

若干年后，国民党在重庆歌乐山开办特别训练班，授课教官还将此案作为特工的经典案例向全体学员传授。

童时让晋升为少校。正式授衔那天，李局长亲将童时让、叶翔之、段云鹏、王鲁樵、何萍、何菁、季子秋、林韦英四男四女的八大金刚召集在一起举宴贺喜。李局长笑着举起一杯茅台酒说，你们八人是我的八大金刚，今天经军事委员批准全部晋升少校。这可是我李某人一生中最大的骄傲，万望我们共同努力，为我们的共同事业尽忠。童时让这才知道他们八人全是李局长手下的干将，分别负责北京、上海、西安、广州、武汉各地的军事政治情报。

1936年12月12日，西安事变爆发。童时让、童平山、童平海、林蕤一得知此消息，心全绷成了弓弦。就在他们急得如热锅上蚂蚁时，童平山接到童晓兰电话，让他们全至王英住的那座精致小院，有急事商量。童时让不敢怠慢，立刻跑到离南京总统府不远那条小胡同深处的精致小院。童时让刚进门，发现童平山、林蕤、童平海早已坐在小客厅里等候童晓兰。童时让刚一坐定，童晓兰即一身军服笔挺地走进来，将一张三百元的银票，往童平山手里一交，即对他们三位说："我今天必须陪夫人与李卫去西安，此次面对的是我们的死对手共产党。我们三人此去西安，怕是凶多吉少。若是我们同时遇着生死劫了，有两件事你们兄弟四人必须帮着我完成。"童时让、童平山、林蕤、童平海齐声回答："姐，你有什么吩咐尽管说。"童晓兰说："有两件事，一是我读黄岩女子学校时，因没钱上学，三年学费全由校长王念劬替我出的，这笔情我一直没还，这一百三十块银票，请你们替我交给王念劬先生，你说我童晓兰谢谢他了；二是我一生所爱的男人不是别人，即是李卫，你们知道我与李卫的人品，军中誉他为圣人，他迈不过那道坎，我也迈不过那道坎，如果我与李卫此次死在西安，你们兄弟几个别忘了，活着我与他做不成夫妻，就让我与他死后做夫妻，你们几个弟弟，须将我与李卫合坟。"童时让听后，心中十分酸楚，一股泪水一下涌出堰塞湖，差点儿冲开堤坝。就在这时，王英哈哈笑了出来。别看王英瘦如虾干，枯如天戟山一根松树枝，但精通术数的人与一般人就是不一样。他说："兰子，你放心陪着夫人与林次长去吧，什么事也没有。"

"怎么会没有？"

王英说："来来，进我卦房看一看，你就明白了。"五人即跟着王英走进他的那间卜卦房。这间卜卦房是王英的密室，童时让第一次来到这里，见地上放有一张案桌，摆有一个香炉，正中墙上悬有一张硕大的八卦图，两侧挂有王英亲笔写的一楹联：

黑白双鱼，天下之机尽在此圆中

八八六四，宇宙数理皆括于卦里

进得门后，王英将他得此消息后所得的乾上坤下，重九爻动，所得的卦象与童晓兰英说了一遍，然后说道："你放心陪夫人与林次长去吧，什么事也没有不说，国共将合作抗日。"童晓兰英不相信，说道："你知道五次大'围剿'，我们杀了共产党多少人？"王英答："你就将你的心放进你肚子里吧，共产党的气度，要比我们大得多。不信，你就走着瞧。"王英随之带着点卖弄地向他们解释什么叫作"用九"，什么叫作"群龙无首，吉"，什么是"云行雨施，品物流形，大明始终，六位时成"，什么是"保合大和"。童晓兰问："真的没事？"王英答："没事，没事，共产党人只想抗日，不信，你走着瞧。"童时让第一次从童晓兰嘴里听到她念出"老天保佑"四个字。

1936 年 12 月 25 日，国民党总部正式对外发布消息，西安事变和平解决。

1937 年 7 月 7 日，日本军队发动了他们精心策划的卢沟桥事变，正式入侵中国，全面抗战终于拉开了一直遮遮掩掩的面纱。

有一回，国民党的领导人在中央党政学校演讲，一个日本特务掖着一支枪混在人群中，打算实施暗杀。无论做什么，都需要天才，童时让是天生的特工人才。那家伙一混进杂乱人群，童时让只是在他身上瞟了一眼，即发现此人目光不是直线而是曲线，他表面上看起来风平浪静，底层深处却已是惊涛拍岸。尤其引起童时让高度关注的是，这个家伙走路时，右手潜意识中有着随时掏枪的动作。童时让立刻对林蕖说："你去告诉一下警卫，要他们加倍小心，会场内混入了日本特务。"林蕖点了一下头，立刻挤至台前，给罗连福打了个手势，罗连福刚一点头，却发现领导人已缓步上台准备发表抗战动员演说。那日本特务突然将帽檐压低，往后退有半步，闪电般拔出枪。童时让大叫："当

心！"警卫闪身挡住领导人，枪响，子弹嗖的一声，从集会人们的头顶越过，最后打在警卫的胳膊上。童时让眼疾手快，飞扑上去，掏出匕首对准日本特务就是一刀。童让这一刀捅得极狠，刹那间握平刀把，一拽，血水顺着匕首的血槽喷出，日本特务两脚一软萎倒在地。童平山、童平海、郑念北三人从不同角落突涌而出，将日本特务制服。最后军统经细细勘查，终于查出内线。徐德馨一枪将汉奸黄浚送上不归路。由此，童时让、单平山、郑念北因拯救领袖生命，再加破案有功，晋升中校。

第四章

　　童时让又一次透过那铁栅窗子，眺望着老家的天戟山山顶。他想起徐时用带他去南京见童晓兰那天，徐时用突然问他："我听说，天戟峰灵得很，凡能当上将军的必能过天戟峰达方山的将军台；凡当不上将军的，你想过也过不了？"童时让点点头。徐时用说："明天，我与你婶婶就要带你去南京见童晓兰了。叔叔只听你爸爸说过，你从七岁那年起，曾前后三次越过天戟峰，叔叔想眼见为实，你有没有这个胆子，表演一下让你叔叔看看？"天戟峰是他家乡的山，童时让从小在天戟山峰玩耍，对天戟峰的一山一石，如他手纹般熟络。救已败之事者，如驭临崖之马，休轻加一鞭；图垂成之功者，如挽上滩之舟，莫稍停一棹。关键的关键，即是他面临危险时，对分寸的把握。走得多了，玩得多了，也就熟能生巧，如履平地了。童时让答应了，就在临起身去往南京那天，他与叔叔徐时用一起来至天戟峰。至天戟峰一看，不光是徐时用与他一家三口，还有从临海、路桥、太平、玉环过来的十多人，他们全与童时让一样年纪，全想去考黄埔军校，全都渴望自己能跃马疆场当上将军。那时的台州壤地沙斥、厥田下下。摆在台州健壮后生面前的只有三条路，或是去杭嘉湖给地主人家做长年；或是拿自己的那条小生命赌输赢，当兵吃粮；或是做他一把小生意，赚他一两个小钱。那天，这十多人全至天戟峰一试身手。天下花百种百样，天下人各得其所，天下哪有那么多心想事成？有的人上前一步，抬头往那尖刀样的山峰一望，只觉身着白衣的骷髅在他在面前翩翩起舞，最终屈从于"好死不如赖活着"的生存理念，束身立于一边，拒绝拿小命冒这种毫无价值的风险。他们说："谁人不爱子孙贤？谁人不爱黄金屋？如此险要之地，万一失手，让我将小命白白送在这儿，我可不干。"有一位后生沿着那刀锋样的天戟峰走了三步，情不白禁地往脚下一望，面对着那深不可测的悬崖峭壁，一时心慌，一个踉跄差点摔下山去；多亏童时让眼疾手快，一把将他抓住，才让他转危为安。最终，能过去的只有三个人，一个是他，一个是黄岩李卫堂弟林曦祥，一个是来自路桥的陈庭槐。

陈庭槐，路桥浃里陈人。其祖上是路桥有史以来第一个血性人物陈恢。喻长霖在他编纂的《台州府志》中，对路桥陈恢评价极高，不仅将陈恢列入忠义人物传，且说陈恢乃黄岩人硬气的鼻祖。陈恢，长得人高马大，力可肩磨。别看他是只会弄枪舞棒的武人，但为人性格极为正统。对造反起家的人，恨得咬牙切齿，骂方国珍是天下第一乱臣贼子。至正十年，方国珍振臂一呼，所有想造反的人，全麇集于他的麾下。人一多，吃饭问题首先摆在方国珍面前。方国珍采取的方法是劫官家漕运。官家漕运一遭劫，官家即切断海路，海路一切断，麻烦来了。方国珍原本打算兔不吃窝边草，但逼得急了，不吃窝边草也不行了，只得向四周村民中的大户索要。所有有钱、有粮之人，面对方国珍率兵上万，样子如烈火烹油，人人吓得灵魂出窍，只要方国珍派人来发个话，没有一人敢说个"不"字。独有浃里陈村陈氏族长陈恢，面对方国珍派来的人，一脸冷笑，回方国珍手下人说："请你回你们大王话，要粮，有，让你家大王自己来拿。"方国珍一听，傻了眼了："这小子真就这么说的？"

回大王话："是。"

"那好，我去会会。"

方国珍即去会陈恢。那时的方国珍身披盔甲，一手执槊，一手持剑，带着方国璋、方国瑛、方国珉三兄弟，率兵前呼后拥涌往浃里陈村。何等之英武！何等之威风！何等之不可一世！方国珍率着三兄弟入浃里陈村一看，傻了眼了，他做梦也没有想到，那陈恢手持一根铁棍，叉着两条腿，活似一座铁塔立于村口那座木桥头，那架势摆明了不准方国珍往陈村一步。方国珍气坏了，喊道："我与你乡里的乡亲的，你这是什么意思？"

陈恢说："我问你三句话，你回答得合我心，我们村粮食全归你。回答不对，一粒也别想取走。"

方国珍说："你问。"

"你造反为谁？"

"百姓。"

"即为百姓，为何强抢民财？"

"因人多要吃饭。"

"吃饭何不自立，却要以武夺取，与绿壳有何别？"

方国珍勃然大怒："你不睁开眼好好看一看，我手下有多少人？你不怕我灭了你？"

陈恢答："好，那你就来吧。"

方国珍一看他居然敢亮剑，当时即下令手下兄弟三人率那三百多人平掉峡里陈村。陈恢即率陈氏子弟与方国珍对决。最终，陈氏子孙八十人，全被方国珍杀倒在地。

路桥陈氏出过一文一武两位共产党人，文的名叫陈叔亮，红色书画家；武的，不是别人，即是陈庭槐。

陈庭槐长得个子并不高，浑身黑亮如炮弹。童时让与林曦祥是一个山头接着一个山头攀过去的；独有陈庭槐一人，猴子似的一个山头接一个山头蹦过去，直达将军台。只有非常之人，才有非常之胆识；也只有非常之人，才有非常之举。水暖水寒鱼自知，花开花谢春不管。不是过过天戟峰之人，怎可知过天戟峰之难？1949年中华人民共和国成立，陈庭槐出任广州公安局局长。恶忌阴，善忌阳；卤水点豆腐，一物克一物。童时让这位著名的军统"特工王"，遭遇他一生中最大的克星。陈庭槐毫无声息地潜入国民党特务网内部，一举将童时让和李卫精心打造的特务网全部端掉，无一漏网。是不是那天戟峰果真如此灵验？那没过去的人，没一个能当上将军；而过去的三个人，全当上了将军。只不过这三个人当上将军的性质完全不一样，陈庭槐当的是中国共产党的将军，林曦祥当的是国民党正规军的将军，而童时让当的却是国民党军统特务的将军。

陈庭槐毕业于黄岩中学，曾任路桥墙里贺小学校长。1937年至1938年至中国共产党领导的革命根据地的茅畲小学当教师。1938年4月，陈庭槐经林泗斋介绍，加入中国共产党。之后，陈庭槐入政治工作队工作，遂在桐屿建立党支部。1938年，陈庭槐受党组织指派至皖南新四军教导队学习。1943年1月，陈庭槐正式出任新四军第二十六支队支队长。

1943年7月5日，盐城反扫荡。淮南当清铁路东北区，曾有不少土匪与

反动刀会、地主组织武装暴动。陈庭槐奉命，率队伍钻出大山，移师至阜宁境内的大曹庄与陈集集结。刚运至陈集的新四军军需物资与布匹，即遭遇曹庄与陈集两地土匪洗劫。待陈庭槐率二十六支队赶到时，十八名新四军战士全被土匪杀害。

1943年7月6日，陈庭槐率新四军锄奸队十余人，化装成农民模样，至建阳镇执行秘密任务。那天夜里，陈庭槐与战士们刚躺下准备睡觉，建阳镇即发生马家荡土匪上街鸣枪骚扰事件。待陈庭槐率着人冲出门外时，已为时过晚。新四军有一对搞民运工作的年轻恋人被马家荡的土匪押往山寨，那位男战士被押至桥上时，即高呼一声"共产党万岁！"，纵身跳入滚滚的河流中自杀；而那新四军女战士，因纵身跳河不成，最后被土匪们带至马家荡匪巢。土匪头子孙华堂逼她成婚，她不同意，孙华堂恼羞成怒，将她残忍杀害。

1943年7月8日，陈庭槐率部队往纵深地带开拔，所经之地的大村落，无一村不是炮楼林立。那时的地主与富户们，几乎全成为土匪与日本军队、伪军们袭击与勒索的对象。不知有多少传有千年的好房子、老房子，被可怕的大火烧成一片黑土。有的有钱人家因不肯供出他们财物埋藏的地点，这些土匪不是用蜡烛烧他们腋下，就是对他们行之人间少见的大酷刑。为了能在如此残酷的环境中生存下去，富户们不得不出钱修起碉堡、雇上武装家丁。有的干脆勾结伪政府，暗通土匪，与土匪们合伙分成，在幕后指挥。

1944年正月十五，阜宁县东沟小河口一带，来往于马家荡的商船遭劫。陈庭槐率三位战士，当夜即赶至东沟镇河南一小村庄找到一位受害人家属了解情况。初时，这位受害人家属只是号啕大哭，不敢明言。陈庭槐上前俯着身子向她说明自己的来意，并告诉她："我是新四军浙皖苏军区二十六支队支队长陈庭槐，外面有我们的人站岗放哨，没有人敢来偷听。"

"你就是那个陈队长？"

"是，我就是。"

女人不信，随行的战士上前为陈庭槐作证说："是的，是的，他就是陈队长。"

那妇人"扑通"一声在陈庭槐面前跪了下来。陈庭槐忙一把将她搀起说："大姐，大姐，你莫哭，莫哭，有共产党为你们做主。当下关键的关键是，向我说明真实情况。"女人遂将她的丈夫如何被杀的惨状说了一遍。陈庭槐立刻着手调查，一调查，发现此人已加入日伪军，再细究，发现这个大土匪就在当地活动，且所用枪支均是当地地主提供，抢劫所得与地主三七分成。罪证一经确立，陈庭槐立刻下令抓捕那个地主与匪首。此二人一抓到，当日立刻召开群众大会公审，罪名一定，就地将二人枪决。

1944年农历正月十六，阜宁县保安处执法队干部陈安泰回家探亲，当晚被北荡土匪周立根、周立顺等破门而入，枪杀于床上。陈庭槐得知消息后，遂会同阜宁县武工队，于拂晓前出兵，突然包围北荡，挨户口搜查。初时，不见其踪。一调查，得知土匪业已逃脱。陈庭槐令一知情百姓带路，彻底抄周立根、周立顺于停翅港的匪窝。一逮住周氏兄弟二人，当众下令将周氏兄弟就地枪决。

1944年3月3日，益林镇发生抢劫布店案。武装工作队一破案，证实为益林镇土匪提供枪支的，是前神墩村一个名叫张一江地主。张一江与此土匪所订条约是三七分成，但张一江神通广大，是个脚踩两只船的两面人。这一面，他曾为新四军购买过军火与弹药，表现出他特别拥护革命；那一面他又与日伪军相勾结。因新四军浙皖苏军区司令部曾在他们家设立过，陈庭槐本人与他也曾有过接触。初时陈庭槐一直对这位张一江有好感，认为他是个开明绅士，但令陈庭槐怎么也没有想到的是，这个谦谦君子竟是一个暗通土匪从中渔利的家伙。罪行一调查确切后，陈庭槐下令将张一江关押，刚一关押，就有许多人通过各种渠道替他说情。最后，陈庭槐顶住各方压力，将张一江送上人民法庭审判，然后就地枪决。

1944年4月1日，浙皖苏军区司令部设在许家村。当时，许家村有个赫赫有名的大人物名叫卢高连。这家伙长得人高马大，武功高强，非常了得。他曾越过长江至江南某县，化装成国民党县长，坐着一顶轿子，大摇大摆地来到一个恶霸家，骗了一千块大洋。不久，真的国民党县长来了，这个恶霸才知道自己上了大当。某年，阜宁县国民党常备队长要敲他竹杠，他一声不响地只身混入常备队长聚赌的地方，当着许多人面，伏案写下一张条子，让赌场一工作人员告诉此常务大队长："我卢高连与你井水不犯河水。"此条子一出，果不然，将这位国民党常备队长吓得魂飞魄散，再也不敢找卢高连麻烦。尤令陈庭

槐叹为观止的是，这位卢高连有着一身水中好功夫，他可抱着一斛稻谷，踩着水轻轻松松地挺着上半身过射阳河。陈庭槐一得知卢高连的全部情况后，主动至卢高连家与卢高连交朋友。两人一谈，即十分投机，一见如故。当日，陈庭槐与卢高连二人，居然与民间百姓一样，至关帝庙前，焚香歃血，结拜为义兄义弟。他们二人结拜后，感情络成一锅糊糟羹，亲如亲兄弟。陈庭槐无论在何种场合——哪怕是开群众大会，必讲卢高连是一条中国式的好汉子。卢高连也逢人即言，新四军浙皖苏军区二十六支队长陈庭槐是顶天立地的英雄。尤其是那年春节，新四军浙皖苏军区全体将士正处于困难期，卢高连居然抬了一口大肥猪给全体官兵过大年。

1944年4月5日，日本军队与伪军再次举行大"扫荡"。浙皖苏军区部队与日军正面遭遇。这支日军，死死地咬着陈庭槐所在浙皖苏军区部队不放。时浙皖苏军区部队，无法与日军发生正面交锋。卢高连即主动加入新四军，出谋划策。卢高连一看新四军如此周旋下去不是个事，当日即咬着陈庭槐耳朵出了个主意：让陈庭槐将主力部队所有长枪集中起来，打他一个伏击战。陈庭槐点头同意。那天，陈庭槐挑出一百多名新四军战士，直接归卢高连指挥。结果，一举歼灭一百一十八名日本兵。陈庭槐再来他一个调虎离山，趁着益林镇日伪军出动救援时，从侧翼攻打益林镇，一举端了日军的军用仓库，光枪就得有一千两百支，子弹三万发。一日间让陈庭槐所部人人有长枪又有短枪。

1944年5月1日，日军侦得新四军浙皖苏军区司令部所在地后，遂出重兵包围。时陈庭槐因人生地不熟，一时不知如何突出重围。卢高连对陈庭槐说："你们放心，只要有我卢高连在，就能带你们出去。"从这天起，卢高连遂成新四军浙皖苏军区的好向导，天天与日本鬼子玩起捉迷藏游戏。后卢高连居然从谁也不知的一条小路中，攀着藤条越过一处深约百米的悬崖峭壁，率着新四军跳出日本军队的三重包围圈。

1944年6月，卢高连居然通过他在青洪帮曾结拜过的兄弟，神不知鬼不觉地打入日伪政府内部，顺利地策反一支日伪队伍，让两百三十多人，翻身成为新四军战士。当这支部队归新四军后，陈庭槐为他们的弃暗投明开了个极其隆重的欢迎大会。那天，部队首长一脸笑容地站在台上，一腔热情地对全体投诚过来的新战士们说："革命不分前后，只要你们真心为老百姓，过去你们的所作所为全可一笔勾销。"

1949年，陈庭槐出任广州公安局局长。也许陈庭槐真的是路桥金谷寺金刚所变，他一走马上任即成为童时让的终极克星。他化装成特务，打入童时让精心构建的特务网内部，将华南地区所有精心构建的特务网一个个粉碎，并得知潜伏特务网的总头子代号"678"，潜伏地点即在台州。

由于童时让的特务网实行的是三层铺盖、单线联系，且密码诡异，陈庭槐无法确定是何人。他不得不向时在上海的司令员报告，司令员即下令台州地委书记余纪一密查。童时让接此消息后，即心惊肉跳，他接到总部通知，让他无论付出多大的代价，也要将陈庭槐杀掉。童时让为此派出三人，可三人没有一个不是折戟沉沙。想不到的是最后陈庭槐还是破译了只有李卫与他二人知道的密码，给他设了一个反间计，让他不得不自投罗网。

童时让多么渴望能与他的这位克星见一面啊，他一直不知陈庭槐现在当上共产党的将军会是什么样子。他多么想问他一下，他凭什么过天戟峰时，比他还技高一筹？难道没有过一点点害怕？

童时让望着那天戟峰卓异的影子，望着那润出来一片潆潆的绿，望着那被夕阳镶上的耀目的金边，此时的天戟峰仿佛成为一把嗜血成性、锐不可当的戟。童时让突然觉得命运和历史与他开了个大玩笑。想当初，军统在路桥三水泾口，将陈季甫建起的秦楼楚馆改成九号公馆，其目的即是关押共产党员与引诱意志薄弱者下水，再利用他们去打击共产党队伍。尽管此地曾被日本飞机轰成了残垣断壁，但国民党特工总部打造出来这座鲜为人知的监狱还一如故我地存在着。童时让做梦也没想到的是，自己会被关在这里。童时让看着那四周高墙，看着正中间那棵高大的樟树，看着院子里他与季子秋亲手种的花花草草，看着他与何萍一起倚侧过的石榴树与夹竹桃。一切的一切，全是那样的熟悉；一切的一切，又是那样的陌生。

童时让透过装有铁齿的小窗，侧耳聆听着躲在瓜棚下的纺织娘与蟋蟀在断断续续地鸣叫，听着不知名的夜鸟发出怪声怪气的鸣叫从他的头顶上越过，听着南官河水在静静地潺潺。南官河啊，南官河，你是一个融入我灵魂的河，你是那么的开阔且有气势啊！春天到了，河水白了，沿河而长的一株株柳树绽绿了，一树树桃花见红了，一片片夹竹桃露粉了，河边的合欢树的花骨朵业已

结出一团团毛茸茸的大花球。柳翠的，翠得如青纱帐子；红粉的，粉得如从天上剪下来的一片锦霞。尤其阳春三月的大清早，整条河面祭起一层朦胧白雾。所有的房屋、楼台，都随着白雾漂移沉浮。偶尔间有红色大鲤鱼跃出水面又落下去，发出脆亮的啪啪声。于是，南官河上的水波纹，丝扣般地荡漾开去，大半天过后，才可缓缓地得以平复。每每夜深人阑，船老大一因熬不住寂寞，二因怕与对开船只相撞，或是在船头悬上一盏灯，或是放在他的嗓子唱，于是空旷的河面上，即可听到船老大粗犷且略带嘶哑的喉音：

你为什么不点灯？

门外刮大风。

你为什么不梳头？

没有桂花油。

你为什么不洗脸？

无有胰子碱。

你为什么不戴花？

丈夫不在家。

你为什么不关门？

外面还有人。

民涵五常，水土风气谓之风；好恶取舍，动静无常，故谓之俗。百里不同风，千里不同俗。童时让无法说清，船老大们唱的究竟是什么调。只知那调的尾音，拖得很长很长，结语是一个斩钉截铁般的"喔劳"。每每此时，南官河与十里长街相互拥抱交构，所呈现出来的景致，美不胜收。怎么看，怎么是一幅傅抱石画出来的水墨画。夏天一到，骄阳当顶，热浪灼人，气温逼仄，满河都是光屁股"打蛙水"的人。一旦河水干涸，兴味更是盎然：虾儿顺浊流东奔西窜；河蚌吐着嫩白软舌，触摸河岸腥泥；大鲤鱼光着黑色的脊梁，军舰般在湍急的河水里急驶，时常将水花击打得"泼喇"直响。每每这时，临街的孩子、大人，即手拿畚箕争先恐后地踏入南官河，见什么，即用畚箕逮什么。有时，一畚箕锸下，一条十几斤重的大鲤鱼即被兜将上来。于是，满街行人，全发出一片欢笑。自然有节律，四时有定规。夏天一过，秋天脚步蹒跚来临。几场冷雨一下，将田野铸成一块大黄金。河水跟着凝成一块蔚蓝色的大玻璃。河水一变色，匿在水流深处的大鲤鱼、大鲫鱼，即顺河口争先恐后地拱将上来。每每那时，童时让站在河岸往河中一看，那鱼儿啊，一尾衔着一尾在河中游。那黑色的大鲇鱼，狡猾、阴险，表面上谦谦君子、和蔼可亲、漫不经心，一旦逮着机会，瞬时凶相毕露，猛地张开大嘴，用力一吸，将整条活鱼吞入腹中。所有生活中的细节，哪一点不是与童时让的生命剪接在一起？永别了，永别了，我的家乡！永别了，永别了，我的南官河！

　　1937 年 8 月 13 日，淞沪大会战拉开序幕。童时让奉命至上海向王兆槐报到。王兆槐，浙江遂安人，时任淞沪警备司令部侦缉队长。两人一见面，王兆槐即对童时让说："陈光辉（浙江浦江人）在青浦训练班任大队长，他只希望你能做他的帮手。"童时让答："我是军统的人，一切须听老板指令。只要李局长首肯，我无条件服从。"王兆槐出示李局长密令让童时让看，童时让一看果然是李局长手迹，转身即潜至上海青浦。时青浦特种学校训练班共计有三百多人，均是从全国各地挑来的精兵强将。对学员要求极高，起码有四点是缺一不可的：性格坚毅，头脑冷静，才具超人，胆大心细。十八个科目考试中，若有一个不合格，即被剔除。特种学校校长兼班主任即李局长本人，童时让任学生大队大队副，所有人员均是日后深入敌占区的特务。初时计划训练十周，主要训练内容有五：如何自制炸药，如何破坏桥梁公路，如何暗杀，如何窃取机密，如何搞无线电发报。除此之外，在上海松江还有一个秘密特别训练班。班主任还是李局长本人，班长三人分别是何萍、林韦英与任南春。学员二十五人，全是他们从各地精心挑选后，经王英仔细看过骨相的女人。对女性学员的要求比男性学员高出一倍。不仅样貌、学识一流，且要特别性感。这些女性，主要任务是学习如何利用色相勾引男性来获取情报。李局长给童时让的主要任务是：向全体学员们传授他父亲教与他的盗窃经验与方法。

　　淞沪会战前夕，日军司令官松井石根的上海派遣军由最初一千五百人增至六个师团二十多万人，外加两百多架飞机与二十八艘战舰，对上海进行狂轰滥炸。

　　王兆槐、陈光辉亲率全体特别训练班学员拿起武器与日军决战。双方决战一个多小时，大部分学员在对日作战中牺牲。令童时让终生难以忘怀的是一位名叫林清霞的女学员，面对八个围上来的日兵，居然没一点惧怕。日军一军

佐见她长得美丽居然下令捉活的。哪知此令一出，林清霞即猛地扑将过去，抱住这个军官，拉响了一颗手雷。就在这一声巨响中，他与日本军佐同归于尽。

三百多名学员，最后仅有两百多人，由大队副葛谷光（台州仙居人）率领杀出重围逃出金山卫。他们刚一至嘉兴，连一口著名的嘉兴肉粽也没有吃上，即接林蕤送来的总部电令：全体活着的学员迅速开往皖南祁口镇待命。

1937年11月2日，日本侵略军攻占大场，并将他们的兵力推进至真如、彭浦及苏州河北岸一线。特务班两百多人，终于至祁口镇，开始安营扎寨。

1937年11月9日，松江、枫泾两地终于失守。中国军队的第六十七军军长吴克仁中将在撤退时遇敌机俯冲扫射，一颗子弹从他心脏处穿过，吴克仁将军壮烈牺牲。同在这一天，上海沦陷。因太原与上海两个重要大城市在很短的时间内沦陷，投降派言论开始昂起三角形的蛇头，时有不少中国人，认定中国打不胜日本，世界舆论更是认定中国军队根本不敌日本军队。

童时让接到林蕤送来的李局长的密令："速归家。本此任务重大、生死难料。给你五天时间与妻团聚，好好安排家事。"童时让一看到"好好安排家事"，十分骇然，问胡小平："好好安排家事是什么意思？"胡小平说："你别傻帽，这六个字，你不懂？是要你做死的准备。"童时让问："什么任务，如此残酷？"胡小平答："不准你问的事情，你就别问。军统人员，忠诚与服从就是根本。什么叫军人？叫干啥就干啥，血性、忠诚，不怕死，服从命令就是军人。"童时让什么说也没有。

次日一大早，天刚泛出朦胧一丝鱼肚白，童时让即从祁口镇出发，入金华，再顺水道至温州，再从温州转道至黄岩。童时让至天戟村家后，一点也没客气，扎扎实实在家里待有五整天。这五整天，童时让做的任何事情都像是在安排后事。他让天戟村同族兄弟为自己购下一块坟地；他备了八样盔头，去天戟山的天地庙，拜祭了天公天母；他去任、方两氏的祠堂拜别祖上任元培与方正清的牌位；他带着儿子任童心去徐时用家见徐时用，并赠送了不少东西，一脸真诚地拜托徐时用说："万一我遇到什么不测，我的头生子，你必须帮他一把，让他成家立业。"

童时让的举动把方伯琴吓坏了，方伯琴问："你这一次回来，怎么有点不一样？"

童时让不答。

妻说："你不但给自己准备墓地，还把儿子托付给别人，你到底去执行什么任务？"

童时让答："我是军统人员，你不该问的事情你就别问。"

五天过去，童时让必须准时返起程。方伯琴一往故我地送他上船，童时让那双脚踩上船跳板了，突回身至方伯琴面前，一脸郑重地对方伯琴说："我将一千块大洋的银票，压在天地庙的土地爷坐像底下面。不至关键时候，千万别动它。我看我母亲身体一天不如一天，我父亲死前曾有话，若是母亲去世，须与他合坟。若是我这一次能回来就回来，回不来就回不来了，你也别再找我。家中这些事儿呢，也只有你替我办了。儿子长得像你，不像我，我放心了。若是我回不来，或是儿子读书，或是你生活有困难，千万别求人。确实遭遇非求人不可的事情，你就去找路桥徐时用与夏芸。他们夫妇二人是好人，我信得过。"立于船埠前的方伯琴，一听童时让说的全是绝头话，知童时让这次任务凶多吉少。那泪水刹那间如同瀑布般地倾泻下来："你到底要去干什么哪？"童时让答："这是纪律，我童时让知道也不能说，况且我现在什么也不知道。人算不如天算，我与你不过是凡夫俗子，只可听天由命。我若死，你必须按我嘱咐去做，请好自为之。"童时让就这样坐着一条船，顺着开阔的南官河往温州方向走了。方伯琴望着那远去的一叶扁舟，凄幽地唱出一支感知古老的情歌：

> 岁晚天寒郎未回，厨中烟冷雪成堆。
> 竹篱烧火长长炭，炭至天明半作灰。

整整五天过去，童时让归祁口镇。童时让刚至军统总部，胡小平即来通知他到李局长办公室。童时让走进李局长办公室，胡小平业已四平八稳地坐在李局长面前的那张椅子上等候他。童时让只一看，他那颗心即如秤砣似的沉下水底，直觉告知童时让，此次不是小任务，且是大任务。因军统内部有个不成文的潜规则，凡军统人员若有叛变行为，李局长不但要下令杀叛变者全家，还要杀担保人全家。若是一般性任务，介绍人与担保人均不出场。而今，童时让的担保人胡小平业已出场，明摆着任务极为凶险且重要。

果不然，童时让一来至他面前，李局长沉着脸问："你与妻子见面了？"

"见面了。"

"家中事情全安排好了？"

"安排好了。"

"安排好了就好。"李局长说，"我原打算让你去保定委员长行营，但太原业已沦陷，我想让你去哪儿也去不了，只好让临近的何菁去了。今天，我想叫你与一人执行一件大任务。"

童时让答："我是军人，军人以服从命令为天职。你是老大，你老大如何定，我如何执行。"

李局长很满意："我想让你去上海。"

"什么任务？"

"由与你一起去的人至目的地后对你下达。但我现在必须告诉你，从今天起，你的直接领导人是个女人。你与他呢，须假扮成日本侨商夫妻。"

童时让问："哪位女人？"

李局长一使眼色，胡小平起身离座，开门，招手。一位天姿国色的女人飘然而至。童时让抬头一看，此女人不是别人，是他授衔时只见过一面的大美人何萍。是时的何萍在他面前展现出来的风采是何等的迷人啊！头梳卷发，身着花色旗袍，旗袍开口处露出两条丰盈且诱人的长腿，脚下穿有一双黑色高跟鞋。童时让惊得两眼发直，半晌才窘着脸说："此事恐怕不妥吧？"李局长问："有何不妥？"童时让结结巴巴地直言："食色，性也。万一我与她弄假成真怎么办？"李局长仰脸哈哈一笑说："只要她本人同意，这种事我可不管。但我有一条，我必须与你明说，她代号153，是你顶头上司。她叫你干什么你就得干什么。"童时让深知军统内规矩，不服从也不行。

何萍，军统四大女金刚之首，代号153，江山县人。她与李局长本人有亲，至于是什么亲，童时让不知道。当时，出现在童时让面前的何萍，怎么看怎么像他在天戟山中看到过的一朵紫荆花，一头秀发倾泻，蛋脸白里透红，高鼻笔直干挺，明盈两眼有如深峡高湖。令人为之侧目的则是她那天设地造般的魔鬼身材。上下比例无一处不是恰到好处，只要你是男人，看上一眼便会灵魂出窍。

何萍爷爷曾是北京同仁堂大药房高足。民国时，何萍爷爷从北京潜至香港，开了一间药膳房。何萍爷爷在因病去世后，何萍父亲接手药膳房的生意。丢天丢地，不可丢艺，家传之本，怎么可断而无续？药膳店的香火没断了，但终究气数已尽。一个人若是到了倒霉时，喝口凉水也塞牙。何萍父亲接手后，开不到三年，就出了一件大事。某年春，店里来了一对打扮极为时髦的父子，指明着要吃河豚。平常，这道名菜全是由他父母亲自处理，因河豚好吃，但危险性极大，只要一条血脉不处理好，即会置人于死地。

　　那天，何萍家不知出了点什么事，何萍父亲母亲全出去忙了。当时，何萍与妹妹何菁还是不曾成年的少女，那道菜不得不由总厨来处理。因总厨不小心，没处理好河豚，一个时辰不到，这对父子就因吃河豚中毒而死。这一吃死人，灭顶之灾迅速降临。这家人将何家告上法庭，面对如山铁证，无话可说。三天一过，庭辩结束，带有假发的大法官木槌重重敲下。何家的官司输得一塌糊涂，好端端的一个家，刹那间破碎成一地碎片。所有家产全部变卖不说，法官还让何萍父亲坐有三年大狱。三年后，何萍父亲出狱，发誓不再开饭店了。

　　为谋生，何萍父亲借钱开了家小卖店，家中生活略有好转。三年不到，何家再次惹出大麻烦。时香港黑社会中有个大头目名叫马蛟，不知何处看到何萍母亲美貌绝伦，决心将她母亲搞到手。初时，马蛟先礼后兵，将她父亲请到一家饭店，给一笔钱，叫她父亲出让她母亲。何萍父亲说什么也不同意，气愤地说："我是男人，我怎么能把我心爱的女人拱手给猪糟蹋呢？你们若是真的想要，那就从我尸体上跨过去吧！"他把成摞的钱往马蛟面前一推，转身即离去。好哇，你敬酒不吃吃罚酒，这可就怨不得我了。终于有那么一天，何萍父亲刚外出，十八个蒙面人冲进何家，不由分说将何萍母亲架走。何萍父亲为能救出她母亲，购有一支枪，四处寻找，找得两只眼直喷火。整整找有三天，终于在香港某处偏僻的小海湾里，找到了他们。当时，马蛟正软磨硬泡地逼何萍母亲就犯。他对何萍母亲说："你若不同意，我只有对不起你，我得让我手下的弟兄们来享用你。"正在这节骨眼上，她父亲潜将上去，掏出枪，非常认真地对准马蛟，勾动扳机，一枪过去，将马蛟放翻。马蛟是放翻了，何萍父亲也被马蛟的手下放倒了。

　　在交火中，何萍父亲身负八处重伤，倒在地上半天爬不起。何萍母亲一

看不好，挣扎出来喊来人，将何萍父亲送进医院。但终因主动脉被子弹切断，伤势过重，三分钟一过，何萍父亲即离开了这充满罪恶的世界。何萍父亲一死，何萍母亲积恐成病，就在何萍十四岁、她妹妹何菁十二岁那年，撒手走向天国。就在这年，李局长奉命组建军统，物色特工人员至香港。因她家与李局长家有亲，李局长登门拜访，哪知一入她家门，就被骇了一跳。何家只剩下这么两个孤雏，日子怎么过？于是，李局长将何萍、何菁姐妹二人带归家中。至家后，李局长一看这对姐妹皆是美人坏子，遂将她们送至日本特工学校培训，成为女特工。上海金山卫特别班开班时，何萍任班长。

童时让与何萍遂扮成日侨夫妇的样子，离开祁口镇去往上海。

童时让与何萍结伴潜至上海后，利用上海公共租界的空间与方便条件，在上海滩与日本人周旋。从明面上看，他们二人如同山间的烟气一样人间蒸发得一干二净。别说是何萍家中，就是童时让的妻子方伯琴，也不知自己的丈夫是死还是活。实际上，他们二人完美无缺地装扮成一对从日本归国的夫妻，双双入住一幢位于虹口区的高档别墅。从入住这处高档别墅那天起，何萍几乎每天换上一套名贵衣服，频频地出入日军驻上海的特别司令部。有时，一天到晚不着家；有时，喝得醉醺醺地一摇三打晃地（有意装的）从外面回来。何萍与什么人会面，童时让也不知道，童时让也不能问。他们那时的身份从外表上看是夫妻，实质上是各司其职。

1937 年 12 月 23 日，何萍提着一只十分精致的手提包从外面归来，一脸喜悦地对童时让说："我的任务完成了。"童时让说："既然完成任务了，我们何不赶紧离开上海？"何萍说："不，我还得把另外一个东西搞来。"童时让说："我是一个男人，让我一个待在这里，整天看着蓝天白云，也不是个事。"何萍说："老板和我说过，你是偷的高手，原是台州贼王任武基的儿子。本来这任务打算交给你来完成，但我一入此处，发现这个地方防守实在严得不能再严了，一旦有一丝失误，就得送命，还不如我去试一试。"

童时让问："什么材料？"

"一个名单。"

"什么名单？"

"一个涉及国家安全的日本特务名单。"

童时让再想问，何萍摇头叫他别再打听。因为上级对他有过交代，不该问的事情决不问，不该知道的事情决不知道。作为配合何萍工作的童时让来说，此言一出重于泰山，当然是不敢再往下问。

　　然而，就在他们之间说完此话后的第二天夜里，一件让童时让终生难以忘怀的事情发生了。何萍让童时让洗澡，说她要与童时让假夫妻真做。童时让说："我是有了妻子的。"何萍说："你别将男女那点事，看得如此重要好不好？你知不知道，大汉奸我与他睡过，日本鬼子我也和他们睡过，但我从没有与他们动过真感情。而你这样的男子，是我一生中见到过最好的男人。我与你做假夫妻这么长时间，你从来没有对我轻浮过。明天这事，我不知自己能否成功，我不想我与你一次真正的夫妻生活没过过就去死，这也太委屈你，也太委屈我了。所以啊，我今天主动向你提出这个请求。"

　　是啊，是啊，他们二人是干什么的呢？是在刀尖上跳舞的人。面对着有今日、没明日的那种生活，什么也不在话下了。面对着何萍的一脸真诚，童时让还能说什么呢？当然一切听从她的安排。这一夜是什么样的一夜啊，何萍如同一头贪婪的母狮，发了狂似的付诸行动。童时让说："你明天还有任务，别这样好不好？"何萍说："我问你，男人与女人什么事情最幸福？"童时让答："当然是此事。若是无此事男人与女人如何走在一起？"何萍说："正因如此，所以你必须让我与你再好好享受一次。"童时让一听她说的全是断头话，知道明天她的任务直接威胁着生命。尽管他业已疲惫不堪，最后，二人一直缠绵悱恻至天明。

　　累得浑身散架的童时让，刚一睡着，即做了一个怪梦，他梦见晴朗且高远的天空中，现出一只黑色大眼睛。那只黑眼睛大得不可思议，横卧在东方的地平线上，缓慢且沉重地不断眨动。尤其令童时让为之恐惧的是，那只黑色巨眼每眨动一次，天地总要轻微地震动一下；每一次震动，那巨眼里总会射出两道强光，把黑压压的云层击透。童时让惊醒，一摸自己的身子，全是黏稠的冷汗。天亮了，何萍起来梳妆打扮，童时让的直觉非常不好。他记得他哥哥出事前，他就做过大眼睛的噩梦，他爸爸去世前，他同样做过这样的噩梦，所不同的只有一点，眼睛色彩不一样。他哥哥和他父亲出事时，他梦中的眼睛是肉色的，而今天梦中出现的眼睛是黑色的。童时让动员何萍别去了，何萍问为什么，童时让将他做的噩梦说了一遍。何萍带着点撒娇地点了一下童时让的鼻子说："你是与我睡过的最丑的男人，也是给我最大幸福、最爱我的男人。生死有命，富贵在天；是福不用求，是祸躲不过。我如果不将这特务网联络名单与地址搞到手，我怎么对得起老板对我的栽培？"

何萍出门前，打开了另一个小包，拿出了一粒白色毒药，嵌入戒指中，嵌毕，对童时让下了命令，令童时让速去十六铺，购两张去往舟山的船票。购到票后，什么地方也不准去，只是坐在别墅里等她。如果她没出事，十二时准回来；如果她出事，自有人来通知他走。到时候，你什么也不要管，拿上交通员递给你的那只手提包中的那封信立即走人。回至总部后，必须将此信直接交与李局长。说完这些，何萍最后捧着童时让的脸在他嘴上深吻了一口，说："谢谢你，给了我这么大的幸福。即使我今天死了，我这一辈子也没算白活。"说毕，她将另一只放在包中的戒指交与童时让说："如果我出有意外，你可将此戒指交与我妹妹。"

"你妹妹在哪？"

"时候一到，会有人告诉你。"

何萍说完，头也不回地走了。

童时让去十六铺购得船票归来后，坐在他俩住的小别墅里心急如火地等候何萍归来。时间一分一秒地流过，童时让的心始终绷得如一根琴弦。眼瞅着约定的时间快到了，何萍还没回来，童时让急得如热锅上的蚂蚁。一直渴望着的门铃终于响起，童时让几乎冲着出去开门。然而，令童时让大失所望的是，进来的不是何萍，而是一位完全日式女人打扮的季子秋。

季子秋，陕西人，黄土地中冒出来的"小娇娃"，人送绰号"赛贵妃"。她个子不高，往多里说，只有一米六，与何萍相比，差有好大一截子。但这位季子秋自有她过人的特点——长得富态。你说她胖吧，并不胖；你说她不胖吧，却难得一身雍容华贵。尤为令人为之怦然心动的，则是她那长有一身的好皮肤。她那皮肤白得有如一块奶油，圆圆的脸，活似精心雕刻起来的和田玉，温润中渗透着不可解读的真实内容。更为动人的，则是她眼睛上长着的眼睫毛，羽扇似的都能当嘴巴子说话了。童时让第一次在金山卫与她见面，他们的目光交接的瞬间，童时让的灵魂深处即出现了一丝震撼。童时让总觉他与她似曾相识，仿佛在哪里见过。他想了好长时间，终于在内心的地裂中，慢慢浮出一个女人来。这女人不是别人，即是他的妻子方伯琴。是的，季子秋长得太像他妻子方伯琴了，尤其令童时让为之骇然的是，一位从事特工的女子，身体内居然透出一种无法逾越的高贵。面对这种高贵，童时让深感自己极为狼狈，一时间竟不知对她说什么好。

　　季子秋呢，似乎与童时让早就相熟，轻盈地走将上去，有礼且节制地握了一下他的手，并对童时让粲然一笑。这粲然一笑，粲然得相当出彩，她那可爱的嘴角边，即旋出两个迷人的小酒窝，就这两个深深的小酒窝，再次让童时让在他个人情感上出现了第三次颠覆。他总觉得他面前的这位女特务，太像顶着寒风开放的一朵玉兰花。别听她的绰号叫"赛贵妃"，她却没有杨贵妃拥有过的荣华富贵。

　　她是李局长手下三十多名女特工中，遭遇最惨的一个。她家所在的那个地方，当时是中国最困难的地方。她母亲在她七岁那年就叫一场意外的恶病夺走了小命。从那时起，她一直跟着老父亲过，一年到头就靠着她与父亲给乡亲们唱堂会过日子。她的老家所在的村子，别的似乎都好说，就这缺水，实在让人受不了。每天大起早，天还没有亮，要么人走，要么赶只小毛驴，跑到三十里外去挑水、驮水。尽管如此，挑来的水又苦又涩，只能用不能喝。要想能得到一点能喝的水，只有一大早起来就去"掸露水"（即用一条洗净了的毯子，把草皮上的露水掸下来，绞入盆中，供人饮用）。因原本成片的农田，过分开采，从而导致沙漠化，根本不能与过去一样种上好庄稼得以自给。于是，八仙过海，名显其能。能走的，差不多全走了。五百多口人的大村子，只剩下少量无法走出家门的老头老太太坐在家里等死。黄色的沙子如同一只贪婪成性的凶残大鸟，毫不通融地将成块成块的土地，一片一片地衔走。地荒了，村子也就败落了。

　　她在老家待不下去了，初时，她想与村子里的姐妹们一起到大千世界里闯一闯，讨个出路。尽管她本人不仅弹得一手好琴、一手好琵琶，什么样的曲目她都会，赢得不少人的喝彩，但从小到大，她都是跟着父亲走南闯北，入川进陕，如今，她父亲老了，走不动了，她怎么走？往哪儿走？跟谁一起走？正在左右为难时，她那个常出门在外组团演戏的舅舅来了。舅舅一进家门，遂对

　　她父亲说："姐夫，我在外面约好个戏班子，叫子秋去做司琴吧。工钱开得还可以。"季子秋父亲说："我老了，做不得主了，你还是问她自己去吧。她说去，你就带她走；她说不去，我也没辙。"于是他舅舅就掉过头来问季子秋，季子秋问："你让我去哪儿做司琴？"

　　"云南贵州一带。"

　　"那地方还有唱地方戏的？"

　　他舅舅答："那个地方离城市很远，民风很淳朴，戏也很招人，能赚钱。"

　　那时，她的老家正闹旱荒，田里一片枯黄，地里寸草不长，羊儿一群接一群地死去。好好的村子，早已变成空壳村。现在有这个机会了，你不走，你还想在什么年月走？人挪活，树挪死，她说她与其在家中等死，莫不如闯荡一下江湖，混口饭吃。她与父亲商量时，老父亲也同意她跟她舅舅走。你想啊，跟别人走，她父亲不放心；跟着自己的亲舅舅走，他这个做爹的，还有什么不放心的呢？况且这是从艺，尽管去就是了。于是，季子秋就跟着她的舅舅去了。哪知，这一去，她做梦也没想到，他舅舅是只披了人皮的狼，心早就黑了。不知不觉中，一桩人肉交易已经做成。她舅舅将她给卖了，且是卖得很远很远，一直卖到贵州山区去了。

　　那时，季子秋这傻丫头，可真是傻到家了。千里风尘仆仆来到那个名不见经传的小镇，她还一直被蒙在鼓里。见面交割时，对方给她舅舅一大笔子钱。可怜的季子秋将这当成组团演出前的定金，满腔热情地帮着她舅舅点钱。点完后，季子秋对她舅舅说："舅舅，你给我父亲一半吧，那一半归你。"她舅舅只是一笑，点点头说："我会带给你父亲的，你就在这里安心听他们调遣吧。这个人呢，就是你的老板，你跟他走吧，有舅舅在，他不会给你亏吃的。"季子秋信以为真，跟着那男人就去了。一走就走了差不多一整天，终于来到一处离边境只有一里多地的小村子。他把她领进了一座很大很气派的院子，她以为这就他们这个乡村小剧团的总部，之所以空荡荡的不见人，一准是团里的人下乡演出去了。直到这天夜里八点钟，三个健壮如牛的男子，走进她的房间，不由分说地扑将上来，按手的按手，按脚的按脚，把她身上的衣服一件件扒下来，齐着上来对她施暴时，她才明白，她上了舅舅的当了。她那个可恶的舅舅，居然没有把亲外甥女当成人，而是把她当成牲口给卖了。她就被卖给这户一直在边境以贩毒为生的三个兄弟。季子秋到底与别的女人们不一样，她城府很深。初时，她不动声色，什么话也不说，不哭，不闹。但她的决心，也就在这天夜里三头野兽全睡死后，咬下牙关下定了。别看季子秋，整天摆出一副逆来顺受的样子，但她为人很有主见。她知道自己是个弱女子，在这种时候，所有一切的反抗与挣扎都无济于事，搞不好还会招来杀身之祸，莫不如背地里悄悄准备着，一旦有机会，方可脱逃。这家人的三个男子，既精明又凶残，将她看得很紧。三兄弟中有两个外出贩毒时，家里总会留下一个，明面上说，怕她一人待在家里害怕，实质上是在悄悄地盯着她。季子秋既不露神色，又不故作姿态，该做什么，就去做什么。

一整年过去，季子秋怀孕了。一朝分娩，季子秋生下了一个儿子。三个男人一看她给他们生下儿子了，对她的警惕性开始放松。季子秋就乘着这个空当，悄悄做着逃走的准备。某天，不知边境发生什么事，有个人匆匆跑来，用黑话与这家的三个男人"哇喇"了好一阵子，哥仨儿全都出去了。于是，季子秋闪电般地撬开他们家的铁箱子，拿出他们放在铁箱子里的银圆，扔下只有一岁半的儿子，越过高墙，钻进后山的那片树林，开始生死大逃亡。

季子秋独自一人在大山里，高一脚低一脚地走有三天三夜。恰好那天，来到一处她从来不曾走过的地区。一因心过于紧张，二因身过于劳累，季子秋稍一松懈，遂头昏眼黑地栽倒于地上人事不知。正赶那天，李局长带着童平山（童晓兰亲弟）至贵州，路过此地，见路边歪了个头发乱蓬的女人，心里很怵，想："一个好端端的女子，怎么会歪在这儿？"李局长伏下身子拨开乱发一看，发现此女子虽然一脸泥垢，但颇有姿色。二人遂将她带回宾馆。先让她喝了些汤，待她回过神来后，再给她买饭。东西也吃了，人也缓过劲儿了，他们这才叫她去洗澡。童平山特意上街购了一套好衣服，叫她换了。真是人要衣服马要鞍，这一换，再也不是"倒路死"时的那种样子了，她焕然一新，变成完全不同的另外一个人了。两个男人细看一下，天哪，多么漂亮的一个女人哪，白嫩得伸手掐一下都会冒出浆水来。他们以为她是南方人，一个北方人何以会有这种水色？即使是陕西的米脂姑娘，也不过如此啊。一个南方人怎么会来到这里？一问，不对了，原来是陕西人。李局长问："陕西不是穷山恶水之

地吗？怎么会出上你这个富态妞？"季子秋咧嘴一下苦笑，说："这是那块土地给我的样子，我也说不清。"李局长说："好了，说不清也就不说了。你下一步怎么办？"从表面上看，季子秋显得很平静，但她的内心一直在那里咬牙切齿。季子秋回答说："我什么也不考虑，我要报仇。"李局长问："你为什么要报仇？"季子秋就把自己的全部遭遇说了一遍。李局长与童平山二人不听则已，一听全身的毛孔都支棱成一道密集的大篱笆。李局长立刻决定帮着季子秋报仇。三天后，李局长带着她回到贵阳，童平山化装成便衣深入暗访。一访，没一处是假。李局长与童平山率当地保安大队大面积进剿，三下五除二，即把她所谓的三个丈夫，全一锅端了。同在此日，李局长毫不犹豫地下有一道通缉令，将她舅舅抓起来。只有短短三个月，那三个男人因贩毒、走私、贩卖人口，三罪并罚，全被拉上刑场枪毙了；季子秋舅舅，也没有逃出政府的法网，就地枪决。就在李局长帮着季子秋出了这口恶气后，季子秋为感谢李局长的救命之恩，决定参加军统，为党国献身。李局长即将季子秋送至他一手创建的特别训练班培训，代号 109，外号"杨贵妃"。

季子秋进来后，随以暗号问："135？"

"678。"

"你是王先生？"

"是。"

"135 出事了，请 678 快走。"

"135 出什么事了？"

季子秋答："678，我们这一行的规矩你清楚。不该问的事情，你就别问。"童时让有点发急："她现在的情况如何？"季子秋带着点讥讽说："678，你是不是与 135 做了几天假夫妻，对她有情有义了？我正式告诉你，请你转告一下李局长，135 为国尽忠，服毒自杀了。"童时让还想问什么，季子秋遂将她手中那只小包递与他说："你还不快走？日本宪兵队正在四处找她的住地呢。"童时让知道事已至此，不可再耽误，从季子秋手中接过那个包后，不顾一切地逃离上海。

童时让终于到达祁口镇，面见李局长。童时让将何萍的那个包与信全部交与李局长，李局长第一个动作是检查封识，第二个动作即向童时让询问他与何萍的情况。童时让流着眼泪对李局长说："尽管我与她只是做了不到二十天的假夫妻，说实话，我真的有一点爱上她。尽管我心里十分清楚，她是你手上的一张王牌，她决不会真爱我；我呢，也只不过是她手上的一张派司，但人毕竟是有感情的动物啊。"李局长面对着放在他面前的那一只大戒指，背着手，一直看着窗外，没有说上一句话。童时让遂将他所知道的全部情况一五一十地向李局长做了汇报。童时让亲眼看到李局长的两只眼圈红了一下，两道泪水无声地顺着他那多棱的脸淌下来。但李局长毕竟是李局长，他很快拭去眼泪，只对童时让说了一句话："你先在汉口住下来待命吧。"

童时让入住军统招待所，胡小平来看望童时让。两人一见面，童时让即打探何萍到底发生什么事，为什么他陪着她去，她一点任务也不给他？胡小平龇着牙带着点调侃地说："这么多天的假夫妻，是不是做出真感情来了？"童时让点头称是。胡小平这才偷着告诉童时让："这135，真名何萍，浙江江山县人，与李局长是同乡。后来李局长选人时看中她姐妹俩，并精心将她姐妹培养成为两张女特工的王牌。她与她妹妹何菁既是李局长爱将，也是军统排名第一、第二的女间谍。所给的重大任务，这个何萍从不曾失手。李局长呢，非至关键，从不轻易让她们姐妹出手。因这次任务特别重大，而对方恰是何萍在日本读书时的同学，两人曾在日本有过恋情。李局长无奈之下，不得不将她派出去。他说这个何萍终于利用她那位在日本相识、在上海司令部工作的老情人搞到份重要情报——日军的兵力配备与军事计划。她原本可以顺利撤退，可她还想搞到日本在中国特务组织的名单。结果一着不慎，身份暴露，服毒自杀。她在日本读书时认识的那位老相好稻田青雄，被日军宪兵就地枪决。"

童时让不听则已，一听则好一阵头昏目眩，沮丧得直想哭。胡小平一看童时让那脸色，冷笑着说："真是英雄难过美人关，这两天的假夫妻莫不是让你弄假成真了？"童时让这才强将自己的头脑冷静下来。胡小平说："小老弟，我可得劝你，干我们这一行的，千万不可动儿女情长。哪一样机密情报，不是用命换来？今天她死，明天也许就是你死我死。"

1937年12月13日，日本军队疯狂地攻入民国政府首府南京。童时让在请战书上签字，要与日本侵略军决一死战。

苏浙行动委员会正式成立，主要任务是将分散在江浙两省各地的特工人员集结起来，便于有组织、有计划的行动。当时，成立这个组织的目的只有一个，保卫江浙两省，与日本侵略者及汉奸拼死一搏。

李局长密召童时让。童时让走进李局长办公室，在他面前坐下后，李局长遂起身亲给童时让倒上一杯水。童时让一看心知肚明，又有重大任务交与他了。果不然，李局长对童时让说："你知不知道，我们队伍中有人要当汉奸？"童时让说："老大，你就吩咐吧，你要下手干掉哪个汉奸？"李局长说："当下，娄范蠡、徐君若、应渭水他们在嵊县成立了一个大队。娄范蠡为政治指导员，徐君若为大队长、应渭水为大队副。他们都想叫你带着一个由九人组成的高级小分队去帮他们做事。我现在就派你带队去干掉那个想当汉奸的'大老鹰'。尽管你是特别行动分队队长，但我须有话与你说在前，那边的情况太复杂，处境非常危险。你表面上，一切行动听从他们指挥，但你的所有行动，必须与赵龙文保持单独联系。"赵龙文，字华煦，浙江义乌人。1930年夏，任浙江警察学校校长，不久后，即任杭州公安局局长。当时任金华地区专员兼国民党浙江第二游击支队司令。此人不仅是李局长的私人朋友，且是李局长在浙江的代理人。

李局长带童时让与他的九人特别小分队队员见面。这个特别小分队，差不多全是童时让的熟人：骆金成、邬之江、童平山（狙击手）、陈肖孟（天台人，陈周楷弟，医生）、郑文献（五部人，炸药配制师）、王骏（路桥人，枪手）、林燊（报务）、王克超（宁溪人，杂务）。临走前，李局长与他们说："你们九人，全是我精心挑选出来的强将。出发前，我只向你们宣布一件事，你们只服从童时让领导。知道吗？"九人立正齐声回答："报告长官，我们明白。"

童时让一行十人，化装成平民百姓秘密潜至金华。

童时让与赵龙文正式见面。赵龙文请他们十人吃饭，吃过饭后，童时让将李局长向他交代的事告知赵龙文。赵龙文说："你知李局长为什么要派你来吗？"

"不知道。"

"你想，李局长早已派娄范蠡至长乐县任政治指导员，徐君若当大队长，副大队长是小老鹰（应渭水绰号），一个特别大队已有三个头了，为什么又要派出你去？"

"老板说，是娄范蠡他们要我吗？"

"是娄范蠡要你。但我担心，你此次去，要有大危险。"

"什么危险？"

"有些事情你可能不知道。"

"什么事情？"

"现在政局越来越微妙。国难当头，上峰的窝里斗却越斗越厉害。小老鹰（应渭水）与娄范蠡和你我阵营不同，眼下可能要让你去帮着除掉小大两老鹰。你知老板为什么要我与你联系知道吗？"

"不知道。"

"我现在告诉你，李局长给我下的密令是，你与娄范蠡一旦搞不定，即让我出兵搞定。"

童时让说："老板做事太高深莫测了。"

"是啊，他干这一行，不如此，也不行啊。原先与他一起起家的人全部倒向日本人，除何萍外，让他更心痛的还有三位高手，一直潜于日军司令部多年，就因这只狐狸贪图钱财而变身，令李局长精心构筑的潜水员全军覆没。心痛得李局长在我面前不说则已，一说直掉泪。"

"现在我与你皆是同坐一条船的人。你也是我的老大哥，你说我去他们哪里，当如何办？"

赵龙文说："一是深藏不露，二是与娄范蠡装成素不相识，三是想尽一切可想之法取得他们信任打入内部。掌握大老鹰与小老鹰与日伪的真实情况后，再直接与我汇报。"

童时让一行十人终于到达长乐县，与楼、徐、应三人见面后，童时让假交应渭水一部分药品与爆破材料。时李局长精心打造的江浙特别大队共有四个中队，每个中队约一百三十六人。国民党上层两方阵营都在拼命争夺这股特工力量。童时让来报到时，因赵龙文对其有所交代，童时让遂装模作样地与娄范蠡开始上演双簧戏。童时让装成压根儿看不起娄范蠡的样子，天天为某一点微不足道的小事与娄范蠡争吵。某次，因给童时让开的工资少了一块大洋，童时让趁机作势，拍着桌子人骂娄范蠡，说娄范蠡眼中只有李局长这么个大主子，

而没有他人，两人几同时拔出枪来要对决。徐若君根本不知他们演的是双簧戏，吓得连忙上来将他们二人拉开说："国难当头，我们为何兄弟争夺，自行火并？"童时让装成怒不可遏的样子，甩手离开江浙特别大队办公室。果不出所料，三天一过，"小老鹰"应渭水亲来找童时让，请童时让与他一起去长乐县乐得丰大饭店吃饭。童时让知他与娄范蟊的这场假争斗，始起作用，慨然随应渭水至长乐饭店。

　　童时让随应渭水一入包厢，遂见内中坐有一狞汉。时童时让不知他是何许人，应渭水介绍，此人即是"大老鹰"。童时让忙带着一点谄媚的样子与他必须消灭的对手"大老鹰"握手。手一握过，饭局正式开始。酒桌上，"大老鹰"大说特说自己与上层的交情。童时让故意说："我们是磨道里的驴，听喝。人为财死，鸟为食亡，有奶便是娘。只要谁给我好处，我就为谁卖命。谁要是看不上我，我定让他白刀子进来，红刀子出去。"童时让此言一出，"大老鹰"拿出一只小箱子，当面打开让童时让看，箱子里全是银圆与法币。童时让故作大惊说："无功不受禄，为何给我此钱？""大老鹰"说："当下李局长的死党娄范蟊，用心极险，想将我费有九牛二虎之力组织起来的这支七百多人的特别大队全拉到金华去，我不同意。娄范蟊打算明天召开特别会议，宣布将大队部从长乐移至东阳巍山洞向金华方向集结的命令，我们想趁此机会做掉娄范蟊。我们知道你手下的九人全是高手。但这九人不是你童时让父亲的徒弟，即是你童时让的铁杆兄弟。若是你与你的兄弟们同意与我联手，我与小老鹰决不会亏待你。"童时让故意问："那你们打算给我什么好处？"大老鹰答："我们决定先让你任大队长，日后再封你为大官。"童时让一口答应。

　　协定达成，童时让归至他下榻的饭店。初时，童时让想派林蟊与赵龙文联系，前后一算计，发现时间不够；又想与娄范蟊商量对策，猜想娄范蟊一定被"大老鹰"监视；童时让审时度势、反复思考，决定不经请示直接动手。

　　童时让当着"大老鹰"的面，将九个兄弟喊至自己房间开会。从表面上看，他们在商量如何倒向"大老鹰"；背地里，却全用暗语部署着明天的事变。会上，童时让反复交代三点：统一口径，不准泄密，一切看他手势行事。

　　第二天，娄范蟊正式召开会议，特别大队所有成员集齐。娄范蟊走到台前，正式宣布特别行动队全部移向金华。"小老鹰"与"大老鹰"当场立起，表示不同意，双方发生强烈争吵。就在这节骨眼儿上，童时让轻做一假动作，"大老鹰"惊慌中潜意识出枪。一直潜于门后的骆金成手起枪响，子弹正中"大老鹰"脑门，"大老鹰"一头栽倒在地。"小老鹰"刚一出枪，骆金成同样一枪，击中"小老鹰"的额头。两个人身上的血水，活似一条小红蛇一直蜿蜒至门口。此两人一倒地，童时让布置好的人马趁着骚乱从院内冲至楼上。邬之江，童平海，各抱起一挺机枪冲上二楼准备扫射。童时让手执双枪立于台中说："不准动！你们哪一个在现场敢动一下，我童时让要你们的小命。"应若君吓得脸色惨白冲上台，对台下骚乱的人们大喊："兄弟们，请放下武器，请放下武器。我们是军人，我们要的是抗日除汉奸，怎可火并，自相残杀？"

娄范蠡正式出场，向全体特别大队成员公布"大老鹰"与"小老鹰"如何叛国，如何出卖特工组织的叛国罪行。直至此时，特别大队的全体成员才恍然大悟，这两只老鹰是货真价实的大汉奸，于是都放下了手中的武器。

事情顺利解决，娄范蠡率特别行动大队全部移师金华。

李局长接到上层打来的密电，说时任陕西省第二行政区督察专员兼保安司令的何绍南与延安共产党打得火热，令李局长派一位高手去陕西监视何绍南。李局长不经思索即决定派娄范蠡去陕西。赵龙文遂向李局长提议，让童时让来负责这支队伍。赵龙文说："这支队伍，若不是让童时让出头，怕是谁也管不了。"李局长答："童时让与他所率九人均是高手，就你这个特别大队三百人也不抵他们十人。童时让的特别行动队，我另有安排。"赵龙文不得不收口。

李局长下令，特别大队改编为忠义救国军教导第二团，何天风（行健）任团长。

娄范蠡带何江二人去往陕西。临行时，李局长当着童时让、何江的面嘱咐娄范蠡说："若是陕西那个何绍南不听话，你可不经请示将他干掉。"

李局长向童时让再次下达命令，让他率领他的九人特别行动队，潜往上海，干掉一个名叫郝江的汉奸。

童时让率王骏、林蕤、任春特别行动三人小组至上海，一直潜于上海的郑念北、身穿日本和服的季子秋，暗中接待童时让。童时让说："我不认识这个郝江。"郑念北答："你听从我安排。"童时让问："他犯的是什么罪？老

大要他死？"

"我不知道。"

"你我什么也不知道，叫我们杀，我们即杀，这不成了军统的杀人机器了吗？"

"你以为我们不是？"

童时让说："这我可不干。让我们杀人起码得有个让我们服的理。"

郑念北说："好啦，好啦，我的小老乡，别玩孩子气了。老大之所以下令杀他，当然是有杀他的理，只不过有些情况，他不想让你我知道就是了。我们干这一行的，就得这样。"

童时让、林蕤、王骏、任春四人扮成黄包车夫、补鞋匠、卖糖葫芦的，随季子秋出现在一处名叫霞飞路五十六号的地方巡逡。一天过去，郑念北按兵不动。两天过去，郑念北仍是按兵不动。第三天一大早，童时让接郑念北指示，到上海某一地与季子秋接头。童时让率林蕤、王骏、任春刚至目的地与季子秋接头不到三分钟，一个身着西装革履的人，从霞飞路五十六号正大门走出来。季子秋触碰了一下童时让，童时让低声问："此人？"季子秋答："是。干掉他后，将他手中夹着的那个包拿下来。""好。我知道。你闪开。"季子秋往外一闪。童时让向王骏（王骏枪法极其精准，可以说是百步穿杨）使了个眼色，王骏迅速出枪开火，一枪击中郝江的额心，童时让扑上前抢了那只掉在地上的黑包就跑。

日本宪兵惊动，数不清的日本便衣如大马蜂一般从霞飞路五十六号跑出来。童时让率林蕤、王骏、任春撤退。因是时他们所在位置正处于上海中心区，跑在最后做掩护的任春中弹，一头栽倒在地上。童时让想救任春，季子秋狠揉童时让一把，喝道："赔了一个就够了，你想干什么？"季子秋立刻闪入混乱的人群中，童时让只得扔下任春就跑。童时让与林蕤、王骏逃出。然而，后来连续发生的两件事把童时让的整颗心全都揉碎了。一是时驻上海日本宪兵队，将一整桶的汽油倒在尚且没有完全咽气的任春身上，一根火柴丢下去，任春一身全让熊熊烈火给包围，童时让亲眼看到任春挣扎着跳了一下，最后踉跄着扑倒在地上，可怕的烈火刹那间将任春吞没。二是归至目的地时，季子秋将包交给郑念北，郑念北打开了那只黑色的皮包一看，瞬时让郑念北傻了眼，这个黑皮包里居然什么也没有。郑念此气急败坏地将包子摔在地上骂："好狡猾的家伙！让我白搭了一条战友的性命！走着瞧吧，我非将你全家杀光不可！"童时让问："这个叫郝江的究竟是什么人？这包里有什么？"郑念北只从他口中挤出一句话："五十六号发展的特务网名单。"

1938年2月1日，徐州会战打响，中国军队全线奋起防御。

李局长决定在路桥借徐时用的运输公司总部，成立浙江省军统特务工作站。任童时让为军统局浙江站少将站长。浙江省军统特务工作站，对外对内的称呼完全不一样。对外，童时让是路桥货栈的小老板，对内则叫军统局浙江站站长。

童时刚一走马上任，即接李局长电令，令童时让去浙江东阳县巍山镇见时任浙江保安纵队司令、预备第一师师长吴轩岗，说是有重大任务要他去调查。吴轩岗，号惕我，浙江诸暨人，生于1897年。长得魁梧高大，直鼻方口，相貌极为英俊。第一次国共合作时，吴轩岗加入中国共产党。1924年黄埔军校初办，吴轩岗是第一期黄埔军校学员，前后曾两次参加国民党东征与北伐。因他为人生性严毅，善杀伐，深得上峰重用。曾任革命军第一军宪兵营营长，1931年调任国民政府警卫军第二师参谋长。"沪淞会战"爆发后，吴轩岗任第八十八帅参谋长，不久再调任国民政府警卫团团长。1932年，吴轩岗成为国民党又一特工组织复兴社的主要成员。俞济时调往前线后，吴轩岗为浙江保安处副处长兼杭州警备司令。抗日战争一爆发，吴轩岗任浙江保安司令部少将副总司令。

童时让与吴轩岗见面后，童时让问吴轩岗："什么事情哪？李局长让我来找你？"吴轩岗告诉童时让："周凤歧背叛党国投靠日本，正在宁波一带组织人马成立一个伪军师；周凤歧手下一个名叫姓金安平临海船厂大老板，正在宁波、台州、温州三地四处做发展伪军工作。"童时让几不相信他的耳朵："这个消息从何处来？"

"金文杨（临海人，时任浙江三青团书记）。"

"人家可是上海造船大老板金新民的儿子。他爹是个顶天立地的硬汉，他那个儿子金安平，是临海商会会长，敢做日本鬼子走狗？"

"我也不信，但金文杨言之凿凿，所以李局长让你出面调查核实。"

"如果核实了怎么办？"

"那还用说吗？一个字'杀'，我们党国还允许这种败类存在？"

时军统局浙江站主要工作人员有十二人，与童时让为伴的是四人：季子秋，陈肖孟，郑文献，王克超。各县站长七人：黄岩站是林蕤，天台站是骆金成，临海站是金朗秋，仙居站是童平海，三门站是葛谷光，缙云站是陈光辉，天台站是李伊希。每一分站站长下辖五至七名特工。一个分站负责一个县全部军事经济情报的搜集。童时让遂让骆金成与金朗秋二人去临海调查。

三天一过，金朗秋回来向童时让报告，他已将临海县商会会长金安平处死。童时让一听，深感愕然，脱口说："你怎么敢不经请示，就杀一个县商会会长？"金朗秋答："这种贰臣贼子，留他有何用？"

"你调查核对实了？"

"核实了。"

童时让总觉内中有猫腻，正要找骆金成，黄岩站站长林蕤接到台州大法官徐浙女一份正式通知，说临海站特别工作站负责人金朗秋因无辜杀人，现被台州第七行政区首席大法官徐浙女下令逮捕。现请浙江站站长童时让速将骆金成扣留，以便协助法院将此件无辜杀人案查清楚。天哪！这是怎么一回事呀？顿时将童时让搞得一送雾水。童时让立刻通知骆金成，让他速至总站说清楚。

骆金成至黄岩与童时让一见面，童时让问："这到底怎么回事？"骆金成一看纸包不住火，遂将事情的全部情况一一说出：他们二人接受任务的那天夜里，金朗秋至临海巾山大饭店嫖妓。结果就在这个妓女的房间里，遇着金安平。一因金安平长期承包这名妓女。妓女呢，对有钱有势的金安平竭力迎奉，而对他这个临海特别工作站站长表现极为冷淡。这位不知名的妓女一冷淡，可把金朗秋气坏了。好哇，连你这个当妓女的也瞧不起我了，那好，你金安平不是仗着你的多金新民是造船大老板有钱吗？我倒是要好好看一看是你硬还是我硬，瞬间起了杀心。骆金成劝金朗秋别胡来，说："别看当下乱世，天网恢恢，疏而不漏，无故杀人，不会有好果子吃。"但金朗秋不听。那天，金朗秋直接去了灵江边金安平的造船厂，就在他去造船厂的路上，看见一个人身穿西装正去往造船厂。他在他背后，怎么看怎么觉得这个人就是金安平。他一不过脑，二仗自己是特工，冲上一步，喝了一声："金安平，我叫你得意！"立刻朝那人头上开有一枪。那人倒地后，金朗秋上前一看，傻了眼了。天哪！此人根本不什么周凤岐手下的金安平，而是船厂的一位设计师，这一下子祸闯大了。杀人案被他人报至台州法院。台州大法官徐浙女一看属实，亲率八名工作人员前来抓捕。金朗秋拒捕，说自己没有罪，是看错了眼，是失误。徐浙女再查得实，属故意杀人罪。按民国政府所定法律，当就地正法。消息传至童时让处，童时让慌了，忙至徐浙女处，企图救金朗秋一命，然徐浙女始终秀口不吐。童时让说："当下国难之时，他是我的铁杆帮手，让他戴罪立功。"徐浙女冷笑着说："一个男人因一女色随争风吃醋，杀死他人。你还指望着他不投靠日本鬼子？"金朗秋终被枪毙。

童时让接李局长亲自下达的密令，密令说得十分明白，让他速带特别行动队杀周凤岐与金安平二人。李局长在密令中说："现在有百分之百的证据证明周凤岐与金安平二人已完全投靠日本人，且在台州、天台、仙居、宁海、缙云、嘉兴等地，秘密组建有一个师（这个师以分散形式散落在各地）。他本人任师长，金安平任参谋长。现周凤岐与金安平二人均在周凤岐老家长兴。"童时让毫不犹豫地率王骏、骆金成、陈肖孟、郑文献、王克超五人，化装成商人模样，从路桥出发至长兴。

童时让一行六人与时任长兴特工站长的邢森洲见面，问："他的家在何处？""在这。"邢森洲拿出一张周凤岐家周边环境的一张大草图，用手指在地图上点了一下。那天夜里，童时让亲率王骏、骆金成、王克超、郑文献四人潜至周凤岐家周围。一个小时过去，不见周凤岐。两个小时过去，不见周凤岐。直至小鸡叫了头遍，他们五人才发现有两个黑影出现在离周凤岐家不远的拱桥上。骆金成一眼看中，走在前面的那位正是金新民儿子金安平。童时让怕有误，再询邢森洲："是不是这两个人？"邢森洲答："是。"

"你看准了？"

"当然。"

"好。"

童时让下令开枪，王骏对准的是周凤岐，骆金成对准的是金安平。两枪正好打中周凤岐与金安平的额顶心，二人几在同一时刻一个踉跄栽倒于桥头，童时让与邢森洲立刻上前。邢森洲迅速地翻捡二人身上的那张伪师人员的联络

图。然而，令他们大失所望的是，周、金二人身上空荡荡的什么也没有。邢森洲说："这两个王八蛋将他们的联络图藏哪了？"童时让说："这么重要的一份东西，他们二人怎么可能带在身边呢？"邢森洲想冲进周家杀他们全家，再将周凤歧家翻个底朝天。童时让没有同意，童时让说："一人做事一人当，与他家人何干？"

一队伪军沿河巡逻，他们必须撤退。临撤退前，童时让多少带着一点伤感地说："周军长啊周军长，想当年，你可是何等之令人羡慕啊。可现在，叫我们如何评定你？你至阴间地府后，可别恨我，谁叫你替日本人打中国人呢？什么叫一招不慎，满盘皆输？什么叫咸虾过酒，自作自受？这就是啊。"

童时让得知他伯伯任文础要去杭州胡庆余堂坐堂，他立刻至天戟村企图拦阻。至天戟村他伯伯家后，发现他伯伯业已去了金谷寺与郎叔杰大和尚告别，童时让即掉过头赶至金谷寺。童时让与他伯伯一见面，立刻劝他伯伯别去杭州。任文础说："这是胡庆余堂对我的信任，我岂可不去？"童时让很想将他掌握情况与伯伯说明，可他又不敢，他怕暴露身份，只得求助于郎叔杰，偏偏郎叔杰赞成任文础去杭州胡庆余堂坐堂。

1938 年 6 月 12 日，中日武汉会战正式打响，日军大本营恼羞成怒，立刻推翻原先制定的侵略方案，扩大侵略战争，旨在拿下武汉等大城市，从而达到"早日结束战争"的目标。日本调集六师团与三个旅团及航空兵、海军陆战队一部，集结二十五万兵力沿长江两岸和大别山麓合击武汉。日军先以一部兵力攻占安庆，为进攻武汉的前方基地，后以主力沿淮河进攻大别山以北地区，再沿平汉线南下，由武胜关攻取武汉，另一部则沿长江向西推进。

中国军队全力抗击日军进攻武汉。国民党调集一百三十个师和海、空军各一部，一百多万人，组织防御。

武汉保卫战一打响，童时让即从叶翔之往来的电报中得知一个消息，李卫长子林世潮在空战中牺牲。童时让不敢相信这是真的，立刻让林蕤给时在重庆的童晓兰发报，询问真假。很快，童时让接李卫本人签发的电报"警告童时让，不可将林世潮牺牲一事告诉我妻子，若走漏消息，拿你是问。"童时让让林蕤给李卫回复三个字："知道了。"林蕤一发完电报，一屁股坐下来对童时让说："我嫂子爱世潮入骨，一旦让她知道了，非寻死觅活不可。"童时让答："你知道台州死了多少人？两千多人，两千多人！"

"日本人如此凶残，武器如此精良，我们军队到底能不能打过？"

童时让说："是你知道，还是我知道？"

1938年6月，王英持童晓兰手令向童时让报到。王英的突然出现，令童时让十分骇然。童时让问："王先生你不是跟着我姐的吗？"

"是，南京一沦陷，我跟着林次长至重庆。"

"重庆是陪都，大员、要员全在那儿，你怎么有福不会享，跑到我这儿来了？"

王英一笑："我不是与你一样，为党国尽忠？"

童时让问王英："先生你也与我同道？"

王英淡淡一笑答："士为知己者死，女为悦己者容。你说呢？"即出一信交给童时让，童时让一看，是童晓兰写的亲笔信：

> 表弟，你现在是少将站长。我与你均是党国之人，必须为党国尽忠。浙江是领袖的大后方，决不允许共产党胡作非为。林次长经研究决定，现派王先生至你处，协助你工作，如何对付共产党官员，听他主意。请记住三点：一，你现在直属瑞肇时管辖；二，在浙东浙南两地共产党组织必须摧毁；三，经李局长与林次长反复商量，据你在何萍问题上的感情用事，特派任南春、应山红、许央珍、邵安娜特工前来协助你。
>
> 姐：童晓兰。

童时让从童晓兰的字里行间，透出总部要他办什么大事，可上面又没有明说。童时让问王英："我听说童平海与你一起回来的，他去那儿了？"

"去俞济民那儿了。"

"他不在他姐身边保护他姐姐，回到这儿来做什么？"

"这是我的主意。你想想，你表姐姐弟三人，全踮着脚尖在刀尖上跳舞，童平山结婚那么多年没有儿子，童平海婚后，一直无子，就让他跟着他姐姐在第一线，万一打死，他们童家不断了后了？"

童时让问王英："我要的是男人啊，他们给我派来那么多女的做什么？"

"我不知道。"

"那你是个算命看相人，跑我地方来做什么？"

王英答："他们要我给你看人相定人事。"

童时让随口捣麻糍地说了一句："看人相那玩意儿有准？"

王英活似咬了一口似的锐声叫起来："嗨，嗨，子昭，你这小子，可给我听好了，若是不准，还有你今天的少将？"

童时让一下子勾起童晓兰带他与王英见面时的情景。童时让自己也说不清，自己为什么刹那间浑身毛骨悚然，鸡皮疙瘩暴绽而起，半个身子都有着挨电击后的那种麻木感觉。他忽然想起他七八岁那年过天戟峰吓得浑身发抖时，他父亲对着他喊出的那句话："别拿你的命当回事，越想得到的东西，你越得不到，你越是怕死的人，你越是要死。什么叫丛林法则，不是你吃他，就是他吃你，你如果不想被人吃，你只有挺起骨头往前打拼。"童时让面对瘦得如一只猴子的王英，不知安排他做什么事情才好。林蘅说："我看让王叔做个账房还是可以的。"童时让一听有理，即任王英为路桥货栈账房。

王英因身体不舒服去药店，不见任文础。王英归来后问童时让："你伯伯怎么去了杭州？"童时让反问："你怎么不跟我姐姐去重庆？"王英答："临走前，我给自己打了一卦，我必死于炸弹，所以我不去。"童时让说："我伯伯因胡庆余堂请他坐堂，他以治病救人为天职，所以他不能不去。"王英摇着他的头说："孩子，你有所不知，你伯伯这是自入虎口，怕是不得好死啊。"童时让听后，心里非常反感，现在是什么时候？现在中国是猎杀场，哪个地方有安全岛？

1938年6月27日，国民政府军事委员正式对外颁发《抗战一周年宣传大纲》。

在这个《抗战一周年宣传大纲》中，国民政府态度极其强硬地提出"保卫大武汉"的口号。是时热血沸腾在鄱阳，火花飞迸在长江。武汉，几在一夜间成为全中国抗战的中心地带。

不久，童时让接一密电，密电内容只有一句话："请关注共产党领导人许清，近日，他在浙东浙南一带活动。"林蘅将电文交给童时让时，童时让发牢骚说："没有八路军、新四军在日本敌占区四面开花牵制日本，断了他们供给线，我们部队还能挺得住？讲好了，国共合作，怎么一到关键当口，即这样？"林蕤答："我们老爷子就是那副德行，眼中容不得沙子，待人客样，防人贼样。"

1938 年 10 月，武汉会战历时整整四个半月。尽管武汉失守，但中国抗日的士气在高涨。

童时让又接一消息，他表妹的丈夫不是别人，即是许清，活动地点即在永嘉与磐安一带。童时让一得知这个消息，瞬时将他的两只眼焊死在脸上。

童平海问："你有姑姑？"

"是。"

"叫什么名字？"

"我说不清，只知道她是我姑姑。"

"嫁的白水洋周家？"

"是。"

"你姑姑家什么情况？"

"我姑姑生有两个儿子，一个女儿，长子名周振华。"

"就是第四次大'围剿'时，杀身成仁的哪个？"

"是。"

"老二呢？"

"就是与陈庭槐在一起的新四军苏浙皖游击纵队副司令员名叫周振国。"

"女儿呢？"

"周时兰。"

"怪不得，那一次，你说什么也不朝陈庭槐他们开枪。"

童时让说："国难当头，让我枪口对内，我做不到。"

童时让让童平海、林蕤给他拿拿主意："他们全是亲戚，周时兰是我姑表妹，她与许清是夫妻。万一上面要我收拾他们，我怎么办？"

童平海说："嗨，嗨，哥，你别想太多了。你、我、他，现在全是踮着脚在刀尖上跳舞。只知当下，不知下个时辰会遇着什么。"

林蕤说："人的背后不长眼，只可走一步算一步。"

童时让说："我别的什么也不怕，就怕我那个从不曾见过面的姑表妹夫落在金文杨手里，这家伙那张青脸，让人一看都胆寒。"

"对付他还不好办？有机会朝着他后背……"林爽做了个瞄着，扣动扳机动作。

童平海说："行啦，你别嘚瑟，你可别忘了，我们全是李卫的人。我们一出事，拔出萝卜带出泥，别让他为我们受牵连。人家与我姐入中枢当这么大的官，容易啊？"

1938年6月7日，武汉局势再次危如累卵。李局长下达密令让童时让率他的特别行动队成员金成、林爽、葛谷光、陈光辉、李尹希再次出征上海，负责暗杀一名大汉奸。童时让接李局长命令后的当夜，遂率他的特别行动队成员离开温州，前往上海。

他们六人一行，坐着振东轮船公司的船至上海后，即入住于虞洽卿家。在虞洽卿的全力掩护下，当夜童时让即与邢森洲接上头。童时让问邢森洲："这个卖国贼住在什么地方？"邢森洲打开上海地图，将其所住的地点指给童时让看。为了熟悉地形，童时让与骆金成、陈光辉三人两个扮成黄包车夫，一个担着小糖担，潜至目标地点观察。

童时让既难受又高兴。难受的是，汉奸所住的那处房子，正是当年慎裕实业公司董事长朱葆三公馆。因朱葆三的儿子归顺日本侵略军后，遂将朱公馆供日伪官员使用；高兴的是他对这一带地理情况几与自己的手纹一样熟悉。童时让前后只是一看，一脸喜悦地对骆金成说："太好了，我怎么也没想到这条狗会住在这里。"

童时让与骆金成、陈光辉、葛谷光、李尹希扮成各色人等，在朱公馆四周转悠。第一天，不见有人出。第二天，不见有人出。第三天夜里，童时让想潜入朱公馆内部，但发现他根本无法切入腠理。为保护汉奸平安，日本宪兵队保护得严丝合缝，让他们无从手。第四天，仍不见有人出。一熬熬至第五天，一辆黑色轿车停在朱氏公馆门前，沉重的大铁门终于打开。有一队人前呼后拥地护着一人，从朱公馆内部走出。童时让定睛一看，与邢森洲提供的大汉奸的打扮全无差别。童时让当机立断趁其上车这刹那间，发起进攻，遂拉起一辆黄包车，拼着老命地朝卫队撞去。这一撞，卫队刹那间乱成一蜂窝。那个走在正中间的汉奸，也让童时让的黄包车撞了大踉跄。就在这刹那间的功夫，三个不同方向的三支枪，同时向这个汉奸射来，弹弹中鹄，一下将这个汉奸打得连哼都没有哼上一声，即一头栽倒于地上。童时让呢，居然上前一步踢了他一脚说："对不起了，只要你走出这一步，是中国人就有权处死你。"然而，令他们大跌眼镜的是，他们打的那个汉奸，竟然是个替身！好一场鱼龙混杂的大战啊，童时让决定与他们拼命。骆金成、陈光辉、葛谷光说："不可，要死让我们死，你手中掌握的机密太多，一旦受不了酷刑招将出来，老板精心构筑的特务网会损失更大。"于是，三人成掎角之势，掩护林蕤、李尹希、童时让逃走。骆金成、陈光辉、葛谷光三人，最后因弹尽，且无路可退，全部将最后一颗子弹送给自己。国民党特工们的枪法，令上海汉奸们大惊失色。

童时让与邢森洲二人率着林蕤、李尹希在虞洽卿的掩护下，先是逃出上海，乘船至嘉兴，然后，再由虞洽卿安排，将他们暗度陈仓地送至金华。

邢森洲与童时让二人同时向时在金华的李局长报到。童时让低眉垂眼地哽咽着说："老大，我又失误了，打的不是真汉奸，而是一个替身。又有三位同僚殉国。"李局长没有指责童时让，反倒问："骆金成、葛谷光、陈光辉全是台州人吗？"

"是。"

"家庭情况如何？"

"骆金成家有妻有子二人，葛谷光家有一老母，陈光辉家有兄弟姐妹七人，一直靠他那点薪金为生。尤其是仙居葛谷光，前后三次想洗手不干了，皆因当下人手缺，我一直没同意。"

李局长垂着头没有说话，半天过后，这才缓缓抬起头来，慢慢打开抽屉。拿出三张八百块银圆的银票，对童时让说："请你与邢森洲二人一起去慰问一下他们的家属，这几个钱是我从特别费中拿出来的，作为安家之费。另外，我通知台州第七行政区各县民政，让他们按烈上发放抚恤金。"

不久，童时让接到李局长刺杀何天风的密令。何天风，原上海站站长。1937年抗战初期时，李局长指派何天风至浦东方面指挥对日作战。然而，令李局长没有想到的是，何天风居然率部数万人叛变投敌。为此，何天风的担保人娄范蠡因推荐人失误，让李局长在重庆关有一整年。娄范蠡被释放后，出任

李局长秘书。李局长第一个派出去的杀手是应德水，结果应德水至上海后，因行动不谨慎，在一次喝酒时，将自己身份暴露，遂被日本宪兵逮捕，一个小时后，即被枪决。何天风的存在，几成李局长与娄范蠡二人的一块心病与奇耻大辱，他们决心除掉这位令他们心头滴血的大汉奸。他们二人同时想到童时让。娄范蠡说："我看好了，只有此人是多面手，也只有此人，才可出手将这个杂种彻底抹掉。"李局长点头首肯。

刺杀何天风的行动小组迅速成立，组员有郇之江、李尹希、徐若君、林蕤等六人，均是来自台州的特工高手。童时让为组长，徐若君为副组长，电台接收员为林蕤。三天一过，童时让的特别行动小组化装成商贩模样，在虞洽卿第二次精心安排下，坐着振东轮船公司的一条货船离开温州潜至上海。至上海后，他们再次入住于虞洽卿的虞公馆，童时让再次与邢森洲接上头。打从童时让与邢森洲接上头的那天起，特别行动小组，遂开始分批跟踪何天风。一直跟踪有六七天，机会终于来临。某天，何天风从日伪特工总部出来，刚一出大门口，童时让与他的行动小组成员从三个不同方向开枪。三枪同时命中何天风面门，将何天风的面门打得血肉模糊，如一只砸烂的大西瓜。何天风连喊一下的声音都不曾发出，即栽倒在五十六号门口的台阶上。童时让特别行动组如此疯狂且大胆的行为，令五十六号的日伪特工们恨得咬牙切齿。五十六号是什么地方？这可是日伪特工组织的最高机关啊。这些人居然敢在他们的眼皮子底下将何天风从上海十里洋场彻底抹掉。这个行动小组不除，他们岂有宁日？

李局长密令浙江站一百五十三名分布在各地的特工人员，调查下列情况：一是共产党人行动，二是兵役贪污，三是盗匪，四是社会经济。这些倒是没有什么奇怪的；让童时让深为奇怪的是，娄范蠡亲自单独给浙江站站长童时让与金华分站站长陈肖孟下达了一项保密级别极高的任务，让他们率他手下的两个行动小组成员去浙江金华、丽水、仙居一带调查并监视一个化名"何干"的浙江省委书记与仙居一梅姓乡绅的家人的全部行踪。娄范蠡向童时让与陈肖孟二人提供的消息有四条：此人一直在丽水一带活动；此人有妻子，妻子似乎是天台人；此人与他的妻子开了一家杂货店作掩护；仙居那个姓梅的乡绅，从表面上看，是个民间武术教头，不问政治，实质上他生有一个女儿名梅子婴，有可能是共产党某高级干部的妻子。娄范蠡交代说："上头几次想动手，因仙居梅氏是武功大师，他的不少仙居籍学生黄埔军校毕业后在我们军队任职，再加上仙居民风强悍，梅氏人家又是此姓之大族长，怕出意外，一直不敢捋虎须。"娄范蠡接着说，"这位名叫'何干'的人，他的真实身份是什么？仙居梅氏是否真的与共产党有联络？以上两点，你们二人必须搞清楚。但有一点，必须提醒你们，一旦发现他们是真正的共产党官员，不可擅杀，我们要的是活口。我们必须通过此二人，将在浙西、浙东一带活动的共产党组织结构及其武装情况搞清楚。"童时让心中有些不理解，很不情愿地问有一句："当下不是国共合作一起打日本鬼子吗，怎么又来这一套了？"娄范蠡答："天无二日，国无二主。若不如是，抗日战争胜利后，我们国民党怎么办？什么叫有备无患，预则立不预则废？"

    童时让刚从温州归台州家中，俞作柏即至童时让家。俞作柏，字建侯，号一则，广西北流人，1887 年生。时任第三战区忠义救国军中将司令，军事委员会参议。他将童时让叫出门外，偷着交给童时让一张条子。童时让打开那张条子，见上面有时任第九十一军军长吴轩岗亲笔写给自己的密信。吴轩岗在信中说，他离开浙江了，再也不能与童时让共事了。他说他在浙江就职其间有一件心事，一直不曾了，现在总算可以了了。说完了这些，吴轩岗随将笔锋一转，说了一件童时让一直想知道而一直不曾知道的事情。吴轩岗在信中告知童时让，那个出卖何萍的人，终于找到他的真实姓名。此人姓黄，名天中，江山县人，是何萍亲戚。他一直在上海做生意，在何萍打入日本司令部后不久，他偶然间在上海见到时常出入上海日军司令部的何萍。一张口，叫了何萍的名字，何萍没有反应不说，连正眼都不往他身上瞟一下。这个黄天中呢，却冲上前去，一把抓住何萍说："你怎么不答应我了，我从小带过你们姐俩呢？"何萍说："你是谁啊？讨厌，你认错人了吧。"此举立刻引起日伪特工们的注意。他们立刻向上级做汇报。上级遂下令对黄天中实行全方位跟踪。他们发现黄天中的住址后，三位日伪特工遂将黄天中带至五十六号特高课总部。初时，黄天中什么也不肯说，后丁默村亲将黄天中带至刑审室看了一遍，再将黄天中带至办公室送他三百块大洋。就在这三百块大洋的诱惑与众多狰狞可怕刑具的威逼下，黄天中开口说："她是我老乡，我只是不知她怎么打扮成这种样子，大天与日本军官厮混。"日伪特工拿出一张照片要他来辨认，黄天中看后答：

"是她，是她。"日伪特工早知李局长曾下大力培养四名特工女金刚，何萍，季子秋，何菁，林韦英。其中有一位极出类拔萃的女特工，代号叫135，绰号很多，其中有一绰号叫"夜蝴蝶"，长得秀色可餐，是国民党军统中的第一张王牌，只是不知是哪一位。经他如此一辨认，日伪特工瞬时明白李局长手下的"夜蝴蝶"，业已打入日军司令部心脏，于是全面部署对付"夜蝴蝶"。吴轩岗在给童时让的信中最后说，就是此人，因贪财出卖了135，让日本人杀了我们的"间谍之花"。是他让童平海，花有九牛二虎之力，才将此事调查清楚。现在，他要上战场打日本鬼子去了，这个人就交给你将他办了吧。别忘了，何萍曾做过你的妻子。具体情况，你可与俞济民（江奉化人，俞济时之兄，时任浙江省保安处长）联系。

童时让与俞作柏一起至温岭，在俞济民设于温岭县的办公室与其见面。俞济民叫来童平海，童时让问："你现在还掌握这个人吗？"

"掌握，此人已来台州。打从他得知是他坑了何萍后，怕你们杀他，一直不敢回江山县，只是不断地变换姓名在外流蹿。"

"他现住于何处？"

"大溪旅馆。"

童时让两眼刹那间露出可怕的两道凶光来："你我兄弟二人，将他干掉如何？"童平海犹豫着说："我长这么大，从不曾杀过一只小鸡。"童时让答："你没杀惯而已，杀惯了，杀个人与杀只小鸡，没什么区别。"童平海还在犹豫，童时让十分不耐烦地说："这样吧，我不要你动手，只要你给我搞辆车子，搞把锹子，陪我去一趟大溪就好了。"童平海满口答应。

童平海搞到一辆车子，二人即从温岭县温峤镇出发，顺着一条小公路驰至大溪。一入大溪旅馆，童平海伸手往一房间一指，潜意识地退后有一步。童时让说："浑蛋，胆小如鼠，你当什么调查局工作人员？"遂荷枪冲进房间，将黄天中一把抓住，把他塞进了他坐的那辆汽车，然后闪电一般将车子顺公路开至一处无人的山脚下。车一停，童时让亲将黄天中拉出，揉至一参差不齐的树林子处，问道："何萍是不是你出卖的？"对方青着脸不语。

童时让说："一个没骨气的人与猪狗何区别？"刚想开枪，对方忽然两腿一软跪倒在地上。童时让收枪俯身一看，天哪，这个家伙实在是个软蛋，早吓死了不说，他穿着的那一条裤子居然尿湿有一片。

"死了？"

"死了。"

童平海说："他怎么如此不经吓？"

童时让答："他做了亏心事，灵魂岂可安宁？"

"我们就地将他埋掉？"

"对。"

童平海提着锹至公路边一树林里挖有一坑。临埋前，童时让还是上前用手枪对准他脑门再开一枪。童平海说："他人死了，你还打他一枪做什么？"童时让答："我怕他是假死。"童时让回来后与俞济民再见面，俞济民问："你那个老乡表现如何？"童时让答："没有杀过人。只是胆小。"

三天一过，俞济民即亲召童时让说："我想派童平海单独执行任务。"

"去什么地方？"

"宁波。"

"干什么？"

"杀人。"

"杀谁？"

"姓钱。"

"什么身份？"

"伪上海市政府市长傅筱庵亲戚，现是宁波伪自治会会长。"

"让他去，怎么可以？"

"不行，在我身边工作的人，我必须让他淬火成钢。我要的是狮子、狼，不是绵羊。"

童时让一想起王英的话，忙说："这样吧，要去，让我陪他一起去。"俞济民答："你看你，老乡还是老乡，处处护着他。"童时让答："你要知道，想当初，我发展的那么多特工人员，差不多死光了，只剩下我和何江、林蕤、邬之江、李尹希、徐若君、陈肖孟、王克超他们了。况且他家与我家是表亲，他家的情况我清楚，我表姐童晓兰一直没结婚，童平山结了婚一直没生子，就他刚结婚，万一失手，我表姐家一个后代都留不下，叫我怎么对得起我表姐家？"最后俞济民同意童时让带邬之江一起去，但条件只是保护，这个人必须由童平海杀，不然，我可不看他姐姐童晓兰面子，让他在我处混饭吃了。

童时让、邬之江护着童平海前往宁波，找着钱某家。那天夜里，童时让、邬之江、童平海三人全在离钱某家不远的一处桥头潜伏下来，一直潜至月亮高悬，夜鸟鸣啼。钱某不知从何处多喝了一点酒归来，嘴里哼着吴侬软语的宁波小调往家中走。刚一至桥头，童时让一示意，童平海跳出迎上。童时让远远地盯着童平海与那钱姓人对话。邬之江说："是不是这小子不敢下手啊？再不下手麻烦可就大了。"邬之江想上，童时让拦一下说："你别急。"话刚一出口，只听得一声枪响，钱某有若一只装满稻谷的麻袋，一头拱入河中，河面立刻扬起一阵涟漪。童平海回来了，对面有锣声响起，有人大喊："钱老爷让人杀了！钱老爷让人杀了！"三人一耸肩膀往外撤。路上，童时让问童平海："感觉如何？"

"没有什么可怕的，面对着这些畜生，我们将他当畜生看，这心自然就放冷了。"

邬之江说："这就对了，杀人机器是如何炼成的？就是这样炼成的。"

任文础一直在杭州坐堂。时日本一皇室将军川野山子至杭州后纵情于声色，得病卧床不起。时任浙江省伪主席傅伟民不知从何处得知坐于胡庆余堂的任文础是一代名医，指名要任文础给川野山子治病。消息一经传至胡庆余堂，任文础即潜藏不出。日军三至胡庆余堂，胡庆余堂皆以任文础不辞而别相告，日军不信，四下搜索，终在余姚将正在行医的任文础抓至杭州，令其看病。别看任文础是个医生，但他同样有着忠诚赤胆。当他得知川山野子曾参加过南京大屠杀后，一个决心立刻在他心中定锚，就在给川野山子针灸时，任文础即在他的死穴上下了三针，就这三针，瞬时让川野山子两条腿放平，两只眼的瞳孔慢慢放大。川野山子一死，傅伟民怒不可遏："是你让他送命的？"

任文础一脸坦然地回答："他杀了我们这么多中国人，我杀了他一个，有什么错？"傅伟民说："你，你，你——"任文础答："你什么你？就你这种人认贼作父，还配活在当今世上？"傅伟民恼羞成怒，遂将任文础以针灸杀川野山子一事告白。一个日本特高课军佐名叫川野郎子的冲将上来，举起军刀，猛地朝任文础劈了下去。日本军刀是名刀，有一胴切、二胴切、三胴切、四胴切、五胴切、六胴切、七胴切之分。质量最高的是七胴切，只是一刀下去，可将七人拦腰斩断。川野郎子手中持的是六胴切，锋利异常，当时即如劈甘蔗一样，将任文础劈倒在地。尽管任文础的身子一分为二，但整个别墅里还是传出了任文础坦然的大笑声。

川野郎子下令将任文础的尸体搬至大院正中间，然后倒上汽油，就地焚烧。所有人都看到那烟火头凝聚、凝聚，最后变成了一个黑色的巨人。那黑色巨人身子一扭，整个川山野子所住的院子，刹那间变成一片火海。傅伟民看得瞠目结舌。

任文础遇害消息终于传至天戟村，第一个为之恸哭的不是别人，正是金谷寺大主持郎叔杰。郎叔杰可不是地道的僧人，他原是大清国王爷级人物。大清国八旗中他归哪一旗，没有人知道；他的真实名字叫什么，也没有人知道。喻长霖《台州府志》中《寓居》一栏中，也不曾有详细记载。路桥人只知道他是慈禧太后宠爱得不得了的王爷级人物。是他，平定了许多次叛乱之军；是他，因大运河被太平天国军队占领，水路不通，由他任漕运总督，曾往来于东矶列岛与舟山群岛之间；是他，因有大军功曾在京都有座豪华极致的王爷府；是他，因功大，权大，享受也跟着大，他在海上漕运总督任卜时，生活之豪华之奢侈，几乎至令人骇目的地步。

别的姑且不论，就拿他拥有的女人来说吧，除了正妻外，还有四个小妾。最小的那个小妾，名叫绿莹，年龄不过二十岁，他的长女也要比她大八岁。他与诸多子女所生的儿女有名有姓的，即有十八人，但儿子唯有一个，名郎可宝（后此人在路桥定居，遂成路桥郎氏先祖）。至于无名无姓的子女，究竟有几个，连他自己也说不清楚。更令人叹为观止的，则是他所吃的东西，精致到几乎是不能再精致的地步。白菜只吃蕊中的一口，饭只吃中间一小碗，肉必须是现杀的活猪，鱼只吃背脊栋中间一小条黑肉，鸡只吃脚爪中间的那一块垫肉。每一顿吃饭，摆在饭桌上的菜，足有十几样。竹叶火腿要金华的，清醉蟹要阳澄湖的，糟蛋要四川叙府的，醉蛏鼻要象山的，醉泥螺要台州的。还有什么茶干拌荠菜、鲫鱼脑烩豆腐、黑龙江熏鹿脯、天星桥乳猪、淮阳海鱼翅、一江山岛唇骨、下陈岛大黄鱼，样样都要有个名目，样样都要有个出处。吃的水果呢，更不用提。新鲜的荔枝、桂圆、杧果，都是派专人从广东一路风风雨雨送至他家中。就他所吃的本地水果，也与众不同，全是树头自然熟，若是用硷糖稻草捂熟，你想也别想装盘子送到他的桌子上来。

至于他所住的那个王爷府，更是不别提，原是另一位王爷王府的宅院，后因那位王爷反对慈禧，被开刀问斩。对方人头落地，慈禧念着他有功，干脆将那位王爷所居的王府奖赏给他。此府共有一院三进，天井大得有如跑马场，院子里奇花异木，层出不穷，大有"曲径通幽处、柳暗花明又一村"的味道。更要命的是，在他家门口，巍巍然立有一块下马石，上面十分明白晓畅地刻有光绪皇帝下的圣旨一道：二品以下官员在此下马。尤其着得提上一笔的是，当朝皇帝视他为兄弟，说来就来，在他家住、在他家喝、在他家玩、在他家与他谈天说地；说走了，钻进一顶小轿，神不知鬼不觉地悄然离去，连他自己也记不清当朝皇帝来过他家几次。说他的权势，可以说是真正的万人之上，一人之下。他想要一个人死，只要唾出一口唾沫，就能把人活活淹死；他若是想要提携一个人，只要抬一抬手，即能将某人提至高位。就这样的官儿，你打着灯笼上哪儿找去？

据路桥坊间传，某天，他所在的王爷府里，突然开始无端地死人。第一个死的是他的老父亲，第二个死的是他的妻子，第三个死的则是他一生之中唯一真正爱过的小妾绿莹。接下来死的，便是他的长女、次女、三女、四女、五女——几乎每隔十天半个月，家里总会有人莫名其妙地死去，而且有一个算一个，死都死得十分蹊跷。他不知找了多少宫里的医官，把天下所有的医书都翻烂了，总是不能究其源。那病所呈现出来的样子，怪得不能再怪了，先是莫名其妙地发高烧，烧得你昏天黑地，嘴唇上都起一大溜儿亮晶晶的大水泡；三天过后，浑身毛孔皆出血；继之浑身肌肉大卸八块，连支撑人体的力气都没有；再一往下，饭也停了，水也停了，两只眼一入定，人也就拜拜了。

短短时间里，一个大大的王府死了这么多人，这可不是闹着玩儿的！这一下子，可叫这位唯我独尊的王爷慌了神了。从来天不怕地不怕的他，这一回，可是扎扎实实地心惊胆战了。到处点香、拜佛，到处讨救命之方。病急乱投医，只要有人能挽救他本人与这个家，不管花多少钱，他都心甘情愿。他的下人们说讲灵姑好用，他就请巫婆来讲灵姑；他的下人们说和尚做道场好用，他就花大钱，把最高级别寺庙里的和尚请来做道场；他的下人们说王爷府有鬼，可以叫华山道士来作法驱鬼，他就请华山道士披头散发地驱鬼，又是敲锣，又是打鼓，又是烧纸，又是画符，把个好端端的王爷府，整得一片乌烟瘴气。也就在他走投无路的某天夜里，他说不清是现实还是梦幻，只发现自己来到了一处他完全没有经历过的世界。出现在他眼前的，是一处黑云滚滚、毒雾漫漫的幽冥地。他正在犹豫时，忽在他面前，闪出一条通衢大道。道两边，排满石人、石狮、石虎、石象。顺着道走过去，则是一座乌漆墨黑的大殿。大铁门轰隆隆地自动打开，他进了那殿，殿门即自动轰隆隆地关闭。他搞不清楚自己究竟是来到了什么地方，是饭店，是灶房，是屠宰场，是杀人的刑场，还是折磨人人间的地狱？乌糟糟中，忽隐忽现地呈现出令人心惊胆跳的景象来，到处都是横七竖八捆绑在那儿的活人。有的被二十七只白脸狼一口一口地扒着他身上的肉条吃；有的则被绑在一个大且高的柱子上千刀万剐；有的人呢，被他们放倒在一处长长的条凳上，又有一个面目狰狞的彪形大汉走了过来，抡起斧子就像卖肉客砍肉条一样，把人砍成一段一段，放进磨里磨；有的人呢，被一个巨大无比的独眼巨人仿佛是炸油条儿似的用铁叉子叉了，放进烧得滚开的油锅里炸。一切都有如他家厨房里做菜，一切有如他过去给那些犯人们用刑的样子。一片黑烟腾腾，昏天黑地；一派血腥氤氲，令人作呕。尽管郎叔杰这一辈子跃马疆场，杀人如麻，可从来没有见到过如此凄惨、阴森的场面。他呼天抢地叫着救命，他狂喊："老天爷，老天爷，你不公平哪！你不公平哪！你为什么把我这样救千万民众于水火之中的大功臣，放到这种地方来受灾受难？你不是瞎了眼了吗？"

就在这个时候，他十分清楚地看到了佛光无边的如来佛出现了。那景象十分惊异而庄严。金色的佛光普天盖照，五色祥雾，云蒸霞蔚。尤其是莲花宝座，光芒四射，直逼人眼。郎叔杰连滚带爬地扑将过去，跪在地上问如来佛："如来佛爷，都说你大慈大悲，普度众生，我是一国之大将军，功高盖世，你为什么把我放到地狱里来？""这是地狱？这可是你们家的厨房。你们家一天天不就是这种样子的吗？""我错了，我错了，我再也不吃荤的了。""你觉得不应该像做菜一样地把你做一遍？""我对国家功勋显赫，救万民于倒悬中，你为什么把我与这样的恶人在一起烹炸煎炒？""好吧，既然你内心不服，我可以给你一次机会。"他说着，就从自己的口袋里掏出一只小蜘蛛来，对郎叔杰说，"这只小蜘蛛是你在树林子里安营扎寨时，唯一动了恻隐之心，没有被你踩死的小蜘蛛。今天我就用它来救你吧。"他与那小蜘蛛耳语一声，那小蜘蛛趴在地狱之洞口，开窍，吐出一股白色的细丝来。如来佛说："你就通过这条小丝线爬上来吧。"郎叔杰高兴得不得了，一个鲤鱼打挺跳掷起来，一把抓住小蛛丝便往洞口攀去。他是多么渴望着自己顺这条细丝攀将上去，攀将上去，永远逃离这烹调式的苦海哪。然而，就在这一刹那间，关在地狱里准备受刑的所有人都发现了这个能脱离无边苦海的唯一通道。他们全都奋不顾身，一个个争先恐后地跟着攀缘上来。人越来越多，越攀越稠。人与人就像小蚂蚁黏在一根小小的蜘蛛线上。如此一根小小的蛛丝，何以能承得住那么多人的攀缘？

人啊人，自私是人，作恶是人，苦难是人，而不甘自我下地狱，同样也是人。就在这一瞬间，郎叔杰心中盲生的恶念，顷刻间占据上风。这怎么办？一根小小的蜘蛛丝，何以能承得住这么多人？再这么下去，我还能走出地狱吗？我还不是被他们活活地当菜烹调了？他急中生智，从腰头猛地掣出一把利刀来，转过身去，一挥手便把沿着的那根丝，齐崭崭地顺自己脚后跟一刀割断。所有随蛛网攀缘上来的人，就像抖落下来的虱子一样，噼里啪啦地重新掉进大油锅里去了，随之冒出一缕青烟来。就在此时此刻，如来佛终于开了口："可怜的人哪，至死都改变不了你那自私为恶的本性，你只有下油锅受炸的份儿了！"那话刚一落地，只听得一声响亮，那根蛛丝瞬间断成两段。他有如一片树叶子一样，悠呀悠呀，掉下黑黝黝的万丈深渊。郎叔杰一下子吓醒了，发现自己还躺在床上，伸手一摸，全身全是黏稠的冷汗。就这一梦，让郎叔杰得以大彻大悟，他瞬时明白家中接二连三死人的原因，也瞬时知道了当如何拯救自己。次日上朝，郎叔杰义无反顾地向慈禧太后递出辞呈。慈禧太后问："你好好的，想干什么去？"郎叔杰答："做和尚。"慈禧太后说什么也不肯："你这是干什么呢？是朝廷对你不好，还是你对朝廷怀有二心，怕的是伴君如伴虎？"郎叔杰答："不是，完全不是。只是本人作恶太多，若是不好好忏悔一下，我全家人将死无葬身之地。"

郎叔杰的确是一条善于改过与彻底忏悔的汉子，他主意已决，八匹马也拉不回来。牛不喝水不能强按头，慈禧太后也没别的办法，只得应允："那好，你选中了什么地方，庙由朝廷予你建。"

郎叔杰走了，扔下所有原本属于他的东西。只领着唯一活下来的儿子郎可宝走了。郎叔杰逢山过山，逢水过水。几经辗转，终于来到黄岩天长街药店，与他认识的第一位好友任文础见面。任文础对郎叔杰所呈现出来的断臂之勇非常欣赏，他对郎叔杰说："一念常惺，避得去神弓鬼矢，纤尘不染，方解得天罗地网。郎兄如此放下屠刀，非立地成佛不可。"

任文础不仅接纳他的儿子郎可宝，让郎可宝在他家住，在他家吃在他家喝，并为他四处寻找盖庙之地。他们二人联袂从金清港起身，溯河而上，至蓬街、南新市、卷桥、新桥；西从大峙基起，顺黄岩溪、永宁溪而下，过上郑、宁溪、乌岩、潮济、黄岩、十里铺，直达横山头。终于在某天，郎叔杰与任文础二人至路桥龙象山脚下，他一看这地方北、西、东三向均有山，唯有南向开口，面对大平原。山中松柏交叉，篁竹连片。春日里满山桃花李花似锦，夏日里一坡松竹氤氲爽气逼人，秋日里遍地枫叶红遍，冬日里一坡雪压枝头黑白分明，是块难得的清静之地。一打听地名，本地人说，这叫金谷峇，相传大灾之年，东首的泉眼里，每日流出三升金谷来救济黎民百姓。好，好，有此吉祥之地，我何不在地落脚，修身养性以赎前愆？

任文础替他与当地村民谈好出让土地的价钱。

郎叔杰倾出家中所有金钱，购下一块长方形的土地来兴建庙宇。兴建时因款项不够，任文础亲替他四下募捐，二人前后共同努力五整年，庙宇终于建成，寺名即定为金谷寺。

郎叔杰是武人又是才子，确是一位敢作敢为、顶天立地的男子汉。开口说出来的话，一个唾沫一个钉。说不吃荤食，每天即青菜豆腐，豆腐青菜，连葱韭蒜之类的东西也统统戒掉。说不干政，就是个不干政，任凭是谁说情，就是个不行。他坐庙的第二年，黄岩知县手捧着一盘子黄金，摆在他面前，叫他给慈禧太后修封书，给他说句好话，让他能得以升迁。他两手合干，念了一句"阿弥陀佛"，转过身子走进庙门，即将庙门关死，再也不出来。闹得黄岩知县碰有一鼻子灰，只可对天长叹，认定自己没有做官的福命。每每大灾来临，郎叔杰即四处收弃子和孤老。他将这些无家可归之人，全带到金谷寺里，小心地供养起来。光在金谷寺活过的人，达七百一十一人之多。

　　离金谷寺约二十里地，有一家农户，男主人姓林，名石山，家中子女众多。某年，他进西部山区采铁皮石斛，整整找有大半年，也没有找到。某年九月十一日，他终于在太湖山（现在在院桥境内）的石壁上，发现了一大蓬密密麻麻有如干香般长在石缝中的铁皮石斛，于是，他鼓足勇气，爬上山顶，拴上绳子，缘着石壁，壁虎般一寸一寸前移。结果一不小心，踩松一块石头，人即从那高高的山崖上摔了下来。林石山一死，整个家也就轰然一声跟着倒塌。他那个年轻的妻子名叫夏冬花，带着七个嗷嗷待哺的子女，日子根本没发过。农田里的稻子种不了，山林里的果园无人收拾，若是遇到刮大台风，说掀瓦就掀瓦，说大漏即大漏，连个挡风雨的地方都没有。她越想越冤，越想越解不开死疙瘩，就想跳水自杀。某夜交子时，她站在秀岭山头，呜呜地哭有好大一阵子，正打算一纵身便往秀岭湖跳时，郎叔杰恰巧从这里过。郎叔杰夺步冲上去，一把把夏冬花抱住，问："你为什么这样？"夏冬花喉咙发硬地把倒灶的命运说了一遍。郎叔杰说："你这么一死，倒是清静了、解脱了，但你七个子女，不就全成了孤儿？"夏冬花泪水滂沱地说："长老，我可是养活不了哇！"郎叔杰说："人哪个不是为了受苦受难活在世的？你放心吧，有我，我帮你。"

　　郎叔杰真是一个说干就干的人，次日，即头顶着一顶草帽至她家。他替她家翻地、插秧、拾掇果园、种菜、喂猪，是农家所有的活计，他充当她家的长工全一五一十地干将起来。寡妇门前是非多，此事一出，好管闲事的路桥街议论声一片。市民们的那张嘴，既下贱又恶毒，什么样乱七八糟的话儿全都喷出嘴唇。有人说，天下哪有猫儿不贪荤，哪有和尚不偷情？郎叔杰熬不住女色诱惑，看上这个女人了。有人说郎叔杰是个伪君子，只不过做做样子给别人，背里地早就还俗了。有人说郎叔杰山珍海味吃腻歪，想端盘野菜尝尝鲜了。连他儿子郎可宝听了这些乱七八糟的恶毒语，也有点沉不住气，居然颠儿颠儿地跑进金谷寺，劝说父亲别这样做。郎可宝说："爸爸，你看看路桥人说你的话多难听啊！你这么做不是前功尽弃吗？"郎叔杰答："别人话是难听，我心可不难听；别人心有恶，我的心可没恶。你又封不了他们的嘴，他们爱咋说就咋说去吧。"

　　郎叔杰不干则也罢了，一干，就不计任何报酬，整整为这个女人干了九年。一直到她大儿子十八岁了，能顶天立地养家糊口了。他这才悄无声息地回到金谷寺来。自此，路桥人不得不对这位大和尚刮目相看。

郎叔杰作的一副对子和一首歌，在路桥一带流传甚广。

那对子是：

胜朝焉在哉，重兴梵宇传香火
果报分明也，奉劝世人莫奸邪

那歌是：

红尘白浪两茫茫，忍辱柔和是妙方。
到处随缘延岁月，终身安分度时光。
休将自己心田昧，莫把他人过失扬。
谨慎应酬无懊恼，耐烦做事好商量。
从来硬弩弦先断，每见钢刀口易伤。
惹强只因搬口舌，招怨多为黑心肠。
是非不必争人我，彼此何须论短长。
世事由来多缺陷，身躯焉能免无常。
吃些亏处原无碍，退让三分也无妨。
春日才看杨柳绿，秋风又见菊花黄。
荣华终是三更梦，富贵还同九月霜。
老病生死谁替得，酸甜苦辣自承当。
人从巧计夸伶俐，天自从容定主张。
谄曲贪嗔堕地狱，公平正直即天堂。
麝因香重身先死，蚕为丝多命早亡。
一剂养神平胃散，两盅和气二陈汤。
悲欢离合朝朝闹，富贵穷通日日忙。
生前枉费心千万，死后空留手一双。
休得争强来斗胜，百年浑身戏文场。
顷刻一块锣鼓歇，不知何处是家乡。

正当潜伏在杭州的童平山偷着将任义础尸体运归后，郎叔杰面对着业已成为一块焦炭的任义础尸体，跪地大哭，祭奠三日，直至亲为任义础做了三日大道场，出资盖有一座纪念祠堂这才罢手。

因川野山子之死，川野郎子对胡庆余堂医生施行大报复，三十人被杀，一时间全杭州一片血雨腥风。

童时让接李局长指令，让季子秋潜入杭州接受代号为114的人领导，潜入傅府，然后将无耻至极的傅伟民一家杀掉。童时让从林蕤手中接电令时，大吃一惊，让林蕤给大老板去电，提出他的不同看法，季子秋何以杀得了傅伟民？要杀傅伟民，让他去。李局长回电："你会弹琵琶吗？你懂音律吗？傅伟民要的是懂弹琵琶的家庭教师教他女儿，你懂？"童时让信以为真，同意了。

季子秋决定前往。童时让做了个怪梦。他梦见晴朗且高远的天空中，现出一只黑色大眼睛。那眼睛大得不可思议，横卧在东方地平线上，缓慢且沉重地不断眨动。尤其令童时让为之恐惧的是，那只巨眼每眨动一次，天地总要轻微地震动一下，每一次震动，那巨眼里总会射出两道强光，把黑压压的云层击透。童时让惊醒，一摸自己的身子，全是腻腻黏黏的冷汗。童时让有个他人不曾有过的怪现象，他平时从没有梦，一旦做这种梦，必有大祸临头。童时让第一次做这样的梦，死了他哥哥任时平；第二次做这样的梦，死了他亲生父亲任武基；第三次做这样的梦，死的是曾与他假夫妻真做的何萍。如今，季子秋出征，童时让又做这样的梦，难道季子秋这此出征，也会出事？

天刚蒙蒙发亮，童时让却到金谷寺，替季子秋抽个签，看是凶是吉，若是抽签得吉，他就让季子秋走，如果抽签得凶，哪怕是违反军令，他也不准季子秋走。说实话，童时让一路踉跄走来，遇着女人无数，真正让他心里产生爱意的只有三人。第一人是他妻子方伯琴；第二人是与他做过假夫妻的何萍；第三人是与他共事多年、情投意合的季子秋。何萍瞪着两眼在他眼皮子底下消失得无影无踪，他实在不想再失去季子秋。就在童时让脑海里涌起钱塘八月大潮时，他办公室的房门，轻轻地揿开，将要与他告别的季子秋，活似一朵轻盈白云飘移过来。季子秋出现在他面前的打扮可与平常时完全不一样。她从来没有如此松散地在他面前这样穿过衣服。是时的季子秋只穿有一件半透明的薄睡衣，身上的要害部位有如北极浮动的冰山半隐半现。她刚洗完澡，一头黑发浑个儿盘在头上，更凸显她身子的修长与白皙。她如若乘着田野里的那股晨风一般滑进童时让的房间。人刚一进门，浓烈体香弥漫房间。童时让与她从第一次在南京授衔那天起，直至一起共事，他从不曾零距离接触过季子秋。如今这零距离的大接触，更令童时让一时间进退失据。

云雨过后，童时让全身瘫软，几乎昏死过去。季子秋使劲地摇着他，呼着他。半天后，童时让这才慢慢地将"分解"开来的肢体重新组装。季子秋拿过一方毛巾，小心地擦着他身上冒出来的汗，嘟哝着说："天哪，你这个浑小子，咋出那么多汗？"直到这时，飞到九霄云外的灵魂这才慢慢钻进童时让的躯干。童时让身上潜着的知觉开始出现。他只觉得浑身瘫软，连挣扎一下的力气都没有，唯有出现大病初愈后的无力与漫无目的的呻吟。

"天哪，你好吓人好吓人哟。"

"对不起，妹子。我也不知我怎么会这样。"

"傻小子啊，你不是与你妻子与我何萍姐，全有过这事的吗？你怎么会这样。"

童时让一脸狼狈不堪地说："我也不知道，仿佛你与他们完全不一样。"

"好了，好了傻小子，天下萝卜全一个味，只是感觉不同罢了。"

两个人全安静下来。

季子秋说："我这次前往杭州执行任务，凶多吉少，有一件事我想拜托你。"

"你说。"

"我拜托你的事，全写一封信中了，如果我平安归来，一切由我自己处理；如果我出有意外，你一定帮我办到。"

童时让一口答应，季子秋闪动着他那对妩媚的眼睛说："你可是大丈夫男子汉。"

童时让答："你放心，一言已出，驷马难追。"

天蒙蒙亮，季子秋和林燕与各位战友告别，起身前往杭州。

季子秋出事还是出在内部一个叛徒上。那天，季子秋遵照他们内部制定的联络方式，走到杭州一家店门口，突然间从左边的老胡同里，冲出两个脸上蒙有黑纱的人，一个人手里拿有一把刀，一个人手里握着一把枪。他们让季子秋站住，季子秋只感觉到有个冷冰冰的铁家伙贴着自己的脖子，便自觉地站住了。季子秋刚一站稳，背后那位长得很是高大的汉子，夺步上前，用枪口死死地抵住季子秋腰部。压低嗓门说："你若是半点不老实，我就要你的命。"季子秋心中早有准备，显得十分镇定，没有做出任何反抗，她要好好看看是什么人借她的性命成事。

"你要我上哪儿？"

"少废话，跟我走。"

"好，我跟你走。"

季子秋跟着他们走出了一条胡同，走到一辆横停于十字路口的小型轿车旁，车门打开，一位身材高大的汉子喝季子秋上车。季子秋上车，车门关紧，车子立刻顺着公路飞驰起来。那辆小车一直往北开，这一带地形，季子秋实在太熟悉了。她闭着两眼，都可以知道自己所在的方位。车一直开，开至离杭州城足足有四十多里地的一处名叫松木场的日伪军监狱面前里停下来。车门再次打开，大汉喝季子秋下车，刚一下车，即有人上前用一块长条形的黑布蒙住她的两只眼。当有人打开那块蒙在季子秋脸上的黑布时，一道强烈阳光束箭般的射将进来，击拍在季子秋脸上，令她产生了一种难以形容的眩晕。半天过后，这堵破烂不堪的水泥壁墙，终于清楚地呈现在季子秋面前。随着季子秋目光从高处往下搜索，这位代号"大鳄"的谢文达，终于第一次站在季子秋面前。季子秋刹那间明白，宁波军统特务站站长谢文达的用心与目的了。谢文达对季子秋上十分客气，他先给季子秋端上一条凳子，放在季子秋面前说："请坐。"季子秋答："不客气。"季子秋坐下。谢文达大着嗓门（似乎是有意说给别人听）说："对不起，季小姐，你们的老板算错了一步棋，只知我是军统的人，却不知你所暗杀的傅伟民是我岳父。因特殊需要，我不得不用这种方式来请你。"季子秋显得十分平静："没关系。这种请法，我见得多了。只是不知道你会成叛徒。"谢文达说："我也是没有办法，人不为己，天诛地灭，他们要杀我岳父，我不能如此，我只有抓你，实在不好意思。"季子秋答："用不着，善者不来，来者不善。你想叫我办什么事？开口说吧。"谢文达说："我没有别的要求，只要你将潜在杭州的军统名单与他们所潜伏的地方告诉我，我向皇军报告，你大大的有官做。"季子秋说："如果我不愿意呢？"谢文达说："对不起，我只有将你交给皇军了。"季子秋立刻想服毒自杀，但谢文达太了解军统的规矩了，他上去一把将季子秋手指上套着的那个戒指撸了下来。

童时让接童平山电报，浙江宁波军统站少将站长谢文达叛变。

童时让接童平山电报：日伪军对季子秋实施匪夷所思的严刑拷打。他们一点点地将季子秋活活折磨至死。季子秋死后，日伪军还不罢休，居然将季子秋尸体衣服全部脱光，悬在涌金门那棵梧桐树下整整三天。直至三天过后，才让童平山偷出，用船运至路桥货栈。巨大的悲痛，终于把童时让的心全都封死，他觉得天与地紧紧地合在一起，他眼睁睁地看着自己变成一块压榨机下的豆饼，连身上仅有那点用来维系生命的汁水，也被这架可怕的机器挤榨得一干二净。童时让深觉得自己孤独地在陷阱四布的泥淖上，艰难地跋涉着。由于他本人的极度疲劳与不小心，一脚踹进绝望的沼泽中，他只可干瞪着他的两眼，看着自己的两条腿慢慢陷将进去。黑色且黏稠的淤泥，慢慢溢上他的胸口，叫他再也无法喘上一口气。

童时让一动不动地抱着季子秋的尸体，一步挨一步地来至他们军统特工所在的路桥货栈。同事们早就知道了全部情况，他们自觉地在大厅上放上一张很是宽大的台桌，并在台桌上铺上一块白布。童时让轻轻地将死去的季子秋放在桌面上，他再次俯身亲吻季子秋那张久经蹂躏却依旧美丽的面孔，湿润润的泪水，即大颗大颗地顺着他的脸跌落下来，最后一滴，滴在她业已紧闭的嘴唇上。季子秋死了，季子秋就这样死了，季子秋就这样远离这美丽且残酷的世界，远离这些相依为命的特工战线的朋友们。她再也不可能对童时让做鬼脸了；她再不可能再用那种浓浓的乡音与童时让说话了；她再也不可能与童时让吵吵她吃不惯这里的甜菜，吵着要吃她们陕西的辣子了；她再也不可能亲昵且又恶毒地口口声声叫童时让为"老鼠长官"，叫童时让是"天山秃鹰"了。是时的童时让，非常认真且仔细地将那块白布蒙在季子秋的脸上。

郎叔杰率着六个和尚，给季子秋做道场。

李局长来屯，追认季子秋上校军衔，并敦促童时让将季子秋全部遗物清理出来，交瑞肇时。

童时让花重金购一具金色大棺材，将季子秋落葬于路桥人峰山脚下的金盎。童时让亲笔给墓碑题上"国民党上校季子秋之墓，军统局浙江站敬立"。

童时让清理季子秋遗物时终于看到了季子秋写给自己的最后一封信。童

时让只看一眼，那泪水便开始在他脸上开渠挖沟。

时让哥：

您好。请允许我不用长官两字称呼你。

自从那天你与我住有一夜，作为女人，我心满意足了。我知道你是个好人；我知道你从我至你手下工作那天起，你就对我有好感。如果我能与你结婚，我将会成为你的好妻子，但不能了，不能了，你有妻子有儿子，我不能从她的手中夺过属于她的你。况且我们干这一行的，每天都搂着死神跳舞。这一次总部给我的任务特别凶险，让我以家庭教师身份打入傅伟民家中，然后让我以色相拖傅伟民下水，再从傅伟民身上搞到潜伏于浙江省的日伪特工名单。因命令是绝密，瑞肇时只能通知我一人，并嘱咐连你都不能告诉。总部不是不信任你，总部说你有一点爱我，一旦知道我去执行如此危险的任务，你会与他们过不去。我知道我们搞特工人的铁纪，我知道我们每个人全在刀尖上跳舞，说不上什么时候，一脚滑塌，就让刀尖活活穿死。我当然得遵守纪律。令我百思不得其解的是，我接任务后的当夜，我做了一个怪梦。童时让哥，这可是我从来没有做过的，我梦见晴朗且高远的天空中，现出一只黑色的大眼睛，它缓慢且又沉重地在我头上不断眨动。尤其令我为之恐惧的是，那只大眼睛每眨动一次，天地总要轻微地震动一下；每一次震动，那大眼睛里总会射出两道强光，把黑压压的云层击透。我不会详梦，我不知此梦是吉还是凶；但直觉告诉我，何萍姐的遭遇有可能会落在我头上。我当天做下了两个决定，一是做你一次妻子，二是我将我唯一放不下心的那件事拜托于你。打从我跟着你们来路桥后，我才知道你祖上不是别人，即是建文帝忠诚重臣任元培，我这才知道，你们任家敬重施行的是忠诚，讲的是一诺千金，求的是生可托身，死可托孤。我现在什么都放得下，唯一放不下心的就是我那个儿子。万一我死后，抗日战争胜利，我请你替我去一趟贵州，找到我那个儿子。如果你曾经爱过我的话，你就替我将他抚养成人。这是我与我儿子的唯一一张合影照，地址即写在照片后边。

你的部下：季子秋托。

童时让拿起这张照片看，坐在季子秋怀里的那个孩子长得与季子秋一个样，仿佛是从同一块模子里倒出来一般。

童时浑身热血澎湃，波涛汹涌，翻天覆去，整整一夜没睡。

一个可怕的报复计划立刻在童时让脑海中形成。童时让不经请示，即率天戟村十八位任氏子孙组成复仇团，连夜坐船至宁波，潜至谢文达家。那天，童时让让复仇团十八人全化装成海匪，将谢文达妻子与一家八口人，统统绑将起来，追问谢文达在哪里。可谢家人，居然没有一人知道谢文达的行踪。童时让将谢文达女儿谢莹叫过来，逼谢莹说出他父亲的去向，不然他就让他手下人将她轮奸，吓得谢文达女儿谢莹魂飞魄散，居然冲出家门，一头跳入甬江。可怜的一位从不曾经过大事、只知读书的女学生，那身子轻得如一片羽毛，很快即让那浑浊的江水，吞噬得没了人影。尽管如是，童时让还不解恨，将所有谢家人绑在他家门口的树林子里，然后点上一把火，将谢文达家那一处传有整整一百多年的三台九明堂烧得一干二净。——1957 年，季子秋失落的儿子，终于让时任上海市公安局局长的陈庭槐找回来，陈庭槐根据童时让临死的遗嘱将他更名为任季子。

1958 年，任季子台州农校毕业，分配至宁波，就住在原谢文达家那个曾经让火烧过的谢家大院。就在这天夜里，任季子做了一噩梦，他梦见一位头剪短发、身穿旗袍、面容姣好、肤色白皙、身姿丰润、目如点漆、一笑两酒窝、眼戴着一副大眼镜的姑娘，立于他面前，向他展示自己的姿容不说，且对任季子莞尔一笑。笑毕，她当着任季子的面，将她的身子轻盈地一纵，跳入浑黄的江水中。她那美丽的身子，刹那间变成一只铁秤砣，沉入江底。任季子吓得魂飞魄散，拼命叫喊，想扑过去救她，可他发现自己如同被高人点了穴，浑身动弹不得，想喊也喊不出声，瞪着两眼看着这位可人的姑娘，瞬时不见踪影。任季子骇得出有一身黏黏的冷汗。任季子醒了连忙点灯，提灯细看，一切故我，原来是南柯一梦。尽管如是，任季子的内心却是一片惶恐。第二天的早上，任季子起身至县政府食堂吃饭。吃饭间，任季子将所做一梦与本地一同事说，这位本地同事一听，脸遂下沉。

问："长得白白的？"

"是。"

"剪个短发？"

"是。"

"戴个眼镜？"

"是。"

"穿着女式学生装？"

"是。"

"好啦，我知道你梦的这个女人是谁啦。"

这位同事遂一脸郑重地告诉任季子说："现在的县政府大院，原本是国民党宁波军统站站长谢文达家的大院。因这个谢文达军统特工，不知得罪了哪个海匪，他们啸众要与谢文达算账，恰巧那天，谢文达与傅伟民的女儿名叫傅雪珍的，一起出门不在家。人们就将谢文达的女儿谢莹找来，吓唬谢莹，如果她不交代出他父亲的去向，就强奸她。谢莹吓坏了，她偷了个空，纵身跳入江中死了。那股土匪烧掉了谢家所有的房子，独有他女儿谢莹那间房子没有烧掉。解放初，谢文达被捕入狱，随后枪决。他家的全部房产被没收，你现在所住的这间房子，想必是当初谢文达大小姐谢莹睡的房间。"此事一说，瞬间令任季子浑身毛骨悚然。时令任季子最大的疑惑是，同事所说的那个谢文达，是不是即是想当年出卖他母亲季子秋的谢文达？他想问个水落石出，可他又不敢问。那天，任季子开始检查房间，这一检查不要紧，发现壁墙上做有一只暗嵌式大书橱。任季子伸手摸了一下，有缝，打开暗橱门看，书橱里有书。任季子潜意识地拿起正对他面的那排书的第一本看，是小仲马写的《茶花女》。任季子刚打开第一页，即发现书中间夹有一张小照，任季子拿起这张小照看，不由得令他倒吸了一口冷气，这个照片里的姑娘，不正是他梦中梦到的那个纵身跳水自杀的姑娘吗？其容、其貌与梦中的那位姑娘一个模样。

第五章

　　童时让透过监牢的窗口，看着月色中的天戟峰，那天戟峰是这样的锐利与挺立。他想起季子秋牺牲后，他整个人全被可怕的大力砸得粉碎。他厌倦了在刀尖上舞蹈，厌倦了这种人与人之间的互相残杀，厌倦了没完没了的阴谋与诡计。"百啭千声随意移，山花红紫树高低。始知锁向金笼听，不及林间自在啼。"那时的童时让，是多么地渴望回转到孩提时的那些日子啊。他想起了他与他哥任时平赤着身子躺在那一堆堆高摞在一起的木垛子上数着夜空不断眨着眼睛的星星。数着，数着，他与哥哥躺在那儿睡着了。这下可倒了霉了，蚊子闻着人身上发出来的浓浓肉香全扑过来了。他与哥哥全让蚊子硬生生地咬醒了，醒来一看，天哪！小哥俩身上叮满了蚊子，一个个吸得肚子红得如枸杞，用手一抹，那血立刻连成一大片。他想起每年清明节，起起伏伏的天戟山山峦中，挨排连片的松树争先恐后地开出一簇簇松花。天戟村的女人们，手中拿着个桶盘子，争先恐后地上山打松花。他亲眼看到他母亲将软软的松树枝头拽弯，放在托盘之中轻轻地敲。每敲一次，那米黄色花粉即纷纷扬扬地落下来，一满盘子全是黄金金的。他想起小时候，母亲做乌饭麻糍。他亲眼看到母亲将山里长着的一种名叫乌饭脑的药材，采摘下来，用力绞出内中储存着的黑汁。再将黑汁与蒸熟了的糯米死死地搅和在一起，放在大稻臼中捣。他亲眼看到，他母亲越捣那乌饭麻糍越黑亮，捣好后，起出，擀平，冷不丁子一瞅，活似块黑炭土。他母亲轻轻在那块"黑土"上，撒上桂花，红糖，卷将起来递给他与他哥哥吃。他狠狠地咬上一口，那味道清醇甜糯无比。他想起他与同村孩子们一起捕捉萤火虫的日子；他想起与同村孩子们一起打千斤草地的日子；他想起他坐着村里的竹簰去往路桥的日子；他想起与同村的孩子们坐天戟溪边，一边听着溪水哗哗喧闹一边斗蟋蟀的日子；他想起跟着哥哥走入天路丝棚逮纺织娘的日子。他多么渴望他能过上"漠漠水田飞白鹭，阴阴夏木啭黄鹂"的日子啊。

　　童时让决心金盆洗手，不再做军统，他渴望与儿子一起好好过日子。那天，他带儿子一起来至天戟峰，他俩亲眼看到一个十七八岁的小伙子想攀天戟峰去将军台。童时让不知这位十七八岁的小伙子叫什么名，也不知他来自黄岩何处。童时让的直觉告诉他，这个小伙子根本过不去那天戟峰。就在他猴着身子要去攀天戟峰时，童时让上前拦阻：

　　"小伙子，你是哪的？"

　　"东山的。"

　　"你想干什么？"

　　"我想过天戟峰。"

　　"过天戟峰很危险的，你为什么要过？"

　　"我听说，一个男人是不是能当上将军，就看他能不能过天戟峰。"

　　"你想当将军？"

　　"是。"

　　"你知道当将军是拿命来赌输赢。"

　　"别看我活着，家中一无所有，与死人有什么区别？"

　　"你没正式训练过，会丢掉你小命的。"

　　"丢命就丢命。反正这年月，人活着多难。"

　　是啊，是啊，人性的贪婪，富的越想富，几成颠扑不破的大定理。这些新贵对穷人所行剥削有过之无不及：收租比例极高不说，还行有骗术。那时极为有名的有三种方法：一叫"六翼风车"，二叫"三斗构"，三叫秤锤底下贴铁。六翼风车，即是将扇谷的风车从一般的五翼增加至六翼，此翼一加，风力加强，稍不饱满的稻谷，一摇随作秕糠吹去，"三斗构"即是在收谷构中内藏一暗隔，收谷时，只要收者用脚轻轻一踹，遂可在底部下去三满升；秤锤底下贴铁，就是在秤盘底下偷偷贴一块磁铁。如此三法一行，佃户一年到头，面对黄土，背朝天，累了个大卸八块、死去活来，最后的结果是所得之粮，吃不到半年。再加上国民党政府恨不得从老百姓身上榨出最后一滴血，苛捐杂税重得如若泰山压顶，农民根本无力交税，只得借贷。所借之贷又是高利贷，利滚利、利生利，利本相叠加，活似累积的大雪球，铺天盖地压将下来，农民生存实在无法保障，只得卖田卖地，遂成无家可归的讨饭人。就那时的黄岩一县，讨饭人占全县总人口的四成。法多民必扰，税重民必困，民困民扰，不得安居，哪个人又不是轻生轻死？面对着他如此坚定，童时让不敢再劝什么。童时让决定如果他真的攀过了天戟峰，顺顺当当回来，他将他介绍给老板，让老板给他一口饭吃。因童时让比什么人都清楚，干他那种行业，只有敢送死者才可活下来。然而，那人在天戟峰上没有越过第二个山尖，舞蹈着的脚一踩，崴塌一块岩，童时让亲眼看到他张开两臂，燕子似的翔下山去。他透过那摇曳着的铁子松，看到那个不知名的青年男子，活似一块乌饭麻糍一动不动地黏在山脚下的那块岩石上。从来没有恐惧过的童时让，第一次现出恐惧。他立刻带着他的儿子下天戟山，至家后，他立刻将儿子任童心往妻子方伯琴手中一交，转身即往那十七八岁的后生摔下的地方走。他妻子方伯琴看他脸色发青，问他发生什么事？他没言语。他儿子即将他亲眼看到的事情全与方伯琴说了。方伯琴恐惧地一把将儿子紧紧抱住："儿子，儿子，你可别跟着你爸爸玩这种要命的游戏了。我们不当什么将军，我们不要什么光环，我们只要平平稳稳过个好日子。"

　　童时让必须立刻处理那个掉下山去的小伙子，他跑到天戟山脚下时，那里早已拢有一大帮子人，其中一位即是他伯伯的好友金谷寺和尚郎叔杰。时童时让与郎叔杰关系较好。郎叔杰知童时让是军统特务工作站站长，但他一直没有点破，对外一直喊童时让为货栈老板。郎叔杰说："货栈老板，你出点钱，给他购口棺材吧。"童时让问："他家人呢？"郎叔杰答："死啦，死啦，全死啦，只剩下他一个人啦。"时中国军队兵员严重缺乏，林曦祥与毛止可二人亲至黄岩接兵，因他是个孤儿，毛止可同意带他走。就在他去的那天夜里，他问林曦祥："长官，听说，能不能当上将军，就看你能不能翻过天戟峰达将军台，那事是真的吗？"

　　林曦祥答："我也不知是不是真的。"

　　"你现在是不是将军？"

　　"是。"

　　"你翻过天戟峰了吗？"

"翻过了啊。"

那时，林曦祥忙得脚打后脑勺，哪知他心中想的是什么？因明天出发，让他在方山营地休息一天，别的人全归家与家人团聚了，独他一人跑到了这里。郎叔杰对童时让说："货栈老板啊，第十七个了啊，第十七个了啊。人啊人，你那心怎么如此贪婪而不知足啊。有一千钱想万钱，当了皇帝想成仙。士兵没当上就想当将军，若是你死在抗日战场上，你也是个烈士，可你死在这天戟峰下，你算什么呢？"

童时让出钱给那个无名的东山小伙子购有一口白皮棺材，给他随意找个地方下葬。

浙江财政部缉私处浙江缉私分处处长兼财政部货运管理局浙江货运处处长瑞肇时来台州找童时让。瑞肇时，浙江诸暨人，黄埔军校四期毕业生。从表面上看，瑞肇时的正式身份是浙江货运处处长，真实职务是军统局驻宜昌办事处主任，中美合作所特别训练班调查处主任兼军统局西北局少将处长。无论从工作上论，还是私人交往上论，当时，与童时让个人情感与工作联系最为密切，不是别人，正是瑞肇时。瑞肇时此次来台州，从表面上看，是奉上峰之命前来巡察浙江国统区税收增缴情况，实质上，瑞肇时此次专程来台州目的只有一个，调查谢文达家的纵火事件。

"是不是你干的？"

"不是。"

"那你这几天上哪去了？"

"我去我家中会我老婆去了。"

瑞肇时说："我今天来，只是告诉你，季子秋是为党国做出牺牲，与谢文达无关。童平山只知其一，不知其二，将此事告诉你，如果你今后敢对谢文达下手，当心我枪毙你。"

童时让第一次发蒙，脑海里一片云山雾罩。他心里的潜伏着的那个小鬼发出一声尖叫："天哪，你们究竟玩的是什么鬼把戏？"

1939年5月3日至4日，日本空军对重庆实行连续无差别大轰炸。

童晓兰为救李卫，扑到李卫身上，倒地时，数十枚弹片同时击中童晓兰，童晓兰牺牲。消息传至童时让、童平海、林蕤耳朵中，三人无不泪如雨下，独王英带着沾沾自喜地说，好在我没去，好在我没去。童时让第一次以极为鄙视的目光瞅了王英一眼说："我现在才明白了，中国为什么出那么多的汉奸。就是你这种类型的人，实在太多了。"那天夜里，童平海实在气不过："我姐为他做了多少事？我姐让日本鬼子飞机炸死了，他连一点心痛的表情都没有！如此无良之人，留他做什么？"童平海想枪毙了王英。童时让喝道："我们的任务是潜伏下来，你别以小失大，坏了大事！你杀了他，一旦让瑞肇时知道，你还想活命？就我那次偷着去了宁波烧了谢文达家，多亏我带的是天戟村人，若是带了你们，我早就在黄泉路上走了。"

童时让的主要任务是搞清一直潜伏在台州宁波两地的汉奸。童时让率他的暗杀队伍七天内暗杀掉三十三人，搞清一人真实身份。此一人不是别人，即是陈季甫。陈季甫，路桥人，因长有一脸麻子，绰号又叫麻面奶玉。他是路桥第一个拥有私人武装之人。家中修有四个大炮台，陈季甫家是个大四合院，路桥人对四合院的叫法十分讲究。如果是前后连成三个大院子的，叫三台九明堂。如果只有一个四合院的，叫道台里，或道地里。往往姓什么家族的人集体居住，就叫什么里。就拿十里长街来说吧，从河西至石曲，即有十八个道地里。赵家的叫赵家里，郑家的叫郑家里，陶家的陶家里。四炮台原名叫陈家里，路桥最人的土匪、恶霸陈季甫家就住在这里。

当时，全路桥唯有陈季甫拥有私人武装。唯陈季甫家院子四角修有炮台，所以叫四炮台。是不是人间世事，不断地在重复，不断地在循环？陈季甫与当年的方国珍同处一地。方国珍起事是在至正八年十一月，陈季甫起事是在1908年11月，中间相差正好是六百四十年。方国珍身黑，陈季甫身黑；方国珍面白如瓠，陈季甫一脸大麻子；方国珍小名叫"奶宝"，陈季甫小名"奶玉"；方国珍力大如牛武术高强，数十人近身不得，陈季甫同样武术高强，可飞檐走壁；方国珍有兄弟五人，陈季甫同样有兄弟五人；方国珍是排行老三，陈季甫排行同样老三；方国珍是贩私盐起事，陈季甫同样因贩私盐起事；方国珍手下的全是海匪，陈季甫手下的全是陆匪；方国珍经黄岩学者潘伯修劝说，投诚于元军政府，陈季甫因喻长霖出面抚慰投清军为副标统；方国珍一生中最大的克星是朱元璋手下大将朱亮祖，陈季甫一生最大克星是民国政府少将徐时用；方国珍先投元，后投明；陈季甫先投清，后投民国；方国珍因陈恢不服，杀了陈氏一门八十人，陈季甫因方林村方氏一门反抗，杀方氏一门八十人；方国珍曾制造两次惨案，一次是在临海，因一名秀才不愿为方国珍做参谋，方国珍杀他全家八口，一次在明州（即宁波）因一任姓老汉集体抵抗方国珍，任氏一门死有三十三人；陈季甫同样制造过两次惨案，一次发生石曲，因实业家方赓甫不愿给他钱，他一把火烧了方赓甫八间房子，一次是在他所建的秦楼楚馆，有一人借了他的高利贷还不起，他逼他女儿做妓女，对方不肯，于是发生火并，当时对方一村死有九人。方国珍有子五人，陈季甫同样有子五人；方国珍五子名方行、方礼、方仪、方仁、方德，陈季甫将他的五子起名陈豺、陈狼、陈虎、陈豹、陈彪；方国珍妻子从佛，陈季甫妻子同样从佛。

一入陈氏家门，第一眼即见中堂前置有一大佛龛。佛龛里坐着庄严慈目的大慈大悲观世音菩萨。佛龛因点的香烛过多，烟熏火燎，把整个佛龛熏得漆黑。陈季甫妻子事佛甚谨，佛前不说一句不敬之言，连上街购买佛像，也不能说买，只能说请。初一十五必须吃素，每当她要吃素时，连平日里用过猪油的锅，她都不碰一下，谁要是不小心碰了，只要她一耸鼻子，即能闻出外味。一旦叫她闻出外味，她就会劈头盖脸地骂人，说她们一家人心不诚。陈季甫妻子平日间大门不出，二门不进。唯至冬日，天气晴朗时，常端一竹椅与铜火炉，一边晒太阳，一边念开佛。每念一遍，手即移一颗珠，过完一串珠（珠子共有一百零八颗），然后往印有观世音菩萨的黄裱纸上打个红印。

童时让将所有得到的真实情况一与黄绍宏通报，说有铁证证明陈季甫是汉奸，杜伟立刻率领由十八人组成的除奸团，连夜摸至十里长街四炮台。时陈季甫正搂着小老婆睡觉，杜伟一点也不手软地将陈季甫逮捕。次日，即召开公审大会，当着那么多人面，先是行杖，后是拿枪往他额上点吉祥痣。这个吉祥痣一点，陈季甫最终也没有站起来。可惜的是，陈季甫的五个儿子陈豺、陈狼、陈虎、陈豹、陈彪，却逃逸在外。

1940年8月20日，八路军领导的百团大战揭开序幕。童时让对这个消息大感骇然，一百个团！共产党军队兵力达二十万！我们是五个兵换取日本一个兵，而八路军一个战士能兑五个日本兵。这是一支什么样的部队？能打得赢吗？尽管一心的疑虑，但童时让毕竟是童时让，他知道自己是什么身份，他不敢说，因他比任何人心里都清楚，若是一个军统人员对党国有三心二意，李局长的铁血手段，那就对不起你童时让喽。

1941年1月1日，中国共产党发布命令，巩固并扩大抗日统一战线，为保卫民族，保卫国家，坚持抗战，坚决与亲日派做斗争。

1941年1月4日，新四军总部及所属部队九千余人奉命北移。是年1月6日，新四军总部行至安徽泾县（茂林）地区时，突遭国民党军七个师八万余人的包围袭击，新四军被迫抗击，血战了整整七昼夜，终因弹尽粮绝，两千余人在突围中壮烈牺牲。童时让非常不理解，国民党这不是说一套做一套、当面是人背后是鬼吗？

1941年1月20日，中国共产党中央决定以同样的名称重组新四军。童时让第一次看到叶挺军长在狱中写的那首《囚歌》，他一下子呆了。童时让至死都忘不了那首诗：

> 为人进出的门紧锁着，
>
> 为狗爬出的洞敞开着，
>
> 一个声音高叫着，爬出来吧，给你自由！
>
> 我渴望自由，但我深深地知道：
>
> 人的躯体，怎能从狗洞里爬出！
>
> 我希望有一天，地下的烈火，
>
> 将我连这活棺材一齐烧掉，
>
> 我应该在这烈火与热血中永生！

童时让问童平海："你看到过叶挺写的那首诗没有？"童海平答："看到了。"童时让说："我怎么就想不明白，共产党怎么会有那么多铮铮铁骨的汉子，而我们却有那么多叛徒？"

1941年5月至6月，浙江爆发由赵龙文与新四军浙皖赣游击纵队周振国领导的最为著名的浙赣战役。赵龙文负责正面对决，周振国负责迂回切断日本增援部队与补给线。中日双方投入兵力将近五十万，历时三个半月。日军打通长达五百七十三公里的铁道线，攻占县城四十八座。浙江二十八座城市沦陷，战略要地衢州一城建筑全部被摧毁。日本飞机空袭达六百多次，中国军民死亡人数达二十五万，中国军队阵亡四万余人，日军被击毙一千六百人，伤两千八百多人。

　　浙江省政府机关全部迁往台州。时因杭州、宁波、浙西等地全部落入日本侵略军手中，独温、台两地还受中国政府掌控，浙江省省府所有办事机构不得不分设于台、温两地。

　　上峰下令浙江省所有特务组织合署办公，更名为浙江省特别行动总队。司令是中将瑞肇时，第一副司令是原军统局浙江站站长少将童时让，第二副司令是原蓝衣社少将金文杨。瑞肇时召集两路特务第一次集体开会，蓝衣社金文杨与童时让第一次见面。金文杨对童时让非常客气，一见面即久仰，久仰，李局长将军手下四大金刚，夸起来没个够；可童时让一看到他发青的那张脸与白多黑少的三角眼，浑身几在刹那间变成了一只大刺猬。童时让虽然不懂相，但身边有懂相的人。会一结束，王英即偷着告诉童时让："子昭，此人脸色发青，是个地道的青面兽，吃起人来不吐骨头，你可得防着点。"童时让点了点头。

　　省政府下令没收陈季甫在路桥十里长街三水泾口经营的秦楼楚馆太姬里，交特别行动队管理。瑞肇时决定，按军统传统更名为"九号公馆"。

　　童时让跟着瑞肇时第一次细细地参观仿金陵饭店重新装修过的九号公馆。这是一座有着十五间开面房子的两层砖瓦结构大楼。它坐落的位置，即在十里长街的三水泾口。三水泾口顾名思义是有三条河流在此交集。第一条河流是主干，南官河；第二条河流，是从海门过来的一支河；第三条河流则是太湖岭起源、过秀岭水库、过螺洋、过鉴湖湿地的西官河。正因有三条水同时在此注入南官河，此地遂成水上交通最为繁华的船埠之一。船埠、搬运站，全要建在河岸上，所有南来北往的船只，全在这里集结。每每市日一到，站在桥上往下观望，数不清的船只，活似一颗颗剥开的花生壳一样紧密地排列在一起。所有的船只，全是以家庭为单位。船的前面是大舱，专门用来装货，船的后舱，即是船工的住家。船一停泊，搬运工人们忙着上货与卸货，船老大忙着清洗，女人们忙着在船后舱，或是做饭，或是洗衣，那紫色的柴烟一缕缕地从船后舱冒出来，若一层薄满的山岚，覆在河面上，似给繁忙的南官河覆上一层薄薄的轻纱。从外表上看，经过重新装修的九号公馆，与上海滩上的百乐门，几乎没什么区别。那房间的窗子是铁窗子，那柱子是罗马柱，那门是立地的大敞门，那屋顶上的浮雕是罗马雕，整个样式是那样的新颖，鹤立鸡群、独往独来。整座建筑的气息是那样的富贵且豪华。进了内室，也是一间房子紧挨着一间房子，无一处不是恰到好处，无一处不是有若迷宫。每一房间的大门全是结实的大铁门，那铁门上全有窥视孔与防卫枪眼，尤其是地下室，入口处是在二楼楼梯下的墙壁上。若是你不知内情的话，根本不知道这里有道门，只有知道内情的人，将楼梯下的某一块砖动弹一下，那门即会自动开启，露出只可容一人进出的小门。拾着水泥扶梯下去，一旦将灯点明，呈现在人眼前的则是完全不同的世界，不但狰狞且恐怖，内中摆满了各种各样的刑具外，还有囚人的铁牢房。整个与大楼同步的十六间房子的地下室，全是由水泥钢骨浇铸而成的地狱世界。

瑞肇时与童时让一起站在那明媚的阳光下，眯眼逆光，上下打量台州这座别具一格的中西结合的木建筑。童时让怎么也没有想到，他哥哥任时平，就因受不了这种地方的诱惑，最后捅出那么大的一个娄子，被他父亲亲手打死。一切的一切，仿佛历历在目。童时让不得不用一种怪异的眼光，细细打量这座要了男人小命的房子，整个九号公馆就像一位大国君王，无一处不显得精神抖擞。无论从外部还是内部来看，大楼的每一处细节都凸显出金碧辉煌、精雅高贵的风格。那餐厅，既有西方圣诞老人般可亲，又有东方式的平和；那八个大小不同的小客厅，既有文人墨客劫难后的宽容与执着，又有年轻学子们的纯真与热情；那三个娱乐厅，既让你感到古典淑女立在你身边，又有现代阳光少年的欢乐与天真；那三十八间打点精致的客房和那半圆形的接待厅，有着西方式的张狂与放野，又有着中国式的执着与固守。总之，精致与娇艳、粗犷与张扬、严谨与品位、自由与开放、宏大与结实、仪态万方与风姿绰约，同在这幢木结构大院子里完美且又巧妙地统一在一起。历史与文明，王朝与时代全在这里缩写，时间与空间同在此处凝固。只要你步入大院子，历史的纤手即会将你那百孔千疮的心灵轻轻抚摸；只要你一坐下，母亲式的温暖即会把你浓浓包裹；只要你一躺下，你就会听到母亲从远古传来的心跳。

瑞肇时召开领导班子紧急会议，浙江特别行动队总部将他们的打算与童时让摊牌，九号公馆有对外对内两个功能。对外是上海百乐门式的娱乐区，借此以获取情报，由童时让负责；对内对共产党行动，由金文杨负责。童时让一听即傻眼了："什么？你的意思是让九号公馆，对外改成婊子店？让我当婊子店老板？"

瑞肇时说："有什么不好？一是我们军统没钱，开这样的店，解决经费问题；二是英雄难过美人关，利用女人将共产党员拉下水，让他们为我们党国办事，有何不妥？"

童时让说："你要知道，我是天戟村人。我老家的人若是知道我是开婊子店的老板，他们不将我骂个狗血喷头？"

"何萍、季子秋，将命都献出来了，就你这点事，受不了？"

"你不知，我那个妻子……"

瑞肇时说："弟妹那边，由我说。"

"那你当头的，总不能让军统的行动小组成员去干这种勾当吧？"

瑞肇时说："上峰定了，给你派了个行家。"

"男的女的？"

"女的。"

"多大岁数？"

"四十多。"

"叫什么名？"

"与你在南京共过事，童晓兰一手发展起来的任南春。"

"让她做鸨母？你让我如何对得起任氏祖宗？"

瑞肇时答："军统的规矩，你是知道的，军人执行命令为天职。你听调好了。"

"她人在哪？"

"就在路桥，这是她家地址。"

"她会这个？"

"你调离南京后，总部即调她去上海百乐门任带班。上海沦陷后，她与林韦英一起办特种训练班。"

"林韦英是不是四大女金刚之一？"

"是。"

"她在哪儿？"

"这不是你该过问的。"

"天哪！"童时让牙痛似的呻吟一下，他突然发现自己成了如来佛手心中的孙猴子，他不管有多大本事，总跳不出如来佛手掌心，总有人掌控着他的命运。他最大的本事，就是围棋三百六十一个交叉点中的一粒子，童时让不愿干也不行。谁叫他是组织上的人。一个组织上的人，不听组织命令，岂不是自己寻死？

　　童时让不得不将自己变成一条狗，东嗅西嗅的，出现在任南春家附近。尽管童时让小时多次跟着他父亲来过路桥，尽管他哥哥曾烧过路桥十里长街，他毕竟对路桥的了解一直不曾深入腠理。对路桥十里长街的具体环境形同陌路，一时找不准任南春家的具体位置。童时让走到中桥头后，见正对中桥口的老木屋前，摆有一家杂货店。杂货店里坐有一位上了年岁的老女人。这老女人长得很有特色，怎么看怎么像外国童话小说里千篇一律描写的巫婆。那鼻子高且尖；腮帮全塌陷；老嘴全麻皱。童时让上前打听任南春家在何处，对方即现出他没有想到的一脸惊愕："你找谁？"

　　"任南春。"

　　"就是在上海'卖肉'的那位？"

　　"卖肉？她卖什么肉？"

　　"做婊子的，不叫卖肉，叫什么？"

　　"好啦，老人家打听一下，她家在这儿吗？"

　　"在这儿。"

　　"她在家吗？"

　　"四面全沦陷了，你叫她上哪拉皮条？"

　　"多谢。多谢。请告我一下，她家住哪儿？"

　　"女巫"一听，面目突然间变得非常可憎。目光里夹着两把剔骨刀子，开始"分解"他的肌肉："你找她做什么？！"

　　"有事。"

　　"有事？你是想与她来这个？还是想请她帮你开婊子店？"

　　童时让的脸皮瞬间被一股可怕的世俗力量摔成一地碎片，他不得不把自己的那张脸，全定格成青花瓷瓶。童时让冷一下心，带着点毒味地开口说："老人家，您这么大岁数了，说话何以如此不挡刀？她可是我的亲戚哪。只是多年没见，是死是活都不知道，我妈让我来打听一下。"老太婆一听，觉得自己实在太过分，忙点头说："哦，是这样，是这样，对不起，对不起。"她顿时变得非常友好，伸手朝一个方向点戳了一下说："去吧，去吧。喏，她就住在左边的院子里。门口种有葡萄的那家。"童时让说："好，好，多谢，多谢。"

童时让彬彬有礼地道谢后，沿着青石板铺成的小巷，径直来到任南春家门口。童时让不得不用非常另类的眼光对这座古老的宅院重新丈量：这是一处实在平常得不能再平常的人家。院落并不大，四周筑有一堵小矮墙。墙顶由于岁月长久，很不规则地长满了抹头葱之类的东西。垒着的老墙旧砖，它与人的本性一样，顽固不化中且不想退出历史舞台，不得不让上天赐予的灾难腐蚀与击打得百孔千疮。尽管如此，那墙似乎顽强地向每一位前来看它的人诉说着它存有千年的历史变迁。那扇门呢，也与一位百岁老人一样，青筋毕露，瘦骨嶙峋。只要你在门前一站，那门就会自动告诉你：这户人家，不是平常人家，而是图书馆里收藏着的一本古籍。只要你用心解读，便可以在它身上获得你想要得到的信息密码。门虚掩着，童时让伸手轻轻一推，门便打开了，展现在他面前的是一架葡萄。从它盘着的老根上看，这棵葡萄不知悄悄然活了多少年了。葡萄架下摆有一对考究的石桌石凳，足可证明这户人家过去确是有钱有势又有学问的书香门第。童时让伸手敲一下门。门里立刻传出铃动的声音："哪位？"童时让想，听她的声音，还和小姑娘一样呢。

"我，九号公馆董事长。"

"对不起，请报大名。"

童时让立刻报出大名。名一经报出，一连串脚步从楼梯上跌下。

门终于打开。

童时让与绰号"妈咪"的任南春第二次见面的感觉与第一次见面完全不一样。想当初，任南春与童时让都是军统华东股成员，平起平坐；而现在，童时让是少将，她一往故我的在中校级别上踟蹰。任南春在童时让头脑里铸就的形象，是美若天仙、风姿绰约、矫若游龙的女特工，但令童时让怎么也没有想到且遗憾的是岁月如此不饶人，她根本没有了过去与他在南京共事时的那种风韵与气质，全身上下分明蕴含着让岁月艰辛锻造过后的颓败与凄凉。你瞧她那张脸，瘦削得犹如刮刀。由于年轻时过分化妆，皮肤早已被各种化妆品咬啮得百孔千疮。童时让无论从哪个角度去看，这个立于他面前的女人，都如一只风干了的大茄子。尤令童时让心中感到痛楚的是她那身材，完全与他在南京时见到的样子不同，不说是老得有如一块搁置多日的面包，悄然间从骨子里长出一片绿毛，也是步步走向衰老。童时让从任南春的一举一动特质来考查，几年一过，任南春的变化确实非常大了，她早已成为服务行中久经历练的老将。瞧，她那走路，自觉不自觉地现出猫步；瞧，她那一身老肉，耷、拉、流、淌，但她一往故我地束紧腰身，把身上每一处能呈出女性魅力的部位，勇敢地显示于外。尽管她的一举手一投足，无法逃避出因岁月雕刻后的垮、蹁、拖、塌，可她风光依旧地显出习惯成自然的既定模式与根深蒂固的职业习惯。

任南春柔声问："我与你有几年没有见面了？"

童时让答："是不是有五六年了？"

"差不多，你的腿怎么有一点瘸？"

"我们干这一行的，非死即伤，活下来全是利润。"

"是赵老板让你来找我的吧？"

"是。"

她两只毛毛眼眨动了一下："你同意？"

童时让说："您能不能借一步说话？"（台州这一带说话与外地不同，没有称"您"的习惯称呼；但童时让还是用了"您"。其目的想让对方知道自己对她的敬重。果不然，他这一"您"一"借"两字出口，她对他的态度开始从阴冷变得有点温暖。）

任南春说："对不起，我失礼了。请进，请进。"

童时让很是小心地走进她的家门。这是任南春家的中堂，环目细看，童时让不能不为之深深叹息，真是此一时彼一时啊。这不是路桥十里长街名副其实的书香门第又是什么？内中结构虽老，扑面而来的信息，无不在向童时让诉说这里曾是孔夫子安妥他灵魂的世界。大堂正中，悬有四条直轴。画面朦胧呈现出古人们深好的岁寒四友。由于此画悬着的时间太久、太远，保管不善，画面开始发黄。轴顶上方十分明显有着屋漏被湮过的痕迹。柱子两边，刻有一副黑底红字的对联。这副对联，在路桥十里长街现在的民居中并不多见。

一边书刻"世事洞明是学问"，一边书刻"人情练达皆文章"。正中间摆有一张八仙桌，桌上放有两只很是古老的彩色花瓶，宽瓶口插有雉尾与尘拂之类的东西。桌两边一左一右摆有两把明式红木太师椅。童时让一看心里就想："命运之神真是个幽默大师哪！她们家的老祖宗，也许永远不会想到他的后一代子孙，是个以女色来窃取情报的女特务。"尽管如此，这户人家算得上是一处被时代遗忘的缩影。四围的墙壁，由于人气冷峻，不曾修补，现出大小不同的数十处漏洞。屋顶上有几缕阳光，很不讲理地钻将进来，肆无忌惮地窥探这户另类人家。房内的打扮，非常整洁。所有家常用具，各有安身立命之处。虽然没单设什么客厅，但主人很会生活，在中堂前方空旷处，划出一块约三平方米的地方，摆上几张老旧的藤椅与一张红木色茶几，即可让来客舒舒服服地落座。童时让再看那边上的小茶几，不仅搁有古香古色的小白瓷瓶，那小白瓷瓶上还插有一朵新鲜的红玫瑰。红玫瑰瓶子下，放有一包开封的香烟与一只玻璃烟灰缸，上面还靠着一段刚抽过又掐死的烟头，一股烟气正从烟灰缸里往外逸出。上楼的扶梯，虽因岁月久远，现出历尽沧桑的老态龙钟，但也被她擦拭得一脸清秀，清秀得连木纹都一清二楚。再顺着木楼梯往下看，则是一方小毡，毡子上放有五双皮色鲜亮的红色皮拖鞋。

童时让只一看那摆设、那做派，心里就明白，任南春不再是第一次与他合作逼戚进谊自我引爆时的任南春了，她的确是在百乐门那荒淫无耻的洞窟里干过、玩过的专家了。譬如，她请他落座时，拿出一方手巾掸了一下椅子；譬如，请他喝茶时，她总伸出一手，那手的小指，必然呈兰花状，倒出来的茶，必用一茶托托住，习惯性地说了一句请"慢用"；譬如，她与童时让面对面坐下后，两膝自然合拢，并将她的两手平放膝上。尽管她业已是残花败柳，但她一直保持着职业必须保持的精致与考究。尤其她会吸烟，这可是路桥十里长街女人们不允许的。因这么长时间没有见面，他们二人天各一方，双方都显得有点尴尬。

童时让很想搞清他们分手后，她到底接受了哪些不为人知的任务，可他一想起军统的规矩，那快滚出口的话，还是水银样地咽回到肚子里。

任南春问："赵老板定了？"

"定了。"

"对外我是鸨母？"

"是，你同意吗？"

"不同意行吗？谁叫我当时跟着你姐走？"

"我姐让日本鬼子飞机炸死了。"

"我知道，可惜的是你姐爱了李卫这么多年，两人就是没有走在一起。"

"你有没有丈夫？"

"我？你看我们干这一行的女人，哪一个有丈夫的？骑上虎背难下虎啊。"

"我不是与你一样？"

"你好歹有个儿子了，可我们呢？何萍没有，季子秋有一个，找了那么多年一直没找到，林韦英一直没有。"

"林韦英在哪儿？"

"你是少将你都不知道，我只不过是校官，我上哪儿知道？我只知道那期特种班一结束，老板就将她调走了。真正知道她干什么去了的，也许只有林次长、李局长、赵长官他们知道。九号公馆打算什么时候开业？"

"老板发话了，你人什么时候带来，什么时候开业。"

"她们全在瑞安飞云渡特别训练班待命呢。"

"特别训练班开着？"

"开着，一直开着，只是经常转移而已。"

"这么说，你就是特别训练班班主任？"

"不光我，还有林韦英。"

"怪不得，我一直不曾见到你们。"

任南春说："你以为我的军衔是白给我的啊？若不是赵老板要我米家中候你，我还在瑞安那个飞云渡呢。"

谈话就此告结，童时让退将出来，任南春没有送。

三天过去，任南春终于率着特别训练班十位女郎到达路桥九号公馆。童时让正坐在办公室找王英谈话，想让王英仟九号公馆账房。空寂的九号公馆过道上，突然传来一片女性欢笑，这种女性的欢笑实在是与众不同，既脆又亮，脆得有如爆米花，亮得如耀眼的明珠。童时让正想走出办公室看一看，是什么人在此地如此张扬？人还没走到门口，一阵香风蜜雨差点将可怜的童时让淹死。童时让刚惊魂甫定，十位娇媚无比的女特工，全叉手立在他面前。面对着她们摆出来的阵势，童时让刹那间全身神经系统现出粉碎性的错乱与狂悖。别看童时让有妻子有儿子，爱过何萍与季子秋，可他也不曾如此零距离地闻过如此多青春女性如此撩人的气息。这股气息，几乎要将童时让办公室撑破。童时让挣扎着从绝望的窒息中撑出头来。

童时让强抬起头来看她们。这一看，不要紧，童时让忍不住喷起嘴来。瞧瞧她们的那身打扮，你说她们是现代的嬉皮士，她们并没有把自己打扮得毫无原则；你说她们是全古典，她们又恰到好处地剔除了贵族们的伪装。这一整排齐着站在他面前的女郎们，上身统一穿着黑色旗袍装，让高挑、丰满、极为诱人的上半部全裸衬在外；头上是统一的精制巧作，盘上云髻，让修长的乳脖凸显风韵；脸上清一色薄施脂粉，让脸蛋儿粉里掖红恰如出水芙蓉；腰上统一束着紫金皮带，让身上线条更显流畅；下身突然间来了一个随地飘拽的土布蓝底夹带白点的长裙，将所有行人能做想象的迷人部位全部遮挡了个密不透风；裙下两脚全穿有小巧且玲珑的黑色高跟鞋，不仅走起路来亭亭玉立，那样子更如圆规一般步步到位，一切显得如此的美不胜收，一切又显得恰到好处，过一分则肥，少一分则瘦。看样子，这些女特工从她们决定登陆台州这处块唯一没有沦陷的国统区那天起，就暗下决心，要在台州这块古老的土地上，好好亮相，并打算利用上天赋予她们的姿色，彻底的征服她们必须征服的男人。

童时让第一次与她们见面，叹为观止的倒不是她们的天生丽质，而是隐藏在这些姑娘们身后的服装设计者。童时让一眼即可断定这位服装设计者定是色彩江湖上的高手。这家伙居然来个逆向思维，夺人眼目。社会上的那些姑娘们不是时兴一点点地脱吗？那好，我与你来个反其道而行之，另类加古典！社会上的姑娘们不是越会露越好吗？那好，我偏给你来个该露时让你露个够，该收时，让你收个紧针密线，让你贪婪的目光渴着馋着。这十多位姑娘当然是风姿绰约了，就在她们从海门一上码头，台州那些不曾见过世面的愣头青，目光全部套牢，人人变得六神无主。尤其当她们坐船至三水泾口，走至九号公馆那瞬间起，即有上百位后生，中了邪似的尾随着她们，一直跟到九号公馆。若不是童时让手下的三位警卫拦他们，兴许这百号后生，全神颠魂倒地跟进来观赏"珍稀动物"了。

面对着这十多朵蓬勃盛开、带点野性的小花，童时让张嘴一直乐得直开裂。童时让问："你们是？"一女人嗲声答："'妈咪'叫我们向你报到。"童时让一时没回过味来问："'妈咪'？谁是'妈咪'？"

"你不是九号公馆的老板吗？"

童时让答："是。"

女郎笑着说："你既然是公馆老板，怎么会不知我们'妈咪'？"

大半天过去，童时让这才从狂乱中理出个头绪来："妈咪"指的不是别人，即是特别训练班的教官任南春。童时让正想对她们说，我与你们的"妈咪"有明确分工，你们不属我管，你们还是上接待厅里，找你"妈咪"吧。其中一位女特工扬起脸响亮地喊一声："姐妹们，来，排成一排！"十多位女特工迅速排成一长排，童时让有些发慌："我没叫你们排队，想干什么呢？"为首那女郎再次在童时让面前搔首弄姿，笑着说："老板哪，别吓成这小样！我们不吃你！"

童时让慌得语无伦次说："那你们到外面去好不好？"

为首者扭着腰说："不嘛不嘛，老板。我们是集体来叫你验收的。"

童时让一脸狼狈："验收？验什么收？"

"一行有一行的行规。"

"什么行规？"

"你得好好看一看，我们长的样子，能不能叫你满意。"

"任妈咪是你们的主官，要验收，叫她验收。"

"来，老板，别这样嘛，我们往后都是一家人了。你将我们一个个看过去嘛。"

她们摆出一副当兵体检要脱衣服的样子，童时让顿时吓得脸都青了。

童时让忙冲上一步，摆手说："好了，好了，好姐妹们，你们千万千万别在我面前这样了。本老板眼拙，不经看。你们全听你的'任妈咪'调排吧。"一名叫许央珍的女特工说："嘿，我们这位老板真'绝'了，居然不验收。过去哪，我那老板，别说验收了，不让他验明正身一次，还不让我上岗呢。"童时让上下喘成一团地说："好了，好了，姐妹们，求你们别在我面前作孽了，他们是他们，我是我，请诸位不要把我与他们相提并论。"

另一位名叫邵安娜的说："嗨，姐妹们，你们听着，我们这位新老板，说话文气着呢。你听，'相提并论'多文！喂，老板，你真的黄埔军校毕业的？"

"是，是。"

"你父亲是赫赫有名的贼王？"

童时让一脸狼狈不堪地点头回答："是，是。"

不知其中那一位起头喊："我们第一次与新老板见面，我们给新老板一个吻好不好？"

"好，好。"

就这一下，不得了了，十多个特工全蜂拥上去，都要给童时让一个吻。童时让吓得用尽全力阻止她们这个"吻"时，办公室的门，再次"哐当"一下让人一脚踢开。真正的主角带着特有的动感闪亮登场。此人不是别人，即是她们的队长应山红。

应山红一见她们闹成这样，大喝："别闹了，姑娘们，全部给我站好。"真是一鸟入林，百鸟压音。疯狂的"吻"行为戛然而止。十多位刚刚从瑞安飞云渡培训基地下来的女特工们全部训练有素地站好。应山红问："你们自我介绍没有？"

"没有。"

"好，我来一个个向童老板介绍一下。"

应山红即一个一个地向童时让介绍。这位叫什么名，那位叫什么名。她指点一个，上来一个与童时让敬礼握手。十多位女特工很快介绍完毕。

应山红拿出一张纸，开始分配住房，谁某号房间。应山红分配一个，将房间的钥匙交一个。房间分配一毕，应山红又开始分活：谁上"园明园"，谁上"颐和园"，谁上"园中园"，谁上"长乐宫"，谁上"慈宁宫"，谁上"坤安宫"，谁上"皇帝寝宫"。工作分配一毕，应山红又宣布某某人为某部副职，某某人为某部"助理"。

"明白了？"

大家齐声答："明白了！"

"现在，解散，你们回房收拾。行李，我叫大厅服务生，送到走廊上，你们自己去挑。上午，休息、整理内务；下午，放假。你们想出去玩，可以出去玩。但必须三五成群。台州、温州是浙江唯一没有沦陷的国统区，全省人全往这里辐辏，什么样的阿猫阿狗都有，要当心。晚六点。老板宴请，开会。明天正式上班，做开业的筹备工作，不得有误。"

"是。"十多位初出茅庐的女特工，如一群小雀子喊喊喳喳地叫着闹着全走了。

台州最大的鬼窟九号公馆就这样在路桥三水泾口，神不知鬼不觉地拉开帷幕。

国民党顽固派对浙江共产党的大清剿一直在黑暗中进行。国民党特务、便衣四处侦探中国共产党机关，捕杀共产党员。整个浙江省笼罩着一股相当可怕的白色恐怖。

第六章

童时让正坐在房间里百无聊赖地仰脸看着弯弯的月亮挂在天戟峰，听着那农田里数不清纺织娘在没完没了地鸣叫；听着那说不清是什么样的鸟，鸣呀，哇呀，远一阵近一阵在屋顶上飞过。

就在此时，童时让听到屋外有两个极轻的声音在叫："童校长，童校长。"

"谁？"

"我啊。"

"你是谁呀？"

"童校长，你听不出我的声音来了？我是朱友与陈富啊。两名特工班漏网学员。"

"什么？是你们俩？"

"是。"

"你们怎么敢半夜三更跑到这里来？"

"我们想劫你出狱。"

童时让至窗前，踮脚外看。因窗子太高，朱友与陈富个子太矮，夜太黑，他看不清两个学员面部表情，只看到四只大眼睛在朦胧的月色中闪闪发亮。只不知是真是假，童时让细为一看，果不然是他的学生朱友与陈富。

童时让说："我不是下令让你们全部撤往大陈岛的吗，你们怎么来了？"

"我们是奉赵主任之命潜回来救你的。"

童时让说："你们疯了？共产党打的是人民战争，你能将我劫出去吗？快走，快快走。"

"共产党有没有对你用刑？"朱友问。

"没有，没有。"

"赵主任要我问你，如果他们对你用刑，你挺不住怎么办？"

童时让答："请你告诉赵主任，我有我的死法，如果他还有好心的话，请你们将我儿子好好带一带，请你告诉他，我是任元培后代子孙。不忠不孝的事情我不会做。"

朱友猴子似的攀了上来说："给。"

"什么？"

"毒药。"

童让说："不要，我不要那玩意儿，我有我的死法，叫他放心，我决不会将我们精心编织的特务网告诉共产党。"

脚步声响了，中国人民解放军公安部队巡逻队移过来了，朱友与陈富，头一缩瞬时不见影了。

一切如常。

童时让的心开始翻江倒海。他知道朱友与陈富为什么会从大陈岛潜回来，也知道现在瑞肇时心里最担心的是什么。

童时让想起了他第一次见到的两个硬骨头的共产党人。

郑仙球，1907 年生，新桥郑际村人。1938 年，经林泗斋介绍加入中国共产党，曾任郑际村党支部书记，与戴元谱为密友。后曾任横街区委书记。曾由党组织将他安排至新民公所守望班任班长，借此以掩护台属特委在上陶村召开的扩大会议。1939 年 2 月，中共黄岩县委发动青年志愿参军抗日，郑仙球动员了三十二名党员与青年参军。1939 年四五月间，时任县委书记的林泗斋被迫隐藏于宁溪山区，郑仙球遂主动抚养林泗斋刚生下且不满周岁的儿子。1940 年 2 月，郑仙球任中共黄岩县武装队委员。1941 年，黄岩县委遭到破坏，郑仙球不得不隐居于乡下一亲戚中。当时，新桥一豪绅名陶仲高者，向黄岩县国民党总部告密，黄岩国民党党部遂下令将郑仙球逮捕。当夜蓝衣社金文杨强迫郑仙球交出所有潜伏在台州的地下党党员名单，郑仙球拒不交，蓝衣社特工遂将郑仙球带至九号公馆用刑。九号公馆前楼是一片莺歌燕舞、纸醉金迷，后院地下室却是一片腥风血雨。金文杨为人心狠手辣，对郑仙球不是坐老虎凳，即是灌辣椒水，打得郑仙球三次昏厥于地、不省人事。关于郑仙球的被杀，民间一直有两种说法：一说是推入渊崖坠渊而死；一说是行至半途，被竹刀活活戳死，尸体被人发现时，那身上足足戳有一百零八刀。实际上真正下手的不是竹刀，而是一个童时让精心设计的计谋。那天，瑞肇时令让金文杨、童时让押送郑仙球去往温州时，金文杨因内急刚闪入竹林，郑仙球立刻咬着童时让说："你是不是天戟村的任时襄啊？"

"你怎么知道？"

"你长得与你爸一个样，我知道你们任家是好人，你能不能帮我一个忙。"

"我恐怕帮不上你了，那家伙看你看得很紧，我不好下手。"

"你总可以想个法子，让我死啊。"

童时让说："好死不如赖活着，别人全想活，你怎么想死？"

郑仙球说："想当年，你爸爸杀死你哥哥，让全台州人为之敬仰。我是共产党员，我怕自己受不了你们的折磨，万一做了叛徒，我还有什么脸活在世上？如果你真的是任武基的儿子，你得想个法子让我死。"

"我又不能开枪，怎么让你死？"

郑仙球说："马上要过天公岭了。你就在天公岭上装成摔跤，搡我一把，我一掉下大峡谷，不就是死定了吗？"

童时让不由得对郑仙球肃然起敬。过天公岭时，童时让果然装成踩崴了脚，装成一个踉跄摔倒的样子，把将郑仙球用力往悬崖上一搡，郑仙球刹那间张开两臂燕子似的飞下山去，很快便贴在那赭色的石头上一动不动了。郑仙球就这样在押解去往温州的路上，让童时让设计给摔死了。为此，金文杨与他大闹起来。金文杨上告童时让有意为之，童时让说自己摔了一跤，两个吵得不可开交。原本军统与中统即有裂隙，两方差点火并。好在黄绍宏为人心眼正派，对瑞肇时说："我仔细打听过别人了，童时让因负伤，腿脚不方便，过天公岭时，脚确实在一块石头上崴了一下。金文杨说他有意通匪，合不上。"瑞肇时说："你知道那个郑仙球掌握多少共产党机密？他一旦开口，浙东、浙南不全让我们一锅端了。"黄绍宏说："别在童时让这件微不足道的事情计较啦。那个名叫郭潜的共产党员叛变，让你获益多少？赣、福建、广西、潮海，琼崖，差不多一千多名共产党官员，全让你一网打尽了，你还计较这些小虾毛做什么？"

杨炎宾，1921年生。玉环县玉城人。八岁进玉环小学受进步教师董仲升启蒙教育。毕业后，组织读书会。七七事变后，串联进步同学组织烽火社。（后改为快报社）自任编辑，出版《烽火》月刊，《快报》（日报）宣传抗日。1937年12月，赴平阳山门参加中共闽浙边区临时省委举办的抗日救亡干部学校学习。1938年4月，加入中国共产党，历任中共玉环县委宣传委员，中心区宣传委员，县委书记，后不断在《民族日报》《海防前哨》《浙江潮》《玉环日报》上撰写文章，宣传抗日救国，抨击分裂投降。1941年4月，调任临海县委书记。同年夏，中共台属特委书记曹珍在黄岩被捕。杨炎宾亲率十人设伏营救曹珍成功。皖南事变后，国民党下令对浙江共产党严剿。杨炎宾不得不化名林宗友，任中共台北联络员兼三门县委书记。与中共台北特派员郑加治等一起，建立三门—宁波—四明山与三门—上海—苏北两条交通线掩护革命骨干安全撤离玉环。1941年7月18日，他在三门县海游镇被捕，囚禁于临海监狱。就在这天夜里，他表妹周时兰通过金谷寺大和尚郎叔杰来找童时让，让童时让设法救一救杨炎宾。童时让初时的想法是在转运杨炎宾去往温州的路上将杨炎宾救下来，哪知，不等他人至临海，即接金谷寺大和尚郎叔杰通知，说杨炎宾在临海监狱因遭毒刑过重，牺牲于狱中。童时让不得不放弃他表妹周时兰交给他的救人计划。

第一个被拉下水的不是别人，正是太平县委书记陈芳汀。直接指挥此事的，即是瑞肇时；出马引诱陈芳汀落水的，不是别人即是应山红。应山红引着陈芳汀至九号公馆时，童时让、金文杨即与王英坐在暗处审视。王英真是个看人入木三分的人精，只要他看一眼对方，即知人品高下。当金文杨问及此人，我当用何法让他投降时，王英拿起手中毛笔，在纸上写了四字："软硬兼施。"

童时让、金文杨立刻下令应山红先用软招。那天夜里，应山红即以九号公馆女主人身份宴请陈芳汀。应山红一边劝酒，一边劝陈芳汀交代在台州的地下党组织，陈芳汀迟迟疑疑地不肯说。应山红向金文杨使了个眼色，金文杨立刻明白，只是一挥手，三位蓝衣社特工，即将陈芳汀带入九号公馆秘密地下室。别看这个九号公馆地下室，却是九号公馆真正的核心区域。所有刑具与牢狱全在这儿，阴森森的活似阎罗王殿。这一边墙上悬有各种各样的刑具，那一边却是关押人的地方，那样子活如一只只捕鼠笼。各种各样难闻的气味混合在一起，令人作呕。时金文杨正好逮捕一位名叫叶勉秀的共产党干部。

叶勉秀，路桥洋叶村人。家穷，水缸锅灶连眠床。叶勉秀是路桥二十五间涌出来的第一位共产党员。娃娃脸，目光清澈如一泓山溪水，身着对襟老服，你无论如何也不会将他与"革命"两字联系起来。十五岁时，叶勉秀因生活无着，其父遂将他送至十里长街二十五间王家布店当学徒。三年一过，学得一手好本事。扯布时，他将手捏住一头用力一扯，"嚓"一声响，即扯成一条直线。尤其厉害的，是他那独具一格的目测能力。对方要多少尺寸，根本不用尺来量，一扯一个准。时二十五间王家布店总经理是王仙实。王仙实每次至店内巡视，总不见他使尺，大不高兴说："不用尺量，岂可准？"叶勉秀答："掌柜的，不信，可当面试。"王仙实当场拿出一块布料，令叶勉秀断尺寸。一连试有五块，分毫不差。不怕不识货，就怕货比货，人家将一事做至极致，你不想用也不行，王仙实遂将叶勉秀升为头员。别看现在，员工之间无有多少差别，那时可不是如此，布店与药店一样，等级森严。学徒上不得台面，只可打杂；正式员工分头员、二员，三员。三员以下为苦力，三员以上则是白领台面。尽管如是，工资员与员之间的差别只是一块银圆。然而一旦升至头员，他的工资即比其他三员高出一倍不说，还可以在出售价格上做主。再努力一把升任账房，即可与老板同桌吃饭，你还可以拿十块大洋一月的工薪。正因叶勉秀升至头员，家中高兴至极，想为叶勉秀娶亲。就在这时候，叶勉秀与时任台属特委书记的曹珍相遇。曹珍，1901 年生，天台县欢岙沙坑村人，真名叫石瑞芳。1926 年天台中学毕业，至下周村任小学教师。1926 年加入中国共产党，介绍人是天台中心县委书记戴定邦。

林泗斋，号枚夫，新桥田际村人，1927 年加入国民党。国民党在黄岩成立党部后，林泗斋任路桥区国民党党部执行委员工人部长。时路桥药业老板对所在药店员工十分苛刻：工资低，待遇差，好拖欠工薪，尤其是每日三餐吃的饭菜十分恶劣。他们自己吃的是好饭好菜，学徒与工人们吃的是残羹剩饭。稍有闪失，不是开除即是扣工资。经林泗斋与叶勉秀二人精心策划后，路桥药业员工集体举行罢工。

1930年，横跨浙东、浙南山区的红十三军正式在永嘉县五尺村成立。柳苦民任红二团团长，叶勉秀任红十三军委委员兼红二团政委。红十三军被打散后，叶勉秀在台州从事地下活动，重新组织武装队伍，因叛徒出卖，被捕。人与人的差别实在是太大了。叶勉秀被带至九号公馆时，那王英只看了他一眼，即断言，此人是个硬骨头分子，决不会降，你最好是积一点德，让他早死，别让他受太多的灾难。

金文杨当着陈芳汀的面审叶勉秀。特务们将陈芳汀一带到，金文杨即下令给叶勉秀坐老虎凳。哪知刚垫上第三块砖头时，叶勉秀痛得脸是全是黄豆大汗。叶勉秀什么也没招，可陈芳汀吓得脸色如土，当时即跪在金文杨面前说，我招，我招。叶勉秀厉声喝道："陈芳汀，你别忘了你的入党誓言。"没有用了，一个人的意志一旦崩溃，他即如泥石流一样出现大跳水，他立刻供出了台属特委书记曹珍。

金文杨一得陈芳汀口供后，立刻向瑞肇时汇报，瑞肇时立刻让金文杨将陈芳汀押送至温州。结果于瑞安飞云渡将曹珍逮捕，逮捕曹珍后，瑞肇时立刻让童时让将王英送至温州看曹珍骨头是软还是硬，王英只一看，即对瑞肇时说，此人，是天台齐周华第二。初时，童时让意见是别如此折磨人，我们做人当积一点阴德，早一点送曹珍与叶勉秀上路，可瑞肇时是个心狠手辣的家伙，压根儿不相信，他认为酷刑之下，没有摧不毁的意志，遂对曹珍大施酷刑，不是滚钉板，就是烤火烧，整整折磨了三天三夜，那惨绝人寰的叫喊声，让人毛骨悚然。曹珍怕自己在昏迷中说出党的秘密，居然将自己的舌头咬断了。瑞肇时还想折磨，这一下可将童时让惹翻了。童时让将手枪往桌上一放说："做人前半夜想想别人，后半夜想想自己，如果你今后成为共产党俘虏，人家如此对你，你将若何？做人总得有一点怜悯之心、慈让之心、善良之心、恻隐之心，就此四心都没有，我们一个个不全成了衣冠禽兽？"别看童时让只不过是一个少将，可他头顶上有李卫与周至柔两位亲属，谁都得让他三分。也许因童时让是童晓兰表弟，也许因任家与临海周家有亲，瑞肇时与竺鸣涛（省保安司令）不得不尊重童时让的意见，一经商量，他们最后做出共同决定，将叶勉秀与曹珍两人同时处决。

　　他们联合行动的第二步，即扑向金谷寺逮捕梅子婴与郎叔杰。金谷寺郎叔杰，面对瑞肇时、竺鸣涛、童时让、何江、林蕤、邬之江、李尹希、徐若君、陈肖孟、王克超、何清等人，一脸淡然地说："赵子琳让我送走了，我知道你们来抓我，天下万物生生死死皆有时，我郎叔杰早知我在人世的份额已吃完，到我该走的时候了。"郎叔杰一边往那早堆好的木柴堆上走，一边高唱着一首他写的"七笔勾"：

　　　　　　人生在世是虚浮，光阴迅速流春秋。

　　　　　　日月如梭容易过，三岁孩童易白头。

　　　　　　命中有来终须有，命里无来莫强求。

　　　　　　争名夺利成何用，世事奔波一笔勾。

　　　　　　高官厚显爵虚浮，金带垂腰五凤楼。

　　　　　　臣伴君王羊伴虎，王法不犯是公侯。

　　　　　　古今多少文共武，无非图个好名头。

　　　　　　看彼朝纲如春梦，文武功名一笔勾。

　　　　　　万两黄金是虚浮，千思万想用计谋。

　　　　　　有了一千想一万，有了银钱不肯修。

　　　　　　有朝一日无常到，万贯家产一时丢。

　　　　　　堆金积玉难买命，白玉黄金一笔勾。

　　　　　　夫妻美妾是虚浮，胭脂花粉共香头。

　　　　　　每日打扮时新样，年枉青春爱风流。

　　　　　　夫妻本是同林鸟，大限到来各自飞。

　　　　　　同伴鸳鸯今折散，恩爱夫妻一笔勾。

　　　　　　生男育妇是虚浮，每日忙忙为儿愁。

　　　　　　男大终身定婚配，女大应当对门楼。

　　　　　　为男为女把家计，一生辛苦白了头。

　　　　　　男是冤家女是债，男女冤家一笔勾。

　　　　　　朋友相交是浮虚，人情往来两相投。

　　　　　　有酒有肉皆朋友，急难之中无人救。

　　　　　　不借银钱还犹可，借了银钱反为仇。

只为钱财红了面，朋友相交一笔勾。

田园产业是虚浮，前人田地后人收。

集得田地人不在，劝君念佛早回头。

念得弥陀终须有，倘若不念空手无。

世上万般均是假，争田争地一笔勾。

随后，郎叔杰对众人说道："好了，好了，好即了，了即好，我与你，你与我全一笔勾了。"又对童时让说："童时让，你与我同为乡里，我只送你一句话，人生如棋。你与儿子全是棋盘上的一粒棋子，当心你那个儿子也成国民党与共产党对弈时的一粒棋子。"言毕，郎叔杰即下令点火，童时让想上前拦阻。瑞肇时喝道："如此高人，我们岂可亵渎？"何江退有一步。两个小沙弥匍匐在地向郎叔杰拜有九拜，然后点上火，那早就浇上油的柴堆，立刻透出熊熊大火，将金谷寺的天际映得一片通红。

第七章

　　童时让透过那铁栅窗子，眺望着他老家的天戟山山顶。童时让忘不了，他父亲第一次让他过天戟峰时的情景。那天他如一只猴子，沿着那刀锋般尖锐的山脊往将军台上爬，实在没有一点力气了，他想回头，可发现自己处在的位置正是天戟峰的正中间，天戟峰上根本没有回头路，如果他不向前，只有死。就在这时，他听到父亲放开嗓子大喊："儿子，儿子，你给我听着，人生就与爬天戟峰一样，没有回头路，是死是活，只有往前走！"他不得不鼓起最后的勇气，一个山尖一个山尖地移过去，最后，终于走至将军台，当他胜利归来时，父亲是那样的快活啊，张开胳膊紧紧抱着他，说："郑子清命算得不错，郑子清命算得不错啊！我儿子是个当将军的命，我儿子是个当将军的命！"尤其是那天夜里，他伯伯任文础从杭州归来，他父亲快活得如同一个孩子，当着全家人的面，说他只有七八岁就敢过天戟峰的事。他伯伯还写了一幅字赠给他，他至今尚且记得那幅字的内容，上面只有一句话："狂风难撼大树，盖其根深；巨浪无奈礁石，盖其坚不可摧。"童时让深觉他现在的处境与那时爬天戟峰的处境一样，正处于一种进退两难的无奈中。

　　童平山从杭州来至台州向瑞肇时与竺鸣涛二人汇报潜伏在杭州的任务。时军统的规矩非常严格，所有汇报均单独进行，汇报什么内容，童时让一无所知，因童时让与童平山、童平海、林蘂全是亲戚，童时让不得不在九号公馆设宴请童平山吃一餐饭。也许是亲戚关系，也许他们全是军统中人，也许童平山多喝了一杯酒，童平山似有意、似无意地在聊天中漏出一个令童时让非常吃惊的消息，李局长手下的四大女金刚之一林韦英业已打入共产党内部。至于林韦英是如何打入共产党内部的，童平山说他也一无所知，具体知道她情况的只有李局长与李卫。

军统对他们这些人，有着一个特殊要求，即不能暴露目标。一是不可在人前亮武器，二是不可在人前亮军装。无论是李局长本人，还是童时让他们最高领导人瑞肇时，不来九号公馆则罢，一来九号公馆，必须着便衣。尤其是九号公馆以应山红为首的那些女特工，除执行特别任务外，不准暴露一点身份，或是将自己打扮成女招待，或是将自己打扮成一般饭店工作人员。然而令童时让做梦也没有想到的是，那天，从不至九号公馆的台州抗卫军副总司令徐时用，带着他的妻妾周明珠、夏芸来九号公馆设宴宴请黄岩县议长朱文劭，一不小心，与应山红碰了个面对面。就这一次做梦也没有想到的碰面，坏了事了。那天童时让刚出去，应山红一看徐时用的妻子周明珠，气得浑身发抖。童时让根本不知她是怎么想的，就见她突然掉转身子，来到自己的房间，换上一身军装，掏出她那支配枪，一头冲进徐时用的包厢，拿起她的手枪顶着周明珠的头，咬牙切齿地对周明珠说，我做梦也没想到，你这个台州名列第一的辛亥革命的女英雄，原来是只吃人不吐骨头的狼！面对着一身戎装、杀气腾腾的应山红，周明珠当时吓得脸全变成一片死灰，差点儿瘫倒在地上。腆着个大肚子的徐时用只知道这九号公馆是青楼、是饭店、是消费场所，他怎么也没想到会有一个女军人拿着手枪顶着他妻子周明珠的头。徐时用再定睛细看，居然是他过去的情人应山红。徐时用刹那间什么都明白了。夏芸摆出一副要救周明珠的样子，徐时用一摆手，将夏芸拦住。徐时用欠身上前问应山红："你要打死她？"

应山红答："她为什么将我卖至上海百乐门？"

徐时用答："过去的事情就让它翻篇。天下事从来祸福相倚。好事变坏事，坏事变好事。若不是当初周明珠出此下策，你应山红会有今天？"

"我不是一块嫩豆腐，你这个臭女人想怎么吃就怎么吃。"

徐时用一把将她手中拿着的那把枪，对准自己的心门窝："你若是真要打死她，就先打死我。"

"你以为我不恨你？"

"我知道你恨我。"

"不是我没有找过你，问题是你已经让童晓兰接走了。人哪，人都有犯糊涂的时候。我如此，你也如此。她将你一卖掉，她就后悔，带着夏芸去了上

海百乐门找有三四次。"

夏芸在边上插嘴说："后来，我与明珠姐跑到南京找到童晓兰，知道你入了军统，我们才拉倒。"

徐时用说："你现在又是少校，又是军人，业已做了人上人了。退一步海阔天空，你为何与一个吃你醋的老女人过不去？"

或许是应山红动了一点人性中的恻隐之心，或许是应山红觉得自己的地位远远高出周明珠，或许周明珠早已人老珠黄，成为一朵明日黄花、一块臭抹布，或许应山红觉得她应当好感谢周明珠将她这一卖，反倒是成就了她，让她成为国民党少校女军官。

应山红手中的那支枪终于低下了头，只是当着一脸狼狈的周明珠的面狠啐一口，然后将枪往腰间一插，翩然离去。周明珠吓得全部辐辏一起的脸肉，终于复归原位。

风波平息了，应山红的祸可就闯大了。按着军统的规矩，此事一旦让瑞肇时知道，应山红非枪决不可。第一位告诉童时让的不是别人，即是任南春，第二位告诉童时让的，即是王英。初时，童时让打了个冷噤，潜意识地叫了一声"不好"。很快一过，童时让的头脑一下子镇静下来，问："都有什么人知道这件事？"

任南春答："除了我与王英外，没有多少人。"

"金文杨知不知道？"

任南春答："他受命去杭州执行任务去了。"

童时让长吐一口气说："只要不让这只青面兽知道，应山红的小命，我就保得住。"

童时让立刻给任南春下达三条命令：全店摸排一遍，看有什么人知道；由他出面做徐时用工作，他们一家三口千万不可与他们人说，将他的真实身份暴露；由他给王英下死令，不准王英向让上峰报告。

应山红被童时让带到了办公室。门一关严，童时让第一次以长官的身份批评应山红："你为什么这样做？"

"我恨她。"

"纪律你不知道？"

应山红答："我自己也不知怎么的，就做出来了。"

童时让说："按组织规定，你暴露了九号公馆的最大秘密，我得枪毙你。"

应山红慨然答："一人做事一人当，你枪毙我吧。"

童时让板着脸说："你知道不知道，你如此一做，给九号公馆带来多少危险？"

"若要人不知，除非己莫为，天下哪有纸包得住火的？"

童时让将桌子一拍，骂道："我四处安排撒谎，让你蒙混过关，你还与我顶嘴！你知不知道，路桥有多少日本特务与汉奸潜伏在这里？你知道有多少共产党特工将他的目光瞄准这儿？但愿这件事就此一刀切断，若是传将出去，你我全得遭受灭顶之灾。"

七天过去，平安无事；八天过去，平安无事。第九天夜，童时让又梦见一只大眼睛，黑黑的，高高地挂在天上，老是冲着童时让这么一眨一眨。童时让很是愕然，天上有大眼，老是不住地眨，这什么意思？童时让很想叫王英替他解一解这个怪梦，可他沉下心一想，人的背后不长眼，做人只能走一步看一步。他想起他父亲为什么在临死前一定要自己过一次天戟峰？那时他想不明白，现在终于想明白了。什么叫骑虎容易下虎难？这就是骑虎容易下虎难。他一路踉跄地走到了今天这一步，他童时让根本左右不了自己的命运，只可走一步看一步。

童时让的噩梦很快变成现实，别看路桥不是沦陷区，内中的日特与汉奸实在太多。应山红以国民党军统特工的身份一亮相，整个路桥十里长街全部轰动了，路桥人终于知道九号公馆根本不是什么百乐门式的青楼与饭店，而是军统的特务机关；那童时让也不是什么老板，而是军统的头。潜伏的日伪特工一向日军报告，日军恨透了军统，于是大报复开始。日军从航母上起飞的飞机直接开到了路桥九号公馆，对九号公馆开始狂轰滥炸。

1941 年 4 月 19 日，日本海军陆战队入侵台州。童时让突然接到的命令，让他率军统特工人员前往江口镇协助台州抗卫团与日本海上陆战队决战。童时让率应山红、何江、林蘅、邬之江、李尹希、徐若君、陈肖孟、工克超、何清全集结于江口镇，与日本海上陆战队打得死去活来。

就在他们与日本陆战队交火时，三架贴有膏药旗的日本红头飞机直接向九号公馆俯冲而来。十八颗大炸弹同时落在九号公馆屋顶，一朵接一朵的烟花腾起，脚下的土地一次接一次地出现神经质般的大哆嗦。不消片刻，九号公馆被炸成一片废墟，原本陈季甫花有大钱装修的九号公馆统统倒塌，唯一那处曾关押着共产党人的监狱，没有被炸毁。但令童时让大为愕然的是，在九号公馆的三十八人，只有王英一人，逃过生死劫。那天，王英忽听得头上有日本飞机嗡嗡作响，直觉告知他，那飞机是冲着九号公馆来的。此时童时让在外面执行任务，家中说了算的是任南春。王英闪电似的冲进九号公馆，让他们撤，全部撤，可他毕竟不是童时让，他的话根本不当令。王英一看急了，企图将任南春拉出门外，但来不及了，日机俯冲下来了，一颗颗黑色的大炸弹呼啸着跟下来了。王英与任南春同时扑倒在地。整个九号公馆强烈地颠簸了一下，十八颗大炸弹同时引爆，巨大的力量将任南春的身子高高举起，然后活活撕成碎片。日本飞机一飞走，面对着九号公馆燃起来的熊熊大火，王英一头跪倒在地，呜咽着说不出一句话来。

徐时用率着抗卫团人来救火。火扑灭了，清理现场时，任南春招来的那些女郎，没有一个活着。

童时让气得浑身发抖，当即指着应山红的鼻子说，看看你干的好事！我告诉过你，当下敌中有我，我中有敌，我们的任务是潜伏下来做事，你却感情用事，你叫我怎么处理你？就在这天夜里，应山红这位烈性女人，开枪自杀。子弹是从她的左太阳角处射进去，从右太阳角喷出来，那带有白浆的血若一条小蛇一样，顺着她那漂亮的脸蛋蜿蜒下来。

童时让让林蕤给重庆总部发报，林蕤问如实发吗？童时让点头。林蕤如实发了。一个钟头过后，童时让接到李局长发回来的电报，童时让一看傻了眼了，替代童晓兰职务的是洪陆中妻子徐德馨，徐德馨在电报中明确写了三条：一、九号公馆信息暴露事件，总部知道，对外不可公布实情，以殉国处理；二、任南春追认少将，应山红追认中校，因应山红曾是徐时用的情人，交台州抗卫团副司令徐时用自己去处理；三、九号公馆已毁，可向徐时用运输公司借房子办公，对外称呼不变，具体听从安排。

童时让给应山红遗体穿上军装交给徐时用时，号称"垂头老虎"的徐时用，第一次流下眼泪，他拿起笔在应山红的墓碑上写下一行字"徐时用次妻国民党军事统计局中校应山红之墓，夫徐时用立"。

童时让给任南春穿上将军服装，将她安葬。直至这时，他才知道，早在他十六岁的时候，任南春就是军统特务。她在南京与童时让分开后，即潜入上海百乐门，以舞女身份为党国搜集情报。何萍殉国后，她设法逃出上海，一直任军统特别培训班的班主任。

童时让声色俱厉地问徐时用与周明珠、夏芸；应山红是军统特工一事，可曾向什么人说过？徐时用答："我什么人也没有说过。只向我妻子周明珠与王仙金说过。"

"王仙金？此人可靠吗？"

徐时用答："怎么不可靠呢，王仙金可是我出生入死的朋友。"

童时让冷笑着说："现在这世道，人鬼对半串，能有信得过的人吗？"

瑞肇时接李局长从重庆打来的电报。李局长在电报中，只有两条命令：一是令瑞肇时、周伟龙、童时让、林薞、童平海入重庆中美合作所接受培训，原浙江站工作全部移交与俞作柏、金文杨、邬之江、陈肖孟；二是让瑞肇时、童时让护送李卫与周至柔家属至重庆。军令如山，他们必须立刻前往。辞别黄岩那天，方伯琴与他儿子任童心、童平海妻与子童吉林、林薞妻与子林世德前来相送。方伯琴问："你们三人这一去往重庆什么时候能回来啊？"林薞答："培训嘛，我们估计也就一个月吧。"童时让说："我一直搞不清这中美合作所，培训的是什么东西？"童平海大着嗓门答："嗨，我们搞特工的，培训还有好事？不是杀人，就是放火。"儿子任童心吵着要跟童时让去重庆。童时让上前伸手抚了一下儿子的头说："宝贝，等天下太平了，爸再带你去好吗？"

瑞肇时、周伟龙、童时让、童平海、林薞一行人几经辗转到达重庆。到重庆那天，周至柔手下的警卫们来码头接走了王青莲与他的儿子，李卫手卜的警卫接走了他妻子朱嘉瑛与儿子林世洋。童时让与童平海、林薞三人向李局长报到。李局长给他们三天假，让他们在山城好好玩玩。

李卫、洪陆东、洪陆中三人在云顶山下的饭店请李局长、瑞肇时、周伟龙、童时让、林薞、童平海吃饭。那天的阳光，是那样的绚烂，云顶寺的景色是那样的宜人，没有一丝人类正在生死搏击的凶残景象。浓密的树林子青翠欲

滴，各种小鸟正在唱着它们最喜欢唱的歌，银色的山溪水，在哗啦啦地淌淌。

饭吃过，客人们陆续散去，李卫带着童时让、童平海、林蕊三人至他在重庆歌乐山云顶寺那个临时的家。李卫家简单得清汤寡水，除了床与办公桌外，别无长物。即使用来倒茶的碗，也是老百姓家平常用的碗。那天夜里，童时让看到李卫家的灵堂上放有两张大照片，一张是在空战中牺牲的儿子林世潮，一张是一直深爱着李卫的童晓兰。那天夜里，从来情绪平稳如湖水的李卫，第一次在他的亲属面前，掀起情感上的一阵阵波澜。李卫说了好多个作为他这个身份的人不应当说的话。

李卫说："你们全是我的亲属，有些话我本不想与你们说，可当下我又不能不与你们说。我与共产党打交道这么多年，我相信共产党。

"三人同心，利可断金。共产党无论官员与士兵，上下一条心，可我们，面和心不和，表面上你好我好，哥俩好，背后却离心离德，不是你踹我一脚，就是我踢你一脚头。在利益面前，各抱各的团。一个政府患有严重的心肌梗死与脑血栓，行动不能统一，肢体偏瘫，可以打得赢一直抱团取暖的共产党人？

"共产党军队纪律特别严明，专门为军队制定了《三大纪律八项注意》，部队每至一处，动老百姓一捆稻草都得拿钱；可我们的军队走到哪儿，都恨不得将那个地方地皮刮起来。人心如水，你给常温它是水，你给寒冷它是冰，你给高温，他是气。失人即失地，得人即得地，人心失了，我们的党国还有个好？

"你们要知道历史的成败兴衰永远密藏于领袖的心胸中，国民党缺的就是心胸。就拿你们那次李少金叛变来说吧，金文杨逮住浙江省委书记刘英，我与黄绍宏的意见是别杀，国共两党合作，所签的协议字迹未干，做领袖的岂可反复多变？人无信而不立，但他不同意，一道手令下去，杀，杀，杀。作为一个领袖人物，危以动则民不与，惧以语，是民不应；无交而求，同民不与。善不积不足以成名，恶不积则不足以灭身。恶有恶报，善有善报，不是不报，时候未到。我怎么不担心党国最后的结果？

"叶翔之向我报告，延安共产党与红军精神面貌极佳，他们完全如初升的太阳、初春破土而出的一株小苗一样迎着绚烂的阳光雨露，朝气蓬勃地生长。尽管他们吃的是小米与黑豆，一个月吃不上一餐肉，但到处是快乐的歌声。你们全是我亲属，我不想瞒你们，这样的军队与政府是中国最有希望的军队与政府。决定一个政党成败的物质固然重要，但起决定因素的则是一个政党的精神。尽管我是国民党高官，但我非常担心，搞不好，令中国得到新生的，不是国民党而是共产党，令中国走上强国富民之路的，也不是国民党而是共产党。前些日子我与周炳琳的妻子魏璧见面，她可是一位全国有名的女数学家。她对我说，蔚文啊，共产党分母大，分子小。国民党分子大，分母小，如此数学方程式早晚要出现不等式互换。

"这一次是我点名要你们来，有两件事，必须要你们办，不然，我不会放心。不管我们党国走到哪一步，我毕竟是党国的高层人物，我不能叛党，也不会叛党，做一天臣工，尽一天力。领袖一生重视三大学校，即是军校、政校、特种学校。军校现在重庆，政校现在芷江，特种学校一直是由任南春、林韦英二人带着流浪。原本打算将九号公馆变成特种学校，那地方又让日机给炸了。现在党国特工人才奇缺，总部决定将原在金山卫的特种学校，正式建在台州。这次让你们来受训，其目的即是学些教育管理方法归台州，将这所学校重新办起来，我希望你们尽力。二是童晓兰爱我一辈子，她为了成全我，一直独身过日子。日本鬼子飞机对重庆实施无差别大轰炸时，她为掩护我而牺牲。你们这次回去，请将她的骨殖带归黄岩。你在她的坟墓边上，给我留个位置，我活着不能与她做夫妻，死后，我也得与她做一回夫妻。

"不管我们党国有这样那样的问题，我们台州人，从来是以方孝孺、杜浒为榜样，在家忠家、在族忠族、在国忠国。共产党可以毁灭我，但不可打败我。我们童、林、任三大天戟山人家千万不可做叛徒。

"有一件事我本不想说，明天，你们就要走了，我想了想，还是告诉你们吧，你们今后对共产党要开只眼闭只眼，万事不可做得太绝。人生在世，势力不可用尽，财不可用尽，话不可说尽，事不可做尽。我有消息说，临海王观澜在延安任农业部部长，白水洋周振国任新四军某师副师长，路桥陈庭槐任苏浙皖某游击队支队长，周振华小妹周时兰任浙东南特委宣传部部长，她丈夫许清任浙东南特委书记。周百振、周百鑫、关承婴、关承刚，全在共产党那边当军事干部。君子和而不同，小人同而不和。我们与他们只是道不同，不相

与谋。你们今后对他们要手下留情，别学那个金文杨，恶得如一只狼，吃起人来，不吐骨头。做人哪，前半夜得想想别人，后半夜得想想自己。"

童时让第五次做起一只巨眼不断向他眨动的老梦，童时让又一次让这只肉色巨眼的老梦吓得全身出有一身黏稠的汗。

这次，出事的是童时让的母亲童秀清。那天，周时兰因怀孕待产，不得不来到天戟村。他母亲童秀清一看周时兰即将临盆，霎时间慌了神。她立刻与童时让的妻子方伯琴家里将位于半山腰的房子临时做出安排，楼上两间，一间归方伯琴与他儿子住，楼下两间，西一间归他母亲童秀清住，东一间归周时兰住。当时，周时兰的肚子大得不得了，胎气已动，分娩业已临近，童秀清即让方伯琴去路桥广和医院接妇产科医生"蕻嫩姐"徐德珍。就在方伯琴下山去路桥请徐德珍时，童时让的儿子任童心发现有一队蓝衣社便衣朝他家走来。任童心伸手往下一指对童秀清说："奶奶，看，有人往我们这里来了。"正在给周时兰准备做月里用品的童秀清从内屋走至平台，往山口的方向瞧。亲眼看到一辆大卡车沿着盘山公路逶迤着往天戟村口停下来。因距离太远，童秀清看不见人数，唯能让他们看到的是卡车上坐着的便衣人数不少，背着的枪支在阳光下闪闪发亮。童秀清知道她的外甥女周时兰是共产党员，也知道周时兰的丈夫许清在共产党那边做大官，更知道蓝衣社特务一定是闻着什么腥气，冲着周时兰来她家，她知道她自己应当如何去保护周时兰母子。童秀清当机立断，让她孙子任童心立刻带着待产的周时兰转移至离他家房后不远的天戟山莲花洞，由她一人来应付这些蓝衣社特务。童秀清此令一下，任家立刻进入紧急状态。童秀清先将那些显眼的东西——拿出，掩过，让孙子任童心带着周时兰从后门出，沿着山溪，直奔莲花洞。别看童秀清是上了年岁的老太太，平日里只是不声不响地料理着家务，盘点着这么多人的吃与喝，但一至关键时刻，她显出山里女人特有的那种果决。童秀清让任童心带着周时兰走时，周时兰不同意，周时兰说："要走一块走，要死一块死，我不能让你一个人留在这里应付他们。"童秀清说："你是傻怎么的？他们是冲着你来的。"周时兰说："我只怕他们会和你过不去。""我多大岁数了？任武基死有十八年了，我还活着，我死了又有什么不知足？"周时兰被她姨妈那种面对生死的坦荡所震撼，她的双目与姨妈童秀清的双目再一次正式对视，周时兰突然发现她姨妈内心里喷射着一种无法抗拒的力量。周时兰还是不想自己单独去。金文杨带着三十位便衣特务，开始在山坳口冒头。童秀清一把将孙子与周时兰揉出，用力将后门关死；接之，童秀清努力消灭各种痕迹；再接之，童秀清端起一把椅子往正中堂一放，坐下，若无其事地一针接一针开始大纳鞋底。童秀清刚纳有一行鞋底线，金文杨即率人冲进任家平台。他们上了平台后，蓝衣社的三十支枪全对准童秀清。童秀清一脸安详，连正眼都不往金文杨身上瞟一下。金文杨一眼认出童秀清是童时让母亲，吓有一大跳："你不是童时让的老娘吗？"

"是啊。"

"你怎么会在这里？"

"这是我的家啊，我为什么不能在这里？"

"什么？这是你的家？"

"对啊。"

"我与你儿子是好战友。请你告诉我，那个挺着个大肚子的女共产党员在哪里？"

"我们家只有我儿媳与我孙子，没什么大肚子的女共产党。"

"你儿媳呢？"

"去路桥十里长街落市去了。"

"你孙子呢？"

"玩去了。"

金文杨说："我手下人报告，说你白水洋周家的女共产党挺着大肚子跑到你家来了。"

"是不是向你报告的人，眼看花了？"

那个来自黄岩的小头目说："金主任，你不知道，他们家与女共产党头目是亲戚。我是亲眼看到那个共产党女官员挺着个肚子来她家的。"

童秀清说："那你们搜啊。"金文杨下令搜，但什么也没有。黄岩小头目说："他们家山后有个洞，叫什么莲花洞的。我们是不是上那个地方去看一看呢？"时任童心刚将周时兰送至莲花洞归来，童秀清给他使了个眼色，任童心明白，突然一脸怒容地对着金文杨大叫："我爸爸是少将，你们没权力上我家来无礼！"金文杨怎么也没想到，他面对的却是童时让的家。他刚想

下令撤退，那位来自黄岩的小头目扯着嗓子大喊大叫："金主任，金主任，他们家有女人。你看，女人鞋。"童秀清说："那是我儿媳的。"金文杨怕事涉及童时让，今后不好办，还打算撤。哪知黄岩小头目不依不饶地用枪顶着任童心的头，让任童心将他们带到天戟山莲花洞去看个水落石出。任童心一看黄岩小头目居然将枪对准他的头，一下来火，一把拽过小头目的手，张开大嘴狠咬那家伙一口。这一咬，小头目手中的枪响了，击中了任童心右腿，任童心一声尖叫，坐在地上，血水立刻从腿肚子上流下来。童秀清一看，他们居然敢对她宝贝孙子开枪，急了，猛地跳起，拿过一根靠在壁上的棍子，用尽全力对准黄岩那个她不知名的小头目脑袋砸将下去。这一砸，正好砸在那小头目的后脑勺上，当时，即将那小头目砸得晕倒在地。这一砸，可是不得了了，三十多位蓝衣社的人，全都扑过来打童秀清。谁也无法说清是什么力量支撑着童秀清，这么大的年纪了，居然还有这么大力气，一把甩掉他们，冲出重围，突然张臂抱住那个刚刚从地上爬起来的黄岩小头目，用尽全力扑出门外。两人一直扭到大平台，童秀清拼尽全力一拱，两个人同时顺着门口那条窄道滚将下去，双双掉入离平台足有十三尺深的大溪坑里。这一摔，童秀清与黄岩小头目的头正好击在巨石上，瞬时，两人的脑壳全变成了两只熟透了的大柿子。

两人同归于尽，金文杨彻底地蒙了头。

整个局面完全朝着他们没有想到的另一个方向发展，在山上做活的任、方两家人，一见此种情景，跑下山去一报告，整个天戟村跟着狂动起来。当执事的人将悬在大樟树下的那口大铜钟一敲，这一下可就不得了了，全天戟村足有三百多人全举起了打人家伙，呼着、叫着、喊着，顺着两条山路分头包抄上来。让人搀起来的金文杨一看此情此景，大叫一声说："不好，任、方两家'绿壳'出动了，快撤！"他们先是下山从溪坑里抬出了那个黄岩小头目的尸体，沿着那条盘山公路往路桥方向猛撤。天戟村人看他们往路桥方向撤，另一支队伍跃出树林与他们对接。终于，双方现出相当可怕的肉搏战。天戟村人从来骁勇，且又红眼，见人即打，见车即砸，三下五除二，将那辆国民党军用大卡车砸得烂糊，打得同车而来的三十名蓝衣社员杯盘狼藉。金文杨吓得魂都不知丢往何处，只好带着残兵败将，夺路而逃。

天戟村任、方两氏族人前来为童秀清办丧事，童秀清与任武基正式合坟。棺材起运时，任、方两氏族人为童秀清举行隆重的送别礼，三十位男子放有七十响铳山炮，为童秀清送行。任童心哭了，方伯琴哭了，挺着个肚子的周时兰哭成泪人。就在童秀清入葬那天，周时兰分娩，得一子，为纪念她姨妈为她做出的牺牲，特将儿子起名为许佩方。

童时让、童平海、林蘂进入中美合作所培训，主要内容只有一条，如何办好特种学校。三个月过去，培训结束，他们必须立刻归台州。临行那天，李卫做了两件事。第一件事，他向童时让通报，金文杨因误会导致他母亲与黄岩蓝衣社小头目发生冲突，儿子被打伤，母亲与黄岩蓝衣社小头目同归于尽一事。李卫拿出中统给童时让的两千块法币的支票，作为工作失误造成的赔偿，希望童时让以党国大局为重，当与金文杨精心合作，消灭共产党，保证党国统治安全。尽管童时让初时什么话也没说，但他心里却咬牙切齿地说："金文杨你这个王八犊子，你走着瞧吧。你敢逼死我母亲，不报此仇我任子昭不是人。"第二件事，临起身当天，李卫即率童时让、童平海、林蘂一起在歌乐山起出童晓兰骨殖。李卫亲为童晓兰焚香说，晓兰，你在家中等着我吧。我快了，快了，我一旦完事了，我会与你走在一起的，当下国难当头，我只有让我三个弟弟将你先带回老家去了。童平海一边抱着童晓兰的骨头盒子，一边走，一边喊："姐，拐弯了；姐，我们上车了；姐，我们上船了。"童时让偶尔一回眸，发现李卫一眼全是闪闪发亮的泪水。

童时让、童平海、林蘂终归台州。那天，他们在上山童村为童晓兰举行了隆重的入坟仪式，童平山果真给李卫留下一个生坟。多年后，李卫的孙子林瀚带了李卫的部分骨灰至上山童村，才了结李卫与童晓兰活着时的那段凤愿。

童时让归家，当时，周时兰还没有离开天戟村任家。童时让不动声色地将那两千元法币，送至周时兰面前，说："这就是我妈那条命付出的代价。"周时兰答："我会报答的。"童时让将他的头摇成拨浪鼓："我不要报答，一粒米养恩人，一石米养仇人，十求还报九为仇。这并不是受方忘恩负义，而是施方索报过多，受方还不了，才形成仇恨。我求还报，不是自结仇人吗？胜者王侯败者贼，我只希望你们共产党今后大胜天下，别学我们杀起人来不眨眼。我只要你当妹子的记住，天眼恢恢，报应甚速。人欺不是辱，人怕不是福。人情似水分高下，世事如云任卷舒。"言毕，童时让即一言不发地离去。周时兰一脸愕然地盯着童时让的背影，不知他从重庆归来后，思想变化怎么会这样大。

童时让受李局长之命与周伟龙一起建立一所特种学校。主要任务是培养与培训特工。因此特种学校是绝密工程，童时让的介绍人胡小平特带童时让、童平海、林蕤三人去永康县与周伟龙见面。周伟龙，字道三，湖南汀乡人，黄埔军校政治科毕业。周伟龙曾至美国军官学校留学，归国后，参加了北伐战争，北伐战争一结束，周伟龙在李局长举荐下出任军统局汉口站站长。1932年，任复兴社特别事务处书记，1938年，任军统局忠义救国军总指挥。

童时让至永康与周伟龙一起吃饭时，即从周伟龙嘴里得知时任东南特委书记许清被捕。童时让问："谁抓的？"周伟龙答："省蓝衣社社长少将金文杨。"

"谁给的这条线索？"

"不知道。"

"共产党损失大吗？"

"差不多全部。"

初时，童时让脸上毫无表情，但他的心却让一把利刀恶狠狠地猛劈一下，顿时鲜血淋漓。

童时让即找到金文杨。是时的永康城内如同省会杭州般的热闹，大街小巷一片灯红酒绿，根本没有与日军浴血奋战后的气象。金文杨正处于胜利的狂热中，童时让到时，金文杨正与浙江省蓝衣社的特务们一起在一家饭店里喝庆功酒，吃庆功饭。童时让一看两眼烨火，就想掏枪。林蕤大惊，一把捺住童时让："浑蛋，你想干什么？"

"王八犊子，不知道许清是我表妹夫？"

林蕤说："这可是上层下的命令，你想做第二个石友三？"

童时让放下手中的枪。但不知为什么，童时让心里一直有着那种"千嶂里，长烟落日孤城闭""微云淡河汉，疏雨滴梧桐"的凄凉。童时让整整想了一夜，也不曾想出一个能两全其美救许清的好办法。一直至天快亮时，童时让这才决定通过关系层去见许清。

童时让来到关押许清的监狱，他手下几个人只知头来了，没有过多关注，即让童时让去看许清。

童时让悄悄地对许清说出他想了一整夜的主意，让许清先来个假投降。只要眼下不杀你，一旦将你押送至外地，他即可在路上救许清。但童时让此举，遭许清严拒。许清说："男子汉大丈夫顶天立地，富贵不能淫，贫贱不能移，威武不能屈。苟且之事，我许某岂可为之？"童时让怕许清误会自己，遂将他本人与周家的关系说了一遍。许清说："关于你与周家的那层关系，我早就知道了。但我许清不能为图活命从那个狗洞中钻出，从而让我的一生留下一个洗不掉的大污点。"最后，许清向童时让提出两点要求："一是你能否给我带出去两信？一封是给我妻子周时兰，一封是给我母亲。二是你能否帮我将我妻子周时兰送出浙江，交给她哥哥周振国？"童时让一一点头答应。

许清还是被下令枪决，他是拖着脚链走向刑场的。剑子手即是金文杨。许清身上披着一件破烂不堪的新四军军装，高唱着《国际歌》：

> 起来，饥寒交迫的奴隶，
>
> 起来，全世界受苦的人。
>
> 满腔的热血已经沸腾，
>
> 要为真理而斗争。
>
> 旧世界打个落花流水，
>
> 奴隶们起来起来，
>
> 这是最后的斗争，团结起来到明天，
>
> 英特纳雄耐尔一定要实现——

枪响，许清倒下。所有的人全走上去看，独童时让没有上去看，他死死地盯着金文杨的背影，咬着牙齿说："姓金的，你走着瞧，我总会有一天亲手送你上西天。"

童时让至临海白水洋周氏源村家找到周时兰，他一是将许清被下令杀害的消息通知周时兰，二是将许清给她与母亲的信全部交给周时兰。让童时让至死忘不了的是，他一直不相信共产党人是特殊材料做成的，而那天，他却第一次知道，共产党人确是特殊材料做成的。无论在什么时候，均与他们国民党人完全不一样。他满以为周时兰一定会当着他的面号啕大哭，但令童时让万万没想到的是，周时兰听到这个让她全身为之发抖的消息后，面部几无表情，只是

一言不发地从童时让手中接过此信，仿佛什么事也没有发生。初时，周时兰轻轻地说上一句："谢谢你给我带来此信，也谢谢你为许清所做的这一切。"起立，并手，深深地给童时让鞠有一躬。然而，令童时让最后为之愕然的是，童时让刚一走开，周时兰遂一头栽倒在地上，随之，童时让听到周家一片骚动，接着他就听到周时兰锐利且刺耳的失声恸哭。

周时兰终于将自己完全扮成一村姑模样，款款来至船站，当时，顺着河面风吹来的箭风，令童时让浑身发瘆。周时兰与他们三人见面后，童时让悄声问："孩子安排好了？"

"安排好了。"

"走？"

"走。"

于是他们三人一前一后上船，去往周时兰必须去的那个地方。

周时兰在童时让、林蕤、童平海的护送下，在陆汉贤的率领下，安全抵达四明山。童时让三人与陆汉贤、周时兰告别时，只说了一句："我们走了，请自珍重。"他们三人迅速离开共产党新四军秘密联络点。周时兰跟着陆汉贤遂大步流星地走向她的"娘家"，向时任中共中华中局主要领导谭启龙报告许清牺牲的消息。三天一过，周时兰即被上级部门调至浙、苏、皖周振国部任组织干事，自此，兄妹二人再次相聚在一起。

国民党特工培训学校领导班子正式在黄岩县国民党党部成立。胡小平代表李局长宣布五条决定：一是周伟龙少将任校长，童时让少将任副校长，童平海上校任学生队队长，林蕤上校任教务长，黄岩县党部书记卢奇炎任后勤部长，教官为三位美国人与一位英国人，学员由总部经严格筛选后，送往特种培训学校培训；二是为了保证所有办校人员家庭的安全，所有长官及职工子女，全部由胡小平带往重庆读书，子女所有生活费用，皆由总部负责；三是特种培训学校建成后，任何人员不得泄密，一旦发现严惩不贷，立刻枪决；四是经林次长提议，国民党特工培训学校定于方山与天戟峰之间，具体地点，由你们领导班子定下后，画成草图，由胡小平带童时让、童平海、林蕤子女归重庆时向总部汇报；五是特种培训学校建设由周伟龙、卢奇炎二人负全责。命令一宣布，胡小平即带着周伟龙、童时让、童平海、林蕤、卢奇炎向青天白日旗宣誓。

宣誓结束，胡小平讲话。胡小平直截了当地说，有一个问题，今天我必须当众向你们挑明："我带你们子女去重庆，你们也许会有一点想法，是不是你们的上峰信不过你们，将你们子女带至重庆做人质。我直接告诉大家，你们千万千万别想多了，你们中间的每一个人全是经过中美合作研究所久经测试与考验定下来的人选，再加上你们全是林次长与李局长亲信。当下国难当头，我们的特工队伍损失殆尽，若是不赶紧培养，总部将无人可调，无牌可打。希望大家为党国尽忠。"全体人员立刻回答："军人以服从命令为天职，请林次长、李局长放心。"

胡小平、周伟龙、童时让、童平海、林蕤、卢奇炎至方山与天戟山之间选址。他们一行五人全被天戟峰的风景吸引了。他们一路逶迤而行，终至天戟峰去往将军台的那座山峰。胡小平笑着问："子昭，我听你们不少台州人说，你们台州天戟峰十分灵验，谁能过天戟峰，谁就能当将军？"

"是。"

"林次长报考军校前试过？"

"是。"

"童晓兰报考武汉女军校时试过？"

"试过。"

"你们三个全试过？"

"全试过。"

周伟龙说："你们三位是不是再表演一次给我看看？"

童时让、童平海、林蕤就想给他们表演一次。胡小平拦着说："别，别，现在党国特工人员，叛的叛，死的死，北方只剩下段云鹏、西南只剩下叶翔飞，广州只剩下何江，上海只剩下童平山，女的只剩下一个林韦英了。军统七个骨架，只剩下瑞肇时和我两个人了，别图一次表演赌着性命讨口彩了，特种培训学校还得靠你们这几个人呢。"童时让说："那个林韦英哪，神龙见尾不见首。我只听其名，却一直不曾见她亮相，她到底在干什么？"胡小平笑着说："她可是我们队伍中第二个何萍，她所有的行动只向李局长与林次长负责。你，我，他，想掐她一把也掐不着。"

　　特种培训学校位置确认，因童时让是"地主"，自然要在黄岩桔花楼请他们吃饭。吃饭时，胡小平问："我听说，你手下有个算命先生名叫王英的，算命特准？"童时让答："是。"

　　"他现在在不在？"

　　"在。"

　　"在哪儿？"

　　"打从九号公馆被炸后，王英不得不离开军界，即在天长街开起一家算命测字起名店，借着他家传的本事挣几个小钱以糊口。"

　　胡小平说："当下乱世，生死难料，我们前往请他算一下如何？"周伟龙举双手赞成。

　　酒足饭饱，童时让、卢奇炎即率着诸位同僚一起至天长街去见王英。他们进王英家时，王英正在看《周易》。童时让、卢奇炎一与王英见面，遂向王英介绍胡小平与周伟龙，目的一说明，王英即进入角色。

　　王英确是人中鬼神，童时让无法搞清他是如何算的命，但对胡小平、周伟龙许多事无不是一说即直中靶标。譬如周伟龙某年官至少将；譬如胡小平除家中有二子之外，在外面还有一子；譬如周伟龙至今无子。后问及个人今后前途与生死一事，王英玩开了鬼花头了。无论是哪一位，都不肯尽言，说什么"知命者不言命，知易者不言易"。再往下追问，他只是一个字："好，好，好！"再追、再问，只说："你们皆贵不可言，何由老朽再说？"

　　见王英一直不肯尽言，他们只好离去，走出门外了，胡小平这才想起还没有给算资，他们要回去给钱。童时让说："用不着你们付钱，我去好了。"于是他们一路开始欣赏黄岩的市井面貌往九峰景区方向走，童时让转身去天长街。

　　童时让悄然问王英："王先生，你先头说他们一个个全挺准的，怎么至后来他们的命运，你就装聋作哑了呢？"王英答："混沌七窍不开，活得有滋有味；七窍一开，混沌即死。何必将身后事说得如此之明？人活着什么都知道了，你，我，他，活在这个世上，答案全写明了，你活着还有什么滋味？"童时让问："此二人皆是我同僚，你看我童时让将来与何人交才有大益？"王英伸出一只手指头晃了一下说："只有一人可交。"

"谁？"

"那个姓胡的。"

"那个姓周的呢？"

"就是那个长得最漂亮、个子最高的哪个？"

"是。"

王英默然不语。童时让说："此人不可交？"王英点了一下头。

"为何？"

"一个大男人，长得太俊俏，怕非是有福之人。色难，多诱惑，贪婪，日后不被他人所杀，也是被女人所杀。"半天后，王英这才慢声细语地说，"实不相瞒，我方在所言，全是假话，不过搪塞而已。他与那个姓胡的完全不同。那个姓胡的，将一生险中有安，官至中将。而你说的那个姓周的人呢，怕是五十岁时有一坎难过。你呢，我作为与你相处这么多年的患难同道，我只是劝你一句，离他远一点，别死在他手里。"

钱付过，童时让出来。王英的话深深铭入童时让心中。就从这天起，童时让开始提防周伟龙。

胡小平要带童时让的儿子任童心、童平海儿子童吉林、林蕤的儿子林世德去重庆。带三个人的孩子，那两家没有一家不同意，你想，童平海与李卫家是什么关系？林蕤是李卫的亲弟弟。扫帚顶大门的是方伯琴，方伯琴说什么也不同意。直至胡小平亲上前说："弟妹，林次长之所以如此决定，就是为了让你任家留个好后。你想想，我们干的那些工作，全在刀尖上踮着脚尖跳舞。全国现在差不多全沦陷了，只有重庆那座孤岛最安全。日本航母一直在东海游弋，说不上他们什么时候发动进攻。若是台州一沦陷，童时让他们全得潜伏下来与日本鬼子对决，生死悬在一线。日本鬼子杀中国人绝无人性，南京大屠杀，一天时间即杀死我们三十万人，天下哪有比赛杀人的？你知不知道，童时让去重庆培训那期间，日本陆战队就冲着李卫与周至柔两家来过台州？他们在前所抓到一个孕妇，不知哪个汉奸指认说这个女人姓周，与周至柔是亲戚，他们当时即将那女人开膛剖腹取出婴儿。日本陆战队至黄岩后，将李卫家八位同姓族亲男孩全部集体在一起，用滚烫的开水活活烫死。童时让杀了那么多日伪军与汉奸，日伪军恨童时让恨得咬牙切齿。应山红与周明珠有个人情仇，应山

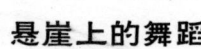

红出于泄私愤，穿上一身军装暴露身份，一下子引来三架日本飞机，将好好的九号公馆，炸成平地，三十多人只活下来应山红与王英，吓得王英再也不敢在我们队伍里做事。一旦他们从汉奸嘴里得知任童心是童时让儿子，他不杀任童心才怪呢。"方伯琴说："那你们为什么不将那些汉奸抓个干干净净？"胡小平说："汉奸特务头上又没有标签，我们又没有长孙悟空的火眼金睛，我们总不能将所有中国人全抓来一个个审问你是不是汉奸吧？"方伯琴一想有理，这才同意任童心与童吉林、林世德他们一起跟着胡小平去重庆。

黄岩天戟山特工培训学校成立后，周伟龙让童时让率人去磐安县带人。童时让只知上级命令，他必须执行。童时让、童平海、林蕤率二十多人去磐安，带回来两百三十四人。这两百三十四人，由四部分人组成。一部分是土匪，一部分是刑事犯，一部分是共产党员与新四军战士，还有一部分是被俘虏的日本海军陆战队士兵。带回来交割后，童时让接受别的任务。三天后，周伟龙与美国人精心设计的天戟山培训学校在工兵连的监管下，在天戟山一带正式动工。这个大工事在天戟山一处绿色的山坳里，所有出入口，均有军队严格把守。修什么工事，什么样的校舍，怎么修，除周伟龙外，无一人得知。整整三个多月过去，所有工事与校舍修成后。从外表上看，这个军事工事与当地大山融合在一起，成为与自然不可分割的景点。引起童时让极为愤懑的是，天戟山基地所需的工事与校舍全部修建完毕后，周伟龙又让他们挖一个大坑。那两百三十四人，根本不知道他们所挖的坑，是为埋他们的尸体，当他们"吭哧哼哧"地将那口大坑挖成后的当夜，周伟龙满面笑容地对他们说："本司令今天好好地犒劳一下你们，吃完饭，即将你们全部释放。"这些从磐安过来的人，信以为真，人人欣然。就在那天夜里，周伟龙设有二十一桌大菜，请这些人吃饭。当他们吃得酒足饭饱后，在周伟龙统一调排下，上了最后一道甜羹。周伟龙就在这最后一道甜羹里，下了一包从美国进口的毒药，当时即将这两百三十四人全部毒死。

面对着一排排硬板糕般直倒在地上的尸体，童时让气得浑身若筛糠般发抖。童时让当时即杀着脸质问周伟龙："你在给他们上的最后一道甜羹里放了什么？"

周伟龙并不讳言答："毒药。"

"你怎么放这个？"

"上峰命令。"

童时让气愤地说："你怎么可以这样？这是两百多条性命！"周伟龙欧洲式地一耸他的肩膀，摊摊两手说："没有办法，不是我周伟龙愿意这样，而是中美合作所主任罗伯特的意见。"童时让一听，更是火冒三丈，冲至罗伯特办公室，对一脸大胡子的罗伯特吼叫："你们也太不尊重中国人的生命了，他们可是一条条活跳跳的生命哪。"然令童时让做梦也没想到的是，中美合作所所长罗伯特阴着脸说："一个没有铁石心肠的人，是干不了特工的。童时让先生，如果你同情人的生命，你最好是什么也别做，只去做一名修士。"童时让愤懑地责问周伟龙说："兄弟，做人要积点阴德。你如此行为，你想想你会得好死吗？"

童时让再次与周伟龙发生矛盾是在他给宁波军统站站长谢文达写的一封密信上。周伟龙让林蕤化装成一商人，去一趟宁波，将密信交谢文达。童时让说："我听童平山说过，谢文达是个大汉奸，季子秋就是死在他手里的。"周伟龙答："这个你就别管了。谢文达是什么人，你不清楚我清楚。"季子秋死后，童平山曾亲口告诉过童时让是谢文达出卖了季了秋，谢义达是汉奸无疑，怎么又成了自己同志了？因军统内部所有员工均实行单线联系，童时让深知国民党内部特工的潜规则，当然不敢多问。但童时让做出一个决定，他自己去送这封信，周伟龙不同意。童时让火了，将枪拔出来往周伟龙面前一搡说："就我去，我倒要好好看一看，谢文达到底是什么样的人？"童时让是什么人？副校长。副校长要去，周伟龙也奈何不得。童时让一把从林蕤手中接过信，打扮成一商人模样，从黄岩起程至宁波。因季子秋死后，童时让报复性屠杀谢家是秘密性行为，周伟龙一无所知，周伟龙只得同意童时让去送。童时让一将信送至谢文达家，发现曾被童时让毁掉的谢文达老家焕然一新。一因童时让那天化了妆，二因童时让率的是天戟村人毁的谢文达家，谢文达浑然不知毁他家的即是童时让，误将童时让当成周伟龙的人，客客气气地将童时让迎进来。然令童时让深为错愕的是，他居然在谢文达家里再次看到傅伟民女儿傅雪珍的身影。傅伟民是什么人？他可是个大汉奸哪。尽管那傅雪珍一见他来，身子一闪，即躲进谢文达家明堂屏风后，但童时让为人眼尖，只是看她身影一眼，即判定这

个女人不是别人，且是傅伟民的女儿傅雪珍。尽管如此，童时让心里拿不准这个女人到底是真傅雪珍呢，还是假傅雪珍。原本童时让的任务是将信送到后，即刻归家。童时让下决心将此事调查个水落石出。那天夜里十二时，童时让拿出了他父亲传给他的看家本事，潜入谢文达家。童时让如一只蝙蝠般贴上谢文达房间的窗口，透过那严密的窗帘子缝隙，借着屋子里的那一丝灯光，终于确定这位与谢文达睡在一起的不是别人，正是伪浙江省主席傅伟民的女儿傅雪珍。傅伟民是榜上有名的大汉奸，他女儿不是汉奸又是什么？

　　童时让接瑞肇时急电，令他带一部分特工器材去广德县交与现任广德县忠义救国军司令阮清源。阮清源，字亚承，嵊县人。1929年浙江警校毕业，曾任浙江警察局长。1930年，曾入国民党在庐山开办的军官训练团里受训。受训结业后，遂被李局长派至特别行动队工作，也曾参加过"围剿"中央工农红军的行动。上海沦陷后，阮清源一直在上海与日本的特工明争暗斗。1938年阮清源任国民党军统忠义救国军广德纵队总指挥。

　　童时让遂率童平海、林蕤两人带着部分特工器材至广德。当夜，阮清源请童时让他们吃饭。也许是因多喝了一两口酒，也许阮清源心中有忿，阮清源一边喝酒，一边告诫童时让，让他做人多长一个心眼，害人之心不可有，防人之心不可无。当下社会，人鬼对半串，敌中有我，我中有敌。无法说清，哪个人是党国的忠诚子弟，哪个人是奸臣。人不可貌相，海水不可斗量。画虎画皮难画骨，知人知面难知心。说着说着，阮清源带着一点醉意地问童时让："你知不知道季子秋是怎么死的？"童时让说："不就是杀傅伟民没有成功死的吗？"阮清源大着舌头说："我说你是一张白纸，你不信，是周伟龙与谢文达设计杀的季子秋。""什么？是他们杀的季子秋？""是啊，是啊。""季子秋不是我们自己人吗？为什么要杀自己人？"阮清源说："你知道不知道，杭州傅伟民防范极严，谢文达根本打不进去，赢不了傅伟民对他的信任。为了赢得傅伟民的信任，周伟龙与谢文达二人设下此计，报李局长同意，才送了季子秋的命。""季子秋不是李局长一手培养起来的四大女金刚，怎么会有这种遭遇？"阮清源答："此言差矣，在李局长眼中，我们哪一个不是他棋盘上的一粒棋子？""季子秋本人知道？""我上哪知道去？李局长做事向来高深莫测、心狠手辣。"阮清源将杯中酒一口饮尽，即哼了一首诗：

海桑迁变朝市异，文物衣冠惊坠地。

贞元朝士已晨星，鸣鹿曾观充国宾。

童时让问："这么说，他们牺牲季子秋，就是为了图得到傅伟民信任而打入傅伟民内部？"

"是。"

"可她是一个人啊。"

"好啦，好啦，我喝多酒啦，不该说的事情让我说啦。一旦透出消息，我阮清源只有死路一条啦。我恨军统，我恨那些无恶不作的王八蛋，为了达到目的，不惜用一根香烟换一个脑袋的家伙。"

酒阑，夜深，广德县城一片寂静。阮清源离座，摇着他的身子往他的家中走。童时让惊呆了，童时让想起季子秋死的那个惨状，想起季子秋给他的最后一封信，想起季子秋那天夜里跟他说的话，童时让心痛得电击般地颤抖起来。

童时让说不出心中是一股什么样的滋味，他想起了周伟龙让他交给宁波谢文达的那封信，想起了周伟龙下令让军警下毒杀那两百多人连眼眨都不眨一下，想起了王英对他说过的那些话，顿时间心惊肉跳。一因他搞不清阮清源所言是真是假，二因他同样搞不清阮清源是真人还是假人。当时的童时让的感觉，实在是糟糕得不能再糟糕了。他第一次觉得当下中国社会太复杂了；他第一次觉得人是世界上最为可怕的动物；他第一次觉得做特工的危险性远比他过天戟山还要可怕；他第一次觉得女怕嫁错郎，男怕选错行，他选的这项工作，有着太多不可预测的变数；他第一次对他从事的特工工作有着难以说尽的厌倦；他第一次觉得他从事这种工作，实在太残酷，太绝灭人性；他第一次觉得人是世界上最为残忍的动物，什么样的死手都敢下；他第一次觉得人不可保心，木不可保寸，谁也不知道他的真头面目是什么；他第一次觉得在国民党军统中做一名特务实在太累、太恐怖，说不上他面前布的是毁灭他的陷阱，还是让他粉身碎骨的悬崖峭壁？是将他炸得片甲不留的地雷，还是机关四布的捕兽器？为了搞个水落石出，童时让整整一夜没睡。第二天一大早，童时让红着双眼，来至周伟龙面前。当时，周伟龙刚起床，童时让不动声色地拿出手枪顶在他头上。周伟龙大吃一惊："子昭，你想干什么？"童时让铁青着脸问："你

毒死两百多人，我理解，因他们不是我们的人，你怕我们的特种学校泄密。我只是想问你一个明白，你为什么要送季子秋的命？"周伟龙冷笑着答："你是不是爱上季子秋那小娘们了？"

童时让说："爱不爱上季子秋是我与她的事。我只问你，送季子秋命的，是不是你出的点子？"

"是又怎么样，不是又怎么样？"

"是，你就给我说清楚，你为什么要这样做？"

周伟龙答："无他，为了党国利益，为了让谢文达取得傅伟民信任，为了让谢文达娶上傅伟民的女儿傅雪珍，为了让谢文达搞到潜伏在全中国的全部日本特高课名单与他们的那张联络图。若不是有他，我们何以得知陈季甫、张荣廷是汉奸；何以得知，他们要将王仙金部拉出台州加入日伪政权？"

"你知不知道傅雪珍也是日本特工？"

"知道。"

"知道？万一，他将谢文达俘虏过去，我们不就危险了吗？"

"你要相信谢文达。他利用她，取得傅伟民的信任，有何不可？子昭，看在我与你朋友多年的分上，看在我知道你爱季子秋的份上，你拿枪口对准我，我不与你计较；若是换个主，今天我有就有权要你的命了。"

童时让一时间无法分清周伟龙说的话是真是假。说真，周伟龙说的话的逻辑上没有破绽。童时让手中的枪放下了，可他的心，让这件事的真相，彻底搞得浊水横流了。他突然觉得自己走了一座迷宫，不知何处为出口；突然间他觉得自己头上布的不是一张网，有肉色网，有红色网，有黑色网，也有蓝色网，这网布得严严实实，他想振翅高飞也飞不起来。就在这天夜，童时让再次做了一个噩梦。童时让又梦见一只大眼睛，红色的，特别红，高高地挂在天上，老是冲着童时让这么一眨一眨。童时让每次梦见这样的大眼睛，他总要出事。第一次梦见这样的大眼睛，他哥哥死；第二次梦见这样的大眼睛，他父亲死；第三次梦上大眼睛，是何萍死；第四次梦见这样的大眼睛，是他所爱的女人季子秋死；第五次梦见这样的大眼睛，是他母亲死。现在他又梦见这样的大眼睛，是不是又有什么大祸要临头？童时让忽想起他妻子方伯琴曾给他写的一诗：

> 落落桐花一陪寒，客衣犹未卸重棉。

> 多情海燕频来往，第一无情是杜鹃。

童时让第一次在他脑海中产生退出军统回家归隐的念头：哪怕是种地，哪怕是做生意，也比在这个生死场中互相绞杀好啊。

童时让说是要去家中看一下妻子方伯琴，即着一身便衣归天戟村。童时让前脚刚至家，后脚瑞肇时却来天戟村找童时让。瑞肇时刚一入天戟村口，一眼看见童时让正坐在自家村口那口圆圆的小河塘前钓鱼。那时的天戟村，环境如仙山似画，背后有一山名方山，又名方岩，以其雄伟，被誉为黄岩县镇县之山。据传，汉代周氏高祖周义山曾在方山山巅修道成仙，号"紫庭真人"。后传，东晋大书法家王羲之曾来此修身养性。那方山山顶平坦且开阔，四季山花烂漫，绿树成荫，乍一看，活似一座空中花园。连接方山的是横跨路桥的天戟山与徐山，此两山是黄岩两处名山。那山上种满枇杷与各色果木，有桃、李、杨梅、橘子。尤其是那一片连着一片的枇杷园，<u>丛丛</u>相接，初一看，如乍起的朵朵浓烟。那时的天戟村可不是现在的天戟村啊。现在的天戟村，工厂林立，别墅幢幢。那时的天戟村全村清一色是木结构的老屋。鸡、鸭、狗、猫满地跑。村子里多树木与河塘，那河塘里溢着一泓清水，水面上长满菱角与荷花。河塘边，建有阶梯形水步，不少光着雪白胳膊的女人，正在塘边洗汰，棒槌敲击着衣物"嗒嗒"脆响。

童时让坐在河塘边钓鱼，钓得很入神，根本不知瑞肇时来。直至瑞肇时潜至背后忽高诵起李世民的一首诗：

> 疾风知劲草，板荡识诚臣。

> 勇夫安知义，智者必怀仁。

童时让听后，一惊，提钓回首。一见是好友瑞肇时，喜极，扔下渔竿，迎上前来与瑞肇时握手说："子川兄，因何至此？"瑞肇时直言直语："你是不是想金盆洗手了？"童时让问："你怎么知道？""平海给我打电话了，说你打从周伟龙毒死那两百多人，你与周伟龙吵有一架后，脸色一直不好；你从宁波给谢文达送信归来后，你的脸色更不好，还想掏枪打死周伟龙。你们之间到底发生什么事？"童时让并不隐瞒，即将军统广德站站长阮清源与他所言的周伟龙与谢文达一事，一一说与瑞肇时听。

瑞肇时问："这么说，你信此事？"

童时让答："我不能说是全相信，也不敢说是不相信。"

"此话怎么讲？"

"子川兄，你说说，当下中国，什么最盛行？谎言最盛行。从上到下都在撒谎，大骗骗中骗，中骗骗小骗。你不听我的，好了对不起，我得先将你这份口粮销了。拿当下朋友说事，天下哪有什么朋友呢？到了危险紧要关头，当与自己的切身利益相对撞时，过去所有的山盟海誓全变成了一张白纸。我小时，父亲曾将我送至路桥读书，老师在讲《论语》章句时，就曾说，天下有道，进则为苍生济天下；天下无道，出则独善其身。"

"你说的均是事实，但你有没有想过你当如何做人？如何进为忠臣，出为端士？"

"我只是讨厌这尔虞我诈的生活，我讨厌这种你骗我我骗你的虚伪戏码。我只是想金盆洗手，不再干这种累人行当。"

瑞肇时说："你有此想，我同样是有此想，但我作为你的朋友，我只告诉你两言，一是兵不厌诈，大敌当前不可以诡而保其身；二是你我二人上船容易下船难。"

童时让问："此话当何讲？"

瑞肇时答："我同样是问你两句话，一是像你这样的军统局少将级官员，又是培训基地副校长，你的心灵仓库里到底掌握有国家多少机密？二是谢文达当初为什么要牺牲季子秋的真正内情你知道吗？"

"不知道。"

"广德站阮清源你知道他的底细吗？"

童时让老老实实摇了一下头说："我不知道。"

"那不就得了，我最近一直在调查一件事。"

"什么事？"

"谢文达的事。"

"谢文达什么事？"

"一是周伟龙不知从何处得一消息，九号公馆被炸，是谢文达向日本人提供的消息，说九号公馆是军统秘密组织，是军统情报机关，这才导致日军飞机轰炸九号公馆，让这么多人死于非命。二是王仙金第二次入海为匪，与谢文达有关。我向李局长报告时，李局长不准我动。我一直怀疑是不是李局长想让谢文达成为打入伪军内部的一枚钉子，以九号公馆牺牲那么多人的性命为代价？"童时让说："三十多条人命，说牺牲就牺牲了？"瑞肇时说："这有什么办法？对敌斗争与军棋推演有什么不同？有些子不牺牲也得牺牲。当时我就怕将你与童平海、林蕤他们的命白白送在日本人飞机的大轰炸中，才下令让你在什么都不知道的情况下，出去帮台州忠义救国军与日本陆战队开战。"

"这么说，日本飞机轰炸九号公馆的事情，你全知道？"

"全知道。"

"这么说，一切全是老板精心策划？"

"是。"

"这不是不拿人命当回事？"

瑞肇时说："为了能得到国家更需要的东西，苦肉计即是三十六计之一，又有什么不可以？无论是你，是我，是周伟龙，还是谢文达，只不过军棋推演中的一枚棋子，若不是如此，我们入军统前，为什么要宣誓随时为国家献出自己的生命？天戟峰特种学校是一处秘密学校。党国特工人才让日本人摧毁得差不多了。过七天，所有入训人员全部入驻了，你一个副校长突然金盆洗手，你想你活得下来，还是你那个儿子活得下来？无论是你，还是我，全是国家棋盘上的一只棋子，舍卒保车是常态。你既然入了这个门，你不想干，你的命保不了，胡小平的命，我也保不了，何必因牺牲了几个同事即在情感上过不去？况且，我们军统的工作一直行的是单线联系，单向发展。是人是鬼，不至水落石出，谁都别想明白。你如此，我也如此。小老弟，现在国难当头，敌中有我，我中有敌。只有等待尘埃落定，才知对方是人是鬼，你好好想想吧。你怎可轻信于他人？至于你想躲在家里不出山，能吗？躲得过初一，躲不过十五吗？再说，你应当比我清楚，不入军统拉倒。一入军统，就与你过那天戟峰一样，要么至将军台，一眼看到大东海，看到日出；要么你就掉下天戟峰，粉身碎骨。丛林世界的特征就是一句话，要不你打死别人，要不别人打死你。假如有这么一个家伙，说你有亲戚在共产党那边工作。再虚造一点东西，说你想投共产党，哪怕你身上长有一百张嘴，你能说清楚？况且他们全知道你与周振

国、许清、周时兰是亲戚关系。他们若是不想信任你了，想来杀你，你逃得出天涯海角？一因抗日战争不知何时能结束；二因国共两党争斗越演越烈。以你老哥之见啊，为图安全，你莫不如先回去。然后再想个法子，通过正当程序离开浙江这块是非之地。"

童时让听后半天不语，最后是一把将噙在嘴里的烟头扔在地上踩灭，拉起瑞肇时的手，让瑞肇时至他家中与妻子方伯琴见面。

童时让与瑞肇时二人一起回天戟峰特种学校。周伟龙与童时让见面后的第一句话就问："你上哪去了？"童时让答："想老婆了，回家看老婆。"周伟龙带着一点讥讽地说："我满以为台州男子汉个个是刀枪不入的大金刚呢，看来好德不如好色，你也是离不开女人的货。"童时让只是不动声色地一笑："食色，性也。哪个男子汉能过女色关？"周伟龙不曾对童时让产生过一丝丝怀疑。

杜伟约童时让至路桥十里长街四水泾口见面。杜伟，字时霞，浙江青田人。保定陆军军官学校第一期炮科毕业生，陆军大第七期毕业生。杜伟一上任，即是浙江省保安司令。当时的童时让，台州人根本看不出他是个少将军统特种学校副校长。在台州人眼里，童时让只是一个神出鬼没做生意的小老板。童时让准时到达四水泾口。四水泾口，是南官河最大的一处泾口，顾名思义即是有四条水在此处演绎大合奏。第一条水是东官河，第二支水是青龙浦，第三支水是人峰溪，第四支水即是主干河南官河。四水泾河面相当开阔，圆圆的，那样子活似一口海星状大湖泊。那水鸟多得数不清，有白鹭，有野鸭，有长脚青凫……它们或是在四处觅食，或是翩翩起舞求偶，或是在喧嚣夸张地嬉闹。南官河的鱼群全在这里集结，或是在此处交配产籽，或是集结成军朝大海游去。四水泾口的水，也与众不同，四支水两种色彩。五支河、南官河、东官河的水显浑色，人峰溪流过来的水即呈天蓝色。四支水一交汇，所现出来的水景非常奇特。山水与河水泾渭分明。往大海方向流时，中间有一条线，清清楚楚地将此河道一分为二。四水泾口位于路桥十里长街的终结处石曲。石曲原名叫石路"窟"。此"窟"在十里长街古之又古的字义中，属"拐弯"之意。譬如，一个人手断了，弯了，不直了，叫"窟手"；脚"拐弯"了，不直了，叫"窟脚"。十里长街本是笔笔直直的一条清一色用青石板铺成的小街。所有临河或半临河的街面，全沿河而筑，但至这里却出乎人意料地拐成九十度直角，走向温岭。

杜伟与童时让二人至一处无人的水步上停将下来。杜伟拔出一支烟来递给童时让，童时让摇手拒绝说："上峰明文规定，我们不许吸烟。"杜伟自己猛吸了一口，慢慢将烟圈吐了出来。一艘木航船从他们二人面前开过，水波浪一圈接一圈地荡漾开来。童时让一时兴起，随手拾起一个瓦片往水里一甩，瓦片嗖嗖响着，打着旋儿，飞过水面直至对岸。杜伟说："你知道我为什么约你上四水泾口？"

"不知。"

"你知不知此地历史上出过什么人？"

"方国珍。"

"你知不知喻长霖为什么不将方国珍列入传记？"

"我知道，台州人十个有九个不喜方国珍。"

"为什么？"

"因他是个活头鬼，脚踩两只船，吃了元朝，吃明朝，两处都得便宜。"

"你知不知道台州有个共产党红色女特工？"

"知道，她名叫吴先清，是台州第一位共产党女特工。她嫁过两任丈夫，第一任名叫宣中华，牺牲于1927年我们党对上海共产党人的大清洗。因吴先清在苏联读书，才躲过一难。吴先清的第二任丈夫不是别人，即是我们的老对手刘鼎。想当初，第一个证实陈季甫是汉奸的消息，就是吴先清丈夫刘鼎送过来的。"

杜伟说："老板现在又收到吴先清丈夫刘鼎送过来的一条消息。"

"什么消息？"

"你知不知谢文达现在的女人名叫傅雪珍？"

"知道。"

"你知不知道，傅雪珍在日本时受过特别训练，是日本特工？"

"日本特工？哪来的消息？"

"就是吴先清潜伏在日本发现的，你知不知傅雪珍同时是两个人的

情人？"

"谁？"

"一个是谢文达。"

"另一个呢？"

"你猜。"

"我猜不着。"

"想起来我都有些害怕，那人居然是周伟龙。"

"什么？周伟龙？这消息准不准？"

"错不了，刘鼎几次给我们送过来的情报都没有出过差错，包括日本人所出的兵力部署与攻打中国时间，还包括山本五十六出兵轰炸珍珠港时间。"

童时让说："既然如此，我们为什么不将周伟龙干掉？"

"现在，国共两党是非常时期，李局长怕中共产党的反间计。"

童时让说："那你今天约我至四水泾口是什么任务？"

"你要知道，我们头顶板有四只眼，一只是黑眼，日本特工；一只是肉眼，军统；一只是蓝眼，中统；还有一只是红眼，共产党。这四只眼活似天网，紧紧地窥探着我们。李局长给我密电，让我口头通知你，黄岩天戟山特工学校是重中之重，让你多长个心眼，看着一点周伟龙，若是周伟龙有异常举动，让你直接向我报告，切莫擅自行动。"

"这么说，老板怀疑周伟龙与谢文达全是两面人？"

"戴有面具的人，比比皆是。"

"李局长对我说过了，说当下军统中不戴面具的，只有你与童平海、林蕤三人。"

童时让、童平海、林蕤三人，率领三十三位特工学员，在石塘山山顶上再建一座雷达站。台州护航队副司令王仙金偶尔登至石塘山，一看到这个怪怪的东西架在那里，十分稀罕。因王仙金不知童时让是军统特种学校副校长，在他眼里这个童时让是个名副其实的生意人；因他不知这枝枝杈杈的东西高竖起来做什么用的，王仙金问童时让："喂，小老板，你不是个做生意人吗？"

"是呀。"

"做生意人就做你的生意吗，你架这个玩意儿有什么用？"

童时让答："做生意用啊。"

"做生意？鬼讲。做生意讲货，你竖这玩意儿有什么用？"

"发电报啊。"

"发电报？就嗒嗒滴的哪个？"

"是。"

"那你到底是干什么的？"

"做生意人吗。"

王仙金摇头答："你说死，我也不相信。别的生意人，入我司令部时均尾巴摇得像条狗，独有你来，徐司令、毛参谋长对你彬彬有礼。我想啊，他们之所以如此对你，只有一个解释，你干的行业不同寻常。"

童时让笑而不答，只是爬上去检查雷达的每个部位架得是不是到位。

1944年8月，李局长终于下令调瑞肇时任中美合作所调查室主任兼西北区军统局区长。瑞肇时临走前，即从天戟山特种学校挑走三十名特工学员。

李局长给童时让下达一项命令，让他率特别行动队潜入杭州暗杀时任伪浙江省省长的傅伟民。那天，童时让率童平海、林蕤、陈肖孟、王克超前往杭州。童时让这次行动再次失手，陈肖孟、王克超，为掩护童时让、童平海、林蕤三人撤退而牺牲。日伪军对陈肖孟、王克超二人极为残忍，他们居然将陈肖孟、王克超二人的尸体，吊在涌金门面前的那棵大树上三日。也是从这天起，童时让不得不亲给李局长发了一份密报，他怀疑周伟龙与谢文达确实是方国珍式人物，原因只有一条，他们的行动是绝密的，只有周伟龙一人知道。但李局长保持静默。那天夜里，童时让与童平海说起此事，心头那片疑云，越加暧昧不清。

"李局长为什么不动手？"

童平海答："李局长的心思，只有李局长的枕头知道。"

日本海军再次入侵台州湾，徐时用抗日忠义救国军与川岛少雄的大队遭遇战在黄岩三江口打响。台州抗日抗卫团兵员损失极其惨重，毛止可派人请临海金文松率民团来参战，结果金文松三个任大队长的前所镇人，胆小如鼠，平日间好借着民团作威作福，一至关键时刻，却是脚底板抹油开溜。金文松刹那间成为可怜巴巴的光杆司令，金文松怎么也集结不起民团士兵，最后导致没有

一兵一卒前来救护。时台州抗卫团因背腹受敌，死伤达一百三十三人。徐时用腿骨被打断，毛止可腹部再次被洞穿，杜伟一条胳膊被日本士兵子弹打断，金文松肚子被钻个大洞。消息一传至天戟山特种学校，童时让决定率特种学校全体学员出击，周伟龙不同意，童时让火了，说："当下台州正处于危难之际，我们党国的特种学校岂可袖手旁观？"周伟龙还是不同意，说："你是校长还是我是校长？"童时让一听，更火了，将枪往周伟龙胸口一推，大着嗓门吼道："姓周的，你给我听好了，出了问题我负责，见死不救，你还是不是中国人？"童时让即对童平海、林蕤下达几道命令：一、全体学员全部穿黑衣服，只露两只眼睛；二、童平海立即通知台州各大医院往江口镇集结；三、给玉环县县长以定邦发电，让他速率玉环海上忠义救国军前来救援；四、由他本人带队出发。特种学校毕竟是特种学校，所有学员全是从全国各地挑出来的高手。片刻之后，童时让当着周伟龙的面将一百多名学员全部带走。

就在江口镇节节败退的千钧一发之际，突有一支徐时用、杜伟他们从不曾见过的一百多人的队伍出现在他们面前。这一百多人全是黑衣墨面，其中竟有七八个是大鼻子蓝眼睛的外国人。他们武器装备特别精良，行动极其骁勇且神出鬼没。所有台州抗卫团士兵根本不知这支队伍从何处来，也不知他们是何许人。他们唯一看到的是，这些人勇如出山之虎，快如霹雳闪电，好一阵砍杀，当时即打死八十多名日军。川岛少雄一看不好，不得不下令撤退。他们一撤退，黑衣军突然飙起如风，倏然离去。他们刚一走，即有两支队伍同时出现在徐时用、毛止可、杜伟面前。一支队伍是毛止熙与王仙金率台州护航总队各大队。他们赶到后，遂从日军侧翼发起进攻。川岛少雄不敢恋战，遂从黄岩江口镇坐船出海撤走。第二支部队即恩泽医院、同济医院医疗救护队。他们一上山，即对所有伤员实行大救护。所有参战人员全惊呆了。毛止可，徐时用几乎同时问玉环县县长以定邦两个问题："你们是怎么知道我们在这里受困的？"以定邦与毛止熙同时回答："有两个黑衣人前来报信。""那一伙如此善战的一百多位位黑衣人是什么部队？"以定邦、毛止熙回答："我们也不知道。"他们再问杜伟，杜伟只是莞尔一笑，什么也没说。

日本海上陆战队终于全部撤出台州。黄岩、临海两县出现短暂平静。

第八章

童时让望着那天戟山尖刀丛林般的山影，听着那天戟溪水哗啦啦流淌的声音，听着那不知名的夜鸟高一声、低一声，远一声、近一声的鸣叫，他的思绪不知不觉被拉至或上升、或沉沦，或和平、或内战的1945年。

童时让忘不了，1945年8月，美国为了快速结束战争，迫使日本帝国主义早一点投降，即在日本广岛、长崎投下了两颗原子弹。随着两朵样子极可怕的蘑菇云升上天空，日本广岛与长崎几十万生灵瞬间化成一道烟气，城市被可怕的力量夷为平地，裸露在世人面前的则是一堆废墟。

日本震惊了！中国震惊了！世界震惊了！

童时让一接电讯，大吃一惊："天哪！这是什么样的大炸弹哪，几十万人说没就没了，我们怎么就造不出来？"林蕤说："我听我哥说，中国的科学与美国整整差一百年。"令林蕤没有想到的是，就在他说那话的十九年之后，中华人民共和国凭着过人的意志、超强的毅力、卓越的智慧，造出了第一颗"大炸弹"。

童时让忘不了，1945年8月15日，日本天皇终于被迫接受波茨坦公告，下达无条件投降的诏书。这道诏书一下达，表明中国的抗日战争取得了全面的胜利。那天，全国各大报纸均登载这条天大的消息；那天，全国所有的报纸全出有号外；那天，这个大好消息迅速在全国各地传开，举国上下　片欢腾。

童时让忘不了，1945年9月2日，日本正式向中国签署投降书。童时让接童平山电讯："金文杨接收南京日本特高课机关，川野郎子的情人反倒做了金文杨的情人。"童时让让童平山立刻将此事报告李卫。童平山回电："报告了，李卫回电，你别管。"童时让心里非常不忿，你不是党国中枢的"圣人"吗？怎么一点原则与边界也不讲？你可知道川野郎子杀了我们多少特工？

　　童时让忘不了，1945年9月3日，全中国人民普天同庆。那天，《台州报》上第一次刻印一份号外。温州《之江日报》出版的那份大号外，版面上只有一句话，"日本投降了！我们胜利了！"十个大红字。台州八县各大中学学生在校长、老师的带领下，举着五颜六色的小彩旗在各镇长街上举行大游行。那天，路桥十里长街一片莺歌燕舞。滚狮子的来了，一个人舞着狮头，一个人舞着狮尾，还有一人手里交叉打着一把哗唆唆作响的铜叉，一边吆喝着，一边引路。跟着尾的那一个呢，使圆了力气，噇噇地敲着锣，这四人互相轮换，他们顺着路桥镇那条十里长街整整有一千多家店铺，一路蹦过来跳过去。有时候遇到了围观的人多，地方开阔，他们干脆尽兴致所在，撒开欢儿了，或是翻跟斗，或是跳上高桌来个狮子抢绣球，或是在打扮得漂亮的女性面前扮个狮子抢人，撩得那些女性笑得前俯后仰。滚龙队来了，他们一至开阔地即敞开力道开舞了，他们或是穿云，或是腾空，或是潜底洄游，或是昂头穿谷，或是散花喷雨，或是空云翻斗。舞有整整半个时辰，龙头便住了，龙尾轻轻地摆动，现出一片安详的景象来。接下来便是点龙头。龙头一边点一边闹，老龙头一边打着鼓钹，扯开嘶哑着嗓子唱：

> 看我龙头高翘起，愿我国主有福气。
>
> 百里行船占鳌头，高官等做白马骑。
>
> 看我龙睛闪金光，愿我国主寿安康。
>
> 逢桥铺路万民爱，行善积德造佛堂。
>
> 看我龙嘴大又大，愿我国主财四方。
>
> 日进斗金富敌国，百姓安详有安康。

　　成千上万人穿着新衣裳，满面红光地出去庆祝胜利。人们满街瞎逛，逛得满大街都是挤挤擦擦攒动着的人头。大街上一片琳琅满目，唱戏的、打莲花落的、卖糖面人的、卖棉花糖的、耍猴戏的应有尽有。

　　童时让忘不了，民间庆祝进入高潮，十里长街到处都是噼里啪啦的爆竹声，那紫色的烟气，几乎在整条街上空，形成一条云带；那红色的爆竹骸骨，四分五裂，躺满一地。大人们只觉得那天，每个角落全是火药气，逼得人喘不过气来；而小孩子们呢，却欢天喜地，到处洋溢着他们天真且稚嫩的笑声。

　　童时让忘不了，1945年9月9日，李局长亲自下达命令，调周伟龙离开天戟山特种学校，瑞肇时中将归台州任特种学校校长。李局长在他下达的命令中提出严苛的要求："在瑞肇时没有正式上任之前，培训基地由童时让说了算。不管什么时候，天戟峰特种学校不准暴露。"并令童时让做好接受一百五十名特工培训准备工作。时天戟峰特种学校，因十里之外全部戒严，黄岩百姓知者甚少。黄岩人唯一知道的是，每至星期日，总有身着黑衣的游客成群结队地从方山顶上走下来，玩至天黑，再分批分次地进入天戟峰。

童时让忘不了，1945 年 9 月 10 日，瑞肇时来电，让童时让率童平海、林蕤至南京。一是老板决定让他们与子女们见个面，二是军统将在南京召开校官以上负责人大会，悼念在抗战中牺牲的战友，并部署下一步工作。

童时让忘不了，1945 年 9 月 11 日，他率童平海、林蕤妻子坐船去宁波，再从宁波坐火车至南京。这是一个什么样的黎明啊，所有的人全毫无睡意。那时，他们全眺望着南京城那模糊的轮廓，他们的思绪刹那间穿越历史变幻的时空，步入六朝古都的金陵与虎踞龙盘的钟山。天终于在他们一行人的眼皮子底下一点点地变亮了。他们全从憋闷的船舱里走出来透透气，不知他们中间哪个女人狂喊："长江，长江，看长江！"童时让对南京熟悉得与他手纹一样，可不知为什么，在他人生中，似乎第一次真正认识了长江，好一条中华民族母亲河啊，那滚滚江水，一泻千里，那开阔的江面上，晨雾若云。林蕤妻子说："天哪，这就是长江？它居然有这么大，那么的开阔，那么的浩瀚。它就是由青海省那横亘的天山山脉淙淙流下的清澈泉水，经过十几个省市，最后汇集成这么宽阔的一条大江？"童时让答："是。"方伯琴兴奋得两眼发亮说："什么叫大自然的力量？什么叫大自然不可动摇的意志？这就是！所以，孔子为什么要说逝者如斯夫！所以老子的《道德经》中提出做人要上善若水。"方伯琴当时即背了一段另外两个女人一直不曾听过的名言，"夫水遍与诸生而无为也，似德；其流也埤下，裾拘必循其理，似义；其洸洸乎不淈尽，似道；若有决行之，其应佚若声响，其赴百仞之谷不惧，似勇；主量必平，似法；盈不求概，似正；淖约微达，似察；以出以入，以就鲜絜，似善化；其万折也必东，似志。"

童时让忘不了，他们入住金陵高级饭店，童时让率他们与瑞肇时见面。瑞肇时即将任童心、童吉林、林世德三个儿子带至他们父母面前。真是士别三日，当刮目相看啊。分手前，他们三个人全是不曾成熟的小屁孩，可现在，他们全成了嘴唇上长有一抹嫩胡子的小伙子。尤其是童时让，当他一看到儿子领口的军衔，两只眼刹那间没了缝。他怎么也没想到，几年不见，他的儿子从黄埔军校毕业后，成了少尉，出息成一个货真价实的军人样子。童时让激动得说不出话来，方伯琴与另两个女人，高兴得泪水都顺着她们的脸编织成一道水帘子了。

李局长召开军统表彰追悼大会，大会堂上摆满所有军统牺牲了的特工照片，童时让熟悉的即有三十多人。名列第一的是何萍，名列第二的是季子秋，名列第三的是何菁，最后四位是任南春、应山红、邵安娜、许央珍。大会一开始，李局长即下令全体军统人员为抗战时牺牲了的军统烈士悼念致哀。受大表彰的是六人：王鲁樵、叶翔之、段云鹏、童时让、童平山、林蕤。表彰会结束后，童时让悄着问段云鹏："我记得四大女金刚中有林韦英的，可我一直不曾见到她的身影。"段云鹏答："子昭兄，干我们这一行的，哪天不是在刀尖上跳舞。这些事情还是少知道为好。"

那天夜里，李局长举宴宴请全体军统工作人员。赵龙文、瑞肇时、王鲁樵、叶翔之、段云鹏、童时让、童平山、林蕤共为一桌。李局长说："你们的儿子让我培养成这样，你们放心吗？"童时让、童平海、林蕤立起向瑞肇时、李局长表示感谢。李局长说："当下的关键是，加紧做好学员培训工作与保密工作。一山容不得两虎，一国不可有二主。别看现在我们与共产党签订'双十协定'，但我必须告诉你们，国共两党对决的序幕迟早要拉开。我们军统的主要任务，就是要掌握共产党的所有政治、经济、军事情报。"李局长指着瑞肇时与童时让说，"你们两个可是好朋友，又是老搭档，你可别让我精心打造的特种学校出现失误哦！"瑞肇时与童时让同时立起表态："我们决不会让老板失望。""好，好，我要的就是你们这样铁杆的忠诚子弟。"

童时让趁着人们兴高采烈时，他向李局长请假，想去贵州找一下季子秋的儿子。李局长叹息一声说："好女子，好女子啊，她明知一去必死，可还是去了。季子秋是为党国牺牲的，她的事情，我必须管。但我告诉你的真实情况是，我让童平山几乎将贵州的每个旮旯找了个遍，愣是没找到。如此兵荒马上乱的，怕是早就不在人世了。七天过后，抗战胜利后的第一批学员必须去天载山特种学校入学。我必须去天戟山特种学校参加开学典礼，你在南京陪你老婆与孩子们玩三天，赶紧回去准备一下。"童时让很想将季子秋如何牺牲的全过程搞清楚，可他不敢，他知道军统的规矩，不该问的事情千万别问。

童时让忘不了，他与童平海、林蕤率家人第一次游南京。他们三人惊愕地发现，李卫说的全是真话。整个南京城全部沉浸在得胜的狂欢与腐败的霉烂中。满大街小巷，处处挂灯结彩，仿佛六朝古都根本没有让日本鬼子杀死过三十万人一样。

童时让亲眼看到一群军官来金陵饭店大吃大喝，谁也说不清这帮子军官发什么人来疯，与十一位同僚"吹瓶子"，有个家伙居然一口气连喝八瓶烈性白酒，当时，他的脸便成了刚出膛的猪肝色。九点钟时，他多少能挺得住；十点钟一到，他摸不着北；十点半，他一头栽倒在餐厅里，吓得当班的女招待不得不拿起电话呼叫医院。三分钟一过，南京医院救护车开来。随车的医生只是一看，即将他的头摇得如同拨浪鼓，这位医生叹息着说："一个军队的军官在胜利面前变成这种样子，怎么得了？"

童时让亲眼看到一位官员请一位长得很是美丽的女人吃饭。童时让只听当班女招待说，这位美丽的女人本人位置并不高，只是省里某部门一般工作人员，可她的父亲却是国民党政府高官。童时让拿过他点的菜谱一看，从明面上看，那位官员所点的菜，量并不多，八菜一汤，但菜单上的内容就有点吓人了，什么燕窝，什么鱼翅，什么鲍鱼。童时让问女招待："得多少钱？"女招待嘟哝着说："我一家七口子人，一年到头苦死累死，也挣不下那么多钱哪！可他这个当官的，居然一顿饭，吃上我们一年的总收入！"童时让听后，心里泛着说不出的一股什么样的酸。这可是南京，三十万人让日本人杀死的南京，可一夜间居然变成了花天酒地。

童时让亲眼看到一场不可理喻的大赌博，在金陵大饭店娱乐厅拉开序幕。不知从何处开来一辆军车，车一停稳，下来十一个军官，这些家伙哪，真不拿钱当回事，到了大堂，牌桌一推，"长城"一筑，这便甩开膀子较量。好一场豪赌啊，内里的人什么样感觉不得知，外面的人一看便心惊肉跳，不吃不喝的一开局便是一天一夜，其中有一位讲湖南话的国民党军官，输得整张脸全都变成一张白纸，出大厅没走上三步，即一头栽倒在台阶上。

童时让偶尔间来至金陵大饭店一处名叫园中园的大舞厅。童时让长这么大，被从不曾见过的景象吓坏了，只见满厅的灯光，一片幽蓝幽蓝的光焰下，所有抱着跳舞的青年男女，全都变成青脸魔鬼。中国历史上的舞蹈，是祭天仪式时最高行为；舞蹈在西方则是最为典雅且高贵的交际活动，其目的往往是结成真诚的友谊、纯净自己的灵魂；童时让怎么也没有想到，在当下中国，却将这祭天的神圣性与西方交友的纯洁性，演绎得如此的粗俗不堪。疯狂的音乐一起，个个摇头晃脑，活似中了邪，这些少男少女，哪里是在跳舞，纯粹是在寻找感官的强刺激。一百多对男女，有五十多对脸与脸嘴对嘴的死焊在一起。童时让一脸失色，下意识地问："怎么会这样？"女招待说："打从抗战胜利后，哪一夜不这样？"

"人怎么可以颓败到什么伦理道德都不讲？"

"嗨哟，我的好老总哟，怪不得酒店里的管事说你们这几个人军衔不低，可全是些没见过世面的山头末佬！"

童时让亲眼看到金文杨带着他手下的哥儿们妹儿们全来了，差不多全是些十八岁到二十一岁的少男少女。他们先是开会，开什么内容，童时让也不知道。八点钟，会议结束，至餐厅就餐。十点钟，饭局收场，全体人员便上舞厅。童时让实在出于对金文杨的好奇，下决心去看一下。童时让悄悄来到大厅，隔着门缝往里瞧一下，这一瞧不要紧，吓他一跳，真活见鬼了，这都是些什么人？全都男不像男，女不像女，个个全是红发绿眼，活如小妖精，特别是那些女孩，个个浓妆艳抹，衣裳穿得极少，往往只把身上的三个突出部位遮挡一下，便万事大吉。人数呢，童时让多少有点看清，共有三十五对。他们进舞厅后，先是坐下来派对，派对好了，接下来聊天，一小时后，金文杨下令让全部服务生退场。属于他们的舞会正式登场，那种末日式的疯狂，叫整个金陵饭店的内脏都变得动荡不安。到了下半夜两点，他们居然把所有的灯与门全关闭，就着大厅地面胡乱动作。你想和谁玩，只要对方答应"我愿意"就行了。一个不够，可以三个四个，随便。一直疯玩到天明，这些人才起身一身畅快地走了。整个金陵饭店的员工们，没人知道他们这一夜在舞厅里干了些什么。直到第二天早九点，负责卫生的员工走进舞厅打扫卫生。推开门一看，遍地狼藉，折皱了的卫生纸，扔得满地都是。一扫，居然扫出了差不多一簸箕。童时让只是看上一眼，即哇哇地往外倒酸水。

童时让亲眼看到一位将军抱着两个女人，一起喝交杯酒，那两个女人现出来的嗲声嗲气的样子，让人看上一眼，浑身都毛骨悚然。

童时让亲眼看到一批伤兵吃了临街一家饭店的饭而不付钱，那老板上来冲他们要钱，那一帮兵喝道："老子打日本鬼子，差点丢了命，吃你一点东西，你还向我们要钱？"说完就将饭店砸了个稀巴烂。

童时让亲眼看到佩有少将军衔的金文杨请客。第一列出档的就三大高级菜：燕窝、鱼翅、黄鱼。酒呢，没别的，就两种——茅台与女儿红。下面随列八个大菜，全是清一色好菜名菜。中间起调节作用的只有两盆蔬菜，一盆是豌豆苗，一盆清素且又名贵的生炒蒌蒿。时间一到，一辆辆高级轿车鱼贯而入。时夜幕降临，一街花灯放出彩光。金陵饭店的服务生，当然是一流的服务生，人来一个，茶水就上一个。人一到齐，值班女郎便悄声问金文杨："将军，可以上菜了吗？"金文杨说："上吧。"于是，一个指令下去，准确无误，美味佳肴一道接一道地布上来。菜一上齐，童时让下决心要好好看一看金文杨请的都是些什么人。他装成前来给金文杨的朋友们举杯敬酒的样子走进餐厅，举目一看，惊呆了，全是政府官员，而且是每个都带有一个接收过来的日本女人。童时让出来后，当时真想好好偷听一下，金文杨到底在饭桌上谈什么？可他一看，所有的包厢全是这种样子。童时让只能长叹一口气，摇摇头走了。他们一直又吃又说到差不多九点钟，最后，还上了甜品，宴会正式结束。金文杨最后一个嘴里喷着酒气打着饱嗝、红头面赤地从包厢里走出来。童时让一看消费账单，差点吓出尿来，后加的三瓶茅台与三个菜，共计三千元法币。童时让躲在一角，看他如何付钱，令童时让没有想到的是，金文杨腆着个肚子夹着个包，一摇三晃地来到总台前。服务生趁机把账单递过去，金文杨连看都没细看一下，拿过笔便在账单上签下自己的名字，然后摆出一派长官风度——甩了笔，起来就走人。

童时让亲眼看到一位政府官员入住金陵饭店，打前站的人给服务台送上一份菜单。童时让出于好奇拿过打前站人递上的菜谱看一下，若不看，倒还好一点，这一看，吓了童时让一大跳，天哪！这哪是抗战刚胜利的政府官员的菜单，分明是过去封建王朝的大贵族出行时下的菜单！

早餐：

　　骨头粥（用脚胴骨熬制，米用泰国香米）。

　　包子三只（家养的本地土猪，内加笋肉心，花生油）。

　　蛋两只，平煎（去黄留清）。

　　纯牛奶一杯（宁溪山区大寺基奶牛场出品奶）。

　　菜一小碟（仙居高山娃娃菜，隔天不要）。

　　香椿芽一碟（山东正宗名牌）。

　　腐乳一碟（绍兴的名牌）。

中餐：

　　饭两小碗（米质同粥）。

　　人头马酒两小杯（产地法国）。

　　菜八样：肉米茄子（茄子去皮），鲫鱼脊梁肉（只要背上黑条），麻鸭掌（脚垫部分），香妃烤乳猪（后臀肉），血燕羹，蛤仕蟆，（黑龙江大兴安岭产品），饯海蟹，（不要膏黄），高山白菜（括苍山出品）。

晚餐：

　　菜十二样：龙虾三角，清蒸鳜鱼（扬子江原产地），中华鲟（野生，不要养殖的，每条不超500克），大毛蟹（湖州），宁波泥螺，生炒艾蒿，烤鸭（北京全聚德），红烧排骨（无锡产），炸羊排（内蒙古正宗的小肥羊），玉米甜羹，三鲜菇汤（北大荒野生真蘑），炒木耳菜。

菜谱中所列之菜并不名贵，但操作要求极高，有好些菜，必须马上驱车上远地采买。想想吧，他又不是乾隆爷，用得着这样？也许童时让是山里人的缘故吧，一直保持着山里人的本色。

童时让亲眼看到，金文杨挎着一位长得十分妖冶的日本女人，在南京长江边散步。童时让往暗处一闪，凭着朦胧的路灯灯光一下子发现，金文杨所挎的那个日本女人，不是别人，正是日本著名的特务川野郎子的情人。童时让大吃一惊，他怎么也没有想到，金文杨接收了日本特高课，连日本女人也一块儿接收了。他想起了他伯伯任文础之死，他想起了胡庆余堂那三十人被杀，他想起了何萍之死，更想起了季子秋的死，他下决心跟着金文杨看个水落石出。金文杨在前面走，他在后面跟。地点一搞准，童时让决定放出他的本事，给金文杨一点厉害看看。那天夜里，妻子方伯琴一睡着，童时让即蹑着手脚下来，蝙蝠似的来至金文杨在南京的新家。作为一个与他父亲一样的贼王，且青出于蓝胜于蓝，去捞他一票，暗杀个人，那可是轻车熟路。初时，童时让的打算是将金文杨与那个川野芳子的关系搞清楚，如果金文杨得的不义之财多，他也捞他一票。哪知一潜入金文杨家时，正赶上金文杨与那个日本女人玩本能游戏。童时让不看则罢，一看全身都起鸡皮疙瘩。童时让想起他母亲的死，想起他拿起枪枪决许清时的狠毒，他不得恶上心头。童时让先用焖香，将金文杨与川野郎子的情人全放翻，然后悄悄潜进去，拿起金文杨身边那把日本匕首，对准金文杨的后心，一刀恶狠狠地扎将下去。这一刀扎的不是一个人，且是两个人。童时让杀了金文杨与川野郎子的情人后，气也出了，头脑也开始变得冷静了。面对着这一地的血污，童时让明白，他闯下弥天大祸了。自古以来，杀人者偿命。然而他远比他父亲厉害。干脆一不做二不休，童时让见楼梯下放有一桶柴油，拿起往紧抱在一起的两具尸体上一倒，扔下一根火柴。火头一起，童时让即迅速往外撤。刹那间，刚刚从日本人手中收回来的原日本特高课占领的别墅，让烈火烧得红了半边天。那天，亲手杀了金文杨的童时让，整整一夜没睡。他想着他在重庆与李卫见面时，李卫说的那一番话，一股悲凉不由得油然从心头升起。这样的政府、这样的军官、这样的士兵，若是没有共产党的八路军、新四军，能撑到胜利到来吗？你们现在天天准备与共产党对决，你能打得过共产党吗？

童时让忘不了，他率童平海、林蕤三家女人归家。三个穿军装的儿子全来相送，童时让最大的担心，儿子会变坏，只是不断嘱咐，这个要小心，那个要关注，儿了任童心是不是听烦了？童时让不得知。但儿子任童心对他说："老爸，别磨叽啦。你将心放进你的肚子里吧，我一直跟着林伯伯。"童时让说："整个机器全生锈了，就他一个零件好，又管什么用？"

童时让忘不了，南京所有大报纸，登有一条消息："中统少将主任金文杨与日本女特务川野郎子的情人，让人杀死于别墅中。据警方推断，杀金义杨者是绝世高手，不留一丝痕迹，至今不知杀金文杨少将者为何许人。"方伯琴

看了报纸的报道后，脸一沉，悄着声音问："是不是你干的？"

"不是。"

"撒谎。"

"我是你妻子，还不知道你。报纸上说的那个时间，你就没有与我睡在一起。你回来时，是从窗口进来的，身上有柴油味，你当我不知道？"

童时让伸出一只手指头放在他的嘴唇上。"嘘"的一声，不让妻子说话。方伯琴伸出手指点了一下他的额头："让人查出来，你不是自个寻死。"

"查？你看我童时让是什么人？斩首行动，他们离得开我了？我这是为党国除害。"

天戟山特种学校正式开学，抗战胜利后的第一批学员，一百二十名特工学生入学。李局长等一帮子军统高官参加开班典礼。就在这天夜，李局长在天戟山培训基地做了一个怪梦，他梦见一只白色的老鹰一头撞在山顶上。李局长将他所做一梦与童时让说。童时让一听，说："我培训基地有个负责人事的王英，算命极准，我陪你去请他圆一下梦如何？"李局长答："好。"于是童时让即陪李局长去王英住处让王英圆梦。王英听完李局长说的那个梦后，当时即开口要李局长当心，说他其貌其体其相皆是七十二正相中属正鹰相。鹰，猛禽也，其性刚烈。梦鹰撞山，怕是不是什么好兆头。王英怕有误，定要李局长报出他的生辰八字由他来推算，李局长报出生辰八字后，王英细为李局长掐算，即警告说李局长说："将军，今年你恰逢岁运并临，不伤即死。你还是当心一点为好。"在往宿舍走的时候，李局长瞧四下无他人，问童时让："金文杨与川野郎子的情人是不是你杀的？"童时让点点头。李局长说："我一猜就是你。只有你才有这种焖香，只有他俩在昏晕时，才没有一点反抗地让你一刀扎透两个人的心窝，警察局怀疑上你了，你得感谢李卫，是他下令此事到此了结。你能不能告诉我，你为什么要杀他？"童时让说："我看不得他与川野郎子情人玩这种游戏，看不得这种禽兽不如的行为。"李局长鼻子里哼了一声："怕是与季子秋、何萍有关吧？"童时让只是尴尬地一笑，并没有做出明确答复。李局长说："我知道你爱这两个女人。你放心，我不会出卖你。金文杨这王八犊子，太那个了，居然连川野郎子的女人也敢要。做人不能过于贪婪，这好比是一条鱼，分不清什么是食，什么是饵，他临死期就不会太远了。好了，好在一切全过去了，可我得警告你，你头上有三张网，三只天眼，时时刻刻窥着你；今后你做什么事，可别再任性了。"

童时让只是"嗯"的一声，算是对李局长做出回答。

李局长归南京后，将他与美国情报局共同策划的那件大事及童时让在浙东南沿海发展的地下特务组织名单，全部向李卫移交。李卫看他所交的名单后问："除了我之外，还有什么人知道？"

李局长答："只有两人，瑞肇时，童时让。"

"过去，我是用他来对付日本侵略军的。现在，你的意思是，用他来对付共产党？"

"是。"

"详细特工名单，全在童时让手上？"

"是。"

"瑞肇时在黄岩天戟山特种学校，苦心经营多年。不怕一万，只怕万一，如果我有个三长两短，你即可与瑞肇时二人直接联系。"

李卫不知李局长为什么说些断头话，李局长将他所做的那个梦与王英所解的内容与李卫说了一遍。李卫一惊，但他嘴上仍然说："这只不过是江湖中人的哗众取宠，你啊，只可信其三分，千万别当真。"但李局长坚信自己活不长了，他对李卫说："我李某人，为党国利益，阴损之事做得太多，有损我寿，梦白鹰撞山一事怕非吉祥。"

不久，李局长在执行一个特别任务的过程中，遇到空难，机毁人亡。

国民党军统人员俞作柏、邢森洲、娄范蠡、王兆槐、瑞肇时、胡小平、赵龙文、徐为彬率着童时让，何江、何清、林蕤、童平海军统特工再次在南京相聚。他们这次相聚，不是开会，而是为他们的总头目李局长举行隆重的葬礼。那天，他们用尽全力将李局长的棺材与钢骨水泥，浇铸成了一个炸药无法炸开的大圆球。那大夜里，值夜的童时让，亲眼看到有个身着黑衣、脸上蒙有黑纱的女人，手持一束鲜花至李局长墓前祭奠。童时让想上去看那个黑衣女人究竟是谁。瑞肇时一把拉住他："别胡来！风息时，休起浪；岸到处，便离船。少管！"

国民党最高特务机关军统局，不得不重新改组，李卫第二次接收军统局的全部工作。他以南京军统最高领导人的身份找瑞肇时、童时让谈话。李卫决定两条：一是原定下的高级特工学校培训工作全部照旧；二是因李局长不幸遇难，童晓兰不幸遇难，总部办公室徐德馨调军法处，总部一直没有主任，由瑞肇时任主任，童时让任天戟山特种学校校长，童平海、林蕤顺提为副校长，军衔待报批委员长后再另定。

童时让又一次失眠，他想起他在南京亲眼见到国民党内部弥漫着的霉烂气息，他想起他在南京街头，一个卖唱女孩唱的那首歌：

手拿碟儿敲起来，小曲好唱口难开，

声声难唱人间苦，先生老总听开怀。

月儿弯弯照高楼，高楼本是穷人修，

寒冬腊月北风起，富人欢笑穷人愁。

童时让不知为什么，他总看一架白色的骷髅在他面前翩翩起舞，令他浑身不寒而栗。

1946年，中国共产党决定将其领导的中国工农红军正式定名为中国人民解放军。

童时让培训班开的班次越来越密，过去一个培训班时间起码一年，现在，只有半年。这一批人刚走，下一批人即来。黄岩人只知道里面有一所特种秘密学校，专门用于训练特兵员。至于那座秘密学校是什么样子，在天戟山什么位置，很少有人知道。

1946年6月26日，国民党调动三十万军队向鄂东、豫南发动进攻。

童时让一得知消息，即与童平海、林蕤议论说："这不是拿着个鸡蛋往石头上撞吗？"童平海答："这没有办法，利益集团逼得不得不实行的终极决定。你要知道，当今世界行的是丛林法则，要么你被他人所吃，要么他人吃你。如果离开了利益，老天爷都会发笑。成者王侯，败者贼。"是啊，是啊，童时让可以称得上是中国当下历史的见证人。

面对着国民党兵败如山倒的日子即将来临，天戟山特种学校最后一批一百三十二名学员集体潜逃，全被防卫特种学校的宪兵抓回。按着过去的条例，此一百三十二人当全部实施枪决。童时让面对着一百三十二张与他儿子年龄差不多的后生男女，面对着一张张嫩生生的面孔，童时让怎么也下不了手。

宪兵队长请示童时让如何处理他们时，童时让让林蕤给他哥哥李卫去电，请示李卫怎么办。很快一过，李卫回电："天要下雨，娘要嫁人，由他们去吧。"李卫随后在电文中附有他写的一首诗：

江郭飞花乱客愁，江天风雨暗孤舟。

明珠按剑堪谁语，唯有巾山是旧游。

　　童时让只一看，就知李卫心情非常不好，即走出门对宪兵下令，放了他们。于是天戟山特种学校最后一批学员一百三十二人，全部化装成平头百姓悄悄离开了特种学校。那天，是童时让心中最为痛苦的一天，他与童平海、林蕤，还有那个叫王英的人事科长，面对着这处一直潜藏在天戟山深处的校舍与训练场，心中酸溜溜泛着一股酸水，只觉眼中有一颗湿湿的东西要掉下来。童时让忍了大半天，才没让这颗沉甸甸的湿东西从眼睛里掉下来。童平海问王英："你可是我们军中的神算子，号称刘伯温第二，你怎么不给我们党国的命运打个卦，与共产党对决是赢还是败？"王英长叹一声说："知易者不言易，知命者不言命。一切皆是天命，岂可人力能左右？"

　　1948 年 4 月 24 日，中国人民解放军正式收复延安。

　　段云鹏来电："你那边情况如何？我们这里可是兵败如山倒。我已下令所有特工人员全部转入地下。"童时让回电："我们一片风雨飘摇，特种学校学员全走了，只剩下我们几个与外国教官。"

　　1948 年 10 月 21 日，长春和平解放。自 1948 年 10 月 26 日至 28 日止，东北野战军主力在新立屯、黑山地区全歼廖耀湘兵团十万人。

　　段云鹏来电："子昭兄，我们党国怎么会这样？成团成团的人往共军那边倒。"童时让亲给段云鹏发电："这有什么办法？打倒我们党的不是共产党，而是我们党自己人。我与你在金陵大饭店住有这么多天，如此花天酒地的政府官员，岂有不败之理？"

　　1948 年 11 月 2 日，东北野战军直下沈阳、营口。辽沈战役势如破竹，很快以骄人态势宣告结束。病中的陈诚一怒之下，曾写有诗一首：

卢生梦已熟黄粱，帝里归来又战场。

慷慨誓师沥牲血，仓皇列阵扼羊肠。

目迷咫尺红色雾，势失千寻虎豹岗。

唯有同心戴安道，铮铮失骨卫山河。

吉林失陷，四平军事隘口失守。

童时让接段云鹏电，刹那间心惊肉跳。童时让去电问李卫："是真是假？"李卫回电："真。"童时让去电："我们何去何从？"李卫回电："任、方、林、任，天戟山子孙不出二臣，杀身成仁，尽忠。"

1948年11月6日，淮海战役正式打响。中国人民解放军以伤亡十一万人的大代价，歼灭国民党军队五十五万人。淮海战役一结束，长江以北的华东、中原地区全部获解放。是时的中国人民解放军如此快速地取得这么大一个战役的胜利，无论从何种意义上讲，均极为沉重地打击了国民党军队的士气，震撼且动摇了国民党的军心。自此，国民党在长江以北的统治地位彻底瓦解。

1949年1月18日，华北和平促进会正式成立，何思源任北平市和平谈判首席代表。童时让突接李卫电报，林蘅收到电报密码后，一翻译，上面只有下列一项内容："请速将潜伏于北京的特工所处的地点位置及接头方法告知。"林蘅一边将电报电文交与童时让，一边问童时让："他们二人可是暗哨啊，不轻为用。上峰动用这枚钉子想做什么呢？"时直挺挺地躺在床上显得非常慵懒的童时让没声好气地回答："我不是与你一样，是活人又是死人，上哪知道去？"从外面拿粮食归来的童平海，接过扔在桌上的电文一看说："怕是又要暗杀哪路诸侯了吧。"林蘅问："哥，派谁呀？"童时让深吸了一口烟，并吐出了一个大圈说："反正早死晚死都是个死，让何江北上去配合叶翔之与段云鹏吧。"林蘅遂将何江的潜伏的地址与联系暗号发出。

暗杀成功，何思源与夫人被炸伤不说，何思源小女儿竟被活活炸死。

何江来电："上峰下令让我暗杀周炳琳，我杀是不杀？"童时让回电："不杀，他是我们黄岩人，黄岩人岂可杀黄岩人？"

"若是我不杀，上峰杀我怎么办？"

"枪口不在你手中掌控？"

陈邦金起义，陈邦金，字敏之，台州三门人，1907年生。1927年参加北伐，1929年毕业于中央陆军军官学校第七期步科。历任排长、连长、营长。抗日战争时曾任第十四师团长、副师长。1949年任第九兵团第十三军第四师师长。1949年1月15日，陈邦金受命进驻北平。第十三军军长石觉南逃。陈邦金代任第十三军军长。时第十三军兵员伤亡严重不说,士兵饿死者众。陈邦金亲眼看到那些士兵饿得走不动路了。有不少士兵越过战壕跑到中国人民解放军那边去吃东西。面对着四面楚歌,面对着那么多士兵在内战中失去了他们人生只有一次的生命,陈邦金心下大恸,他再也不能如此僵持下去了。时陈邦金自己问自己:我率这么多的士兵与共产党打这个仗到底有什么意义呢?让这么多的士兵白白丧命,让那么多家庭妻离子散,让这么多的子女失去父亲,我不就成了不可宽恕的大罪人了吗?有道是"民为贵,社稷次之,君为轻"让这么多的生灵成为炮灰,我于心何安?陈邦金在良心的高密度的谴责下,最后做出一个壮士断臂的决定:他不能再将这种毫无意义的国内战争再继续打下去了。就在陈邦金任第十三军代理军长后的第四天,陈邦金召集第十三军各师长开会商议投诚。会上,一师长说:"只要你陈军长下令,我同意。"另一位师长说:"投诚可以,只怕你今后落下一个不忠不孝之名。"陈邦金答:"与其让这么多的生灵涂炭,我陈邦金愿意背此恶名。"

何江来电:"陈邦金要起义,段云鹏下令让我杀,我杀还是不杀?"童时让答:"大势已去,莫让这么多士兵白白送命,我们党败就败在他的腐败与暴戾上。众星朗朗,不如孤月独明,照塔层层,不如暗处一灯。灭却心头火,点起佛前灯。留下方寸地,给予子孙耕。不杀。"

1949年1月29日,第十三军军长陈邦金独自驱车冲出西门,前往前线寻找时中国人民解放军平津司令部。1949年2月2日,陈邦金率国民党第十三军将士,迎接中国人民解放军进入北平。当日,陈邦金领导的第十三军,就地改编为中国人民解放军独立第四十七师,陈邦金任师长。

童时让给何江去电:"命令何江立刻离开北京,归广州酒仙桥。"

第九章

　　童时让透过监牢的窗口看着老家的天戟峰，他犹豫，他痛苦。人的一生，无不是做抉择的一生，童时让面临着他人生最后一个十字路口，他不知如何做出他人生最后的抉择。

　　童时让想起第五次大"围剿"之后，童晓兰曾前后多次对他说过：我的弟弟啊，你没去现场，我是陪李卫去了现场，太惨烈了，实是太惨烈了。人与人人与自然永远是相通且相对。爱换回来的，必然是爱；恨换回来的，必然是恨。这就叫以眼还眼、以牙还牙；以善还善，以恶还恶。用坊间话说：恶有恶报，不是不报，时候没到。用老子的话说：天道常与善人。我只怕越是如此，我的委员长越要失去人心。

　　童时让想起了1936年10月，中国工农红军在党中央的领导下，历尽艰难险阻，终于率领活着的两万多名红军战士到达甘肃会宁县。

　　童时让想起了，红军在陕北延安站稳脚跟后，社会上对国民党的青天白日满地红的国旗议论纷纷，说民国的国旗从设计至正式通过那天起，就已经预示着国民党将被红色政权所包围。红军万里长征至陕北后，将他们的政治中心定在延安。什么叫延安，延者长也，安者安定安国啊。共产党取代国民党，早在延安时，就已经露出端倪了。

　　童时让想起那天夜里，他们一接到中国人民解放军势如破竹，人大批大批地往解放军那边倒的电文时，他心中所现出来的恐惧、矛盾、挣扎，他知道国民党兵败如山倒，民心所向，国民党是兔子尾巴长不了了。什么是命运？命运就是抉择的过程，他做什么抉择？学陈邦金那样投诚？不！不！他是什么人的子弟？他可是天戟村任氏子弟，天戟村任氏子孙的族规是什么？鞠躬尽瘁，忠诚、勇敢、担当、清正廉洁、一心为民、刚正不阿、诚实守信。作为一个忠诚为一生座右铭的任元培子孙，怎么可以叛党呢？

童时让望着那天戟峰，他的内心世界，一直有两种声音在冲着他的灵魂呐喊，一个声音在高叫："投降吧，投降吧，我们司令员为人厚道，对你童时让，早下有特别指示，只要你将华东的特务网全部交出，我们中国人民解放军念你过去帮过东南特委书记许清与他的妻子周时兰，不但不枪毙你，我们还让你为即将成立的中华人民共和国服务。"一种声音是从地狱时透出来的声音："童子昭，你可别忘了，你的儿子在我们手里，我们可让他生，也可让他死。"

童时让望着那天戟峰，浮现在他面前的是两双阴险毒辣的三角眼。这两双阴险毒辣的眼睛中的一双，是在他入狱之后，从窥视孔里发现的。童时让被捕后，刚进入监狱，那双眼睛就出现了。这双眼睛的目光十分可怕，如箭、如刀、如闪电、如电光石火。童时让偶尔一抬头，即发现有一双可怕的眼睛在窥视孔中细细地观察他。这双眼是谁？为什么要如此窥视我？在他的直觉中，这双眼睛十分熟悉，又十分可怕，似乎是女性，似乎又不是。他立刻起身想将窥视孔里出现的那双眼睛看个明白，可对方立刻一闪，消失得无影无踪。童时让努力将自己的眼睛挤入窥视孔，可他看到的只是一个穿着中国人民解放军服装的背影。看守童时让的是一位名叫邵泽青的山东籍小军人，在邵泽青打开牢门，给他送饭时，童时让潜意识地问了一句："方才来看我的那个人是谁啊？"邵泽青为人厚道，随口答有一句："是我们师部的文书。"

"她为什么来看我？"

"她说，你是全国有名的特工头子，想看看你长什么模样。"

童时让的心刹那间提将起来，他想起李局长一手培养起来的四大美女金刚，前三位美女金刚全死了，独有一位一直无消息；他想起他每一次问起林韦英，他们总是对他支支吾吾；他想起抗战胜利后，他与段云鹏关于四大美女金刚林韦英的对话；他想起李局长落葬后，轮着他和瑞肇时为李局长守墓时，他看到的那个穿黑衣手捧鲜花的女人，童时让瞬时明白了，那双诡异的眼睛是谁的了。是的，是的，是她，一定是她。是已经顺利地打入共产党内部的林韦英，她正在密切地监视着他的一举一动。

童时让，我可告诉你，你儿子在我手中，如果你当叛徒，小心你儿子的小命。可怕，可怕，太可怕了！一直有人这样暗示童时让。

童时让想起瑞肇时给他下的一个密令，凡是叛徒一个也不准带往台湾。执行任务的童时让问瑞肇时："这三个人不是我们党国的忠贞分子吗？"瑞肇时答："上峰的命令，你执行好了，别多话。"当时他们三人立刻做出分工，童平海去暗杀徐为彬，童时让去暗杀周伟龙，林蕤去暗杀谢文达。童平海暗杀徐为彬十分便，借着请他至一酒楼吃饭，就在他往酒楼里走时，朝他的心脏部位开了一枪，徐为彬一头栽倒地上。那周伟龙刚打算在上海坐船往台湾方向走，童时让喊了他一声名字，周伟龙一回头，童时让不动声色地朝他额顶开了一枪，即将周伟龙打死在船上。唯一失手的就是谢文达，当林蕤进谢文达家时，谢文达早率着他的情人傅雪珍，不知逃往哪去了。童时让一怒之下，又一次给谢文达新建的大院子点上一把火，让他纸船明烛照天烧。

1949 年初，一个代号为 A 计划的特别行动决定付诸实施。国民党的核心人物决定让童时让他们在大陆潜伏下来，想用当初对付日本人的那套绝招来对付共产党。核心层人物之所以如此坚定，有如下几点原因：一、这些人全是童时让一手培养出来的；二、全国特务网分布状况，只有童时让一人最为清楚；三、即使大部队退走了，留下来的这些精英们，也可搅他一个天翻地覆。

童时让接到命令，天戟山特种学校立刻停办，并让他去借用徐时用运输公司的对外机构路桥货栈，有要事与张希世见面。童时让率着童平海与林蕤刚至军统对外机构路桥货栈，军总部特别调查室张希世突然带着八个宪兵，闯进路桥货栈，令童时让深感莫名其妙的是，张希世当着那么多人面弩拔剑张，大吵大嚷地将童时让、林蕤、童平海三人逮捕。还和特意从南京赶过来的瑞肇时，假模假式地不相让，二人间针锋相对，张希英说："童时让这家伙通共，不将他枪毙，即是对党国的不忠。"瑞肇时要张希世拿证据。张希世说："你要证据冲上司要去，我只是执行命令。"此事一出，令童时让、林蕤、童平海三人一头雾水。一是童时让确实送周时兰至新四军处，确实给许清带过信，可这件事，只有童平海与林蕤知道。他们三人全是互相纠葛打断骨头连着筋的亲属，铁杆分子，与童时让不说是同心同德，也是同在一根绳上拴着的蚂蚱，他们三人怎么会出卖童时让呢？二是即使童时让送周时兰去新四军那件事，让上峰知道了，可他是少将，浙江军统负责人，只有高层下令，才可处理他，关张希世什么事？他凭什么带着八个宪兵来路桥咋咋呼呼？三是打从张冲病死、李局长死后，军统局一直由李卫主管，这么大的一个事情，李卫怎么就一点消息也不渗透给童时让他们呢？若是总部真的怀疑童时让通共，还用得着张希世如此张牙舞爪、咋咋呼呼、不可一世地来到路桥这么一个台州的小镇，吵得天下人全知道？时直觉告诉童时让，内中有人正导演着一出戏。这出戏文的内容是什么，怕是整个国民党高层，只有李卫等他们少数几个人知道。

林蕤曾偷着跟童时让商量，我们三人是不是集体逃走，但遭童时让严正拒绝。童时让说："逃？天网恢恢，你、我、他往哪逃？"

林蕤说："问题是他们会不会真的知道我们送周时兰一事啊？"

童时让说："漏洞就在这里。"

"什么漏洞？"

"送周时兰去新四军有二人，我与林蕤，无有一外人知晓。如果我们中间有一个出卖此事，他们为什么将我们三人一起抓？张希世是正规军队执法官，根本管不着军统这一条线。曾几何时，在我们这个地方抓人竟然如此张扬？想当年，枪决王皡南时，他们不是封锁消息，就是防范严密，还在暗中悄悄进行呢。目前的情况与我们军统所立的规矩完全不相符，我们千万不能跑个说，我们且要好好看一下，上头又在玩什么高招。"

"如果，他们真的杀我们怎么办？"

"无有他法，听天由命。"

童时让、童平海、林蕤三人被张希世一带至杭州，直接进了杭州省党部，童时让这才明白，所有的一切全是李卫一手设下的局。张希世他们根本不知道童时让将周时兰送往新四军这件事，他们只是奉上峰之命，有意对外制造影响。他们所做的这一切，只不过是上层精心策划的 A 计划中的一个步骤。

上层领导与童时让、童平海、林蕤二人正式见面。见面会上，他们二人终将军统局高层长官精心策划的 A 方案与童时让、童平海、林蕤三人全部摊牌。童时让、童平海、林蕤三人听后，一脸愕然，大大的嘴全张成了一个"O"字："什么？你要我率童平海与林蕤三人长期潜伏？"

"是。"

"这么说来，张希世逮捕我们是在演戏？"

"是。"

"张希世不知道内幕？"

"他是执行者，上哪儿知道？"

童时让牙痛似的呻吟起来："天哪，让这另外三个人替我们去死？"

"是。"

"还得让我妻与童平海、林蘗三人的妻子哭着为我们三人落葬？"

"是。"

"这不行，我们三个人的妻子就是我们三个人的妻子，怎么可以为其他三个我们从不知道的男人戴孝？这成何体统？"

"人都是一样，只是不断扮演各种角色而已。如今党国需要你们如此，让你们三个人的妻子，做一次演员有何不可？"

"面对着不是她丈夫的男人，她们决不会哭。"

"我们不打算告诉她。让你们家里的三个女人，将戏演得更加逼真一点。"

童时让说："他们两人妻子的性格如何，我不得知。我们家那一个，必定会自杀。"

"这一点，你大可放心，我们会暗中派人时刻守候在她身边，一至夜间无人时，我会设法让你们三位与她们见上一次面。事已至此，况且命系着党国的利益与命运，童时让有什么办法？不想如此也得如此。"

他们何以不知，他们三人一旦不服从命令，一旦成为叛徒，会是个什么样的下场？他们的三个儿子全在国民党军队中任职。明白了，明白了，童时让终于明白了，他们只能前行，没有后退了，如果他们三人后退一步，全家人就没有命了。

童时让、童平海、林蘗三人终于在公众视线中消失。有三人在杭州同日同时被张希英下令处死，这三个人的罪名只有一条："通共罪。"

通过报纸正式对外发表一条消息："国民党军统局浙江站少将站长童时让与他手下的两位大将童平海、林蘗三人因通共，被民国政府军法处以枪决。"并配有三人被军法从事后照片。令人费解的是，军法处执法时，居然用的全是国际上早已禁止了的开花弹，并从他们三人的后脑开有三枪，将他们三人的脸打得一片血肉模糊。执行完后严格下令，不准将尸体运回老家，就地埋葬。

黄岩县国民政府直接通知童时让、童平海、林蕤三家亲属。任、林、童三家为死去的童时让、童平海、林蕤举行了隆重的祭奠礼。童平海与林蕤家属情绪十分正常，而不知就里的童时让的妻子方伯琴却就不是那么回事了，茶饭不思不说，且披麻戴孝地号啕大哭。

方伯琴说什么要去杭州看一下童时让的尸体，黄岩县政府不准她去。方伯琴大骂国民党失去天良，人让你们枪决了，居然连尸体都不许她看，你们是人呢，还是畜生？黄岩县长朱焯下令八名警察死死看住方伯琴，不准她移动一步。方伯琴一怒之下，居然一头向黄岩县县政府的柱子上撞去，当时即撞了个不省人事。好在那时一直以朋友身出现在方伯琴面前的是瑞肇时，瑞肇时挥了一下手，一辆美式军用吉普车，立刻将方伯琴送往同济医院。经过王志清的治疗后，方伯琴转危为安。瑞肇时突下了一道让王志清摸不着头脑的命令：让王志清别再管她，由他来处理。王志清不同意。瑞肇时忽然掏手枪，顶着王志清后脑勺说："童时让的妻子，掌握有许多重要机密，我们必须要她口供。你呢，不必再插手，一切交我们来处理。"话一落地，瑞肇时挥了一下手，三个特工人员遂将尚处昏迷状态的方伯琴装上另一辆救护车，迅速拉走。

方伯琴终于完全苏醒过来。初时，方伯琴根本不知她是在什么地方，也说不清她究竟干了些什么，更不知她为什么会昏睡这么长的时间。当她醒来时，一睁眼，发现站在她面前的是两个男人，一个是她丈夫童时让，另一个是童时让的好友瑞肇时。

"天哪，这是怎么回事？你没被国民政府枪毙？"

"没有。"

"你没有通共？"

"我是国民党军统人员，怎么会通共呢？"

"那个死的人是谁？"

"我也不知道是谁。"

瑞肇时插嘴说："三个土匪。"

此言一出，方伯琴忽地从床上跃起："你让我一个女人，为一个土匪披麻戴孝，是何居心？"她居然冲将上去恶狠狠地扇了童时让一个大嘴巴子。扇完了大嘴巴子，她又揪着心扑将上去，当着瑞肇时的面死死抱住童时让，哭着说："你们玩的是什么鬼花头啊？你们差点要了我的那条小命啊。"瑞肇时不得不将所有情况告诉方伯琴说："一切全是为了党国利益，一切为了与共产党做斗争，我们不得不上演这一场苦肉计，请弟妹谅解。"方伯琴锐利地哭喊着说："天哪，天哪，你们这不是要我的命吗，你们这不是要我的那条小命吗？"随之飞流直泻三千尺。瑞肇时深为他二人那种真挚的爱情所感动，正事儿完成后，瑞肇时回去向李卫汇报。瑞肇时感慨万端地说："一切全被你所言中了，方氏女性如此性烈，我且第一次见。"李卫答："台州人出硬汉、出忠汉，也出烈女。好在一切无恙。"

方伯琴终于回至家中。尽管是时的方伯琴一直披麻戴孝，但有一点引起徐时用妻子夏芸极端怀疑，方伯琴脸上无忧色。夏芸将她的怀疑与徐时用说，徐时用说："我也有怀疑，我听王志清对我说，方伯琴一醒，就让那个军统头子瑞肇时说她掌握了重大情报将她带上车子走了。若是方伯琴真的是通共，她还能活着回来？"夏芸说："谎言能骗一阵子，不能骗一辈子，谎言能骗全部人，不能骗所有人。我估计内中必有隐情。"徐时用说："病从口入，祸从口出。你们做女人的，不能管的事情千万别管。社会上有多少人死就死在他们爱管闲事上。"夏芸赞成徐时用的说法："童时让是个什么人物啊？国民党军统将军级特工啊。他身上若是没有点东西，能当上军统特务的将军吗？你与我呢，最好还是离他们远一点为好，免得一黏就起泡。"徐时用赞同地点了一下头。

1949年4月，中国人民解放军百万雄师越过长江，国民党首府南京解放。一切的一切完全没有出李卫的意料，拱卫长江天堑的国民党军舰临阵举义，让出一条水路，让中国人民解放军千帆竞发。这条水路一打开，中国人民解放军剑锋所指势如破竹。那天，一直高悬于南京总统府的国民党的青天白日满地红旗帜，终于一片枯叶般降落下来；镰刀加锤子的中国共产党党旗终于以它特有的强健姿态在南京上空升起，且哗啦啦地迎风飘扬。

一个旧时代就这样结束了。

一个新时代就这样崛起了。

人类世界终究是离不开动物性的。一旦新的狮王，开始登台亮相；老的狮王，只可躲至一处不为人见的角落，用它的舌头舔治着它的伤口。

乱套了，乱套了，整个台州全乱套了。一百零八位国民党家属纷纷逃往台湾了。

童时让接瑞肇时发来的密电。密电告知童时让，让他将那七位一直在方山基地的美国特工送至海门上船。那天，童时让、童平海，林蕊三人将自己打扮成商人模样至海门，将这七位美国特工送往海门港。时夏芸恰好在海门港轮船码头，总觉得这三位一举一动都极为稔熟。夏芸极想走上前去看个究竟，恰在这时，黄岩警察局一警察穿插过来对夏芸喝道："别过来！"夏芸刚伸将出去的那只脚，不得不退缩回来。尽管如是，夏芸毕竟是久经沙场的女人。她悄悄地躲入海门大码头一间杂货店里往外看。她看着童时让、童平海、林蕊三人簇拥着七个红鼻子、蓝眼睛的外国人，登上了一艘快艇。夏芸坐船从海门大码头回来后，遂将她所看到的事情与徐时用讲。徐时用一听，心中多少明白一点事，即板着脸告诫夏芸说："多一事不如少一事。你呀，千万甭管这些闲事。你要知道，军统这一帮子人，一旦惹急了，杀起人来可是不眨眼的。"

1949 年 6 月 3 日，黄岩和平解放。童时让又一次用李卫亲自设计的密码给李卫发电，问李卫："今后党国走向如何，我们将何去何从？"李卫给回电只有一句话："卧薪尝胆，三千越甲可吞吴；破釜沉舟，百二秦关终属楚。"

童时让、童平山、林蕊最后一次召开潜伏下来的特工会议。会上，所有特工人员对着青天白日旗宣誓："哪怕是粉身碎骨，也绝不当叛徒。"

王英终于沉不住气，示忠会议一结束，就偷着给自己打了一卦，得"坎上坎下"。坎者，陷阱也，重重险难也。又是初六爻动，得卦词是：习坎，入于坎窞，凶。这凶且是失道之凶，不可救。在他眼睛里，童时让、童平山、林蕊全是李卫亲戚，全是一生俱生、一荣俱荣的亡命之徒，独有他不在他们的系列中。他一直想逃离天戟山特种学校，但他又不敢。他怕这些红眼绿头发的特工们个个身手通天、杀人不眨眼，要他一那条命就与捻死一只蚂蚁那样容易。恰在此时，童时让接瑞肇时命令，让他将留在台州的最后一位英国传教士名叫马尔菲的与王怀诚、林乐美、王志清一家三口，送往上海。王英一看机会难得，他非要跟着这位传教士马尔菲走不可。童时让一听，立刻让林蕊给李卫发电，请示同意不同意让王英走？李卫回电答："让他走吧，人家原本是个算命先生，我之所以请他来，当初只是怕学员中没有骨头之人。人生似鸟同林宿，大限来临各自飞。只要你们与我'咬定青山不放松，立根原本破岩中。千磨万击还坚劲，任你东南西北风'就可以了。"童时让一听有理，即同意让王英与马尔菲一起走。

王英与英国传教士马尔菲、王怀诚、林乐美、王志清一起坐"茂利轮"驶往至上海。哪知时任海军司令的桂永清，一看那艘茂利轮是给中国人民解放军运过部队的运兵船。舰长问桂永清：怎么办？桂永清说："如今，党国如雪崩山，如泥牛入海，能咬他一口即咬他一口，岂有不出手的道理？"遂一声令下，国民党军舰没一点犹豫地朝茂利轮发射了一枚鱼雷。那枚鱼雷有若一条浅蓝色大鲨鱼一般，在海面潜行。它那头只是与茂利轮轻轻一触，便发出轰隆一声巨响，似一把巨刀砍下，茂利轮被拦腰斩成两段，两头高高翘起，迅速沉入海底。一船三百六十人，无有一人生还，王怀诚死了，林乐美死了，外国传教士马尔菲死了，算命先生王英也死了。消息一传至童时让处，童时让大骇，对童平海说："都说他算命极准，怎么没有算出来他今天死？"童平海答："他算得准，他算自己死于炮弹中，由是不去重庆。第一次，我姐死了他没死，第二次任南春死了，他还没死。"林蕤冷笑着说："可他不知道自己没死在日本人炮弹中，却死在自己军队的炮弹中。"童时让叹息一声答："天网恢恢，疏而不漏，谁也逃不过这一劫啊。"

童时让接他们的顶头上司的联合签名通知。上峰所下达的通知内容有两点：一是升童时让为 A 计划特别执行大队中将司令，林蕤为少将副司令，童平海为少将参谋长；二是请童时让、童平海、林蕤三人做出周密的破坏解放军的计划及当下特务网在东南沿海的部署状况，上报总部。

童时让让林蕤回电询问："我们什么时候撤出黄岩归台湾？"

对方回电答："我们归台湾的目的是整顿队伍，很快即会反攻大陆。"

"何江是不是在广州酒仙桥？"

"是。"

童时让、童平海、林蕤三人看后，一脸狐疑："这么多军队让共产党打得如此水裆尿裤逃往台湾，你们还能反攻大陆？"

童平海说："这就是做梦娶媳妇——尽想好事？"

林蕤说："我们怎么办？"

童时让说："我们能怎么办？听天由命！"

"我们一走了之如何？"

"往哪走？"

"去台湾。"

"去台湾？你想做第二个周伟龙？"

童时让说："初时，他们一直不知周伟龙犯的是什么事，之后才知道，抗战军兴时，周伟龙脚踩三只船，一只是黑船，日本；一只是红船，共产党；一只是蓝船，国民党。上峰才下令，将周伟龙杀死。"

"投共产党怎么样？"

"浑蛋，你是什么东西？你以为这世界就我们三人哪？我们干这一行的，头上全有三张网，三只天眼。"

"三网三天眼？"

"是。"

"哪三？军统，中统，共产党。"

"共产党那边我们有人？"

"敌中有我，我中有敌。你以为党国特工只有我们几个人啊？只要你一动，三网三天眼没有一处不知道。一旦人在曹营心在汉，你、我、他，三家人，哪家人都别想好好活下来。尤其你我三个人的儿子全跟着大部队。"童时让的话刹那间戳中他们心中最为柔软的死穴，三人谁也不吭声了。是的，是的，他们不怕死，他们怕的是，自己的儿子被折磨。尽管他不怕死，但总不能让他们的妻子跟着他们一起送命。童平海说："哥，我们死，无所谓，反正是兵败如山倒，我们做好了死的准备。我们三人总不能让我们的妻子跟着受这份罪吧。你是我们的头，你能不能给林次长发个电，让他给我们想个法子，让我们三个人的妻子离开黄岩去台湾？"童时让一听有理，即给李卫发有一份电报，向李卫恳求说："我们三人业已做好死的准备，只是我们三人的妻子儿女放心不下，上峰是否可给我们三人之家属每人发一张船票，让我们三家妻子儿女全去台湾？"

　　李卫电告上峰，上峰知童时让他们三人这次在台州一带潜伏下来，所负责的军事任务不少，若是不将他们三人身后事彻底解决，会给今后的特务工作带来很大麻烦，即一口答应，遂让他手下特务给他们三家家属送上六张从上海去往台湾最后一班客轮船的船票，并给童时让去一电，电文中明确指令由童平海速将此三人家属及三个未成年的子女集结起来，连夜从海门起程，由台州海警支队支队长王仙金直接送至上海。九人上船后，童平海必须随王仙金船返台州。要求只有一条，必须严格保密，切不可让任何人发现他们的行踪。

　　童时让他们大喜过望，连夜付诸行动。他们三人刚将各自妻儿，带至海门码头，王仙金海警支队船只立刻乘风破浪地朝他们快速驶来。王仙金一跳上码头，即问迎风而立的童平海："是不是他们啊？"童平海答："是。"船刚一停稳，童平海一挥手，那三女人各自带着自己的孩子上船。刚一坐稳，那汽船头即飞刀般地犁开海面，直奔上海。

　　一天一夜过去，方伯琴一行至上海，他们刚走进上海十六铺大码头，中国人民解放军进攻上海的第一枪就打响了。这枪炮声一响，分明宣告这是去往台湾的最后一班客轮。童平海看着她们一行登上舷梯。正当汽笛发出第二声鸣叫时，童平海归至王仙金那艘海警支队汽船。王仙金海警支队汽船立刻启动。这艘海警支队的船，是从日本海军手中缴来的汽艇，功能极好，速度极快。一眨眼即在汹涌的浪涛中钻得不见影子。然而，就在这个节骨眼上，方伯琴与童平海、林蕤三个女人的思绪，突然间出现惊天大逆转。起因是他们三个女人率着三个孩子上船后，方伯琴碰见了瑞肇时的妻子朱心茹与儿子。方伯琴与瑞肇时的妻子朱心茹曾在南京金陵大饭店见过一面，况且瑞肇时又是童时让的朋友加上司，方伯琴高兴得不得了，即扑上前去与朱心茹打招呼。朱心茹见方伯琴后十分惊诧，问："你们三个人丈夫都不去台湾，你们去了台湾，他们的吃，谁来管？万一有个头痛脑热的，谁给他们上外面购药？"此言一出口，可就不得了了，第一个跳起来的即是童平海的妻子。初时童时让、童平海、林蕤三人商定，骗她们坐船去台湾，并对他们明言，他们三人随后坐王仙金与仇爵华的船去台湾与她们见面。现在，这三个女人，一从朱心茹嘴里得知她们的丈夫将长期在台州这个秘窟里潜伏且随时准备为党国效忠，这还得了？这三个女人，偏偏是黄岩有名的痴情女子，爱丈夫爱得入骨，只要丈夫需要，她们什么都会付出。

"什么？他们不去台湾？他们要在这儿潜伏下去为党国效忠？我们这三个女人去台湾干什么？走，走，下。"

就在这船离开十六铺码头的关键几分钟时间，这三个女人全带着孩子从船上走将下来。她们刚一下船，去往台湾的最后一班船，遂鸣响最后一声汽笛，缓缓开走。尤为不可思议的是，就在这个节骨眼上，原本去往黄岩海门的柯友三轮船公司最后一班客轮，因柯友三一人不曾上船，一直泊于十六铺不曾开。方伯琴率着两个女人与孩子，居然掉过头来坐上柯友三的客轮归黄岩海门。她们一行坐着柯友三的船一至黄岩，三个女人一安顿好孩子，即至任家留在天载山莲花洞前的三间老屋里用暗号与童时让、童平海、林葵联系。童时让他们根本不知是她们三人，一听联系暗号准确，误以为沈醉派有特务找他们有任务，打开秘密大门一看，愕得这三个男人魂飞魄散。昏暗幽冥的月影下，三个女人居然齐簇簇地站在他们面前。童时让大惊："什么？你们没走？"

"没走。"

"为什么？"

"要死一块死，要活一块活。"

天哪！这三个男人全惊叫起来，说实话，这三个男人，打从加入军统之后，杀人无数。什么样的险事，什么样的危局没有见过？三个大男人，从不曾流过一次眼泪，而这一次三个男人六只眼全祭起一片乳白色的浓浓大雾。

童时让说："你们不应当如此。"

"我们必须如此，谁叫我们是你们的妻子呢？"

"你可要知道，我现在干的这种事，是拿自己的小命赌输赢，早晚要被共产党发现。"

"我们知道，你们还与上峰立下了生死军令状，那也不怕，反正我们三个女人全守寡将你们的子女带大。"

"天哪，你们这三人小傻瓜，这不是自投罗网吗？"

而这三个爱他们入骨的女人却紧抱着她们各自的丈夫说："要死，我就与你一起死；要活，我就与你一起活。"有什么办法啊？女人痴情如是，你有什么办法？什么办法也没有啊！

　　去往台湾的最后一艘大客轮在海上沉没，一船之人无有一人生还。这艘船究竟是如何沉没的，一直有着三种说法：一说船上所载的黄金、白银太多；二说因夜间航行怕中国人民解放军发觉不敢开灯，由是偏离航线撞礁；三说因海上浓雾飘起，船长迷失航路。究竟那种说法符合事实真相，一直找不到答案。然而，有一点永远是真实，出生于台州的国民党家族子孙们，再一次遭遇毁灭性打击，所有坐着最后一班太平轮的台州国民党中级官员妻子儿子全死了。

　　是时，全台州知道此消息的只有童时让、林蕤、童平海三人。林蕤收到这个电文后，一经译出，林蕤失声地大叫一声："天哪！怎么会是这样？怎么会这样啊？"独有童时让一人的头脑冷静得出奇。

　　童时让说："这怕是他们无法逃脱的一种必然吧。我至今还记得，李卫、周至柔、於怀仁他们被封为中将时，所有族上宗亲人人弹冠相庆，独有临海徐浙女一脸冷酷地说了一句，'飘风不终朝，骤雨不终日；进之锐者，退之必速。天地尚不能久，何况人乎？以道佐人主，不以兵强天下。以千万条生命所铸就之人生辉煌不要也罢。'"

　　"这么说来，他们所遇之灾是一种必然？"

　　童时让幽幽地叹息一声说："怕是必然吧，若不是如此，为什么这么多条去往台湾的船没有沉，而独有这最后一班船沉了呢？"初时，林蕤与童平海二人想将这个瘆人的消息告诉各家，童时让摇了一摇头没同意。童时让说："得了吧，你们行行好心，让他们安稳几天吧。说实话，抗战时国民党军人死于非常者实在够多了。福中祸所伏，祸中福所倚。物极必反。"林蕤说："哥说得对，我们也是泥菩萨过河，自身难保，别再管得那么多了。"童平海直挺挺地往床上一倒说："看来，老天爷对我们三人的家族非常眷顾。你们想啊。这三个女人怎么会在她们上了船之后，突然灵机一动跑下船来？若不是如此，我们三个人的妻子儿女，全不是与一船的达官显贵们全掉入海里喂鱼了？"童时让苦笑着说："与其今后如此赖活，莫不如让她们早死。"

　　"何出此言？"

　　"你们想想吧，覆巢之下岂有完卵？"

　　"哥，既然如是，我们莫不如趁早——"

　　"别忘了，我们入军统前，可是立下了生死状的。"

林蕤阻止说："好了，好了，别再瞎咧咧了。人不可与命争，一切皆听天由命吧。"

日本女特工傅雪珍与她的情人谢文达大难临头。谢文达毕业于浙江警校，初时，他与周伟龙二人均为李局长一手发展起来的特工，代号是"186"。后来，谢文达为打入日伪政府，不得不绞尽脑汁赢得傅伟民的女儿傅雪珍的青睐。从外表看，谢文达是国民党的人，实质上谢文达早已成为多面人。李局长尽管心思缜密、目光锐利，也透不过屏障知道谢文达脸上戴有多少层面具。直至童时让出于报季子秋一箭之仇，设计让谢文达进入陷阱，被中国人民解放军逮捕，一审，才知谢文达是隐蔽性极强的双料特务，他手中居然还有一张日本特高课留在中国的黑网。从共产党掌握的材料看，谢文达是个美男子，英俊且多金，他一度成为众星拱月的人物，为众多女性所仰慕。日本投降后，所有潜伏在中国的汉奸特务全被翻晒在阳光底下，独有他蠹虫似的藏匿于书页中。傅雪珍受命以色相勾引周伟龙后，又去勾引谢文达。哪知傅雪珍与谢文达第一次见面后，竟动了真情，二人索性租了房子，过起了夫妻般的生活。正在这时，谢文达接到上海日本特工组织秘密电报说，中国人民解放军业已控制宁波，让他迅速逃向香港，再设法去往台湾，且在台湾长期潜伏下来，任务是深入台湾，策划台湾"独立"。那时，谢文达对外正式身份是宁波国民政府绥靖保安司令，谢文达这才大梦初醒，于是打算带着他一生唯一情投意合的女人出逃，然而一切为过晚。他们秘密住宅附近所有村镇，全被中国人民解放军部队控制得密不透风。谢文达一接密电后，急得如热锅上的蚂蚁团团乱转，一时间束手无策。就在这节骨眼上，谢文达身边一个老女佣病死。谢文达大喜过望，心生一计。

谢文达让傅雪珍出去张罗了一口大棺材。因他们所在的村子叫谢家村，此村人差不多全是他谢家本家，傅雪珍对外称她是谢文达妻子，此女佣又是谢文达从宁波带过来的，很少有人知其来历。傅雪珍一报丧，谢家村无人对这件事有什么怀疑。当天夜里，一口白皮棺材抬进他家院子后，谢文达亲手将棺材前头那块隔板撬开，做了一个大隔层，仅容他一人可入。次日，正式出殡时，谢文达四肢贴板地爬入隔层，让谢氏宗亲们抬出村外停厝。过村口岗哨时，哨兵要开棺验尸，着一身孝服的傅雪珍哭哭啼啼地打开了棺材。当时，控制宁波

地区的是第二十一军六十一师，在这里放哨的是两位年仅十八岁的小伙子，两个娃娃兵，纯真得如一条清洌的山溪水，根本没什么侦查经验，也想不到棺材里尸体下面还藏匿着一个大活人。一见全身发黑、双目紧闭，病死的老太太，动了恻隐之心，一挥手即同意放行。谢氏宗亲们将棺材抬至停厝处后，所有抬棺材的人全归谢家村，独有一身穿白的傅雪珍，站在棺材面前假模假式地放声大嚎。当她看到那些抬棺材的谢家人，全部消失后，才手忙脚乱地将披在自己身上的白孝服除下，打开棺材横头的那块活板，让谢文达爬出来。他们二人手脚麻利地脱掉外衣，迅速将自己打扮成一对生意人夫妇的模样，拔腿即往台州方向走。他们二人打算经路桥去往下大陈岛，再设法去往台湾或香港。

谢文达与傅雪珍几经辗转到达路桥，谢文达知路桥有一特工，家在路桥十里长街南栅街十八号。谢文达至这个特工家后，用暗号找到代号为193的特工。因傅雪珍过累，谢文达与193一商量，决定在他家潜藏一日，明日夜十二时，再由193找一条船，在南官河三水泾口尼庵水步上船，由此船将谢文达二人送至金清代号175的特工处，再由175将他们由金清海口送至下大陈岛。从谢文达与193的安排来看，十分周密细致，然令谢文达怎么也没有想到是，强中自有强中手，谢文达所有秘密行动，全让一直潜伏于天戟山秘密工事里的童时让知道了。童时让接到潜伏在宁波的童平山电报得知，谢文达是日本特工，一直暗中为日本人服务，他手下有一张严密的特务网。童平山算得上是个了不起的军统特工，居然将谢文达行程路线图搞了个清清楚楚。此事若是发生在过去，童时让早就亲自出马锄奸了，但现在不行，这天下不再是他们国民党的天下了。面对着童平山发回来的那份电报，童时让一度陷入强烈的思想斗争中，若是让谢文达如此去往香港或台湾，他必定要在香港或台湾兴风作浪，搞台湾"独立"，况且他手下掌握有潜在中国的日特名单，若是让他如此白白地走了，也实在是太便宜他了；若是自己跳出来一动手，当下是非常时期，暴露的必然是他自己。童时让将自己的难心事说与林蕤，林蕤冷冷地说："哥，这有什么难的呢？何不借刀杀人？"此四字一出，刹那间令童时让有一种醍醐灌顶的感觉，心情豁然开朗。当夜，童时让即给时任台州武装工作队总队长陈永良写了一封匿名信，让他妻子方伯琴暗将此信扔入台州武装工作总队的大门内。卫兵一接信，即送总队长陈永良。陈永良打开这封匿名信一看内容，将信将疑，便问黄岩县军管会主任陶子明："此事是真是假？"陶子明说："无论是真还是假，我们也必须试它一试。"陈永良一想有理，闪电般地派出武装侦察连长郑兴寿，装扮成船夫样子，在路桥三水泾口中潜伏下来。

谢文达与傅雪珍在193家的谷仓里呆有一夜。直至半夜，193才将他们家的谷仓门打开。

"准备好了？"

"准备好了。"

"你们先吃一点饭吧，要不然，一出海，你们什么东西也吃不着了。"

193让他们简单地吃了点东西，遂带着他们往三水泾口尼庵方向走去。那时可不是现在，现在十里长街处处悬有电灯，没有一处不是明如白昼，这叫城市亮化工程。那时路桥十里长街，根本没有电灯。夜半走路，只能提一个小灯笼。他们一行三人正往三水泾口方向走时，即被潜伏着的武装工作队侦察连长郑兴寿看了个正着。郑兴寿，黄岩分水岭人。小时因家贫，曾在宁波谢氏大院当过长工，后参加三北游击队，陶子明即是他的老战友。他知道傅雪珍与周伟龙、谢文达一直有那种暧昧不清的男女关系。傅雪珍一出现，遂引起郑兴寿的警觉，郑兴寿立刻断定，那封来历不明的信，所提供的一切全是真的。他即向陈永良报告："是的，那封信所言不虚，此人真是傅雪珍。"陈永良一接郑兴寿确认报告，立刻率了一个排的武装工作队追至三水泾口，然而晚了一步，傅雪珍他们一行人坐着船往金清方向跑了。陈永良立刻下令武装工作队骑马沿着南官河追。傅雪珍、谢文达的快船刚至金清港口，打算上另一条海船时，陈永良与郑兴寿业已出现在他们面前。不用再说别的了，有郑兴寿从中一指点，他们当然一把揪出了谢文达与傅雪珍。初时，郑兴寿打算朝谢文达开枪。陈永良将郑兴寿的枪口压下说："别瞎动手，此人来历不小，必须抓活口。"于是，谢义达与傅雪珍被黄岩武装工作队正式逮捕。

人算不如天算，童时让的身影还是浮出了水面。解放军第二十六军第六十二师与民兵配合在黄岩溪山区的一次剿匪行动中，抓获了一个名叫金长河的土匪头目，在审讯过程中，金长河交代："曾有一个国民党军统大特务头子做他们老大金义柯的工作，让金文柯反水，他们给官做。来人叫什么名字？我不清楚。只知他是黄岩人，是个国民党的将军，他父亲曾是黄岩有名的贼王。"

黄岩贼王的儿子？这个人是谁？陶子明一听，即决心将这个人的来龙去脉搞清楚。当夜，陶子明即下令让路桥杨仁来他办公室。杨仁来后，陶子明问杨仁："黄岩有贼王吗？"

"有。"

"叫什么名字？"

"听说叫任武基。"

"他本事极高？"

"我听说他偷过袁世凯的东西，被袁世凯警卫逮捕后，因被袁世凯看中，曾在袁世凯手下当警卫。袁吐血死后，世局大变，这才归乡。"

"此人有几个儿子？"

"两个，一个叫他自己杀了。"

"另一个呢？"

"具体我说不清楚，只知他是个军统特务。"

"做父亲的为什么要杀他的儿子？"

杨仁遂将他所知道的事情说了一遍。

"有个人名我不知听过几遍了，叫童时让的，他是何许人？"

"黄岩童氏是大姓，姓童的人很多。共产党有，国民党也有。过去是有个名叫童时让的，只不过被国民党高层下令给杀了。"

陶子明心中忽然一动，说："你能不能带我去童时让的坟上看一看？"

"没有坟。"

"为什么？"

"听说是随地埋了。"

"埋在何处？"

"具体不知道，只听说是在浙江杭州。"

1949 年 6 月 1 日，浙江省委下令正式撤销黄乐县建制，成立黄岩县人民政府。第一任黄岩县委书记兼县长是陶子明。中国人民解放军第二十一军第六十二师一八五团正式进驻黄岩。

1949 年 7 月，原国民党台州公署取消。中共浙江省第六地方委员会成立。第一书记汤光恢，第二书记是关承婴，周时兰为台州专区宣传部部长。

台州各地，乱象四起。原黄岩国民党党部书记卢奇炎率国民党残部与土匪王克炎相勾结，做出他人生最后的垂死挣扎。他们不是下山枪粮，就是杀害村里的农会干部。就在中华人民共和国成立前的两个月，卢奇炎支队与王克炎匪部一百多人抢劫宁溪镇，将宁溪镇折腾成了一片废墟。陶子明立刻率武装民兵"围剿"。这一仗打得十分激烈，陶子明端起一挺机枪冲入匪群，对卢奇炎、王克炎部扫射。那土匪与国民党残部就像稻草一样倒地，最后将卢奇炎与王克炎部击溃。

台州沿海四县国民党残余匪特与当地流氓、地方恶霸相互勾结，组织了二百多股武装部队，在陈诚的统一指挥下，趁着二十一军挥师入舟山后，开始袭击各县县委。温岭县松门镇地方武装在张荣廷的儿子张学春的率领下，炸毁中国人民解放军仓库；石塘镇一百三十户渔民同时被抢；楚门镇人民政府工作人员二十一人被杀害。郑兴寿为完成任务，落了队，追赶大部队过湖雾岭白鹤殿时，遭遇陈季甫儿子陈豹、陈狼、陈虎为首的土匪拦截，终因弹尽，被陈狼击中脑颅，牺牲于黄岩与温岭交界的雾湖岭。

1949 年 10 月 1 日，一个划时代的日子终于到来。中华人民共和国举行了开国大典。台州百姓从不曾听到过的歌声，开始穿越中国历史时空响彻云霄了：

> 解放区的天是明朗的天，
> 解放区的人民好喜欢。
> 共产党政府为人民啊，
> 共产党的恩情说不完啊。
> 呀呼嗨嗨一个呀嗨。

是啊，是啊，人心渴望平安。从辛亥革命在武汉打响第一枪后，清政府退出中国历史舞台，但封建社会那种可怕、残忍、血腥、充满着耻辱的历史终算告一段落。好了，现在好了，中国共产党终于寻着中国人本应当走的那条路了。老天爷有眼，老百姓无穷尽的苦难终于熬出头了。

台州各县几在同一时刻出现国民党特务大破坏事件：台州大桥被炸，台州新华电厂被炸，中国人民解放军第三十六师军火库被炸，天台、仙居两座大桥同时被炸；海门港、健跳港、头门港几乎同时在巨响中成为废墟。

二十一军军部召开军部紧急会议，面对着纷而群起的破坏行为，第二十一军部师一级干部会一致认定，华东及浙江东南沿海一带，一直潜伏有一个国民党特务组织。

1949 年 10 月 1 日下午，二十一军政委顾德欢与中共黄岩县委书记兼县长陶子明、武装工作队总队长陈永良谈话。顾德欢对陶子明与陈永良二人说："根据所有爆炸现场分析，我们的对手一定是个经过专业训练的老牌特工。有三个人一直值得怀疑。"陶子明问："谁？"顾德欢列举出三个人的名字："童时让、林蕤、童平海。"陶子明答："他们三个不是全被枪决了吗？"

"枪决时公布的是什么罪名？"

"说是通共。"

"会不会他们是在上演苦肉计？"

顾德欢说："我据磐安公安的同志汇报说，磐安县曾让国民党抓走一百三十三人，至今无有一人生还。这一百三十三人让国民党抓去干什么了呢？会不会去修什么秘密工事？"

"不可能，我动员过全县各地民兵，一座山一座山地搜查过去，没见何山何呑有过什么异常。"

顾德欢说："问题就在这儿，往往我们越是注意的地方，越是不出危险，越是意想不到的地方，存在的危险性越大。"

"有证据吗？"

顾德欢说："我看过我们特工提供的一份资料说，中美合作所的特工曾在台州呆有很长时间，方山一带曾是国民党的军事事禁区，没有特别通行证，山口都进不去。中国人民解放打过长江，国民党大撤退时，童时让、林蕤、童平海三人以通共罪名突然被枪决，你们说说，这一切的一切，难道是巧合？"

陶子明、陈永良听后，半天没说话。一人藏物，千人难找，他们当下脑袋里一片空白，他们能说什么呢？

二十一军三十六军长兼政委顾德欢正式下达命令，全浙江各公安部队，立刻实行不留死角的大排查。

童时让接李卫电，让他隐忍潜伏做坚守，现在台湾正在准备反攻大陆。

中国人民解放军第二十一军参谋部再次确认，台州地区确实是潜有一处隐藏极深的特务组织，他们如一只黑色老猫，悄无声息地蹲在鲜为人知的某处，睁大它的两只绿荧荧的两眼，无时无刻不在监视着第二十一军的一举一动。台州地委决定在全台州各县，打他一场人民战争。时汤光恢调走，新上任的台州专区代理第一书记是关承婴。关承婴再次下令发动群众，打他一场人民战争。台州各县民兵，第二次倾巢出动，篦虱子样的将台州深山老林篦有一遍，然令人大失所望的是，愣是没有篦出一粒虱子来。

　　一直潜伏在广州酒仙桥的何江突然给童时让发来一个急电："永别了兄弟，我们的克星出现了，此人即是路桥陈庭槐。"电文戛然而止，看来何江潜伏地出了大岔子。林蕤问童时让："陈庭槐是何许人？童时让即将当初李局长如何下令除掉他，他如何下不得手的事说了一遍。"林蕤说："你看看，你当初一枪崩掉他不就好了？"童时让说："什么叫命运？这就叫命运。想当年，袁天罡直言唐氏国家将归武姓，唐太宗杀尽武姓人，武则天就在他身边站着，唐太宗就没想起来杀她。"

　　"如果共产党调他来收拾我们，怎么办？"

　　"你说我怎么办？人算天一世，天算人　记。我们全是山中小草小树，我们不听天由命，我们又能怎么办？"

　　有两个异常引起中国人民解放军二十一军高度关注：一是潜在浙东上海一带的国民党特务们突然间全部停止活动；二是台州公安部队终于发现有个十分诡异的无线电波在台州地区发射。关承婴率着台州军分区与全区民兵及公安部队全线出动，他们几乎搜遍了台州每一处嵯峨的高山峻岭，令所有军队战士与民兵们大失所望的是，尽管他们一处山头接一处山头实行地毯式大搜查，最终是一无所获。原因是公安部队负责接收秘密电波的电台工作人员，能接收到电波，但所发电码精密异常，无法破译。关承婴囱对这种情况，一时无有他法，只可向省军管会报告。

　　童时让的克星终于出现在童时让面前，这个克星不是别人，正是上峰令童时让暗杀，而童时让就是没有开枪的陈庭槐。时任广东省公安局局长的陈庭槐，曾打入广东的国民党特务内部，将潜伏在广州的头目何江逮捕。尽管一时间疏忽，导致何江服毒自杀，但将童时让在广东福建一带精心编织的特务网全部破获。尽管陈庭槐不知道真正的幕后操纵者为谁，但矛头指向却在台州。

陈庭槐至黄岩后，第一个提审的人即是谢文达。陈庭槐只是将童时让写给公安部队的信给谢文达看："你知道这个字是谁写的吗？"谢文达说："这个字好像是童时让的字，但他早因通共让上峰给枪决了啊。"

童时让接一潜入共产党内部特工通知，童平山已暴露，让童时让立刻通知童平山。童时让立刻让林蕤以李卫制定的密码请示李卫，李卫立刻答复，让童平山立刻离开上海，去往大陈岛。童时让再让林蕤迅速给童平山发去密电，让他立刻离开上海。所有事情办结后，林蕤面对着从共产党内部送出来的那条消息，嘟囔着问童时让："这个人是谁？居然打入共产党军队内部。"童时让拿过那张条子看，那字是用明矾水写的，孩子体，辨不出对方究竟是什么角色。童时让说："敌中有我，我中有敌。中国哪朝哪代的战争不是如此？"

"她会不会与何萍一样的人物啊？"

童时让答："这件事啊，只有你哥一人知道，我与你全是磨道里驴——听喝，上哪知道去？"

陈庭槐决定与童时让的妻子方伯琴见上一面。一见面，陈庭槐即断定童时让活着，好好地活着，而且就在天戟山附近。你看，她那面色粉嘟嘟的如同一朵盛开的桃花，根本没有半点寡妇的样子。

陈庭槐至天戟村某一贫农团团长家吃饭。陈庭槐似看有意，似看无意地问天戟村贫农团团长："这个女人真的是军统大特务童时让的妻子？"

"是。"

"我们党不是号召我们大打人民战争吗？我建议你们多派些民兵，加强对她的观察。说不定，这个女人的丈夫还活着，说不定这个女人丈夫的据点，即安在天戟山周围。若不是如此，那个一直在拍发的无线电波从何处出来呢？"

童平山面对着上海楚歌四起，他知道人不可与势夺，国民党大势已去，所有的努力均是徒劳。正当一直潜伏在上海的童平山深感无奈时，童平山接童时让通知，让他撤往大陈岛。童平山立刻毁掉电台与密码本，化装成普通的生意人，来到宁波。至宁波一看，他压根儿出不去了，童平山不得不再化装成渔民，潜至宁海。童平山企图在象山港趁渔船下海去往大陈岛。做特工工作与下盲棋没什么不同，别看表面上波澜不惊，实质上杀机四伏。你看着他，他看着你，童平山误以为自己做得滴水不漏。哪知他的所有行动全被数不清暗藏着的眼睛盯了个一清二楚。他刚一露头，即被地方公安部队侦察兵发现。就在童平山登上一艘出海渔船时，两个公安部队的便衣行动快如闪电地出现在童平山面前，十分有礼貌地上前一步，将童平山压紧的帽檐子挑开说："童平山先生，你别跑了，你早如一条鱼儿，进入这只大网了。"童平山本能拔起腿想逃，船上两个完全是渔民打扮的民兵扑了上来，一下子就将他掀倒在甲板上。

童平山被逮捕后，上海市公安局突击审问童平山。

"是谁叫你潜在上海的？"

"不知道。"

"谁是你的顶头上司？"

"不知道。"

"你们是如何联络的？"

"有人传递纸条。"

"见过此人吗？"

"没有，只是定点去取。"

"国庆那天，上海的这座苏州河大桥，是不是你炸的？"

"是。"

"国庆那天，浦东海军军用仓库是不是你炸的？"

"是。"

"谁给你提供的炸药？"

"不知，反正在执行任务前，有人将所有东西送上来了。"

"你知不知道你所做的一切徒劳无益？"

"知道。"

"为什么这么做？"

"是条狗就是在它临死前还得蹬几下腿呢。凭什么只准你们胜利者放火，不准我们失败者反抗一下？"

审问结束。

上海公安局当然知道童平山是一位老牌的特工，他说的话绝不会是事实。但有一点确信无疑：时潜伏在浙东南与上海一带的特务，破获后的口径，几乎与童平山说的全是一样。华东一带公安部队心里均清楚，有个本事十分高超的隐身人，一直在控制着东南沿海一个特大特务网。那么，现在摆在他们面前的问题是，这个背后的魔影又是谁呢？因童平山在上海前后七次参与国民党军统特务破坏活动，给社会与人民的生活带来极大恐惧与不安。经上海特别法庭审理后，最后做出判决：死刑。

童时让收到一份从特殊渠道送来的情报，童平山被处决了，让童时让立刻向台湾李卫报告。童时让将那份通过特殊渠道送来的那张白纸，放在美孚灯罩上，轻轻地一烘，也许对方一时心急，没有将字形变体，原汁原味地提笔写在白纸条上。这一没变体，一行用明矾水写就的娟秀的女性字体立刻在烘烤中清清楚楚地显示出来。对于童平山的死，童时让没有一点意外，一切全在他的意料中。引起童时让怀疑的是给他递这一份情报的人。她又是谁？从她的字体细细分析，对方当是个女人；从她给出来的消息准确度判断，此人当打入共产党的核心层。若不是如此，她何以对在上海的每个特务被破获之消息了如指掌？

六十二师一五九团，一营、三营各一部再登鸡山岛与洋屿。一五九团刚一上岛，遂遭遇时盘踞于鸡山岛的国民党军队伏击。两支部队恶战有整整三个小时，直至六十二师派一五八团部队增援。国民党军队一看，大事不好，不得不撤向披山岛。尤其令人不可解的是"江浙人民反共突击军第四十三纵队"司令何卓权部，居然轻而易举地攻占鸡山、洋屿、大小鹿山、南麂、披山岛，与时在下大陈岛的国民党军队成掎角之势。这个事件的发生，再一次引起陈庭槐高度关注。陈庭槐一边吸烟，一边在他办公室的地图面前来回踱步。陈庭槐完全出于一个军人的习惯，将所有的出事地点，用红笔连在一起。这一连不要紧，陈庭槐惊愕地发现，所有发生的事件均以黄岩为中心点，形成直径约一百公里的一个大圆。天哪，这是怎么回事？这里分明大有文章！陈庭槐判断，六十二师解放军内部潜有国民党特务，黄岩确实存在一个特务据点。

陈庭槐建议六十二师有意做他一个假动作。这个假动作刚一做过，即有一份神秘电波出现。陈庭槐面对着无法破译的那一组数字，不知是什么内容。想当初，他在广州破获何江时所出现的情况再次出现在陈庭槐面前，陈庭槐百思不得其解，他怎么就破译不了他们往来的密电码？

陈庭槐几经考虑决定去国民党军统特工曾经待过的、开在路桥徐时用运输公司内的路桥货栈与九号公馆原址看一下。陈庭槐与陶子明、陈永良一起去往路桥。那时去往路桥，必须过金岙山。金岙山，现名丁岙山。丁岙山下建有丁岙村。现在丁岙村很大，约六七百户人家。

陈庭槐一至丁岙山，他忽然想起两件事。一件是国民党著名女特工季子秋的坟在这儿，陈庭槐决定去看一下。陈庭槐一入丁岙，一眼看到童时让亲笔给墓碑题上"国民党中校季子秋之墓，军统局浙江站敬立"。另一件是他小时候听家里人说的林家祖上发生的一个故事。想当年，李卫爷爷发迹前，只不过是一普通农民，他们林家养有一条大黄牯。这头大黄牯，从小牛犊起即至林家，是林家唯一的家产。家中那几亩地全靠这头大黄牯，无论是春耕、夏种、秋收，全凭着它使力。牛与人的感情非常黏稠。林姓人爱牛，牛爱林姓人。牛尽力为林姓人做事，林姓人一家老小，将牛视为家中不可或缺的成员。李卫老太公对此牛深爱异常。春耕时，他怕牛累着，甚至用鸡蛋调酒喂牛。某年——具体时间，陈庭槐想不起来了——林家突然大难临头。林家的妻子患上败血病，三天一过，人即骨瘦如柴。那时，不如现在。现在在中国共产党领导下，走的是中国特色社会主义道路，全国施行精准扶贫，老百姓全有医疗保障不说，还有困难救济金。那时可不是如此，朱门酒肉臭，路有冻死骨，草根百姓人家的生存环境比竹衣还薄。他们林家本是吃上顿望下顿的状态，哪有什么外钱给妻子治病？卖田，田一卖，或是给地主人家做长工，或是给地主当佃户，佃户一年到头，面对黄土，背朝天，累了个大卸八块、死去活来；最后的结果是所得之粮，吃不到半年。天戟山林姓人想来想去，无有他法，只有将他们家这头心爱的大黄牯卖了。临牵出门前天，李卫爷爷林承弼舍不得，抱着牛脖子号啕大哭，牛似乎也知道自己将要被卖，大大的牛眼睛里全噙着泪水。但有什么法子，哪个人的人生都有过不了的坎啊，林承弼只有松手。李卫太公牵着牛沿着南官河往金岙牛场走，大黄牯一步三回头，哞哞直叫。李卫老太公费有九牛二虎之力，才将这头大黄牯，哄至丁岙牛场。这头牛一入场，活如大将军现身于戈壁战场，一下子将所有人的目光牢牢锁定。时路桥宋堂有一徐姓地主上前一看，好一头牛，长得异常健壮不说，周身毛发绢光锃亮，身上的肌腱一股

股若扭结在一起的绳索，哞哞地叫起来，响彻云霄，怎么看怎么如威风凛凛的大将军。双方价钱立刻谈妥。付了钱后，宋堂徐姓人，就去牵牛鼻绳。牛不肯走，宋堂徐姓人怒，居然挥起手中的牛利稍（竹梢头做的，专门用来打牛），暴打了这头大黄牯三鞭子。这三鞭子一打，可就不得了。这头大黄牯，压得久了的野性终于爆发了。它头一低，向虐待他的宋堂新主人抵来。那头大黄牯的尖角如沙和尚手中偃月铲，一下子将宋堂徐姓整个人挑起，摔了个四仰八叉。那宋堂徐姓地主性暴，抢起一把大铁锤就想将这头大黄牯砸死。哪知这这头大黄牯牛，牛性大发。别看是牛，牛中也有领袖，它一发牛性，在牛场里的所有大黄牯牛，全折腾起来，它们发了狂似的将头一低，露出锐角牴人。这一牴，可就不得了，造成人牛间的相互踩踏事件，导致死者六人，伤者八人。尤其是宋堂那位徐姓地主，让七条大黄牯牛活活踏成肉饼。从此后，李卫爷爷当过一段时间的牛场中介人。

公安人员破案与艺术创作有着惊人相似，一要纠缠如魔鬼，执着如毒蛇；二要有灵感。有时灵感一到，所有纠结全部迎刃而解。就在此时此刻，一个灵感在陈庭槐心头闪电似的劈开重重阴霾。陈庭槐忽然止步，问陶子明："陶书记，你能不能给我找个懂牛场切口的中介人来？"陶子明答："好。"

陈庭槐与陶子明至路桥。陶子明让路桥派出所所长与路桥人民政府给陈庭槐找个牛场经纪人来。半个小时一过，曾当过牛场中介人的林孔哲出现在陈庭槐与陶子明面前。陈庭槐对林孔哲十分客气，先是给他倒了一杯茶，后是问他是否当过牛场的中介人。林孔哲答："是。"当问及李卫是否跟着他当过牛场中介人时，林孔哲有些心慌。陈庭槐说："林先生，请你放心，我们是共产党，决不会搞株连九族那种事，我们只是随便问一下。"

林孔哲答："是的，是的，那时，李卫家生活困难，他读书付不起学费，每每暑假，李卫即跟着他当中介人。"

陈庭槐说："做中介人，是不是全懂做生意切口？"

林孔哲答："做中介人，若是不懂生意切口，怎么与他人做生意？"

在黄岩行行有中介人，几乎所有商品交易的市场中，中间都有货真价实的中介人从中穿梭。卖鱼的，有卖鱼的中介人；卖牛的，有卖牛的中介人；卖干货的，有干货行的中介人；卖布的，有卖布行中介人；卖水果的，有水果行的中介人。天没亮，做买卖的中介人就得早早爬起，肩上搭了个褡裢，或是往褡裢上插根尺子，或是手提一杆油光锃亮的秤子，在喊喊喳喳的人群里穿行。船一上岸，他们即第一个出现在货商面前。他们看了这摊看那摊。凡是苹果、梨、花生、杨梅、橘子、水蜜桃、荔枝、桂圆等等，都要经他们的手评定出等级。卖的人与买的人都要和中介人说价。中介人呢，也必须站在双方的立场上，进行公平合理的评说。从三星打横梁起手托记账算盘挨摊儿走，一直走到散场。做成功了，双方都得拿出小费给中介人；做不成功了，你走你的南，我走我的北。中介人，一是为了不让外地人知道行情，二是图本地人生意做得闹猛，他们居然有自己讨价还价时的数字切口。

陈庭槐问："所有中介人切口全一样吗？"

林孔哲答："不一样，布行有布行的，鱼行有鱼行的，山货行有山货行的。"

陈庭槐问："所有行做买卖的切口，你全会吗？"

"全会。"

"能不能将某一行的切口说我一听？"

林孔哲即将牛行中介人的切口顺口溜出："1"是"忆多娇"，"2"是"耳边风"，"3"是"散秋香"，"4"是"思乡马"，"5"是"误佳期"，"6"是"柳摇金"，"7"是"砌花台"，"8"是"霸陵桥"，"9"是"救情郎"，"10"是"舍利子"。如果你这头牛，现在出手价是一百四十八块，他们喊出口的语言是：忆多娇思乡马到霸陵桥！内行的人侧耳朵一听，便什么也明白了，嗯，西家的那条大黄牯，以一百五十八块成交了。而那些外来的人呢，甭说了，往往听得一头雾水。

陈庭槐说："你能不能将所有行的切口给我写一份？"

林孔哲根本不知陈庭槐要所有的行业切口是为破李卫精心设计的密码，他一口答应，即就着路桥镇人民政府的文书室，拿起毛笔将布行、鱼行、粮行、牛行、水果行等九大行的切口全部写了下来。天下事就是如此，踏破铁鞋无处觅，得来全不费功夫。

陈庭槐一送走林孔哲，立刻与陶子明返回黄岩。二人一至二十一军军部，陈庭槐即屏退所有人，令电台接收报务员将截获的电码，通过九行商业

切口像声加复式方式破译。一破译，骇了陈庭槐一大跳，电文内容居然是："六十二师一五九团有可能向鸡山方向运动，望何卓权部当心。"此密电一经破译，二十一军两位师首长终于明白，台州确实有个特务网在行动，而且有人已经渗入了他们的内部，并对二十一军全部军事行动了如指掌。

聪明的李卫根本没有想到他精心设计的商业市复式切口密电码，会被路桥的陈庭槐给破译出来。那天夜里，陈庭槐在保密级极高的前提下，布置下一个天罗地网。他一边指挥黄岩县公安部队在永宁江船埠设伏，一边模拟李卫的文风，让童时让在某日某时，至永宁江船埠与一江山岛来人接头，接他们去一江山岛。

就在这天夜，童时让做了一个噩梦，他又一次梦见那一双大眼睛，只不过这一双大眼睛与他过去梦到的大眼睛色彩不一样。过去他梦到的眼睛，不是全肉色，就是全蓝色；不是全黑色，即是全红色；而今夜梦到的那双大眼睛，一半是红色，一半是蓝色。那双诡诈且妖媚的大眼睛不断地向他眨动，每眨动一次，天地间似乎就震动了一下。童时让被这只从不曾见过的、可怕的双色大眼睛骇醒。他伸出手来，下意识地摸一下自己的身子，发现全身全是黏稠的冷汗。童时让突然觉得林蕤接收的这份电报有假，他不想去永宁江船埠。童时让一将自己的怀疑说出口，即遭童平海、林蕤的强烈反对。林蕤、童平海说："这种密码，什么人破得了？这次我们不回去，岂不是困在这儿等死？"童时让说："我们走了，我们的妻子怎么办？"林蕤说："我们对外全因通共罪名被枪决，我们又救过周时兰，共产党工作队没有一人对我们家属非礼。一江山岛、大陈岛离我们黄岩这么近，他们有能力接我们前往，我们同样也有能力接我们的妻子前往。莫不如我们先去一江山岛，再择机潜回来接我们的妻儿过去。如此大好事不去，我们岂不成了阿木林（上海话：傻瓜）？"因他们潜伏在这里，行动实在太困难；因他们妻子全被监控，上山送给养的时间越来越长；因不断有消息传来，某某特工被跟踪，某某特工被逮捕。尤其是在上海的童平山突然被捕、枪决，他们怎能不深感大势已去，独木难支倾倒的大厦。童让时实在拗不过两位兄弟坚决的要求，只得同意。

童时让、林蕤、童平海匆匆与他们的妻子接触了一下，即准时潜至永宁江码头。当时，天刚蒙蒙发亮，童时让、林蕤、童平海三人面对着黄滚滚的永宁江，果看到有一艘船等在那儿。那船身随着永宁江的浪涛在轻轻地颠簸。

"是不是这条船？"

"是，是，一定是。"

他们三人立刻上船，一上船，即发现情况不妙。黄岩公安部队早已布好了一只大口袋，等着他们三人来钻。进了船舱的童平海、林蕤一看不对，立刻掏枪与公安部队对决，子弹噼里啪啦响成一大片，童平海、林蕤同时中弹一头栽倒在船舱里。走在最后的童时让，一看不好，立刻掏枪。哪知公安部队的狙击手邵泽青，枪法极精准，一枪打中童时让手腕。童时让想取出别于袖上的毒药自尽，经验丰富且老到的陈庭槐，夺步上前，一把扯下别在童时让袖口的那粒毒药。陈庭槐板着脸说："子昭兄弟，别如此轻生好不好？中华人民共和国成立了，中国人的好日子揭开红盖头了。我想叫你活着好好看一看新中国，过一过好日子呢。"想自杀的童时让，最终没有自杀成。就此一下，被军统下令枪毙多年的童时让，终于在黄岩永宁江船埠诡异地得以复活。

陈庭槐、曹子决二人率有一个连的公安部队，围定李局长活着时精心构建的天戟山秘密地下"堡垒"。初一看是一处完全与石头相同的陡峭石壁。当他们轻轻地移掉一块假石，遂现出大本营内第一道木门。那道木门极窄，只可容一人进出。推开木门，弯腰一入内，二十一军军长与政委顾德欢及县长陶子明、工作队总队长陈永良、地委代理第一书记关承婴全都张着大嘴说不出话来。他们怎么也没有想到，外表看来是一处壁立着的岩石，里面却是一个掘空了的大地下室。地下室中有一暗溪流，居然直通童时让家房后的那个莲花洞，阴森森地泛着冷气不说，那溪水的湍湍声清晰可闻。一入内部，四下一坏顾，完全是一处装备精良的地下堡垒。所有特工用的东西一应俱全。光电台摆有三台，各种武器与弹药不胜枚举。

军统浙东南沿海中将特工组长童时让，似乎早就知道自己会有这个下场。被捕后，童时让显得极为平静，既没有为自己做任何辩解，也拒不交代他所有在华东地区亲手所建的特务网。十三次审问，十三次拒绝回答任何问题。陶子明天生性急，想对童时让动大刑。即遭陈庭槐严正拒绝。陈庭槐说："他是军人，我们也是军人；他是国民党军人，我们是共产党军人。"

陈庭槐第一次来监狱与童时让面谈，他们面对面地坐了下来。童时让刚一抬头，即一眼看到窥视孔中布着一双阴险、毒辣且妩媚的眼睛。打从周时兰来看童时让，那双眼睛一再在窥视孔中出现。童时让刹那间想起了那个神龙见首不见尾的林韦英，想起每次中国人民解放军一有行动，即有人直接送至天戟峰接头地点的那一份份军事行动的情报，想起童平山被捕时送来的那一张字体娟秀的条子。尽管他一直与那位神秘得不可测度的林韦英没有见过面，但在窥视孔中眨动着的那一双眼睛与他梦中的双色眼睛，实在是太相似了。童时让当然猜得出那双眼睛属于什么人。

陈庭槐与童时让的第一次交谈开始。陈庭槐说："你交出华东特务网，可免一死。"童时让反问："如果你现在被逮捕，让你交出你们地下党名单，你会吗？"陈庭槐答："不会。"童时让答："你不会，我也不会；你们陈家讲的是忠诚，我们任家讲的也是忠诚。"

陈庭槐说："你们任家的族规与村魂我清楚，但你只强调了鞠躬尽瘁、忠诚、勇敢、担当、清正廉洁，却失去了一心为民、刚正不阿、诚实守信、与民共生死同患难；你只强调人的怜悯心、恻隐、辞让心，却忘了最根本的一条是是非心。现在全国老百姓心向共产党，你却抱着国民党的臭脚不放。"

"历史有对错吗？没有，历史只有成败。想当年，朱棣篡侄儿之位，是对是错？没有一个人说他对，可后来，朱棣成一代明主，哪个历史学家又说朱棣错？历史就这样吊诡，不以道德分好坏。胜者王侯败者贼，我们败了，你们胜了。胜者为王，我们当然没有话语权了。"

陈庭槐说："你这话说得不对，如果不讲道德，你们国民党如何丢掉政权？我们为人民，你们为财主；我们清廉，你们贪腐；我们善良，你们残忍；我们全心全意为人民服务，你们不拿百姓当人。是你们的无德无良毁了你们自己，怎么能不讲道德？一个国家如果失去了是非与道德做栋梁，这个国家的宫殿与大厦能建出模样？"

童时让无言以对，便闭口不言，谈话至此结束。

陈庭槐不得不铩羽而归，但直觉告诉陈庭槐，在童时让的背后，一定隐藏着一个时刻威胁着他的人，这个人是谁呢？

陈庭槐决定第二次与童时让面谈。这次面谈，陈庭槐完全改变了方式方法，他下了两道严令：一是他与童时让谈话时，不准任何人进来；二是让公安战士给他泡上两杯好茶与一些好吃的茶点，直接送至童时让坐的牢房里。邵泽青为人厚道，问："师首长也不能进来？"陈庭槐答："是。"

一切就绪。

两个人面对面地坐在一起，一边喝茶，一边吃糕点，聊起家常来。他说起他与林曦祥他们三人过天戟峰的事；说起傅雪珍给益林镇日伪军通报说童时让率暗杀队要杀新四军领导人的事；说起童时让如何潜入新四军想杀他又不肯杀他，只是朝他帽子上开有一枪的事；说起五次大"围剿"；说起社会上飞传着的七大传言；说起共产党与国民党对叛徒的完全不同态度；说到徐为彬、周伟龙之死……这个话题一扯开，童时让终于暴露出他内心最为脆弱的一面。童时让说："共产党之所以取得全中国，就因共产党一切的一切全与国民党反着干。"陈庭槐说："既然你对世事对错看得如此清楚，你为什么还要与共产党对抗到底？"童时让反问："那你家的老祖宗陈恢为什么要与方国珍对决？"陈庭槐答："忠于职守。"童时让说："这不就得了，我也与你祖上陈恢的态度一样，忠于职守。"

陈庭槐问："都说你是贼王之后，本事高强，是真是假？"

"当然是真。"

"这监狱你能出去吗？"

"怎么出不去？"

"你能不能当我面一试。"

童时让答："这有什么难？不信，你让你手下的警卫来，我当面将开锁给你看。"

陈庭槐即让邵泽青过来，将大门锁上锁。童时让起来，不动声色地走了过去。陈庭槐连看都没有看清，只听得"咔嚓"一声响，那大钦锁就打开了。陈庭槐与邵泽青看得瞠目结舌。陈庭槐说："你既然有此本事，为什么不逃？"

"我逃？往哪逃？去台湾？我的伙伴们全都牺牲了，你们内部就有我们的人，她说我叛变了，我怎么说得清？为了我儿子，我必须死。"

谈话到此结束，陈庭槐终于恍然大悟，他终于明白童时让为什么拒绝了。一是二十六军有国民党潜入内部的特务，二是他与童平海、林蕤三个人的

儿子全在台湾。若是他一旦供出所有，立刻有人向台湾通报，他的儿子就会有大麻烦。可怜天下父母心啊。人与动物有哪一点区别呢？哪个动物不是为了他的子孙后代，甘愿牺牲自己的生命呢？

陈庭槐即给司令员打电话，说明童时让在共产党最为困难的时候，曾救过不少共产党员，也杀过不少汉奸，我们不可如此对待他，当还他一个公正。司令员只有一句话："让他交出所有华东的特务网，即可随地释放让他与妻子团聚。"陈庭槐答："我们还是成全他吧。"

"为什么？"

陈庭槐即将他们三个的子女全在台湾，若是他们中有哪个背叛，他们儿子即没有好下场的情况汇报了，还说到了四张天网，说到暗藏着的四大天眼，说到了敌中有我，我中有敌。最后说他是军人，他只有作一死抉择。司令员沉默很长时间，最后说："好吧，成全他，他毕竟是忠臣，我们必须敬重。在他临死前，你去狱中好好看看他，并让地方党组织照顾好他的妻子与子女。"

陈庭槐第三次来监狱看望童时让，将司令员的意见与童时让说了。童时让沉默了好一阵，他的眼中噙着的是眼泪。童时让说："我做梦也没有想到共产党这么大的一个官，居然如此有人情味。看来，那一次，我没暗杀你是对了。"陈庭槐说："我想安排你与妻子见个面。"童时让拒绝："我希望你什么也别告诉我妻子，包括枪决我的时间。"陈庭槐问："你不想与妻子最后说两句话？"

"不，我妻子性烈，她一得知我死，必当着我的面自杀。"

"那事也瞒不了的啊。"

"我死在她前头，眼不见为净，心里好受一点。"

陈庭槐最后一次探监时，特意为童时让准备了一些好吃的东西，二人第一次面对面盘腿而坐。东西摆好后，陈庭槐亲为童时让倒下三杯酒，三杯酒一过。童时让问："你们打算什么时候枪决我？"

"时间没有最后定。"

"我妻子知道吗？"

陈庭槐摇摇头，遂将脸往后一仰，将杯中酒一饮而尽。陈庭槐说："我知道你那时接受任务是暗杀我，最后没有开枪。我知道你心中爱的是你的儿子，你怕你一旦叛变，你儿子会遭到迫害。司令员决定成全你。"

童时让反倒显得十分安详："这个结局，从我入这个门的那天起，就已经料到。死着是活着，活着是死着。军统门下，活着与死着无有多大区别。我呢，只是有一事相求，不知兄弟是否可帮忙？"

"这是我与你的最后一餐了，你有什么话尽管说。"

"我有个特工女友名叫季子秋，她可是为抗日而献出自己生命的。她是明知山有虎，偏向虎山行，临死前，她让我帮她找儿子。抗战得胜后，我去不成贵州了，你是共产党的侦察英雄，你能否帮我找一下，让我完成她的临死嘱托？"

陈庭槐答："放心，只要我活着一天，定会竭尽全力完成你的遗愿。"

"既然如此，我还有个要求，你能不能让我上一趟天戟峰与我老家告个别？"陈庭槐似乎一眼洞穿童时让的心思，当场即表示同意。

陈庭槐押着童时让来至天戟峰顶。童时让面对着天戟峰，是时的残阳，正好将他的光辉洒在天戟峰上，那天戟峰似一把金戟，闪闪发亮。

何萍、季子秋、童平山走过的路，他童时让必须走；他祖上任元培走过的路，他这个任氏第二十三代子孙必须走；若不是如此，他就不是任元培的子孙。

童时让在他人生最后的时刻里，想起了何萍的死、季子秋的死、郎叔杰大和尚的死，想起了郎叔杰对他说的那番话。是啊，是啊，天下没有开不败的花，天下没有不死之人，天下没有带得走的一分财产。人的一生，大花是开，小花也是开。我童时让这朵小花，当上将军了，儿子也有了，精彩过了，长江后浪推前浪，前浪搁在沙滩上，做完人生该做的一切了，应当走了。是啊，是啊，郎叔杰说得对啊，人的一生如此短暂，只要他在临死时敢说他问心无愧就可以了。我童时让问心有愧吗？不，不，我童时让问心无愧啊，我童时让问心无愧啊！

童时让在他人生最后的时刻里，想起了路桥正月半的花灯一条街。每年这个时节一到，家家挂花灯，舞闹湖船。从外表上看，十里长街的闹花灯与外面没什么不同，但有两点却出乎寻常。一是你们家做什么行当的，花灯之中必须悬挂你们家特有的东西。于是，布店，用成把的丝绸围起来，做上一架织布

机；茶叶店，做了一把大茶壶，用隶体字写了很大很大的"茶"字；饭店，做了一个手搭毛巾笑容可掬的店小二，仿佛随时笑嘻嘻地恭请你楼上坐；鱼行，做了一条很大很大游动着的鱼；卖玉行，做了一把大得不能再大的玉如意；米行，做的是五谷丰登；家具行，做的是一把大得不能再大的靠背椅子。除了这种必不可少的标志性的花灯外，还有四样非常奇特的花灯，那是必不可少的：螳、螂，玉、蝉。螳者——螳螂也，螂者——蟑螂也，玉者——玉佩也，蝉者——知了也。那时，他怎么也想不明白，除了那个玉佩之外，那四样东西，全是悲剧性的东西：那螳螂——交配后，公螂即成母螂的食物；那蟑螂——成年累月躲在暗角落里不见天日，属于过街老鼠，人人喊打的害虫；那知了，可以说极为苦命的虫类，在暗不见人的土地之下，不待则罢，一待便是十七年，一旦出土，震耳欲聋的叫不上三五十天便会猝然死去。无论螳螂、蝉、蟑螂，全是不祥物，怎么会成人们崇拜对象呢？尤其是正月十五夜，家家必须绋"糊糟羹"。那"糊糟羹"十分简单，先放开锅，搅上淀粉（有钱的人物用藕粉，无钱的人物用蕃莳粉）放上荸荠、花生、桂花、小汤圆子、红丝、绿丝、芝麻、桂花等乱七八糟的东西，正如歌谣所唱："一样糟羹绌不同，或甜或咸看乡风，红丝红枣浇头满，一锅糟羹也撑红。"吃饭的时候一到，大人小孩用碗盛了，围着那一张桌子，便呼哧呼哧地吃起来。那时候，童时让一直不明白，路桥乡风为什么如此颠三倒四。现在童时让在他临死前的最后一刻，他终于想明白了：螳螂者——有为下一代甘愿粉身碎骨的自我牺牲精神；蟑螂者，天不能灭，地不能灭，人不能置其于死地——有顽强的生存能力；玉者——玉洁冰清，自有坚贞不屈、立志不移的精神；蝉者——有上饮清汁，下饮黄泉，有从灾难与黑暗之中羽化成仙的本事；而糟羹呢，却是把所有乱七八糟的东西搅在一起，求的是个和光同尘的"和"字。这牺牲自己，企求生存，坚贞有信，至清立德，和而不同，正是十里长街人们苦心所追求的人格。他童时让不就是正月十五花灯上的螳、螂，玉、蝉与糊糟羹吗？是的，是的，我童时让应当成螳、螂，玉、蝉，成为那一碗糊糟羹，成全别人，成全他的后代子孙了。想着，想着，童时让起了皱褶的心，一下子让一种前所未有的力量一点点地熨平了。

童时让终于慢慢回过头来，直面陈庭槐说："你能不能答应我三个条件？"

"尽管你是我的对手，但我敬重你，你说。"

童时让说："一是我手下的人那些人，你们一个也不杀。"

"我们共产党从来不杀俘虏。"

"二是你能不能不虐待我与童平海、林蕤的妻子？"

陈庭槐答："这你大可放心，我们是共产党，不是国民党。况且你们为许清、为周时兰、为共产党做过事，抗战时，你们个个是英雄。我们党的政策从来黑白分明，讲功是功，过是过。"

"三是你能不能在我死后七天，才动手抓我的部下？"

陈庭槐答："没问题。"

童时让说："好，我知道你是陈恢（字时襄）的后代子孙，我父亲之所以将我的名字起名为任时襄，字子昭，就是对你陈氏祖上的崇拜。我一直以为共产党会对我严刑拷打，可你们没有；我满以为你们一定会押着我的妻子逼我就范，你们没有；你们真是仁义之师，我服！你要的东西，全在我的鞋底里，再见了我的兄弟，我是天戟山出生的儿子，天戟山也是我人生的最后归宿。"

童时任身子突然纵起，即如一只燕子，张开他那黑色的翅膀飞到天戟峰谷底。陈庭槐亲眼看到童时让整个身子变成一个"大"字形，紧紧地贴在那块光秃秃的赭色岩石上。陈庭槐捡起童时让扔在天戟峰的鞋子，用刀割开童时让的鞋底一看，一张华东地区所有国民党特工的联络图呈现在陈庭槐面前。